WOHIN DAS HERZ MICH FÜHRT

Neuengland-Reihe, Buch 2

Von Marie Force
Übersetzt aus dem amerikanischen Englisch von Bettina Ain

Originaltitel: Marking Time © 2011 Marie Force

978-1-946136-15-2

Lektorat: Ute-Christine Geiler, Birte Lilienthal, Agentur Libelli GmbH

Deutsche Erstausgabe

Deckel-Design: Courtney Lopes

Buchdesign und Satz: Isabel Sullivan

Für alle Leser, die sich Clares Geschichte gewünscht haben. Danke!

TEIL I

Auf der Stelle treten

Abwarten

KAPITEL 1

Clare sah erneut auf die Uhr. Halb zwei. *Es ist bestimmt schon vorbei. Mein Mann – oder sollte ich sagen: Exmann? – ist wieder verheiratet.*

»Exmann«, murmelte sie schaudernd. Unvorstellbar. Geschieden ... Was für ein hässliches Wort.

Mit dem Rollstuhl fuhr sie durch das Zimmer der Reha-Klinik und betrachtete den heißen Augusttag durch die Fensterfront. Irgendwo am Ten Mile Ocean Drive im historischen Newport hatten Jack und Andi einander das Eheversprechen gegeben. Er hatte jetzt eine neue Familie. Sie hatte gewusst, dass dieser Tag kommen würde, hatte die ganze Sache ins Rollen gebracht, indem sie ihn freigab, aber das erleichterte ihr die Vorstellung nicht, dass »ihr« Jack mit einer anderen verheiratet war. »Er ist nicht mehr ›mein‹ Jack«, sagte sie halblaut.

Die Tür öffnete sich. »Mrs Harrington?«

Sie korrigierte die Schwester nicht. Sie war nicht mehr »Mrs«. »Ja?«

»Ihre Physiotherapie fängt gleich an.«

Clare warf einen letzten Blick aus dem Fenster und fragte sich, was Jack in diesem Augenblick machte. Küsste er seine Braut? Hielt er eine Tischrede? Tanzte er mit einer ihrer beider Töchter? Sie schüttelte den Kopf, wütend auf sich selbst, dass sie sich, wenn auch nur kurz, diesen Gedanken gestattet hatte. Was brachte das jetzt noch?

»Gehen wir.« Sie rollte zur Tür, damit die Schwester sie über die langen Korridore zur Physiotherapie schieben konnte.

* * *

Nach dem Abendessen kämpfte sich Clare in einen leichten Pyjama. Sie war stolz darauf, Dinge selbst erledigen zu können, auch wenn es so kleine Dinge waren, wie sich umzuziehen. Jeder winzige Sieg war ein Schritt nach vorn. Nachdem sie sich mit dem Rollstuhl durch den Raum bewegt hatte, den sie seit vier Monaten ihr Zuhause nannte, stemmte sie sich aus dem Stuhl aufs Sofa – etwas, das sie erst seit Kurzem wieder konnte. Ihre Genesung schritt langsam, aber stetig voran.

Dass es ihr inzwischen so viel besser ging, war ein Wunder, zumindest behaupteten das alle. Niemand hatte damit gerechnet, dass sie überhaupt aus dem Koma erwachen würde, in dem sie drei Jahre lang gelegen hatte, nachdem sie von einem Auto angefahren worden war. Doch vor vier Monaten war sie entgegen allen Erwartungen nach einem fiebrigen Infekt erwacht, von dem die Ärzte befürchtet hatten, sie würde ihn nicht überleben. Ja, ein wahres Wunder. Alles, was seither geschehen war, war weniger wunderbar gewesen: Ihre zwanzig Jahre währende Ehe war in die Brüche gegangen, und ihre Tage bestanden jetzt daraus, sich zu plagen und zu quälen, um wieder ganz gesund zu werden.

Sie wusste, dass sie Glück gehabt hatte, aber sie war das Wort inzwischen herzlich leid. Die Ärzte hatten ihr mitgeteilt, dass sie sich sehr wahrscheinlich für den Rest ihres Lebens mit körperlichen Einschränkungen würde abfinden müssen, darunter chronischen Harnwegsinfekten, einer Neigung zur Lungenentzündung, Abgeschlagenheit, Muskelkrämpfen und anderen Nachwirkungen ihrer dreijährigen Untätigkeit. O ja, was für ein wirklich tolles Wunder.

Eine Schnulze im Fernsehen lenkte sie ab, und es war eine Erleichterung, zur Abwechslung in das Drama anderer abzutauchen. Als es an der Tür klopfte, stellte sie den Fernseher stumm. »Herein«, rief sie und erkannte überrascht, dass es Jacks Schwester Frannie Booth war.

»Kann ich reinkommen?«

»Natürlich«, versicherte Clare ihrer ehemaligen Schwägerin. »Setz dich.«

Frannie durchquerte das Zimmer und nahm neben ihr auf dem Sofa Platz. Sie hatte das kastanienrote Haar in einer eleganten Hochsteckfrisur, die sie zu der Hochzeit ihres Bruders getragen hatte.

»Ich hatte dich nicht erwartet, schon gar nicht heute Abend«, meinte Clare, die das geblümte gelbe Seidenkleid bewunderte, das Frannie noch anhatte. »Du siehst fantastisch aus.«

»Danke. Ich musste an dich denken und wollte mal nach dir schauen.«

»Mir geht es gut. Du hättest nicht kommen müssen.«

»Ich wollte es aber.«

»Wie war es?« Clare bemühte sich, gelassen zu klingen, wobei sie sich eine Strähne ihres widerspenstigen blonden Haars um einen Finger wickelte.

»Es war sehr schön, aber etwas aufregender als gedacht. Andis Fruchtblase ist beim Empfang geplatzt. Sie hat die Jungs dort im Hotel zur Welt gebracht. Die Ärztin behauptet, sie könnten eineiig sein.«

»Aha.« Clare kämpfte darum, sich nichts anmerken zu lassen. Jack hatte Söhne.

»Es ist alles so schnell passiert.« Lächelnd schüttelte Frannie den Kopf. »Offenbar hatte sie schon die ganze Nacht in den Wehen gelegen, es aber nicht weiter ernst genommen, weil sie es für Rückenschmerzen hielt.«

Clare gab sich Mühe, keine Miene zu verziehen, während sie die Neuigkeit verarbeitete, dass die Babys einen Monat zu früh gekommen waren. »Geht es ihnen gut?«

»Ja.«

»Die Mädchen sind sicher ziemlich aufgeregt«, bemerkte Clare im Hinblick auf ihre Töchter.

»Allerdings.«

»Wie sollen die Babys heißen?«

»Sie haben sie nach Jack und ihren Großvätern benannt: John Joseph Harrington der Vierte und Robert Franklin Harrington. Johnny und Robby.«

Trotz größter Anstrengung füllten sich Clares Augen mit Tränen. »Johnny und Robby«, flüsterte sie.

»Entschuldige, ich wollte dich nicht aufregen.«

Clare trocknete sich die Augen. »Schon gut.«

»Seit Wochen habe ich vor, dich zu besuchen, um dir zu sagen … dass das, was du getan hast … ihn freizugeben …« Ein ehrfürchtiger Ausdruck legte sich auf Frannies Gesicht. »Das war wirklich selbstlos von dir.«

»Es war das Einzige, was ich tun konnte. Selbstsüchtig war es, und zwar mehr als alles andere.«

»Nein, das war es nicht. Es war unglaublich. Ich weiß nicht, ob ich das fertiggebracht hätte.«

Es versetzte Clare einen schmerzhaften Stich direkt ins Herz. »Ich will nicht mehr darüber reden. Es ist vorbei und erledigt. Aber ich bin aus einem anderen Grund froh, dass du da bist.«

»Der wäre?«

»Ich hatte eine Menge Zeit, um darüber nachzudenken«, erklärte Clare mit einem kleinen Lächeln. »Ich weiß nicht, ob ich dir für das, was du getan hast, während ich im Koma lag, jemals angemessen gedankt habe. Ich meine, dass du anderthalb Jahre deines Lebens aufgegeben hast, um dich um meine Kinder zu kümmern …«

»Es war mir eine Freude, für die Mädchen da zu sein. Dafür musst du mir nicht danken. Du hättest dasselbe für mich getan. Geht es dir auch wirklich gut?«

Argwöhnisch hob Clare eine Augenbraue. »Hat Jack dich hergeschickt, um nach mir zu sehen?«

»Diesmal nicht. Ich glaube, er ist so davon überwältigt, dass die Babys mitten auf der Hochzeit zur Welt gekommen sind, dass er sich im Moment nicht mal an seinen eigenen Namen erinnert.«

Sie lachten beide.

»Da bin ich mir sicher«, stimmte Clare zu. »Mir geht es gut. Mach dir um mich keine Sorgen.«

»Ich bin auch gekommen, weil ich etwas für dich habe.« Frannie zog ein Buch mit Ledereinband aus der Tasche. Sie drückte es sich für einen Moment an die Brust und sammelte sich. »Kurz nachdem ich bei Jack und den Mädchen eingezogen bin, habe ich ein Tagebuch angefangen. Es war komisch, da ich noch nie zuvor eines geführt hatte, aber ich hatte plötzlich das Bedürfnis, alles aufzuschreiben. Jedenfalls habe ich lange darüber nachgedacht, ob ich es dir geben soll. Aber dann erkannte ich, dass ich es die meiste Zeit für dich getan habe. Ich habe es für dich geschrieben.«

»Hast du geglaubt, dass ich mich wieder erhole? Niemand scheint das für möglich gehalten zu haben.«

»Nein, ich auch nicht. Aus irgendeinem Grund habe ich aber begonnen, alles festzuhalten, und als ich es vor Kurzem noch mal überflogen hab, habe ich verstanden, dass ich es für dich geführt habe, als würde ich mit dir reden. Das hatte ich mir nicht bewusst vorgenommen. Ach, ich erkläre das nicht gut.«

»Doch, das tust du. Zeigst du es mir?«

Frannie reichte Clare das Buch. »Ich dachte mir, dass du dich darüber freuen würdest, einen Teil der Zeit mit den Mädchen, die du verloren hast, gewissermaßen aus zweiter Hand nachzuerleben, wenn du darüber liest. Es stehen auch andere Dinge drin, die dir wehtun werden. Ich wünschte, ich könnte dir das ersparen. Deshalb hab ich es dir bisher auch nicht gegeben.«

»Du hast auch über sie geschrieben, nicht wahr? Über Jack und Andi?«, fragte Clare, die mit der Hand über den Ledereinband strich.

»Ja, und ich weiß nicht, ob du diese Abschnitte lesen solltest.«

»Vielleicht überspringe ich sie. Du hast keine Ahnung, wie viel mir das bedeutet.«

»Ich denke, vielleicht doch. Schließlich bin ich jetzt auch Mutter, schon vergessen? Wenn du darüber reden willst – egal über was –, dann musst du es nur sagen.«

»Danke.« Als hätte sie ein unschätzbares Geschenk erhalten, griff Clare nach Frannies Hand und drückte sie. »Vielen Dank.«

»Ich hoffe, dass du mir auch noch danken wirst, wenn du es gelesen hast«, erwiderte Frannie. »Hast du schon Pläne für die Zukunft?«

Clare zuckte die Achseln. »Noch nicht. Ich habe wohl noch einen Monat Reha vor mir, dann kann ich nach Hause, behaupten sie. Ich bin mir nicht sicher, was ich als Nächstes mache.« Sie verzog das Gesicht zu einem ironischen Lächeln. »Zum ersten Mal seit zwanzig Jahren weiß ich nichts mit mir anzufangen.«

»Ich hege keinen Zweifel daran, dass du was findest. Und ich weiß, die Mädchen freuen sich schon darauf, dass du nach Hause kommst. Brauchst du noch etwas?«

»Dein Bruder hat dafür gesorgt, dass es mir niemals an etwas mangeln wird. Ich habe letztens meine Kontoauszüge erhalten, und mir wären fast die Augen aus dem Kopf gefallen.«

»Er will nicht, dass du dir darüber Gedanken machen musst, wovon du leben sollst.«

»Mit dem ganzen Geld habe ich ganz sicher keine finanziellen Probleme mehr. Das hätte er nicht tun müssen.«

»Doch, hat er.«

Clare lächelte. »Ich bin froh über deinen Besuch, Frannie. Kommst du noch mal mit deinen Babys her? Ich würde sie liebend gern kennenlernen.«

»Darauf kannst du wetten.«

* * *

»Kommen Sie schon, Clare, noch einen Schritt. Nur noch einen.«

Schweiß rann ihr über das Gesicht, während sie sich mit den Krücken abmühte. »Sie sind ein Sadist, Jeffrey.«

»Sie mögen mich. Das wissen Sie.«

Sie investierte ihre letzten Energiereserven in diesen einen Schritt und stützte sich dann an seinen ausgestreckten Armen ab.

»Klar«, keuchte sie. »Erinnern Sie mich noch mal daran.«

Hinter ihnen klatschte jemand.

Sie drehte sich um und stellte fest, dass ihr Arzt sie beobachtete. »Großartig, Publikum«, brummte sie, bevor sie sich den Schweiß vom Gesicht wischte.

Dr. Paul Langston durchquerte den Raum. »Das war hervorragend. Ich habe mindestens fünfzig Schritte gezählt.«

»Ich sogar fünfundfünfzig«, widersprach Jeffrey.

»Ich kann mich nicht daran erinnern, Ihnen eine Einladung geschickt zu haben, Dr. Paul. Was wollen Sie hier?« Clare dankte Jeffrey, nachdem er ihr in den Rollstuhl geholfen hatte.

»Ich wollte nach meiner Lieblingspatientin schauen. Brauche ich eine Einladung?«

Sie gönnte sich einen langen Schluck aus der Wasserflasche. »Nicht, wenn Sie mich mit Ihrem Charme überwältigen.«

Dr. Langston stieß mit der Schuhspitze gegen ein Rad des Rollstuhls. »Ich denke, wir sind bald so weit, uns von dem Kleinen hier zu verabschieden und Sie nach Hause zu schicken.«

Clares Magen zog sich nervös zusammen. »Schon? Ich dachte, Sie hätten von einem Monat gesprochen?«

»Sie haben sich wohl an uns gewöhnt, was? Können nicht mehr ohne mich leben?«

»Ja, so was in der Art«, erwiderte sie lächelnd. Mit dem kurzen blonden Haar und den schalkhaften blauen Augen war er ein echter Traummann. Schade, dass er auch zehn Jahre jünger war als sie. »Hübsch anzusehen sind Sie ja, schätze ich.«

Er grinste. »Welch ein Kompliment. Das steigt mir glatt zu Kopf. Ich bringe die Lady jetzt auf ihr Zimmer«, teilte er Jeffrey mit.

»Bis morgen, Clare«, verabschiedete sich Jeffrey.

»Kann es kaum erwarten.«

»Sie erholen sich gut«, erklärte Dr. Langston, während er sie über den Flur schob. »Die Pflegerinnen haben mir erzählt, dass Sie schon allein duschen und sich umziehen und dass Sie jeden Tag etwas weniger Hilfe benötigen.« Vor einer Bank auf dem Korridor blieb er stehen und setzte sich, um mit ihr auf Augenhöhe zu sein. »Ich dachte, Sie könnten gar nicht schnell genug von hier wegkommen. Was ist los?«

Sie zuckte die Achseln.

»Liegt es an dem, was Sie zu Hause erwartet?«

Sie hob eine Augenbraue. »Doch eher, was mich *nicht* erwartet.«

»Haben Sie mit Dr. Baker darüber gesprochen?«, fragte er und meinte damit ihren Psychiater.

»Immer mal wieder, aber wir konzentrieren uns im Moment noch auf den Übergriff und all das. Über das vorzeitige Ende meiner Ehe wollte ich nicht reden. Mein Leben scheint nur noch aus einem Haufen ungelöster Probleme zu bestehen«, verkündete sie mit genau dem Lächeln, das sie zu einem der Lieblinge des Pflegepersonals gemacht hatte, das sich in den letzten vier Monaten um sie gekümmert hatte.

»Ich denke, wir sollten ein Datum festlegen.« Dr. Langston verschränkte die Arme über dem weißen Laborkittel. »Heute in zwei Wochen?«

»Sind Sie sicher? Das ist schon so bald.«

»Ihre Töchter warten auf Sie. Wollen Sie nicht nach Hause zu ihnen?«

»Sie leben glücklich bei ihrem Vater.«

»Sie werden sich darüber freuen, Sie wieder bei sich zu haben. Darauf haben sie sehr lange gewartet.«

»Ich bin mir sicher, dass sie sich unterdessen daran gewöhnt haben, ohne mich zurechtzukommen. Wie soll ich denn drei Jahre mit ihnen aufholen?« Sie unterdrückte die Tränen, die ihr unwillkürlich in die Augen traten.

»Das können Sie nicht. Sie können nur nach vorne sehen. Ich werde ehrlich zu Ihnen sein, Clare: Keiner von uns hätte zu hoffen gewagt, dass Sie es je so weit schaffen. Sie haben alle Erwartungen übertroffen. Lassen Sie sich jetzt nicht im Stich, indem Sie aufgeben.«

Sie lachte leise. »Sie werfen mich raus, was?«

»Ich fürchte ja.«

»Sie waren alle ganz wundervoll. Sie werden mir fehlen.«

Er erhob sich von der Bank. »Ach was, Sie werden viel zu sehr damit beschäftigt sein, Ihr neues, fabelhaftes Leben zu genießen, um auch nur an uns zu denken.«

»Irgendwie bezweifle ich das.« Sie knetete die Hände im Schoß. Der Gedanke daran, nach Hause zu gehen, erfüllte sie mit Furcht.

Dr. Langston ging neben ihr in die Hocke, damit sie ihn anschauen konnte. »Reden Sie mit Dr. Baker. Sagen Sie ihm, wie es Ihnen damit geht, wieder heimzukehren. Lassen Sie sich von ihm helfen.«

»Das werde ich. Danke, Paul.«

* * *

Am nächsten Tag fiel Clare ein Artikel in der *Newport Daily News* ins Auge:

Prominenter Architekt heißt Zwillinge willkommen

> NEWPORT – (27. August) Es geschieht nicht jeden Tag, dass Zwillinge die Hochzeit ihrer Eltern stören, aber genau dies ereignete sich am Dienstag.
>
> Jack Harrington, Miteigentümer des renommierten Architekturbüros Harrington Booth Associates hier in Newport, und seine Frau Andi wurden von der Geburt ihrer Söhne John Joseph Harrington IV. und Robert Franklin Harrington überrascht. Die Zwillinge wurden während der Hochzeit ihrer Eltern im Infinity Newport Hotel geboren, dessen Geschäftsführerin ihre Mutter ist. Das im Dezember eröffnete Hotel wurde von Harrington Booth Associates entworfen und gebaut.
>
> »Wir dachten, wir würden nur eine Hochzeit feiern, aber ich schätze, die Babys wollten das nicht verpassen«, erklärte Jamie Booth, Mr Harringtons Geschäftspartner und Schwager. Mr Booth ist mit Frannie, der Schwester von Mr Harrington, verheiratet. Die Booths sind ebenfalls Eltern von Zwillingen,

den Einjährigen Owen und Olivia. »Andi und den Babys geht es hervorragend«, berichtete uns Mr Booth.

Die neugeborenen Zwillinge sind die Enkel von John und Madeline Harrington aus Greenwich in Connecticut, Betty Franklin aus Chicago in Illinois und dem verstorbenen Robert Franklin. Sie haben mit Jill, Kate und Maggie drei ältere Schwestern sowie mit Eric einen Bruder.

Clare las den Artikel ein zweites Mal. Es fiel ihr noch immer schwer, zu fassen, dass Jack jetzt mit einer anderen verheiratet war und mit ihr Zwillinge hatte – zwei Söhne. Jetzt wurde es auch noch in den Nachrichten breitgetreten. Jeder, der noch nicht wusste, dass sie und Jack seit Kurzem geschieden waren, erfuhr es nun druckfrisch.

Da ihr klar war, wie sehr ihre Töchter Babys liebten, konnte sie sich gut vorstellen, dass sie sich über ihre frisch geborenen Brüder freuten. Ohne Zweifel würde sie alles darüber hören, wenn sie sie besuchten. Die Erinnerung an die Geburten der Mädchen zauberte ihr ein Lächeln aufs Gesicht. Jill war gerade erst neunzehn geworden und begann ihr zweites Studienjahr an der Brown University in Providence. Kate würde im November achtzehn werden, und sie hatten ihr zugestanden, dass sie nach ihrem Geburtstag ein Jahr in Nashville verbringen durfte, um ihren Traum von einer Karriere als Countrymusikerin zu verwirklichen. Clares »Baby« Maggie würde im Dezember dreizehn Jahre alt werden.

Clare streckte die Hand nach dem Tisch neben dem Sofa aus, um sich das Buch zu nehmen, das Frannie ihr dagelassen hatte. Sie hatte ein paar Tage gebraucht, um den Mut aufzubringen, es zu öffnen, aber jetzt überwältigte sie die Neugier. Sie schlug die erste Seite auf und fand Trost in Frannies vertrauter, ordentlicher Handschrift. Der erste Eintrag war auf den 20. Juni datiert:

Es ist spät, und die Mädchen liegen endlich im Bett. Sie waren heute völlig überdreht – es ist der letzte Schultag. Wir haben jetzt eine Elftklässlerin, eine Zehntklässlerin und eine Viertklässlerin. Ich freue mich, sie zur Abwechslung einmal aufgeregt und glücklich zu sehen. Das ist schon eine Weile her.

26. Juli

Jack sitzt jeden Tag stundenlang an Clares Bett. Er redet mit ihr, bis er heiser und erschöpft ist. Wenn ich ihn betrachte, frage ich mich, wie er jemals ohne sie leben soll. Aber er ist noch nicht so weit, daran zu denken. Ich weiß nicht, ob er jemals so weit sein wird.

Clare wischte sich eine Träne von der Wange und überflog weitere Einträge, die davon berichteten, was die Mädchen in jenem Sommer gemacht hatten. Jill hatte für eine Nachbarsfamilie Babysitterdienste übernommen, und Kate war zum ersten Mal in ein Ferienlager gefahren. Sie waren oft an den Strand gegangen, und Jamie hatte sie auf dem Segelboot mitgenommen, das ihm und Jack gehörte.

19. August

Jill ist heute sechzehn geworden, und es ist ihr erster Geburtstag ohne ihre Mom. Sie war den ganzen Tag lang niedergeschlagen, hat aber die Feier genossen, die wir ihr nach dem Abendessen geschmissen hatten. Die Pflegerinnen, die sich um Clare kümmern, sind zu einem Teil der Familie geworden, und Jill hat sie auf ein Stück Kuchen eingeladen.

Genug, dachte Clare, bevor sie das Buch schloss und sich die Tränen trocknete. *Das reicht für heute.*

KAPITEL 2

Jack brachte Maggie auf einen Besuch vorbei, die durch die Tür gestürmt kam und wie ein Wasserfall redete – ganz im Gegensatz zu ihrem Vater.

Clare umarmte ihre jüngste Tochter und winkte ihn rein, obwohl ihr Herz wild schlug. *Wie lange wird es dauern, bis das aufhört?* Groß, mit dichtem dunklen Haar und grauen Augen, wirkte er erschöpft, aber glücklich. Tatsächlich sah er fantastisch aus, allerdings war das nichts Neues. »Glückwunsch.«

»Danke«, erwiderte er. »Wie geht es dir?«

Bevor Clare antworten konnte, plapperte Maggie in dem offensichtlichen Versuch, die unangenehme Anspannung zwischen ihren Eltern zu kompensieren, wieder drauflos. Groß war sie über den Sommer geworden, und ihr glattes dunkles Haar – ganz wie das ihres Vaters – fiel ihr über den Rücken. »Du glaubst nicht, wer sich heute am Strand hat blicken lassen.« Sie verdrehte die blauen Augen, während ihre Eltern sie belustigt beobachteten.

»Wer?«, fragte Clare.

»Hailey Harper. Die haben wir so satt. Nach dem, was sie sich letztes Jahr in der Schule geleistet hat …« Sie schüttelte angewidert den Kopf.

»Maggie, sei nett«, warnte Jack.

»Was auch immer. Sie ist diejenige mit dem Problem. He, kann ich ein Eis haben?« Ihre Augen leuchteten, und Hailey war vergessen.

»Klar.« Jack nahm einen Zehn-Dollar-Schein aus seinem Geldbeutel. »Hol Mom auch eins.«

»Rocky Road?«, fragte Maggie sie.

»Natürlich«, bestätigte Clare mit einem kleinen Lachen. »Danke.«

»Wow«, seufzte Jack, sobald Maggie sich auf den Weg zur Cafeteria des Krankenhauses gemacht hatte. Dann setzte er sich zu Clare. »Sie ist zurzeit ein echter Wirbelwind.«

»Das war sie schon immer.« Ihr fiel sein neuer Platinring auf, und sie fragte sich, was aus dem Goldring geworden war, den sie ihm angesteckt hatte. »Was für eine Aufregung diese Woche. Geht es allen gut?«

»Ja, aber ich habe seit vier Tagen nicht geschlafen«, entgegnete er mit einem schiefen Lächeln, das ganz typisch für ihn war. Ihr stockte dabei stets der Atem. »Der Doppelschlag haut einen ganz schön um. Es nimmt kein Ende.«

»Das kann ich mir vorstellen.« Sie zwang sich dazu, heiter zu klingen. »Und Andi? Alles in Ordnung?«

»Sie ist müde und wund, aber sie erholt sich gut, wenn man bedenkt, dass sie keinen Schlaf bekommt und rund um die Uhr erst das eine, dann das andere Baby füttert.«

»Tolle Flitterwochen, was?«, scherzte Clare.

Er lächelte und zuckte die Achseln.

»Sag ihr auch von mir Herzlichen Glückwunsch.«

»Mach ich. Wie fühlst du dich?«

»Offensichtlich gut genug, um entlassen zu werden.«

Seine Augen leuchteten erfreut auf. »Wirklich? Wann?«

»Es heißt, Anfang September.«

»Wow. Das ist toll, Clare.«

»Ich schätze schon.«

»Du klingst nicht sehr glücklich darüber.«

»Doch, bin ich aber.« Sie zupfte sich unsichtbare Fusseln von der Jeans und erhaschte einen Blick auf ihn. *Gott, er ist umwerfend.* Das war er schon immer gewesen, seit dem Sommertag, an dem sie sich vor zweiundzwanzig Jahren auf Block Island kennengelernt hatten.

»Dann müssen wir das Haus vorbereiten«, meinte er. »Ich werde ein paar Leute rüberschicken, um das Bad unten anzupassen und dir im Erdgeschoss ein Schlafzimmer einzurichten, bis du die Treppe schaffst.«

»Das musst du nicht, das kann ich selbst übernehmen. Du hast genug um die Ohren.«

»Überlass das mir. Es macht mir nichts aus.«

Da sie wusste, dass es ihn wirklich keine größere Anstrengung kosten würde, sich um alle Dinge, die am Haus erledigt werden mussten, zu kümmern, nickte sie. »Okay. Danke.«

»Vergiss nicht, was ich gesagt habe: was auch immer du brauchst. Du musst es nur aussprechen.«

»Das ist so merkwürdig«, flüsterte sie und fasste damit die Anspannung zwischen ihnen in Worte. Sie waren erst seit zwei Wochen geschieden, und er war bereits wieder verheiratet und hatte frisch geborene Zwillinge. Unvorstellbar.

»Das wird es vermutlich noch eine Weile sein, aber es wird mit Sicherheit leichter. Für uns beide.«

»Das hoffe ich. Wir müssen uns auf die Mädchen konzentrieren, vor allem auf Maggie.«

»Immer.« Er drückte ihre Hand.

Maggie kam zurück ins Zimmer, zwei tropfende Eiswaffeln in den Händen. »Beeil dich, Mom, es schmilzt schon.« Sie hielt Clare eine der Waffeln hin und reichte ihrem Vater das Wechselgeld.

Jack stand auf. »Ich muss zurück. Als wir los sind, haben die Babys geschlafen, aber das hält nie lange an. Kate holt dich nachher ab, Maggie.« Zögernd beugte er sich runter, um Clare einen Kuss auf die Wange zu geben. »Ich melde mich noch mal wegen dem Haus.«

»Danke, Jack.«

»Kein Problem. Bis nachher, Mags.«

Sobald er weg war, wandte Clare sich an Maggie, während sie an ihrem Eis schleckten. »Erzähl mir von den Babys. Es ist ganz schön aufregend, was?«

Maggies Gesicht strahlte auf. »O Gott, Mom, sie sind unglaublich. Sie haben glänzendes schwarzes Haar und winzige zerknautschte Gesichter …« Sie verstummte abrupt und widmete sich wieder ganz ihrem Eis.

»Es ist okay, dass du dich über deine neuen Brüder freust, Schatz.«

Maggies Wangen liefen rot an. »Ich will nicht unsensibel sein.«

Clare war überrascht, wie erwachsen ihre jüngste Tochter plötzlich wirkte. Vor drei Jahren hatte sie ein kleines Mädchen zurückgelassen, und bei ihrer Rückkehr fand sie eine junge Frau vor. In solchen Augenblicken erschrak sie. »Du bist nicht unsensibel. Du hast zwei frischgebackene kleine Brüder. Natürlich bist du begeistert.«

Maggie strahlte. »Sie sind großartig.« Sie biss in ihre Eiswaffel. »Genau genommen habe ich jetzt drei kleine Brüder.«

»Ich weiß.« Von Maggies enger Bindung zu Eric, Andis Sohn aus ihrer ersten Ehe, hatte sie schon gehört. Maggie hatte Gebärdensprache gelernt, um mit dem hörgeschädigten Jungen zu kommunizieren, und konnte sich schon fast fließend verständlich machen.

»Dad hat Eric adoptiert.«

»Das ist nett von ihm.«

»Er kennt seinen eigenen Vater nicht, also ist unserer eh schon wie sein Dad.«

»Damit wird es nur offiziell«, erwiderte Clare lächelnd. *Oh, wie das schmerzte.* Jacks Leben verlief in geordneten Bahnen, während ihres ein Trümmerhaufen war. Sie rief sich ins Gedächtnis, dass es ihre Entscheidung gewesen war, ihn gehen zu lassen. Jetzt musste sie nur noch herausfinden, wie sie damit leben sollte. »Die Ärzte lassen mich in etwa zwei Wochen nach Hause.«

Maggies Augen leuchteten auf. »Echt?«

Clare nickte. »Ich hoffe, dass du ein wenig Zeit mit mir verbringen möchtest.« *Das klingt so armselig. Wie soll ich denn jemals mit drei neuen Brüdern konkurrieren?*

»Ich komm zu dir, um Schlaf nachzuholen«, scherzte Maggie.

Clare lachte und aß ihre Eiswaffel auf. »Verstehe. Du benutzt mich nur?«

»Definitiv.« Maggie kicherte. »Dad hat ein Haus am Ocean Drive gekauft.«

Kate und Maggie wohnten mit Jack und Andi im Hotel, seit die Babys auf der Welt waren. Kurz bevor die Scheidung durch gewesen war, war er aus dem Haus ausgezogen, das jetzt Clare gehörte. »Hat er das?«

»Ja, irgendein graues Gebäude, das graue Haus oder so«, sagte Maggie achselzuckend.

»Ach so, Gray Hall.« Vor ihrem Unfall war Clare Immobilienmaklerin gewesen und kannte das Anwesen gut. »Das ist ein schönes altes Haus, direkt am Wasser.«

Maggie verdrehte die Augen. »War ja klar. Du weißt ja, wie komisch er sich damit hat.«

»Ja, das weiß ich«, bestätigte Clare und musste über Jacks Bedürfnis lächeln, immer am Wasser zu wohnen.

»Na ja, ich schätze, wir ziehen Ende nächster Woche ein. Im Hotel zu wohnen ist allmählich öde, und sie wollen sich mit den Babys einrichten und so.«

»Das kann ich mir gut vorstellen. Sobald ich zu Hause bin, machen wir einen Plan, damit du mit uns beiden Zeit verbringen kannst, okay?«

»Klar. Ich bin froh, dass du hier rauskannst.«

»Ich auch. Wir haben einiges nachzuholen.«

Die Tür öffnete sich, und Kate betrat das Zimmer. Es erstaunte Clare jedes Mal, wie sehr ihre mittlere Tochter ihr ähnelte, mit den gleichen ungebärdigen blonden Haaren und strahlend blauen Augen. Es war, als stünde sie sich selbst als Achtzehnjähriger gegenüber, abgesehen davon, dass Kate Jacks Größe geerbt hatte, was ihrem Gang etwas Gazellenhaftes verlieh, als sie den Raum durchquerte, um ihrer Mutter einen Kuss auf die Stirn zu geben.

»Was hast du denn gegessen, Nervensäge?«, fragte Kate ihre Schwester. »Du hast es dir übers ganze Gesicht geschmiert.«

»Nenn sie nicht so, Kate«, ermahnte Clare sie, ehe sie Maggie ein mitfühlendes Lächeln schenkte.

»Schon gut, Mom. Ich würde vor Schreck tot umfallen, wenn sie mich Maggie nennen würde.«

Kates Augen funkelten. »Echt? Maggie, Maggie, Maggie. Verdammt, hat nicht geklappt.«

»Ha, ha«, erwiderte Maggie, bevor sie sich mit einem Lappen aus dem Bad das Eis vom Gesicht wischte.

»Ich stelle fest, dass sich manche Sachen nie ändern«, bemerkte Clare.

»Mom kommt übernächste Woche nach Hause«, teilte Maggie ihrer Schwester mit.

»Großartig. Ich bin froh, dass du noch eine Weile zu Hause bist, bevor ich gehe.«

Clare nickte. »Ich auch.« Sie dachte nicht gerne an Kates bevorstehende Abreise nach Nashville. Diese Entscheidung hatte Jack vor ihrer Genesung getroffen, und er hatte Clare davon überzeugt, dem Ganzen ein Jahr lang eine Chance zu geben. Er hatte ihr versprochen, sich um die Details zu kümmern, unter anderem auch darum, dass Kate sicher unterkam. Clare war froh, dass sie noch ein paar Monate hatte, bevor sie sich damit auseinandersetzen musste.

»Tut mir leid, Mom, aber wir müssen los«, erklärte Kate und küsste ihre Mutter auf die Wange. »Da ich morgen arbeite, muss ich dringend ins Bett.« Sie spielte schon den ganzen Sommer im Infinity Newport Hotel auf der Terrasse Gitarre und sang.

»Schon gut. Schön, dass ihr mich besucht habt, auch wenn es nur kurz war.«

»Ich ruf dich morgen an«, versprach Maggie, bevor sie ihrer Mutter einen Gutenachtkuss gab.

»Darauf freue ich mich.« Sie winkte, bis sich die Tür hinter ihnen schloss. Während sie ihnen nachsah, verspürte sie plötzlich die lähmende Angst, sie könnten ihrer Stiefmutter näher sein als ihr, und sie fragte sich, ob sie die enge Bindung zu ihren Töchtern, die sie früher gehabt hatte, jemals zurückbekommen würde.

KAPITEL 3

22. November

Heute ist Thanksgiving, und ich habe mir fest vorgenommen, die Mädchen an all die Dinge in ihrem Leben zu erinnern, für die sie trotz ihres Verlustes dankbar sein können. Mutter, Dad, Jamie und seine Eltern kommen zum Abendessen, und ich hoffe, dass es Jack hilft, sie alle hierzuhaben. Heute spürt man Clares Abwesenheit besonders schmerzlich. Die Feiertage waren ihre liebste Zeit im Jahr, und sie hat für uns alle immer etwas Besonderes daraus gemacht. Es hat mich eine große Anstrengung gekostet, heute auch nur aufzustehen. Ich kann mir nicht vorstellen, wie es Jack und den Mädchen geht.

1. Januar

Ich weiß nicht, wann ich jemals so froh war, mich von einem Jahr zu verabschieden. Jill und Kate wurden über Silvester zu einer Pyjama-Party eingeladen, und ich habe ihnen zugeredet, anzunehmen. Es tut ihnen gut, Zeit mit ihren Freunden zu verbringen. Nachdem Maggie im Bett war, haben Jack und ich uns gepflegt betrunken und im Fernsehen die Silvesterfeier am Times Square geguckt. Um Mitternacht habe ich kurz zu Jack rübergeschaut und gesehen, dass ihm Tränen über das Gesicht rannen. Sein Schmerz ist so heftig. Weihnachten war schrecklich. Sie wollten alle keinen Baum und keinen Schmuck. Ich habe versucht, sie zu überreden, aber Jack bat mich, es sein zu lassen. Keiner war in der Stimmung.

Das Telefon klingelte, und Clare legte das Tagebuch beiseite und atmete tief durch, um sich zu beruhigen, ehe sie ranging.

»Hallo?«

»Hi, Clare. Ich bin's, Janice Hayes.«

»Hi, Janice. Schön, von dir zu hören.«

»Wie fühlst du dich?«

»Ich kann bald nach Hause. Nur noch eine Woche.«

»Oh, das sind wundervolle Neuigkeiten. Cooper und ich haben uns immer wieder nach dir erkundigt.«

Cooper Hayes war seit Jahren Jacks Anwalt. An etlichen Veranstaltungen hatten sie zu viert teilgenommen, und er hatte sich auch um ihre Scheidung gekümmert. Es war schön, zu wissen, dass ihre alte Freundin sie nicht vergessen hatte. »Danke, es tut gut, deine Stimme zu hören.«

»Ich wollte eigentlich mal bei dir vorbeikommen, aber Jack meinte, du würdest im Krankenhaus keine Besucher haben wollen.«

»Na ja, ich wollte wieder ganz die Alte sein, bevor ich mich der Welt stelle. Warum schaust du nicht vorbei, wenn ich hier raus und wieder zu Hause bin? Ich würde dich liebend gerne sehen.«

»Sehr gerne. Coop hat mir gesagt, was passiert ist, dass du …«

»Dass ich vergewaltigt worden bin und der Täter damit gedroht hat, eines meiner Kinder zu töten, sollte ich es jemandem verraten.« Sie ersparte es Janice, die Worte auszusprechen. »Ich habe es niemandem erzählt, und der Druck war grauenhaft.«

Sie hielt inne, bevor sie fortfuhr, denn sie wusste, dass sie ihrer Freundin genauso gut auch den Rest anvertrauen konnte. »An dem Tag auf dem Parkplatz, als das Auto auf mich zuraste … Ich schäme mich, es zuzugeben, aber für mich war das wie ein willkommener Ausweg. Ich habe zugelassen, dass mich das Auto erfasst, Janice.« Erst seit Kurzem, nach monatelanger, intensiver Therapie, war sie bereit, darüber zu reden. »Ich habe meinen Mädchen etwas Schreckliches angetan, indem ich das vor ihren Augen habe geschehen lassen.«

»Es tut mir so leid, Clare«, flüsterte Janice, und Clare erkannte, dass sie weinte. »Der Mann, der dir wehgetan hat …«

»Er sitzt eine lebenslange Haftstrafe in Kalifornien ab. Offensichtlich war er ein Serientäter.«

»Gott sei Dank haben sie ihn erwischt. In der Zeitung habe ich gelesen, dass Jack wieder geheiratet hat. Ich kann mir kaum vorstellen, wie du dich fühlst. Ihr zwei habt euch so geliebt, das konnte man immer sehen. Wir haben euch geradezu beneidet.«

»Ja«, seufzte Clare. »Aber mein Mann hat sich nun mal in eine andere verliebt, während ich im Koma lag, und sie war schon mit Zwillingen schwanger, als ich wieder zu mir kam. Man kann sich gut denken, was für ein Schock das war.«

»Das muss ganz schrecklich für dich gewesen sein. Geht es dir gut?«

»Es wird besser. Alles ist so gekommen, wie es sollte.«

»Was du durchgemacht hast, ihr alle … Wenn ich irgendwas für dich tun kann, dann hoffe ich, dass du nicht zögerst, es mich wissen zu lassen.«

»In den nächsten Monaten werde ich alle Freunde brauchen können, die ich habe. Ich hoffe doch sehr, dass du mich besuchst.«

»Das werde ich, versprochen.«

Clare legte auf und stellte das Telefon auf den Tisch neben ihrem Bett. *Ich schätze, das war die erste von vielen Unterhaltungen dieser Art, die ich führen werde.*

* * *

Sie wollte an einem Samstag nach Hause, damit die Mädchen bei ihr sein konnten, wenn sie das Krankenhaus verließ. Jill war eigens für den großen Tag vom College in Providence gekommen, und Clares Mutter Anna war aus Hartford angereist.

Auf den Fluren der Reha-Klinik standen die Pflegekräfte, die ihrer berühmten Patientin auf ihrer finalen Rollstuhlfahrt zur Eingangstür applaudierten. Peinlich berührt von der ganzen Aufmerksamkeit fuhr Clare in die schwüle Luft des

Spätsommers, reichte Kate ihre Krücken, die sie auf dem Schoß gehalten hatte, und ließ sich auf den Beifahrersitz ihres eigenen, geliebten burgunderroten Volvos nieder. Sie hatte ihn bar mit der Provision für das erste Haus bezahlt, das sie jemals verkauft hatte, und hing daran, trotz der vielen Versuche, die Jack unternommen hatte, ihr ein besseres Auto zu besorgen. Sobald sie die Tür geschlossen hatte und sich umdrehte, stellte sie erschrocken fest, dass Jill hinter dem Steuer saß.

Jill lachte. »Ja, Mutter, ich fahre jetzt.«

»Ich auch«, tönte Kate von der Rückbank, die sie sich mit Maggie und ihrer Großmutter teilte.

»Und ich«, rief Maggie, und alle brachen in Gelächter aus.

»Natürlich wusste ich, dass ihr einen Führerschein habt, aber dass ihr mich kutschiert, ist dann doch etwas anderes«, erklärte Clare. »Daran muss ich mich erst gewöhnen.«

»Ist schon gut«, antwortete Jill.

»Fahr langsam, Schatz, du willst doch nicht, dass ich an meinem ersten Tag aus dem Krankenhaus einen Herzanfall bekomme.«

Anna tätschelte ihrer Tochter die Schulter. »Entspann dich, Liebes, sie sind beide ausgezeichnete Autofahrerinnen.«

»Danke, Oma, ich denke, das musste sie hören«, erwiderte Jill amüsiert, bevor sie den Wagen vom Krankenhaus weglenkte. »Was meinst du, Mom? Wollen wir einen kleinen Umweg wagen?«

»Auf jeden Fall.« Sie öffnete das Fenster einen Spaltbreit für etwas frische Luft. Seit sie im April aufgewacht war, hatte sie das Krankenhaus bisher nur einmal verlassen, um im Juni an Kates Abschlussfeier von der Highschool teilzunehmen.

Jill lenkte den Volvo durch die Innenstadt und am Newport Harbor entlang. Während der Fahrt schwieg Clare und nahm das Vertraute und all die Veränderungen auf, die im Laufe der Zeit stattgefunden hatten – eine neue Spur auf einer Straße, die Begrünung vor einem ihrer Lieblingsrestaurants, einst geliebte Läden, die verschwunden und durch neue ersetzt worden waren.

»Können wir einen Abstecher machen?«, fragte Clare, sobald Jill sich der Ampel am Ende der America's Cup Avenue näherte, hinter der sie normalerweise den Hügel hinauf dem Memorial Boulevard gefolgt wären.

»Klar, wo soll es denn hingehen?«, wollte Jill wissen.

»Ich möchte das Hotel sehen.« Jack hatte Andi beim Bau des Hotels kennengelernt, und Clare war schon seit Monaten ganz neugierig darauf.

»Kein Problem«, erklärte Jill und bog nach rechts auf die Lower Thames, die sie zum Ocean Drive bringen würde.

»Seht euch nur die ganzen Leute an«, staunte Anna über die Touristen, die sich auf den idyllischen Bürgersteigen und Pflasterstraßen der Stadt drängten.

»Newport ist so beliebt wie eh und je«, bestätigte Clare.

Schweigend folgten sie den sich windenden Kurven des Ocean Drive, bis ein mit Blattgold verziertes Schild mit der Aufschrift »Infinity Newport« vor ihnen auftauchte. Am Ende einer einen halben Kilometer langen Auffahrt schmiegte sich das Hotel an die Küste von Rhode Islands Narragansett Bay.

»Oh, wow.« Clare bewunderte das ausladende, zweistöckige Schindelhaus mit den dunkelgrünen Fensterläden und Verzierungen. »Es sieht aus, als stünde es schon seit Jahren hier.«

»Ich weiß«, stimmte Kate ihr zu. »Das dachte ich auch.«

»Es ist sehr elegant«, musste Clare zugeben.

»Warte, bis du das Innere siehst«, meinte Maggie. »Es ist beeindruckend.«

»Das heben wir uns für ein andermal auf«, versprach Clare, während Jill sie langsam am Hotel vorbeifuhr. »Dad und Onkel Jamie haben großartige Arbeit geleistet. Danke, dass ihr es mir gezeigt habt.«

Während der ganzen sechzehn Kilometer langen Fahrt auf dem Ocean Drive an Newports Südküste entlang schwiegen sie wieder.

»Oh, guckt mal, das ist das Haus, das Dad und Andi gekauft haben.« Maggie zeigte auf ein kunstvolles schmiedeeisernes Tor vor einem zweistöckigen grauen Haus im Kolonialstil.

»Das ist es? Ich hatte es noch gar nicht gesehen.« Jill bremste das Auto ab, um einen besseren Blick darauf zu erhaschen. »Wow, es ist riesig.«

»Das ist es«, stimmte Kate zu. »Davor haben wir auch einen kleinen Strand.«

»Sehr hübsch.« Während ihre Töchter das neue Haus ihres Vaters betrachteten, fühlte Clare sich plötzlich irgendwie ausgeschlossen. »Ich denke, ich bin jetzt so weit, nach Hause zu fahren.«

»Okay, Mom«, erwiderte Jill und bog auf die Bellevue Avenue ab, die sie an den berühmten Villen der Stadt vorbeiführte. Sie fuhren am Karussell am First Beach vorbei, und wenige Kurven später lenkte Jill das Auto auf die Kiesauffahrt vor ihrem Zuhause.

Kate holte Clares Krücken und half ihrer Mutter aus dem Auto.

Clare warf einen langen Blick auf das Haus, das sie seit über drei Jahren nicht gesehen hatte. Die Pflanzen, die in ihrer Abwesenheit gewachsen und gediehen waren – genau wie ihre Töchter –, waren der einzige erkennbare Unterschied. Das Angebot ihrer Kinder, ihr zu helfen, lehnte sie ab, dann stieg sie vorsichtig die drei kleinen Stufen zur vorderen Veranda hinauf. Als eine Welle der Erinnerungen sie überkam, bedeutete sie den anderen, vorzugehen.

»Ich komme gleich nach.« Sie lehnte sich an das Verandageländer. »Geh schon vor, Schatz«, drängte sie Jill, die unsicher zögerte.

Jill trat ein, aber Clare hielt inne, von Erinnerungen überwältigt, und starrte die grellrote Eingangstür an.

* * *

»Drei kleine Stufen«, hatte er gesagt, als er ihre Hände nahm, um sie zu führen. »Eins, zwei, okay, bleib kurz hier stehen.«

Sobald sie hörte, wie eine Tür geöffnet wurde, war sie versucht, die Augenbinde beiseitezuschieben, auf die er bestanden hatte. »Jack, wo sind wir? Was ist los?« Sie spürte, wie er zu ihr zurückkam, und bevor sie sichs versah, hob er sie hoch. »Jack, was tust du da?«

»Ich trage meine Braut über die Türschwelle.«

»Braut? Hast du den Verstand verloren?«, fragte sie, als er sie wieder absetzte und die Augenbinde löste. Kaum hatten sich ihre Augen an das Licht gewöhnt, bemerkte sie eine hohe Decke, einen glänzenden Holzboden und Glas – jede Menge Glas, durch das sie einen überwältigenden Blick auf das Meer hatte. »Was ist das? Wo sind wir hier?«

Er legte die Arme um sie und küsste sie. »Wir sind zu Hause. Frohe Weihnachten.«

»Zu Hause?« Erneut sah sie sich um. »Ich verstehe nicht …«

Er nahm sie bei der Hand und führte sie in die Küche.

Durch die Fenstertüren erkannte sie eine steinerne Terrasse, in die ein aufwendig gefliester Pool eingelassen war. »Hast du das Haus gekauft, Jack?«

»Nicht direkt. Ich habe es gebaut.«

Sie wirbelte herum, um sich noch einmal umzuschauen, und begriff, dass ihr ein Teil von dem, was sie erblickte, vertraut war. »O Gott, du hast es gebaut. Du hast mein Haus gebaut, nicht wahr?«, flüsterte sie überwältigt, die Augen voller Tränen. »Das Haus, das du mir nach unserer Hochzeit gezeichnet hast?«

Er nickte.

Sie wischte sich die Tränen vom Gesicht. »Aber wie? Wann? Wann hast du das geschafft?«

»Mit vielen späten Abendterminen mit ›Kunden‹ und mit vielen, vielen Lügen«, erklärte er mit jenem Lächeln, bei dem ihr auch nach dreizehneinhalb gemeinsamen Jahren noch immer die Knie weich wurden.

»Hast du auch das Schlafzimmer mit dem ganzen Glas gebaut?«, fragte sie aufgeregt, während ihr die Einzelheiten seiner Pläne wieder einfielen, die er für »irgendwann« gezeichnet hatte.

»Natürlich. Soll ich es dir zeigen?«

Nickend legte sie die Arme um ihn. Womit hatte sie nur diesen Mann verdient – diesen wundervollen, aufmerksamen, großzügigen Mann? »Ich will es sehen, aber zunächst will ich nur dich.« Sie drückte ihn fest an sich. »Ich fasse nicht, dass du das getan hast.«

Er zog sich zurück, um sie zu betrachten. »Hast du geglaubt, ich hätte es vergessen?«

»Du warst so beschäftigt im Büro. Ich habe seit Jahren nicht mehr daran gedacht.«

»Ich habe nie aufgehört, daran zu denken, und in dem Moment, da dieses Grundstück auf dem Markt war, habe ich zugeschlagen.«

»Es ist so schön, aber es muss dich ein Vermögen gekostet haben. Können wir uns das leisten?« Sie hob den Blick zu ihm. Das Büro, das er und Jamie vor fast sechs Jahren gegründet hatten, war unglaublich erfolgreich, aber sie hätte nicht gedacht, dass sie so viel Geld hatten.

»Wir können es uns leisten. Bei vielem habe ich selbst Hand angelegt, um die Kosten niedrig zu halten, aber darüber möchte ich nicht reden. Darf ich dir den Rest zeigen?«

»Ja.« Sie streichelte sein Gesicht. »Falls ich es nachher vergesse: Danke, Jack. Das ist die schönste Überraschung, die mir jemals jemand bereitet hat.« Sie zog ihn zu sich runter und küsste ihn so leidenschaftlich, dass es ihnen beiden den Atem verschlug.

»Wow«, flüsterte er, nachdem sie ihn endlich losgelassen hatte. »Ich sollte dir öfter ein Haus bauen. Komm.«

Er zog sie durch die Küche zum Büro, dann weiter ins Esszimmer und ins Wohnzimmer, in dem ein riesiger Kamin aus Stein prangte. Treppen führten sowohl von der Küche als auch vom Wohnbereich aus in den oberen Stock, in dem sich die Zimmer der Mädchen befanden.

»Jede von ihnen hat ihr eigenes Bad, was notwendig ist, da sie bald Teenager sind. Es wird dich vermutlich freuen, zu hören, dass auch jede ihren eigenen Boiler hat. Damit hat das Gezanke wegen des heißen Wassers endlich ein Ende.«

»Du hast an alles gedacht.« Es gab nichts, was sie geändert hätte. Gegenüber den Räumen für die Mädchen lagen drei weitere Schlafzimmer.

»Eines ist für Gäste mit einem weiteren Bad, und die anderen beiden können als Fitnessraum oder etwas anderes genutzt werden, ganz wie du möchtest.«

»Okay, ich versuche gerade, die Bäder zu zählen …«

»Sechs, unseres mit eingeschlossen: eins unten, vier hier oben und eins weiter oben. Sieben Schlafräume insgesamt.«

Sie schlug sich eine Hand vor den Mund, als sie ins Gästezimmer spähte. »Das ist alles überwältigend.« Das Haus war so gebaut worden, dass fast jeder Raum einen Blick aufs Meer bot. Die Wände hatte er weiß gelassen, damit sie die Farben auswählen konnte.

»Das Beste muss ich dir noch zeigen.« Er nahm ihre Hand, um sie zur Wendeltreppe mitten im ersten Stock zu führen. »Nach dir.«

Sie kletterte die sich windenden Stufen hinauf, öffnete oben die Tür und schrie überrascht auf. Das gesamte Geschoss hatte eine kreisrunde Grundfläche, und die Wände bestanden vollständig aus Glas, sodass man freie Sicht auf den Strand und das Wasserreservoir hatte. In der Mitte teilte ein Kamin den Schlafbereich von der Sitzecke. Es war der einzige Raum, der schon Möbel enthielt: ein großes Doppelbett aus Kirschbaumholz und schwere Ledermöbel im Wohnbereich.

Mit neuen Tränen in den Augen drehte sie sich zu ihm um. »Oh, Jack, es sieht genau so aus, wie du es beschrieben hast.«

»Daran erinnerst du dich?«

»Natürlich. Immer, wenn wir in der Wohnung in Beacon Hill im Bett gelegen haben, hast du das hier bis ins letzte Detail geschildert. Es ist viel schöner geworden, als ich es mir je hätte vorstellen können.«

Er schob sie zu dem geräumigen Bad, in das er einen großen Whirlpool eingebaut hatte. Alles bestand aus Marmor und funkelte neu.

»Da wäre noch etwas. Komm raus.« Er öffnete die Schiebetür zu einer kleinen Sonnenterrasse, die über den Pool und die steinerne Küstenlinie unter ihnen ragte.

»Schau dir das nur an«, bewunderte sie den Ausblick. Das Wintermeer schäumte in eisigem Zorn, und die Möwen stürzten sich auf der Suche nach ihrem Mittagessen in die Brandung. In der Ferne lag, von ein paar abgehärteten Joggern und ihren

Hunden abgesehen, öde und verlassen ein Sandstrand. »Das ist fantastisch. Das schönste Haus, das ich je gesehen habe.«

»Freut mich, dass es dir gefällt.« Die Erleichterung stand ihm ins Gesicht geschrieben. »Ich war ein wenig besorgt.«

»Dass es mir nicht gefällt? Ich liebe es. Warum warst du nervös?«

Er zuckte die Achseln und lächelte breit. »Ich bin schon lange genug verheiratet, um zu wissen, wie genau Frauen es mit ihren Häusern nehmen.«

»Darüber hättest du dir nicht den Kopf zerbrechen müssen. Ich liebe jeden Zentimeter. Was für ein Glück ich habe, dass mein Mann so talentiert ist.« Sie küsste ihn erneut, so wie unten, und warf vor Freude die Arme um ihn. »Ich liebe es, ich liebe dich, und ich will es noch einmal sehen.«

Er beugte sich zu einem weiteren dieser Küsse hinunter, mit denen sie ihn bedachte. »Alles zu seiner Zeit«, versprach er, dann brachte er sie wieder nach drinnen und schloss die Tür vor der Dezemberkälte.

Sie legte ihm die Hände auf die Brust, um ihn rückwärts zu dem neuen Bett zu schieben.

Schließlich fiel er darauf und zog sie mit sich. »Weißt du, wenn sie ein Schiff taufen, dann zerschlagen sie eine Flasche Champagner am Bug«, sagte er mit einem Funkeln im Auge.

Sie küsste ihn. »Ja, davon habe ich gehört.«

Er legte die Arme um sie. »Weißt du, wie man neue Häuser einweiht?«

»Ich denke, dass ich das gleich rausfinden werde.«

* * *

Kate trat zu ihr vor die Tür. »Mom?«

Clare schüttelte den Kopf und vertrieb die Erinnerung. »Ich komme.«

»Alles okay?«

»Ja, Schatz, alles gut. Lass uns reingehen, okay?«

KAPITEL 4

Das Haus war mehr oder weniger genauso, wie sie es in Erinnerung gehabt hatte. Die Möbel standen anders, ein paar Teppiche waren ersetzt und neue Bilder aufgehängt worden, Pflanzen waren entweder verwelkt oder bis zur Unkenntlichkeit gewuchert. Wie versprochen hatte Jack ihr im Arbeitszimmer einen Schlafbereich eingerichtet, und das Bad im Erdgeschoss war mit Handläufen ausgestattet worden. Die Mädchen hatten ihre Kleidung vom Dachboden geholt und sie in den Schrank geräumt.

Clares Mutter wollte einen Monat bei ihr verbringen, und Sally Coleman, die Krankenschwester, die während ihres Komas ihre Pflege beaufsichtigt hatte, würde täglich kommen, um Clares Physiotherapie fortzusetzen.

Die Mädchen schmissen eine Willkommensparty mit Steaks vom Grill, gebackenen Kartoffeln und Salat – ihr Lieblingsessen. Sie freuten sich so sehr darüber, dass sie wieder zu Hause war, dass Clare sich von ihrer Begeisterung anstecken ließ. Aber je weiter der Abend voranschritt, desto deutlicher wurde ihr bewusst, dass im Grunde nichts in Ordnung war.

Es fiel ihr immer schwerer, ihre Panik zurückzudrängen. Wo war Jack? Würde er wirklich nie wieder energiegeladen und glücklich von der Arbeit reinplatzen, um ihr von einem neuen Design zu erzählen oder von einem Kunden, den er an Land gezogen hatte, oder gar von einem Scherz zwischen ihm und Jamie?

Wie war es nur möglich, dass er nicht mehr hier wohnte? Oder dass er dieses Haus, wenn auch nur vorübergehend, mit einer anderen Frau geteilt hatte? Wie hatte er sie heiraten können? Wie war das alles nur passiert? All die Gefühle, die sie in den langen Monaten im Krankenhaus unter Kontrolle gehabt hatte, drängten an die Oberfläche. Ihre Brust krampfte sich zusammen, und sie wusste, dass sie vor den Mädchen weinen würde, wenn sie sich nicht sofort zurückzog.

Also stand sie auf, und Maggie sprang hoch, um ihre Krücken zu holen. »Danke für das herrliche Essen. Entschuldigt ihr mich bitte?« Sie humpelte ins Arbeitszimmer und schloss die Tür.

* * *

Maggie wandte sich an ihre Großmutter. »Was ist los mit ihr?«

»Ich denke, dass das alles ein wenig zu viel für sie ist, Liebes.« Anna tätschelte ihrer Enkelin die Hand. »Sie wird sich an jede Menge Veränderungen in ihrem Leben gewöhnen müssen.«

Das Telefon klingelte, und Kate stand auf, um abzuheben.

»Hi, Dad.« Kate blickte zu den anderen. »Ja, sie ist zu Hause. Es ist alles gut gegangen.« Sie nahm den Hörer zur Seite und legte eine Hand auf die Sprechmuschel. »Er will mit Mom reden. Soll ich sie holen?«

»Gib ihn mir.« Anna nahm Kate das kabellose Telefon ab. »Warum räumt ihr Mädchen nicht schon mal ab?« Damit ging sie ins Wohnzimmer. »Hi, Jack. Ich bin's, Anna.«

»Hi, Anna. Ist alles in Ordnung?«

»Alles gut, aber ich glaube nicht, dass Clare gerade nach Reden zumute ist. Kann sie dich in einem oder zwei Tagen zurückrufen?«

»Sicher. Ich wollte mich nur überzeugen, dass sie alles hat, was sie braucht. Ich könnte vorbeikommen …«

Durch das Telefon hörte Anna ein Baby weinen. »Das halte ich für keine gute Idee. Sie braucht Zeit, um sich daran zu gewöhnen, wie die Dinge jetzt liegen, aber wenn du hier bist …«

»Schon gut, das verstehe ich.«

»Es tut mir leid.«

»Muss es nicht. Du hast recht. Ich sollte mich eine Weile fernhalten. Aber ich bin froh, dass du und die Mädchen bei ihr seid.«

»Wir werden uns gut um sie kümmern. Keine Sorge. Schön, dass du angerufen hast.«

»Schön, dass du immer noch so nett zu mir bist.«

»Warum sollte ich das nicht sein?«

»Es ist nur, diese ganze Sache ist so … na ja … Ich schätze, ›unschön‹ ist das beste Wort, das mir einfällt.«

»Das wird wohl auch noch eine Weile so bleiben, aber das legt sich wieder, wenn wir alle Zeit hatten, um uns damit zu arrangieren. Überlass es bis dahin ihr, das Tempo zu bestimmen, okay?«

»Natürlich. Sag ihr bitte, dass ich angerufen habe.«

»Mach ich. Übrigens: Ich gratuliere dir und Andi. Die Mädchen haben erzählt, dass ihr zwei wundervolle Jungs bekommen habt.«

»Danke. Du hörst bestimmt, was für einen Radau sie machen.«

»Du schaust besser mal nach ihnen. Pass auf dich auf, Jack.«

»Mach's gut, Anna.«

Anna legte auf und dachte über den reizenden jungen Mann nach, mit dem ihre Tochter verheiratet gewesen war. Clare liebte ihn immer noch sehr. Die ganze Sache wäre einfacher, wenn sie ihn hassen oder ihm die Schuld an dem Ende einer wunderbaren Ehe geben könnte. So einfach war es aber nicht. Wäre es das, würde Clare jetzt nicht so leiden.

* * *

Clare blieb den Rest des Abends über in ihrem Zimmer.

Gegen zweiundzwanzig Uhr klopfte ihre Mutter an die Tür, um nach ihr zu sehen. »Alles in Ordnung?«

Clare blickte von dem Schaukelstuhl auf, in dem sie mit Frannies Tagebuch saß. »Mir geht's gut. Tut mir leid wegen vorhin. Ich rede morgen früh mit den Mädchen.«

»Das ist nicht nötig. Sie verstehen es. Jack hat angerufen, um sich zu vergewissern, dass du gut angekommen bist. Ich hab ihm gesagt, dass du ihn in einem oder zwei Tagen zurückrufst.«

»Danke. Heute Abend könnte ich das nicht.«

»Das hab ich mir gedacht. Was hast du da?«, fragte Anna und zeigte mit dem Kinn auf das Buch.

Clare berichtete ihr von dem Tagebuch, das Frannie geführt hatte. »Es hilft mir dabei, ein paar Dinge besser zu verstehen.«

»Meinst du, du solltest das heute Abend lesen? Du hattest keinen leichten Tag.«

»Das geht schon. Bis morgen, Mom. Danke für alles. Ich bin froh, dass du da bist.«

»Ruf einfach, wenn du was brauchst.«

»Mach ich.«

Anna schloss die Tür, und Clare widmete sich wieder ihrer Lektüre, unfähig, sich Frannies Worten zu entziehen.

14. Februar

Jamie hat uns besucht und wie immer Geschenke mitgebracht. Er kommt regelmäßig her, um nach uns zu sehen, und stets hat er etwas für die Mädchen dabei. Heute waren es Zutaten für selbst gemachtes Eis. Für mich hatte er Rosen, und auf der Karte stand: »Danke für alles, was Du tust, um Dich um meine Lieblingsmädchen zu kümmern. In Liebe, Jamie«. Ich weiß, dass ich hochrot angelaufen sein muss, aber es war so lieb von ihm.

22. März

Maggie hat mir erzählt, dass sie sich mit jemandem angefreundet hat. Sie war sich nicht sicher, wie sie ihrer Freundin erklären sollte, was mit ihrer Mutter los ist. Wir haben uns lange unterhalten, aber ich habe gemerkt, dass es ihr schwerfällt. Mir ist klar geworden, dass die Mädchen ihre Freunde nicht mehr zu sich einladen, also habe ich beschlossen, mit Jack darüber zu reden, hier ein paar Dinge zu verändern. Es wird Zeit, darüber nachzudenken, Clare woanders unterzubringen, damit die Mädchen ihr Zuhause zurückbekommen. Das Thema anzusprechen macht mich nervös, aber er muss das hören.

12. Mai

Ein Jahr seit Clares Unfall …

31. Mai

Heute hat der Umzug stattgefunden. Jack hat für Clare eine Eigentumswohnung am Strand gekauft, nicht ganz zwei Kilometer von hier entfernt. Es war schlimm, zuzusehen, wie sie aus dem Haus gebracht wurde, das sie so geliebt hat, und sich dabei zu fragen, ob sie jemals zurückkehren würde. Vorher dachte ich schon, Jack wäre traurig, aber das hier ist schlimmer. Er hat sich in seinem Zimmer eingeschlossen, und mir fällt nichts ein, was ich für ihn tun könnte.

3. Juni

Endlich hat Jack seine tägliche Wache an Clares Bett beendet und konzentriert sich wieder auf die Mädchen. Die arme Maggie hatte so viele Fragen an ihn. Mit großer Mühe hat er ihr erklärt, dass ihre Mutter nicht wieder aufwachen wird, aber es war qualvoll für ihn – und für sie. Er strengt sich an, seine Beziehung zu den Mädchen in Ordnung zu bringen, aber das wird Zeit brauchen. An diesem Wochenende fährt er mit ihnen auf die Insel. Sie wollen eigentlich nicht mit, aber er muss unbedingt etwas Zeit mit ihnen verbringen. Ich hoffe einfach, dass es gut läuft.

17. Juni

Seit dem Wochenende auf Block Island scheint es Jack und den Mädchen besser zu gehen. Ich bin mir nicht sicher, was geschehen ist, während sie da waren, aber sie sind seither netter zu ihm und akzeptieren seine neue Rolle als ihr einziger Elternteil. Das ist gut für ihn – für sie alle.

9. Juli

Jack ist heute endlich wieder arbeiten gegangen. Gott sei Dank.

Clare schloss das Buch und drückte es sich an die Brust. So viel Schmerz und Kummer. Als hätte der Mann, der sie überfallen und vergewaltigt hatte, einen Tsunami im Leben aller ausgelöst, die sie liebte. Jetzt, da sich das Wasser endlich zurückgezogen hatte, fühlte sie sich, als wäre sie allein auf einer Insel gestrandet und hätte absolut keine Ahnung, was sie tun sollte.

KAPITEL 5

Nach zwei Wochen in ihrem alten Zuhause brachte Anna Clare zu einem Termin mit ihrem Psychiater Dr. Richard Baker. Er hatte sie betreut, seit die Erinnerung an die Vergewaltigung zurückgekehrt war, und ihr dabei geholfen, mit all den Veränderungen in ihrem Leben zurechtzukommen.

Er kam fünf Minuten zu spät und wirkte erschöpft.

»Entschuldigen Sie, dass Sie warten mussten, Clare.« Er warf die Aktentasche auf den Schreibtisch und zog sich das Tweed-Sakko aus. »Ich bin ins Krankenhaus gerufen worden.«

»Das ist wichtiger.«

Schließlich setzte er sich ihr gegenüber, balancierte einen Notizblock auf seinem Knie. »Es tut mir leid, dass wir uns nicht noch mal treffen konnten, bevor Sie nach Hause gekommen sind.«

Sie lächelte. »Wie ich gehört habe, waren Sie in Griechenland.«

»Meine Frau hat mich zu unserem dreißigsten Hochzeitstag mit der Reise überrascht. Ich wusste nicht, dass das mit Ihrer Entlassung zusammenfallen würde. Wie läuft es?«

Sie zuckte die Achseln. »Ganz gut, schätze ich.«

»Nur ganz gut?«

»Es ist ziemlich eigenartig, wieder zu Hause zu sein. Nichts hat sich geändert – aber dennoch ist alles anders.«

Er schrieb etwas auf den Notizblock. »Lassen Sie uns darüber reden, was sich geändert hat.«

»Na ja, Jill wohnt nicht mehr dort. Sie geht jetzt aufs College. Kate hat einen Highschool-Abschluss, einen Job und ein Auto, wir sehen uns also selten.«

»Was ist mit Maggie?«

»Sie verbringt viel Zeit bei Jack. Bei ihm zu Hause herrscht jede Menge Aufregung wegen der Babys und so.«

Er sah überrascht auf. »Sie haben die Kinder schon bekommen?«

»Sie wurden einen Monat zu früh geboren, während der Hochzeit ihrer Eltern.«

Dr. Baker tippte sich mit dem Stift an die Lippen. »Wow. Wie geht es Ihnen damit?«

Sie zuckte erneut die Achseln. »Ich freue mich für sie, weil alles gut gelaufen ist.«

»Das ist ganz schön großzügig von Ihnen. Merken Sie sich das kurz. Kehren wir zu Maggie zurück. Welche Sorgerechtsübereinkunft haben Sie für sie getroffen?«

»Nichts Offizielles. Sie ist normalerweise zwei Nächte bei mir, zwei bei ihm, aber alles ganz flexibel.«

»Wie kommt sie hin und zurück?«

»Jack fährt sie normalerweise, aber manchmal bringt Kate sie mit.«

»Also begegnen Sie ihm recht häufig?«

»Meistens nur, um ihm zuzuwinken, wenn er Maggie rauslässt. Meine Mutter hat ihn gebeten, mir ein wenig Freiraum zu geben«, erklärte sie mit schiefem Lächeln.

»Brauchen Sie den Freiraum?«

Sie schaute auf ihre Hände, die sie im Schoß knetete, und nickte.

»Sie wollen ihn nicht sehen?«

Sie schüttelte den Kopf und stellte erstaunt fest, dass sie kurz davor stand, zu weinen.

»Clare?«

»Ich ertrage es nicht, in dem Haus zu sein«, flüsterte sie, und eine dicke Träne rollte ihr über die Wange. »Ich *ertrage* es nicht.«

»Weil Jack nicht da ist?«

»Vorwiegend, aber *niemand* ist da. Na ja, meine Mutter übernachtet bei mir, aber das meine ich nicht. Vorher hat sich mein Leben nur darum gedreht, mich um alle zu kümmern. Ich hatte meinen Job, aber das Wichtigste war meine Familie. Die scheine ich nun nicht mehr zu haben. In meiner Abwesenheit sind meine Mädchen einfach erwachsen geworden, und jetzt brauchen sie mich nicht mehr.«

»Glauben Sie das wirklich?«

»Sie sind ziemlich selbstständig. Ihr Essen bereiten sie sich selbst zu. Auch ihre Wäsche waschen sie allein.«

»Sie wissen doch bestimmt, dass sie all das mittlerweile auch dann tun würden, wenn Sie den Unfall nicht gehabt hätten.«

»Natürlich, aber ich habe den Übergang verpasst, weshalb es sich einfach nur wie ein weiterer Verlust anfühlt.«

»Da bin ich mir sicher, aber Sie sollten das nicht so verstehen, als bräuchten sie Sie nicht mehr. Entwachsen wir denn jemals unseren Müttern?«

»Ich nicht, so viel ist klar. Ich weiß nicht, was ich in den letzten Monaten ohne sie getan hätte.«

»Sehen Sie? Da haben Sie es. Geben Sie ihnen etwas Zeit, sich daran zu gewöhnen, dass Sie zurück sind. Dann werden sie sich wieder auf Sie stützen.«

»Das hoffe ich.«

»Was ist mit Jack? Was empfinden Sie für ihn, jetzt, da Sie wieder zu Hause sind?«

Sie spürte, wie ihr wieder die Tränen kamen, und kämpfte vergebens dagegen an. »Dass ich wieder zu Hause bin, hat unserer Scheidung und allem, was geschehen ist, eine ganz andere Bedeutung gegeben.«

»Inwiefern?«

»Im Krankenhaus wusste ich, was zwischen ihm und Andi war, aber seit ich wieder in dem Haus bin, das uns beiden gehört hat – das Haus, das er mir gebaut hat –, und mir endgültig bewusst wurde, dass er nie wieder heimkommen wird …« Sie schüttelte den Kopf. »Das war einfach … ganz schlimm.«

Er reichte ihr ein Taschentuch. »Bereuen Sie es, ihn freigegeben zu haben?«

»Nein.« Sie trocknete sich die Tränen. »Das war die richtige Entscheidung. Ich glaube noch immer, dass es viel schlimmer wäre, mit ihm zusammen zu sein, wenn er lieber bei einer anderen wäre. Dass ich ohne ihn in *unserem* Haus bin, ist das, was so unerträglich ist.«

»Haben Sie in Erwägung gezogen, umzuziehen? Sie könnten das Haus verkaufen und woanders wohnen.«

Wieder schüttelte sie den Kopf. »Ich kann das Haus nicht verkaufen. Das werde ich niemals tun.«

»Vielleicht könnten Sie sich ein paar Monate lang etwas mieten. Eine Übergangswohnung?«

»Vielleicht, aber erst wenn Kate nach Nashville gezogen ist.«

»Darüber sollten Sie nachdenken. Ich möchte nicht, dass Sie nur wegen der Umgebung Ihre Genesung gefährden. Daran können Sie etwas ändern. Womöglich besorgen Sie sich sogar etwas außerhalb der Stadt.«

»Ich kann die Stadt nicht verlassen. Das kann ich Maggie nicht antun.«

»Warum nicht? Was sind schon ein paar weitere Monate, wenn Ihre Gesundung auf dem Spiel steht? Nach all der Zeit, die sie ohne Sie war, denke ich, sie wünscht sich, dass Sie alles unternehmen, was Sie können, damit es Ihnen besser geht. Ihr Vater könnte ihr ein geordnetes Zuhause bieten, solange Sie sich erholen, nicht wahr?«

»Natürlich.«

»Dann sollten Sie unter Umständen darüber nachdenken. Nur weil die Ärzte mit Ihrer körperlichen Genesung zufrieden genug waren, um Sie wieder nach Hause zu schicken, heißt das nicht, dass Sie auch hier oben schon so weit sind.« Er tippte sich an die Stirn. »Ich frage Sie: Waren Sie schon wütend auf ihn?«

»Wütend?«

»Auf Jack.«

»Warum sollte ich wütend auf ihn sein?«

Dr. Baker lehnte sich auf dem Sessel zurück und betrachtete sie. »Meinen Sie das ernst, Clare? Erinnern Sie sich noch daran, wie sauer Sie waren, als Sie aufgewacht sind und das mit Andi und den Babys herausgefunden haben? Also, jetzt ist er mit ihr verheiratet und hat zwei neugeborene Söhne mit ihr.«

»Ja, aber darüber bin ich hinweg.«

»Sind Sie das? Die meisten Frauen, deren Ehemänner sich nach zwanzig Jahren wegen einer anderen Frau von ihnen scheiden lassen, sind deshalb ziemlich angefressen. Fügen Sie dem noch ein Paar Babys hinzu, und, nun ja, Sie verstehen schon.«

»Es ist ja nicht so, als wäre alles ganz normal gewesen und als hätte er einfach mit einer anderen eine Affäre angefangen. Ich lag lange im Koma, und er hat eine andere kennengelernt. Was nützt es mir, wenn ich wütend werde? Was nützt das meinen Kindern?«

»Wie geht es Ihnen denn damit, stoisch zu bleiben? Dass Sie diejenige sind, die die wichtigste Person in ihrem Leben verloren hat und es einfach so hinnimmt, während alle anderen lustig ihr Leben weiterführen? Ich denke, dass Sie völlig außer sich sind vor Wut und keine Ahnung haben, wie Sie damit umgehen sollen.«

Sie schüttelte ein weiteres Mal den Kopf. »Ich fühle mich nicht sauer. Ich bin traurig.«

»Auch das ist völlig normal. Verstehen Sie mich nicht falsch. Ich bewundere das, was Sie getan haben. Auch glaube ich, dass es auf lange Sicht das Richtige war. Aber betrügen Sie sich nicht um die Gefühle, die Ihnen zustehen. Wenn Sie Wut empfinden, dann seien Sie wütend. Wenn Sie Traurigkeit empfinden, dann seien Sie traurig. Es gibt nur einen Weg auf die andere Seite, und der führt mitten hindurch. Wenn Sie dabei Ihre Gefühle verleugnen, wird die Reise nur länger dauern.«

Sie nickte und wrang das Taschentuch zwischen den Händen.

»Ich möchte, dass Sie über einen Tapetenwechsel nachdenken. Ich befürchte einen Rückschlag, wenn Sie in diesem Haus bleiben.«

»Das lasse ich mir durch den Kopf gehen.«

»Reden Sie mit Maggie. Vielleicht überrascht sie Sie.«

Sie lächelte. »Ich bezweifle, dass es ihr was ausmacht, eine Weile bei ihrem Dad zu bleiben. Da findet dieser Tage die ganze Action statt.«

»Denken Sie an das, was für Sie im Moment das Beste ist, Clare. Es wird Zeit, dass Sie sich um sich selbst kümmern.«

»Ich werde darüber nachdenken«, versprach sie.

* * *

Auch wenn die Rückkehr nach Hause einen Schritt zurück für ihr inneres Gleichgewicht bedeutete, wirkte sie für Clares körperliche Genesung wahre Wunder. Innerhalb eines Monats wurde sie die Krücken los und brauchte nur noch einen Gehstock. Sie hinkte zwar merklich und hatte Schwierigkeiten mit Stufen, aber als sie irgendwann allein zu Hause war, zwang sie ihre widerstrebenden Beine, die zwei Treppen bis zu den Räumen ganz oben hinaufzusteigen, die sie einst mit Jack geteilt hatte. Gefühle überwältigten sie, sobald sie oben ankam.

Das große runde Zimmer war komplett ausgeräumt worden, und sie erkannte, dass sie es so noch nie zuvor gesehen hatte. Sie öffnete die Tür zu Jacks altem Einbaukleiderschrank und kämpfte angesichts der gähnenden Leere darin mit den Tränen. Schließlich trat sie zu den Fenstern, die aufs Meer rausgingen, ließ sich auf den dicken Teppich nieder und erinnerte sich daran, wie sie und Jack die Mädchen hastig zu Bett gebracht hatten, damit sie hierher flüchten und sich entspannen konnten.

Sie betrachtete das Wasser und wünschte sich mehr als alles andere, in die Zeit zurückzukehren, in der ihre Mädchen noch klein gewesen waren und sich bei allem auf sie verlassen hatten, in der Jack noch immer ihr gehört und sie fest daran geglaubt hatte, dass sich nichts zwischen sie stellen könnte.

Wie Filme liefen die Erinnerungen vor ihrem inneren Auge ab, Szenen ihrer Vergangenheit blitzten eine nach der anderen auf. Einen Augenblick lang schwelgte sie in der Wärme dieser Bilder, dachte an die Partys, die sie auf der Poolterrasse gefeiert hatten, daran, wie sie und Jack von dem übermütigen Kreischen der

Mädchen unten geweckt worden waren, an die Feiertage mit ihrer großen Familie. Der Film lief weiter, und eine Weile ließ sie es geschehen.

Schließlich stand sie auf und ging nach unten. »Dr. Baker hat recht. Ich muss hier raus.«

KAPITEL 6

Anna beschloss, noch einen weiteren Monat bei Clare zu verbringen, und hielt sie beide so sehr auf Trab, dass Clare kaum Zeit zum Grübeln fand. Clare wusste, dass ihre Mutter vor allem blieb, um ihr Gesellschaft zu leisten, nicht unbedingt, um ihr zu helfen.

Obwohl sie noch immer hinkte, konnte Clare schon bald ganz auf den Gehstock verzichten. Sobald sie wieder bei Kräften war, unternahmen sie lange Spaziergänge am Strand und gingen mit Freunden zum Essen aus, die sich darüber freuten, sie nach der langen Zeit wiederzusehen.

An einem Wochenende kamen ihr Bruder Tony und ihre Schwester Sue mit ihren Familien aus Connecticut zu Besuch. Auch die Mädchen waren zu Hause. Das Haus so voller Menschen zu haben fühlte sich fast wieder an wie früher.

Fast.

Zehn Tage bevor Kate nach Nashville abreisen würde, erklärte Dr. Langston, dass Clare wieder Auto fahren durfte. Anna brachte sie aufs Amt, um ihren Führerschein erneuern zu lassen, und anschließend fuhr Clare sie in ihrem Volvo mit äußerster Vorsicht zurück nach Hause, ohne auf der kurzen Fahrt jemals auf mehr als fünfzig Stundenkilometer zu beschleunigen.

Am nächsten Tag rief Jack an. Sie hatte seit ein paar Wochen nicht mehr mit ihm gesprochen. Kaum hörte sie seine Stimme in der Leitung, zog sich ihr Magen nervös zusammen, und sie wollte frustriert fluchen. *Nein, noch immer nicht über ihn hinweg.* Seine Stimme klang vertraut und irgendwie tröstlich, wie ein Paar bequemer Hausschuhe oder ein Lieblingskissen. *Hör auf damit, Clare. Er ist nicht mehr dein Trostspender.*

»Wie geht es dir?«, fragte er.

»Gut, und dir?« Sie waren so ekelhaft höflich. Am liebsten hätte sie ihn angeschrien.

»Noch immer übermüdet. Ich konnte Andi bisher nicht dazu bringen, Hilfe einzustellen. Sie will das alles allein schaffen, bis sie wieder arbeitet.«

Musste seine neue Frau so verdammt perfekt sein? Wo blieb da die Gerechtigkeit? »Ich mache ihr keine Vorwürfe. Da hast du bei mir auch auf Granit gebissen.«

Er lachte leise. »Habe ich. Ich rufe nur an, weil ich gehofft hatte, dass wir uns mit Kate zusammensetzen und über ihren Umzug reden können.«

»Ich dachte, ihr hättet das schon alles geklärt.« Den schnippischen Ton konnte sie sich nicht verkneifen. Die ganze Sache hatte schließlich er mit Kate ausgehandelt.

»Himmel, nein, wir haben noch nichts geklärt. Deshalb will ich mit ihr reden. Ich will, dass *wir* mit ihr reden.«

»Wozu brauchst du mich? Das ist doch nur was zwischen euch beiden.«

Er seufzte. »Das war so, bevor du aufgewacht bist. Jetzt geht es uns alle etwas an. Ich dachte, du wolltest daran teilhaben.« Er hielt inne. »Ich brauche deine Hilfe, Clare.«

Verdammt. Warum musste er das jetzt sagen? Damit hatte er genau ihre Schwachstelle getroffen: ihr Bedürfnis, gebraucht zu werden. »Okay, meinetwegen. Wann willst du mit ihr sprechen?«

»Je eher, desto besser. Uns läuft die Zeit davon. Sie arbeitet für gewöhnlich donnerstags nicht im Hotel. Wäre dir dieser Donnerstag recht, sagen wir mal, gegen vier? Ich komme zu dir und bitte sie, auch da zu sein.«

»Geht klar.«

»Danke. He, hab ich richtig gehört, dass du wieder Auto fährst?«

»Bisher nur einmal. Dr. Langston hat es mir am Freitag offiziell gestattet, und meine Mutter hat mich gestern zur Führerscheinstelle geschleift, bevor ich es mir anders überlegen konnte.«

»Großartig. Das gibt dir mehr Freiheit.«

»Ich schätze schon. Hör mal, Jack, es gibt da noch etwas, was ich dir mitteilen muss.«

»Das wäre?«

Sie biss sich auf die Lippe und verlor den Mut. »Das hat Zeit bis Donnerstag. Wir reden dann.«

»Alles in Ordnung?«

Definiere »in Ordnung«. »Ja, mach dir keine Gedanken. Bis bald.«

* * *

Clare redete sich ein, dass sie auch dann eine Stunde gebraucht hätte, um sich herzurichten, wenn sie sich nicht ausgerechnet mit ihm treffen würde. Sie hatte ihrer Frisur mehr als die üblichen fünf Minuten gewidmet, einen Hauch Make-up aufgelegt und ihre Kleidung besonders sorgfältig ausgewählt, weil sie sich besser fühlte, nicht weil ihr Exmann vorbeikam. *Ja, klar, rede dir das nur ein*, dachte sie, während sie sich eine figurbetonte Jeans und ein leuchtend gelbes Oberteil mit Dreiviertelärmeln anzog.

Anschließend betrachtete sie sich im Ganzkörperspiegel im unteren Bad, bemerkte, wie das Oberteil ihren Busen umschmeichelte, und musste plötzlich daran denken, wie sehr Jack ihre Brüste immer geliebt hatte. Er hatte sich selten eine Gelegenheit entgehen lassen, sie zu berühren, zu streifen oder mit der Hand zwischen ihnen zu schlafen. Die schlagartige Erinnerung an diese Intimität raubte ihr fast den Atem. Sie trat vom Spiegel zurück und legte einen Arm schützend um ihre Mitte, in dem Versuch, ihre innere Balance wiederzuerlangen.

Wie lange war es her, dass sie das letzte Mal daran gedacht hatte, mit Jack im Bett zu liegen? Oder in seinen Armen zu schlafen? Oder mit ihm Sex zu haben?

Ihr Gesicht erhitzte sich, als eine Welle der Sehnsucht sie überrollte. Sie verzehrte sich nach ihm und der Nähe, die sie stets geteilt hatten.

»Ach, Jack, du fehlst mir so«, flüsterte sie. Tränen stiegen ihr in die Augen, denn sie fragte sich, ob er jetzt mit der Hand zwischen Andis Brüsten schlief. Bei dem Gedanken erschauderte sie, und sie wischte sich über die Augen, ehe sie die Badezimmertür öffnete.

»Clare?«, rief Anna aus der Küche.

»Ich komme.« Sie lehnte sich an die Wand und wartete, bis ihre Wangen wieder eine normale Farbe angenommen hatten. Nachdem sie einmal tief durchgeatmet hatte, trat sie in die Küche. »Da bin ich.«

»Du siehst aber hübsch aus«, meinte Anna.

»Danke.« Clare nahm sich einen Apfel aus der Schüssel auf dem Tresen und rollte ihn zwischen den Händen.

»Was ist denn der Anlass?«

Sie begegnete dem Blick ihrer Mutter. Das Treffen mit Jack hatte sie nicht erwähnt, denn sie wusste, dass ihre Mutter sich schon darauf freute, ein paar Tage zu Hause in Hartford zu verbringen, aber nicht fahren würde, wenn sie glaubte, sie würde sie brauchen. »Nichts Besonderes. Wann willst du los?«

»Jetzt gleich, damit ich vor Einbruch der Dunkelheit ankomme. Bist du sicher, dass du mit allem fertigwirst?«, fragte sie, auf ihrem Gesicht einen Ausdruck mütterlicher Sorge.

»Natürlich. Maggie ist am Wochenende da, und Jill hat erwähnt, dass sie ebenfalls hier sein wird. Ich komm schon klar, mach dir keine Gedanken.«

Anna gab ihr einen Kuss auf die Wange und nahm ihre Tasche. »Ich ruf dich heute Abend an, und ich bin zurück, ehe du dichs versiehst.«

»Klingt gut.« Sie brachte ihre Mutter zur Haustür. Clare winkte ihr, als sie aus der halbkreisförmigen gekiesten Einfahrt fuhr, und schloss dann die Tür gegen die herbstliche Kälte.

Sie kehrte in die Küche zurück und trat an das bodentiefe Fenster, um den Ozean zu betrachten. Sie hatte den November stets verabscheut. Den Pool hatten sie oft noch den ganzen Oktober über genutzt. Jack und Jamies Segelboot hatten sie meist erst Ende Oktober aus dem Wasser geholt. Aber im November war alles vorüber. Der Gedanke an das Boot erinnerte sie an eine weitere Sache, die ihr nicht mehr gehörte. Die Unruhe des aufgewühlten Meers passte zu den Gefühlen, die in ihrem Inneren tobten, während sie an das dachte, was sie verloren hatte, und sich fragte, wie sie jemals ohne all das leben sollte.

* * *

Um Punkt vier klingelte es. Clare wappnete sich und öffnete die Tür mit einem gezwungenen Lächeln auf den Lippen, nur um erneut von seinem Anblick überwältigt zu werden. Es fühlte sich an wie ein heftiger Schlag in den Magen. Sein dunkles Haar war windzerzaust und sein Gesicht von der Kälte ganz gerötet. Der nervöse, unsichere Ausdruck in seinen Augen zerrte an ihrem Herzen.

»Hi, komm rein.« Sie trat beiseite und fragte sich, ob es ihm komisch vorkam, an der Tür eines Hauses, das einst seins gewesen war, klingeln zu müssen. Der allzu vertraute Geruch seines Rasierwassers mischte sich mit dem erdigen Aroma der welkenden Blätter, die ihm mit einem Windstoß nach drinnen folgten. »Möchtest du einen Kaffee oder was Kaltes?«

»Nein, danke, ich brauch nichts.« Er zog den schwarzen Wollmantel aus, hängte ihn über die Lehne eines Sessels im Wohnzimmer und drehte sich zu ihr um. »Du siehst großartig aus.«

»Du wirkst erschöpft.«

Er lächelte. »So ist das Leben für einen Vater von Zwillingen. Sie bringen mich noch um. Jetzt weiß ich, warum die Leute Kinder bekommen, wenn sie jung sind und nicht so alt wie ich.«

Sie lachte leise. Er wirkte keinen Tag älter als fünfunddreißig. Wie sie war er sechsundvierzig, aber anders als sie sah er so gut aus wie an dem Tag, an dem sie sich kennengelernt hatten. »Hast du ein Foto?«

Er griff nach seiner Brieftasche. »Hier.«

Clare nahm das Bild und ging an ihm vorbei, um sich hinzusetzen. »Ach, schau sich einer die beiden an. Sie sind hinreißend.« Beide hatten einen dichten Schopf glänzend schwarzer Haare – seine –, Augen, die haselnussbraun schienen, und sie sahen komplett identisch aus. Sie gab ihm das Foto zurück. »Wie unterscheidet ihr sie?«

»Wir schreiben mit einem Filzstift ihre Initialen auf die Windeln«, erwiderte er. »Andi hat Armbänder mit ihren Namen bestellt, aber die sind noch unterwegs.« Er warf einen Blick auf die Uhr. »Ich frage mich, wo Kate bleibt. Ich habe ihr gesagt, dass sie um vier hier sein soll.«

»Deinen Sinn für Pünktlichkeit hat sie jedenfalls nicht geerbt. Gib ihr ein paar Minuten, dann können wir mal versuchen, sie auf dem Handy anzurufen.«

»Worüber wolltest du mit mir reden?«

»Lass uns erst mit Kate sprechen.« Sie hörte von draußen das Zuschlagen einer Autotür. »Da ist sie schon.«

Kate betrat den Raum schwungvoll. »Hi. Entschuldigt, wartet ihr schon lange?« Sie gab ihnen einen Kuss und ließ sich aufs Sofa fallen.

»Nein, ich bin grad erst gekommen«, beruhigte Jack sie.

»Ich war unterwegs, um ein paar Sachen zu erledigen, und hing in einer langen Warteschlange im Target fest.«

Jack stöhnte. »Ach ja, Target, wo meine Töchter die Hälfte meines Jahreseinkommens verprassen«, seufzte er grinsend. »Ich sollte in die Firma investieren.«

»Sehr lustig, Dad, aber ich habe mein eigenes Geld ausgegeben«, entgegnete Kate und streckte ihm die Zunge raus.

Jack drehte sich mit einem ungläubigen Ausdruck auf dem Gesicht zu Clare um. »Hast du das gehört? Sie hat *ihr eigenes* Geld ausgegeben? Hat sie das gerade behauptet?«

Clare lachte, auch wenn sie sich von seinem Charme und mühelosen Humor nicht einlullen lassen wollte. Seine belustigte Verwirrung über ihre Töchter war stets etwas gewesen, was sie an ihm geliebt hatte. »Ich glaube, das hat sie so gesagt. Also, Jack, du hast dieses Treffen einberufen. Was hast du auf dem Herzen?«

»Ich dachte nur, dass wir über deinen Umzug reden sollten, Kate, und darüber, wie es weitergeht, sobald du dort bist.«

»Ich bin froh, dass du das ansprichst. Ich habe schon ein paar Pläne, von denen ich euch berichten will, aber zuerst möchte ich euch noch mal danken, dass ihr mir diese Chance gebt. Ich weiß, dass euch das nicht leichtfällt und dass ihr mich lieber aufs College schicken würdet.«

»Wir wollen, dass du glücklich bist«, erklärte Jack und drückte ihre Hand. »Warum erzählst du uns nicht von deinen Plänen?«

»Ich habe mich an der Belmont University eingetragen, um ein paar Kurse zu belegen.«

»Ehrlich?«, fragte Clare verblüfft.

Kate nickte. »Belmont hat ein erstklassiges Ausbildungsprogramm für Entertainment und das Musikgeschäft. Das heißt nicht unbedingt, dass ich einen Abschluss mache, aber wenn ich in der Branche arbeiten will, dachte ich, kann ich es ja mal versuchen. Ich belege ab Januar die Grundkurse für Musikmanagement und Aufnahmetechnik.«

Jack und Clare wechselten einen Blick, ehe sie fortfuhr: »Ich habe auch das Geld, das ich zum Schulabschluss bekommen habe, und etwas von dem, was ich im Hotel verdient habe, dafür ausgegeben, eine Demo-CD mit zwei Coverversionen und zwei eigenen Songs aufzunehmen. Überall heißt es, dass man ein Demo haben sollte, wenn man es in Nashville zu etwas bringen will.«

»Wann hast du das alles erledigt?«, fragte Jack ungläubig.

»Im Oktober. Ich wusste, dass du mit den Babys und so beschäftigt bist. Mir ist das ernst, Dad.«

»Das merke ich.«

»Wie sieht es mit einer Wohnung aus?«, fragte Clare.

»Darum habe ich mich gekümmert«, antwortete Jack. »Jamie und ich haben einen Freund aus Berkeley, Reid Matthews, der in der Nähe von Nashville wohnt. Vor ein paar Wochen habe ich ihn angerufen, und er hat mir erklärt, dass ihm einige Apartmenthäuser in der Stadt gehören. Bis morgen will er mir mitteilen, ob er noch eine Wohnung zu vermieten hat.«

»Das klingt toll, Dad. Danke.«

»Er hat auch angeboten, eine Kontaktperson für dich zu sein, solange du dort wohnst. Er ist ein netter Kerl. Du wirst ihn mögen.«

»Schaut so aus, als hättet ihr an alles gedacht«, überlegte Clare. »Können wir uns dein Demo anhören?«

»Klar, das liegt im Auto. Ich hol es schnell.«

Während sie auf sie warteten, blickte Jack erstaunt zu Clare. »Also«, sagte er, »sie ist definitiv deine Tochter, und nicht nur dem Aussehen nach.«

»Wie meinst du das?«

»Sie ist effizient und organisiert, genau wie du.«

»Außerdem ist sie so entschlossen wie du.«

Kaum war Kate zurück, schaltete sie den CD-Spieler an und legte ihr Demo ein. Sie sang eine Coverversion von Stevie Nicks' »Landslide« und spielte eine Version von Willie Nelsons »Always on My Mind« auf der Akustikgitarre, sowie zwei ihrer eigenen Lieder: »Funny« und »Since You Left«.

»Du hast eine wunderschöne Stimme, Kate.« Clare spähte zu Jack und fragte sich, woher ihre Tochter dieses unfassbare Talent hatte. »Beeindruckend.«

Jack hatte erstaunt die Augen aufgerissen. »Ich kann kaum glauben, dass du das bist.«

Ein zufriedener Ausdruck legte sich auf Kates Gesicht. »Danke. Ich habe es noch niemandem vorgespielt. Das habe ich einfach noch nicht über mich gebracht.«

»Keine Ahnung, warum«, entgegnete Clare. »Es klingt wundervoll. Ich liebe ›Landslide‹.«

»Ich weiß. Wenn ich es höre, muss ich immer an dich denken.«

»Ich bin so stolz auf dich, Kate«, verkündete Jack. »Du hast dich in die Sache reingekniet und dir jede Menge Gedanken gemacht.«

»Mir bleibt nur ein Jahr, und ich will keine einzige Minute verschwenden. Ich habe auch auf eine Anzeige reagiert, um in einem Nachtclub mit offener Bühne zu arbeiten. Falls ich den Job kriege, kann ich dort hoffentlich auch auftreten.« Sie sah auf die Uhr. »Ich muss los. Heute Abend übernehme ich im Hotel die zweite Hälfte der Schicht meines Arbeitskollegen. Seine Frau hat Geburtstag.«

»Was ich noch erwähnen wollte: Ich habe für den Umzugstag einen kleinen Transporter gemietet, an den wir dein Auto hinten dranhängen können«, teilte Jack Kate mit.

»Ich wollte eigentlich hinfahren und vor Ort rausfinden, wie ich das alles erledige. Du kannst doch jetzt nicht weg, mit den Babys und so.«

»Wir haben das schon alles geklärt. Andis Mutter und Tante kommen für eine Woche aus Chicago, um ihr auszuhelfen, bis du dich eingerichtet hast. Einen Tag vor deinem Geburtstag wollen sie hier sein. Ich habe Mom versprochen, dass ich dich hinbringe.«

Kate umarmte ihn. »Danke. Du bist der Beste, Dad.« Sie drückte auch ihre Mutter. »Ich danke dir auch, Mom. Mir ist klar, dass es nicht das ist, was du für mich wolltest, aber ich weiß deine Unterstützung zu schätzen.«

»Ich will das, was du willst, Liebling«, erwiderte Clare. »Ich bin echt stolz auf die junge Frau, die aus dir geworden ist.« Sie wünschte sich nur, sie wäre da gewesen, um es mitzuerleben.

»Ich liebe euch. Bis später«, verabschiedete sich Kate, ehe sie ihnen von der Tür aus zuwinkte. Wenig später hörten sie, wie sie davonfuhr.

»Alle Achtung, Jack.« Im Zimmer war es dunkel geworden, also griff Clare nach oben und schaltete eine Lampe ein.

»Wofür?«

»Du musstest Kate und Jill ganz allein durch die schlimmsten Jahre bringen. Dabei hast du wunderbare Arbeit geleistet.«

»Mir haben viele geholfen. Ich kann nicht alle Lorbeeren einheimsen.«

»Einen großen Anteil davon kannst du dir nehmen, da du die schweren Entscheidungen treffen musstest. Dass du ihr das erlaubt hast, war das Richtige.«

»Ich hoffe, dass du in einem Jahr noch der gleichen Meinung bist. Es sind nicht nur die Zwillinge, die mich nachts nicht schlafen lassen. Der Gedanke an diese wunderschöne junge Frau allein in einer fremden Stadt macht mir Angst.« Er erschauderte.

»Sie hat uns gerade vorgeführt, wie fähig sie ist. Sie schafft das.«

»Möchtest du mit uns nach Nashville fahren? Das hätte ich dich schon früher fragen sollen. Mir war nicht klar, dass du schon so mobil bist.«

»Danke, aber das ist etwas, was du mit ihr unternehmen solltest. Du hattest den Mut, dem zuzustimmen, also solltest du sie auch hinbringen.«

»Falls du deine Meinung änderst, kannst du uns gerne begleiten.«

»Das weiß ich zu schätzen, aber ich habe schon eigene Pläne. Darüber wollte ich mit dir reden.«

»Was für Pläne?«

Um ihre Gedanken zu sammeln, sah sie zu Boden. Wenn nur sie beide zusammen im Haus saßen, vergaß sie ganz leicht, dass er nicht mehr hierhergehörte. »Ich werde für eine Weile wegfahren. Zumindest habe ich das vor, aber es hängt davon ab, ob du bereit bist, Maggie bei dir aufzunehmen.«

Überraschung zeichnete sich auf seinem Gesicht ab. »Wohin willst du denn?«

»Nach Vermont.«

Er starrte sie an, als hätte sie ihm mitgeteilt, sie wollte auf den Mond. »Was ist denn in Vermont?«

»Tony hat sich dort oben ein Haus gekauft, während ich im Koma lag«, erklärte sie und meinte ihren Bruder. »Er will es mir für ein paar Monate überlassen.«

Jack schüttelte den Kopf. »Monate? Das verstehe ich nicht.«

»Nein, wie solltest du auch?« Sie wusste, dass sie fast schon abfällig klang, aber es kümmerte sie nicht.

»Was soll das heißen?«

»Ich ertrage es hier nicht.« Sie wedelte mit der Hand, um anzuzeigen, dass sie das Haus meinte. »Du verstehst es nicht, weil du nicht hier bist. Du bist nicht *ich*, die versucht, *hier* ohne *dich* zu leben.« In dem Moment, in dem sie die Worte aussprach, wollte sie sie auch schon wieder zurücknehmen. Sie wollte nicht, dass er wusste, wie schwer ihr das fiel.

Er wirkte verletzt. »Ich weiß nicht, was ich sagen soll.«

»Sag nichts. Versprich mir nur, dass du Maggie noch mal ein paar Monate lang bei dir aufnimmst. Ich würde dich nicht darum bitten, wenn es nicht wichtig wäre. Wirklich wichtig. Ich weiß, dass du dich schon drei Jahre allein für sie alle gesorgt hast, aber ich muss dich um ein paar weitere Monate bitten.« Sie bemühte sich, die Tränen zurückzuhalten.

»Um Maggie geht es nicht. Natürlich kümmere ich mich um sie. Ich verstehe nur nicht, warum du nicht irgendwo in der Stadt wohnen kannst, wenn es dir im Haus zu viel wird. Die Mädchen gewöhnen sich gerade erst daran, dich wieder um sich zu haben.«

Sie stand auf und sah zur Veranda und zum Pool, der für den Winter abgedeckt war. »Wenn ich in der Stadt bleibe, wie lange dauert es dann wohl, bis ich dir und deiner neuen Frau in einem Restaurant oder im Lebensmittelladen begegne? Wie lange wird es dauern, bis deine Frau das Haus wieder verlässt und ich ihr bei der Reinigung über den Weg laufe? Ich brauche Zeit, um mich an den Gedanken zu gewöhnen, bevor ich es ständig vor Augen habe.« Mit dem Rücken zu ihm bat sie leise: »Zwing mich nicht dazu, zu betteln, Jack.«

»Ich nehme Maggie. Selbstverständlich bleibt sie bei mir«, versprach er hölzern. »Wirst du ihr das erklären? Sie wird es nicht verstehen.«

»Ich rede mit ihr.« Sie drehte sich zu ihm um. »Ich will dir kein schlechtes Gewissen machen, aber ich kann dich nicht ständig vor Augen haben und erwarten, dass ich über das hinwegkomme, was zwischen uns passiert ist. Ich brauche eine Auszeit.«

»Von mir?«

»Von dir und deinem schuldbewussten Gesicht, von diesem Haus voller schmerzhafter Erinnerungen, von deinen Babys und deiner neuen Frau und deinem neuen Leben. Von allem.« Bei dem verletzten Ausdruck, der ihm über die attraktiven Züge huschte, musste sie alle Kraft aufbringen, um nicht in Tränen auszubrechen.

»Ich wusste, dass das alles zu einfach war.« Kopfschüttelnd stand er auf. »Bei unserer Scheidung warst du so nüchtern und sachlich. Ich hatte mich schon gefragt, wann du anfangen würdest, mich zu hassen.«

»Ich hasse dich nicht, aber wenn ich noch viel länger hierbleibe, dann kommt es vielleicht noch so weit. Dass das passiert, möchte ich nicht.«

»Dann geh«, seufzte er erschöpft und resigniert. »Tu, was du tun musst. Maggie kann solange bei mir bleiben.«

»Danke.«

Er zog sich den Mantel an und ging zur Haustür. »Es tut mir leid, Clare.«

Sie wollte schreien. *Ich will nicht, dass es dir leidtut. Ich will, dass du mir gehörst.* Aber sie sagte nichts, bis er die Tür hinter sich schloss.

»Komm zurück«, flüsterte sie, während sie beobachtete, wie sein Auto aus der Kiesauffahrt rollte. »Bitte komm zurück.« Erst jetzt gestattete sie ihren Tränen zu fließen.

KAPITEL 7

Am Wochenende organisierte Clare einen Mädelsabend mit ihren Töchtern, komplett mit Abendessen, Filmen und Maniküre.

»Gefällt dir die Farbe an mir?« Maggie hielt eine Hand hoch, um die grellroten Nägel zu zeigen.

»Es ist vielleicht ein bisschen zu viel«, meinte Clare, die sich auf dem Sofa zurücklehnte und ihre Töchter beobachtete. Sie saßen am Couchtisch und lackierten sich die Fingernägel. »Der Lilafarbene hat mir besser gefallen.«

Maggie griff nach dem Nagellackentferner. »Ja. Mir auch.«

Da sie wusste, dass sie es hinter sich bringen musste, setzte Clare sich aufrecht hin und atmete tief durch. »Es gibt da etwas, worüber ich mit euch reden muss.«

Jill pustete sich auf die Nägel und wedelte mit der Hand, um den Lack zu trocknen. »Worum geht's?«

»Ich habe darüber nachgedacht, für eine Weile wegzufahren.«

Kate blickte auf. »Wohin?«

»Erinnert ihr euch noch daran, wie Onkel Tony von dem Haus erzählt hat, das er in Vermont gekauft hat?«, fragte Clare, und die Mädchen nickten. »Ich werde für eine Weile dort wohnen, um ihm bei ein paar Renovierungsarbeiten zu helfen, die er am Haus erledigt haben möchte.«

Maggies Augen weiteten sich. »Wie lange?«

»Drei Monate, vielleicht etwas mehr.«

»Aber warum?«, fragte Maggie, die sich bemühte, die Tränen zurückzuhalten. »Du bist doch gerade erst nach Hause gekommen.«

Clare strich ihr über das Haar. »Ich weiß, Liebes. Das Problem ist, dass es mir nicht leichtfällt, ohne Dad in diesem Haus zu wohnen. Ich schätze, es war mir nicht klar, wie schwer es werden würde, bis ich etwas Zeit hier verbracht hatte. Um mich mit allem auszusöhnen, was passiert ist, muss ich mal von hier weg.«

»Weg von uns?«, fragte Jill.

»Nein, Schatz, das hat nichts mit euch zu tun. Ich hoffe, dass ihr mich oft besucht. Diesen Winter könnten wir sogar Ski fahren gehen. Maggie, ich würde dich liebend gerne mitnehmen, aber dein Leben ist hier, und ich weiß, dass du nur ungern die Schule wechseln möchtest, selbst wenn es nur kurz wäre. Deshalb hat Dad versprochen, dich alle zwei Wochen nach Boston zu bringen, damit wir uns dort treffen können, oder du lässt dich von Jill mitnehmen.«

»Ich fand den Gedanken schön, dass du hier bist, selbst wenn ich es nicht bin«, seufzte Kate traurig.

»Ganz gleich, wo ich bin, ich werde immer für euch da sein«, versicherte Clare. »Ich weiß, dass wir viel Zeit nachzuholen haben, und dieser Drang, eine Weile von hier zu verschwinden, gefällt mir selbst nicht, aber ich kann nicht leugnen, dass er da ist.«

»Werde ich dann bei Dad wohnen?«, fragte Maggie.

»Ja, und er freut sich schon darauf, dich eine Weile ganz für sich zu haben«, versprach Clare mit einem Lächeln. »Er meinte, sie könnten bei den Babys deine Hilfe gut gebrauchen.«

Maggie nickte ernst. »Das ist richtig. Die Babys sind ganz schön anstrengend.«

»Es wird dir dort gut gefallen, und wenn du mich übers Wochenende besuchst, werden wir eine Menge Spaß haben«, beteuerte Clare, was Maggie zufriedenzustellen schien. »Was ist mit dir, Jill? Kommst du auch rauf?«

Jill zuckte die Achseln. »Klar. Wenn du dort bist, werde ich dich besuchen kommen und Maggie mitbringen. Ist auf jeden Fall besser als da, wo du in den letzten drei Jahren warst.«

Clares Augen wurden feucht. »Alles ist besser als das.« Sie umarmte ihre Kinder. »Ich liebe euch so sehr. Ich weiß, dass ihr meinetwegen schon viel durchmachen musstet und dass ich eine Menge von euch verlange.«

»Schon gut, Mom«, beruhigte Kate sie. »Wir wollen, dass es dir besser geht.«

»Ich lass dich übers Wochenende hinfliegen, wann immer du willst«, erklärte Clare und strich mit der Hand über Kates weiches blondes Haar.

»Wann fährst du?«, wollte Maggie wissen.

»Nächste Woche. Nachdem Kate nach Nashville gezogen ist.«

»Wo wir gerade davon reden«, setzte Kate an. »Dad und Andi schmeißen am Abend vor meinem Geburtstag eine Geburtstags-und-Abschieds-Feier für mich. Ich hoffe, du kommst auch. Er wollte dich deswegen noch anrufen.«

Clares Magen zog sich nervös zusammen. »Ich weiß nicht, Süße. Ich bin mir nicht sicher, ob ich dafür schon bereit bin.«

»Du *musst* kommen, Mom«, flehte Kate. »Ich will, dass du da bist.«

Clare biss sich auf den Daumennagel. »Lass mich drüber nachdenken.«

* * *

Clare lag die halbe Nacht wach und versuchte, sich vorzustellen, Jack und seine neue Frau in ihrem neuen Haus zu besuchen. Beim bloßen Gedanken daran wurde ihr körperlich übel, also wollte sie lieber gar nicht darüber nachdenken, wie es wohl wäre, tatsächlich dort zu sein. Aber wie konnte sie Kate ihre Bitte abschlagen, nachdem sie schon so vieles mit den Mädchen verpasst hatte?

»Verdammt«, stöhnte sie. Um halb fünf gab sie jede Hoffnung auf Schlaf auf und beschloss, aufzustehen. Es hatte keinen Zweck, zu versuchen, einzuschlafen, wenn ihr so viel durch den Kopf ging. Auf dem Weg in die Küche, wo sie Kaffee kochen wollte, konnte sie nur an Kates Gesicht denken und daran, wie sie sie beinahe schon angefleht hatte, zur Feier da zu sein.

Als die Mädchen kurz vor elf Uhr schließlich nach und nach auftauchten, hatte Clare schon eine ganze Kanne Kaffee getrunken, Blaubeermuffins gebacken und die Arbeitsflächen geputzt. Die Arbeit hatte sie von den Gedanken abgelenkt.

»Morgen«, brummte Jill, sobald sie die Küche betrat.

Clare goss ihr eine Tasse aus der frisch gebrühten Kanne ein. Es amüsierte sie noch immer, dass die älteren Mädchen bereits Kaffee tranken. »Guten Morgen, Schatz. Hast du gut geschlafen?«

Jill nickte und inhalierte förmlich den ersten Schluck.

»Was steht für heute an?«

»Ich muss zurück ins College, um mich um vierzehn Uhr mit einer Arbeitsgruppe zu treffen.«

»Hast du dir schon Gedanken über dein Hauptfach gemacht? Bis Januar musst du dir eins aussuchen, oder?«

Jill nickte erneut. »Ich hatte an Jura gedacht.«

Überrascht hob Clare eine Augenbraue. »Echt? Seit wann?«

Mit einem Muffin und ihrem Kaffee kam Jill zum Tisch. »Seit einer Weile schon. Ich habe dieses Semester einen Vorkurs in Verfassungsrecht belegt, der mir Spaß macht.«

»Das ist wundervoll. Du bist außerdem schlagfertig, du würdest eine tolle Anwältin abgeben.«

Jill strahlte. »Das Gleiche hat Dad auch gesagt.«

Das tat weh. Früher war Clare diejenige gewesen, die solche Neuigkeiten zuerst erfuhr.

»He, ich wollte euch schon länger fragen, ob ihr wisst, wo meine Winterstiefel sind«, wechselte sie das Thema. »Ich kann sie nirgends finden.«

»Ich glaube, Andi hat die ganzen Sachen in den Keller neben den Öltank gestellt.«

»Ach so«, erwiderte Clare, betroffen von der Erinnerung daran, dass Andi über ein Jahr lang mit Jack und den Mädchen im Haus gewohnt hatte. »Da unten habe ich noch nicht nachgesehen. Danke.«

Maggie schlurfte mit mürrischem Gesicht in die Küche. »Hat eine von euch einen Tampon?«

»Maggie«, keuchte Clare. »Wie lange hast du schon deine Tage?«

»Fast ein Jahr lang. Seit kurz nach meinem Geburtstag.«

»Ich hab welche«, meinte Jill und ging nach oben, um sie zu holen.

»Gott«, stöhnte Clare und ließ sich auf einen der Küchenstühle fallen. »Habe ich denn *alles* verpasst? Es ist so früh. Du warst doch gerade erst zwölf.«

»Glaub mir, ich weiß«, entgegnete Maggie.

»Dass du das ohne deine Mutter durchstehen musstest«, seufzte Clare voller Bedauern.

»Schon gut, ich hatte …« Maggie verstummte und lief rot an.

»Du hattest Andi, nicht wahr?«, fragte Clare leise.

Maggie nickte. »Sie hat mir gegeben, was ich brauchte, und hat mich zum Abendessen eingeladen, um es zu feiern. Sie hat richtig viel Wind darum gemacht. Total übertrieben.«

Clare erkannte, dass Maggie das Ganze runterspielte, um ihre Gefühle nicht zu verletzen. »Das war nett von ihr.« Wieder kämpfte sie gegen das fast beständige Gefühl an, weinen zu müssen.

Jill kehrte mit einer Handvoll Tampons zurück und reichte sie ihrer Schwester. »Da.«

»Danke«, sagte Maggie und schlurfte ins Bad.

Die Haare noch feucht vom Duschen, betrat Kate die Küche. »Morgen«, grüßte sie, bevor sie nach einem Thermobecher für ihren Kaffee griff. »Ich muss los. Mittags arbeite ich im Hotel, und danach schmeißen sie meine Abschiedsfeier.«

»Aber ohne Alkohol, ja?«, erkundigte sich Clare.

»Ich trinke nicht. Den Vortrag kannst du dir für Jill aufheben«, erwiderte Kate mit sprechendem Blick zu ihrer Schwester.

»Sei still, Kate«, verlangte Jill.

Kate lachte. »Mom, ich habe über die Party bei Dad nachgedacht. Wenn du nicht kannst, dann verstehe ich das. Ist schon gut.«

Clare gab ihrer mittleren Tochter einen Kuss. »Danke, Baby.«

* * *

Nachdem Jill und Kate gegangen waren, rief Jack an.

»Wie läuft's?«, fragte er vorsichtig.

»Gut. Tut mir leid, dass ich letztens so eine Szene gemacht habe.«

»Das muss dir nicht leidtun. Es stört mich wirklich nicht, wenn Maggie bei uns wohnt. Ich möchte nicht, dass du glaubst, ich hätte damit ein Problem.«

»Das weiß ich. Danke.«

»Hat Kate die Party erwähnt, die wir Freitagabend für sie geben?«

»Hat sie.«

»Ich hoffe, du und deine Mutter gesellt euch zu uns.«

»Ich weiß nicht, Jack. Ich bin mir nicht sicher, ob das eine so gute Idee ist.«

»Was auch immer du für das Beste hältst. Ich wollte dich nur wissen lassen, dass du herzlich eingeladen bist.«

»Danke.«

»Denkst du daran, dass wir am Dienstag einen Termin bei Cooper haben, um die Papiere für das Haus zu unterschreiben?«

»Steht bei mir im Kalender.«

»Da wäre noch eine Sache.«

»Gibt es ein Problem?« Sie fragte sich, ob er es bereute, ihr bei der Scheidung das Haus überlassen zu haben.

»Nein, aber ich habe Coop darum gebeten, noch eine Klausel in die Übertragungsurkunde einzufügen, in der steht, dass du es nur an mich verkaufen kannst.«

Sie spürte Wut in sich aufsteigen. »Warum? Damit du mit deiner neuen Familie hier einziehen kannst?«

»Nein, Clare, damit ich es eines Tages den Mädchen vererben kann, falls du es nicht haben willst«, erwiderte er in einem neutralen Tonfall, der keinen Zweifel daran ließ, dass auch er sich bemühte, nicht die Beherrschung zu verlieren.

»Entschuldige. Das ging zu weit. Ich würde das Haus nie verkaufen, schon gar nicht, ohne dich vorher zurate zu ziehen.«

Er seufzte. »Das alles gefällt mir nicht.«

Sie blinzelte die Tränen weg. »Mir auch nicht. Ich denke, es ist ganz gut, dass ich eine Weile nicht hier sein werde, Jack. Wir können beide den Abstand gebrauchen.«

»Möglich. Sehen wir uns am Dienstag, vierzehn Uhr?«

»Ich werde da sein.«

»Sag Maggie, dass ich sie heute gegen fünf abhole«, fügte er hinzu.

»Mach ich.«

* * *

Am Dienstag war Clare früher als Jack in der Kanzlei ihres Anwalts. Cooper Hayes war ein ehemaliger Footballspieler und ein Bär von einem Mann, der seit Jahren ein guter Freund von ihnen war.

»Wie fühlst du dich, Clare?«, fragte er, ehe er sie in eine seiner festen Umarmungen zog.

»Ganz gut, Coop. Janice hat letztens vorbeigeschaut. Es war toll, sie wiederzusehen.«

»Sie hat sich auch gefreut, sich mit dir zu treffen.«

»Wie geht es den Jungs?«, wollte Clare wissen, auch wenn sie von Janice bereits alles erfahren hatte.

»Barry ist im zweiten Studienjahr an der UNH«, antwortete er, wobei er sich auf die University of New Hampshire bezog. »Jeff hat im September an der Cornell University angefangen. Ganz plötzlich sind alle ausgeflogen.«

»Janice und ich haben deswegen ein paar Tränen vergossen.«

Coop schüttelte den Kopf. »Arme Frau, sie ist seit Monaten schon ganz emotional. Ich muss bald mal länger mit ihr verreisen. Das kann sie gut gebrauchen.«

»Du nicht?«, hakte Clare mit schiefem Lächeln nach. Die Jungs waren seit Jahren Coops ganze Welt.

»Erwischt«, gestand er mit traurigem Gesichtsausdruck. »Das alles tut mir so unfassbar leid, Clare.«

Sie wusste, dass er ihre Scheidung meinte, und streckte die Hand nach ihm aus. »Danke.«

Ihr stockte der Atem, als Jack lächelnd das Zimmer betrat und Coop die Hand gab. Wieder einmal fragte sie sich, wie lange es dauern würde, bis ihr Herz nicht mehr jedes Mal raste, wenn sie ihn erblickte oder seine Stimme hörte. Monate? Jahre? Oder würde das nie aufhören?

Er beugte sich zu ihr runter und begrüßte sie mit einem Kuss auf die Wange.

Nachdem sie ein paar Minuten lang Neuigkeiten ausgetauscht hatten, bat Coop sie darum, sich an den Besprechungstisch in seinem Büro zu setzen. »Ihr habt schon über die Verkaufsklausel gesprochen?«

»Ja«, bestätigte Jack.

»Bist du damit einverstanden, Clare?«, erkundigte sich Coop.

»Ja«, antwortete sie, denn sie wollte das unbedingt hinter sich bringen. Ganz plötzlich kam ihr der große Raum klein und stickig vor.

»In Ordnung. Ihr müsst beide hier, hier und hier unterschreiben.« Coop zeigte bei drei Blättern auf den unteren Rand.

Clare bemerkte, dass Jack zögerte, bevor er die erste Seite unterzeichnete. Ein Muskel zuckte in seiner Wange, und es stimmte sie traurig, wie nahe es ihm ging, das Haus wegzugeben, das er für sie gebaut hatte. Sie wollte ihn trösten, riss sich aber zusammen.

Er kritzelte »John J. Harrington« ans Ende der ersten Seite und schob sie zu ihr rüber.

Nachdem sie alles unterschrieben hatten, sammelte Coop die Unterlagen ein. »Du bekommst den Vertrag in etwa sechs Wochen, Clare. Das war alles.«

»Danke, Coop«, sagte Jack und stand auf, um ihm die Hand zu schütteln.

»Ja, danke«, stimmte Clare zu. »Für alles.« Ihre Scheidung hatte er streng vertraulich und bevorzugt behandelt.

»Kein Problem«, entgegnete Coop, bevor er sie zur Tür brachte. »Passt auf euch auf.«

* * *

Clare begleitete Jack zum Parkplatz. Das, was sie gerade getan hatten, ließ Emotionen hochkochen, unter denen sie sich ganz zerschlagen fühlte. Sie war die stolze Besitzerin eines einzigartigen Hauses, das eine Million Dollar wert war, aber sie empfand lediglich eine nagende, schmerzvolle Leere.

»Danke, Jack«, flüsterte sie mit belegter Stimme. »Ich weiß, dass dir das nicht leichtgefallen ist.«

Er zuckte die Achseln. »Es ist dein Haus. Das war es schon immer. Es war nur unter meinem Namen gemeldet, damit ich dich damit überraschen konnte.«

Tränen brannten in ihren Augen, und sie hätte am liebsten laut geflucht. Wieder einmal ignorierte ihr Körper ihren Wunsch, ihm nicht zu zeigen, was sie empfand.

Er griff nach ihrer Hand. »Es gibt da etwas, das ich dir sagen muss.«

Sobald sie hochschaute, stellte sie erstaunt fest, dass auch seine Augen feucht wurden. »Was?«, flüsterte sie.

Er schien nach den richtigen Worten zu suchen und bemühte sich, seine Gefühle zu beherrschen. »Unser gemeinsames Leben wurde auch mir genommen, Clare«, erinnerte er sie mit leiser, sanfter Stimme. »Das, was wir zusammen hatten – es gehörte auch mir, und nur weil ich jetzt Andi liebe, heißt das nicht, dass ich nicht um das trauere, was ich mit dir verloren habe. Was uns *geraubt* wurde. Ich hatte nur mehr Zeit als du, um mich daran zu gewöhnen, ohne dich zu sein. Ich möchte nicht, dass du glaubst, ich hätte ohne einen Blick zurück allem den Rücken gekehrt, denn das habe ich nicht. Das hätte ich nicht gekonnt.«

Tränen rollten ihr ungehindert über die Wangen, weil sie seinen Schmerz spürte.

»Ich werde dich *immer* lieben.« Mit den Daumen wischte er ihr die Tränen weg, dann legte er die Arme um sie. »Das solltest du wissen.«

»Jack.« Leise weinend drückte sie das Gesicht an seine Brust und genoss seinen vertrauten Duft. »Ich weiß nicht, was ich ohne dich und unser gemeinsames Leben tun soll. Wenn ich das nur ausspreche, klinge ich völlig armselig, aber ich weiß es einfach nicht.«

»Du wirst es herausfinden. Da bin ich mir sicher. Geh nach Vermont. Tu, was du tun musst, ich kümmere mich derweil um alles hier. Alles wird gut. Irgendwie, auf die eine oder andere Art, schaffen wir das.«

Sie streichelte sein Gesicht. »Ich werde dich auch immer lieben. Wenn ich damit meinen Frieden machen kann, dann kann ich mir vielleicht ein neues Leben ohne dich aufbauen.«

Er umarmte sie noch einmal. »Dann geh, und mach deinen Frieden.«

KAPITEL 8

Die nächste Woche verging hektisch, während Clare Kate beim Packen und bei den letzten Vorbereitungen für ihren Umzug nach Nashville half. Jacks College-Freund Reid Matthews hatte Kate tatsächlich eine Wohnung im trendigen Stadtviertel Green Hills zur Verfügung gestellt, das in der Nähe der Belmont University lag, an der sie sich für ein paar Kurse eingeschrieben hatte.

Der Freitagmorgen dämmerte grau und kalt, und der Wetterbericht kündigte Schneegestöber an. Clare wachte mit einem schrecklichen Gefühl auf. Heute Abend fand die Feier statt, und früh am nächsten Morgen würde Kate mit Jack abreisen.

Sie stand auf, um zu duschen und sich anzuziehen. In der Küche trank ihre Mutter bereits eine Tasse Kaffee und las die Zeitung.

»Morgen«, grüßte Anna sie.

»Gibt's was Neues?«

»Dieselben schlechten Nachrichten.« Anna legte die Morgenausgabe beiseite. Ihr kurzes graues Haar war von der Dusche noch feucht. »Wann läuft die Party heute Abend?«

»Keine Ahnung.« Clare goss sich eine Tasse Kaffee ein und betrachtete das stürmische Meer.

»Da werden wir wohl Kate fragen müssen.«

»Ich will nicht hin.«

»Wie bitte?«

»Ich habe schon mit Kate darüber geredet. Sie versteht es.«

»Wirklich?« Anna verschränkte die Arme, und ihre strahlend blauen Augen verfinsterten sich verärgert. »Was genau versteht sie denn?«

»Dass mir noch nicht nach der Gesellschaft ihres Vaters und seiner neuen Frau ist.«

Anna schnaubte. »Werd endlich erwachsen, Clare. Hier geht es nicht um dich, sondern um deine Tochter – die Tochter, die schon *drei* Geburtstage ohne ihre Mutter feiern musste.«

Erstaunt vom Ausbruch ihrer Mutter starrte Clare sie an. »Wenn du versuchst, mir ein schlechtes Gewissen zu machen, dann hast du damit Erfolg.«

»Gut. Dann gehst du also hin?«

»Das habe ich nicht gesagt.«

»Die ganze Zeit habe ich versucht, meine Nase nicht in fremde Angelegenheiten zu stecken, aber ich kann nicht tatenlos zusehen, wie du Kate das antust. Du musst heute Abend da sein, um sie zu unterstützen und dich vernünftig von ihr zu verabschieden.«

»Das kann ich nicht«, flüsterte Clare, denn ihr fiel wieder das emotionale Gespräch mit Jack Anfang der Woche ein. »Ich kann das einfach nicht.«

Anna stand auf. »Meinetwegen. Tu, was du nicht lassen kannst, aber du wirst es bereuen, Clare. Du wirst es bereuen, sie enttäuscht zu haben.«

Sobald ihre Mutter den Raum verlassen hatte, lehnte Clare sich wütend zurück. *Wie kann sie es wagen? Was versteht sie schon davon? Was versteht* überhaupt jemand *davon?* Sie gab sich ihrem Zorn noch ein paar Minuten lang hin, bis die Wut ganz plötzlich verrauchte und sie zerknirscht zurückließ. Ihre Mutter hatte recht. Sie verhielt sich kindisch und dachte nur an sich, obwohl ihre Tochter sie brauchte. Bevor sie es sich anders überlegen konnte, ging sie zu Anna ins Wohnzimmer.

»Die Party fängt um sieben an. Kurz vorher fahren wir los.«

»In Ordnung«, erwiderte Anna.

* * *

Wenige Minuten nach sieben rollten Clare und ihre Mutter durch das Tor zu Jacks Grundstück. Die Mädchen waren schon früher rübergegangen, um bei den Vorbereitungen zu helfen. Das Haus war mit Lampen und elektrischen Kerzen in jedem Fenster hell erleuchtet. Clare parkte das Auto gegenüber der Einfahrt, wo ein kleiner Transporter stand, an den Kates gelber VW Beetle angehängt worden war. Mit neu aufkeimender Nervosität umklammerte sie das Lenkrad fester.

»Alles in Ordnung?«, erkundigte sich Anna.

Clare konnte kaum atmen. »Ja.«

»Du bist für Kate hier«, rief Anna ihr ins Gedächtnis. »Vergiss das nicht.«

»Ja, für Kate.« Sie atmete langsam und bewusst aus. »Lass uns gehen.«

Mit den Geburtstagsgeschenken im Arm überquerten sie die Auffahrt zu den Steinstufen. Clare klingelte und hörte, wie die Glocken im Haus widerhallten – Jacks und Andis Haus. *Du bist für deine Tochter hier.*

Kate öffnete die Tür. »Mom, du bist gekommen.« Sie zog sie ins Foyer. »Hi, Oma.«

»Alles Gute zum Geburtstag, Süße«, begrüßte Anna sie, ehe sie ihre Enkelin umarmte.

Kate strahlte vor Freude. »Danke. Ich nehme euch die Mäntel ab.«

Clare schaute sich in dem Haus aus den Dreißigerjahren um. Sie war schon einmal hier gewesen, als das Grundstück zuletzt auf dem Markt gewesen war und der dafür zuständige Makler einigen Kollegen das Gebäude gezeigt hatte. Damals war es leer und leblos gewesen, aber jetzt pulsierte darin die Wärme und Energie einer Familie.

Sie spähte zu dem kunstvollen Kronleuchter hoch, der an der Decke des ersten Stocks über dem schwarz-weiß gefliesten Eingangsbereich hing. Von rechts nach links wand sich eine Treppe nach oben, eingefasst mit einem Geländer aus Mahagoni. Clare erinnerte sich an ein großes Wohnzimmer zu ihrer Rechten, das sich über die gesamte Länge des Hauses erstreckte. Zu ihrer Linken lag ein formelles Esszimmer, und am Ende eines Ganges unter der Treppe befand sich die Küche.

Während Kate die Mäntel aufhängte, kam Jack auf den Flur. Er trug einen schwarzen Kaschmirpullover und eine Jeans, und wie gewöhnlich schaffte er es, leger und elegant zugleich auszusehen.

Er umarmte und küsste die beiden Frauen. »Kommt rein«, lud er sie ins Wohnzimmer ein, wo ein Feuer im Kamin loderte. Deckenleisten aus Mahagoni zierten die viereinhalb Meter hohen, buttergelb gestrichenen Wände des Raumes. Die gegenüberliegende Wand bestand aus Glas, und Clare erinnerte sich daran, dass man tagsüber einen herrlichen Blick auf das Meer hatte.

Die Möbel standen zu zwei Sitzbereichen arrangiert vor dem Feuer. Die Tische waren mit Essen beladen, und in der hinteren Ecke war eine Bar aufgebaut worden. Wie Clare wusste, war Andi im Hauptquartier der Infinity Group in Chicago als Chefdesignerin angestellt gewesen, bevor sie nach Rhode Island gezogen war, um bei Jack zu wohnen und Infinitys Hotel in Newport zu leiten. Hier hatte sie ihr Talent für ihren früheren Beruf unter Beweis gestellt. Der Raum wirkte warm und einladend.

»Dein Zuhause ist wirklich sehr schön, Jack«, erklärte Anna. »Da hast du viel geschafft.«

»Die Party war ein guter Anreiz, um schnell fertig zu werden. Oben herrscht noch immer das reinste Chaos. Kisten überall.«

Kate reichte ihrer Mutter ein Bier und ihrer Großmutter ein Glas Wein, ehe sie wieder an die Tür ging. Ein paar Minuten später kehrte sie mit Jacks Schwester Frannie, ihrem Ehemann Jamie und den Zwillingen Owen und Olivia zurück.

Schwach vor Erleichterung darüber, dass Frannie da war, begab sich Clare mit Jack zu ihr, um Hallo zu sagen. Jack nahm die Zwillinge auf die Arme, die ihn mit »Onke Jack« und feuchten Schmatzern begrüßten.

»Ihr erinnert euch doch noch an Tante Clare, nicht?«, wandte Frannie sich an die fünfzehn Monate alten Knirpse. Vor zwei Wochen hatten sie Clare in ihrem Haus besucht.

Owen tätschelte Clare das Gesicht. »Clare«, brabbelte er.

Clare küsste die pummelige Hand des Kleinkinds. Owen und Olivia hatten die strahlend blauen Augen ihres Vaters geerbt und besaßen rotblonde Wuschelköpfe, die Farbe war eine bezaubernde Mischung aus Frannies Kastanienbraun und Jamies Blond.

Jamie umarmte Clare und gab ihr einen Kuss auf die Wange. »Schön, dass du hier bist«, flüsterte er und drückte sie fest an sich.

Ihn zu umarmen fühlte sich an, als würde sie nach Hause kommen. Seit ihrem ersten Tag auf dem College war er Jacks bester Freund gewesen und schließlich ihr Trauzeuge und der Patenonkel ihrer drei Töchter. Seine Hochzeit mit Jacks Schwester Frannie war eine der größten und besten Überraschungen gewesen, die sie nach dem Aufwachen aus dem Koma erwartet hatten.

»Jamie Booth, du unwiderstehlicher Charmeur«, flüsterte sie. »Lass nicht los, okay?«

Er lachte leise. »Niemals.«

Nachdem Clare ihn widerwillig aus ihrer Umarmung entlassen hatte, bemerkte sie, dass Andi das Zimmer betreten hatte.

Sie reichte ihnen die Hand. »Clare, Anna, wir freuen uns so, dass ihr kommen konntet.«

Während sie ihr die Hand schüttelte, war Clare wieder einmal überrascht, wie schön die andere Frau war. Sie hatte Andi bisher nur einmal getroffen, und da war sie im siebten Monat mit den Zwillingen schwanger gewesen. Von der Geburt hatte sie sich offensichtlich rasch erholt.

»Danke für die Einladung«, erwiderte Clare, sobald sie den anfänglichen Schock überwunden hatte, Jack und Andi zum ersten Mal zusammen zu sehen – beide groß, dunkelhaarig und atemberaubend attraktiv. *Was für ein umwerfendes Paar sie doch abgeben.*

Als Andi sich Frannie und Jamie zuwandte und die anderen mit weiteren Neuankömmlingen beschäftigt waren, nahm Clare sich einen Augenblick, um Jacks neue Frau genauer zu betrachten.

Sie war groß – nicht so groß wie Jack, aber wenigstens zehn Zentimeter größer als sie selbst mit ihren knapp eins fünfundsechzig. Ihre langen, dunklen Locken hatte sie heute Abend zu einem schlichten Pferdeschwanz hochgebunden, und sie wirkte in dem elfenbeinfarbenen, gerippten Rollkragenpullover, der abgetragenen Jeans und den schwarzen Stiefeln stilvoll und dezent zugleich. Clare war froh, dass auch sie sich für eine Jeans entschieden hatte.

Andi begrüßte ein Grüppchen von Kates Freunden mit einem warmen, einladenden Ausdruck in den sanften braunen Augen. Clare wusste, dass Andi neununddreißig war, aber sie sah jünger aus und ließ sich nichts von der Erschöpfung anmerken, die eine Mutter von drei Monate alten Zwillingen doch sicherlich verspüren musste.

Jill und Maggie trugen Teller mit Häppchen herein und gingen damit herum. Sie stellten Clare Andis Mutter Betty vor, die einen der Zwillinge hielt.

»Hallo, kleiner Mann«, grüßte Clare, die mit einem Finger über die flaumige, weiche Wange des Babys strich.

»Das ist Johnny«, meinte Betty.

»Woran erkennen Sie das?«, fragte Clare.

»Ich habe ihn gerade fürs Bett gewickelt«, erklärte sie mit einem Lachen. »Sonst wäre ich nicht schlauer als Sie.«

Ein blonder Junge huschte durch den Raum, und Betty hielt ihn mit strengem Blick zurück. Mit der freien Hand signalisierte sie ihrem hörgeschädigten Enkel etwas, und er bremste ab.

»Das ist mein anderer Enkelsohn Eric«, erläuterte Betty. »Er ist fast acht und ziemlich anstrengend.«

»Er ist bezaubernd.« Clare verfolgte, wie Maggie einen Arm um Eric legte, ohne in ihrem Gespräch mit einer von Kates Freundinnen innezuhalten.

Clare zog sich aus dem Gewühl zurück und setzte sich auf eines der Ledersofas. Sie beobachtete Jack und Andi, die durch den Salon gingen und sich mit der mühelosen Anmut eines seit vielen Jahren verheirateten Paars bewegten. Als Jack Andi eine Hand auf den Rücken legte, um sie näher an sich zu ziehen, musste

Clare den Blick abwenden. Das machte er so natürlich und unbewusst, dass sie sich danach verzehrte, denn sie erinnerte sich daran, wie er sie auf diese Weise berührt hatte.

Musik, Stimmen und das Klirren von Eis, das gegen Kristallglas schlug, erfüllten den Raum.

Frannie setzte sich neben Clare. »Hältst du durch?«, fragte sie leise.

»Gerade so«, erwiderte sie im selben Tonfall.

»Du siehst wunderbar aus. Ganz und gar genesen.«

»Von dem elenden Hinken abgesehen, das ich einfach nicht loswerde.«

»Das schaffst du auch noch«, versicherte Frannie ihr mit einem Blick auf Jamie, der Olivia hielt, während er am anderen Ende des Saals mit Jack und Andi plauderte.

»Ich habe das Tagebuch zu Ende gelesen«, wechselte Clare das Thema. »Was für eine Geschichte, wie Jack und Andi sich kennengelernt haben und du und Jamie zusammengefunden habt.«

Frannie lächelte. »Das war eine unglaubliche Woche.«

»Erzähl mir davon, Frannie. Ich habe es gelesen, aber ich will, dass du es mir beschreibst.«

Frannie hob skeptisch eine Augenbraue. »Bist du dir sicher?«

Clare nickte. »Heute erlebe ich sie zum ersten Mal zusammen. Mehr als alles andere weckt das meine Neugierde.«

Frannie atmete tief durch. »Also, es war Ende August, und Andi war aus Chicago angereist, um die Baustelle zu besichtigen und die Möblierung und Innenausstattung des Newport-Hotels vorzubereiten. Damals war sie Chefdesignerin bei Infinity. Jack hat ihr die großen Anwesen, die Hammersmith Farm und ein paar andere Sehenswürdigkeiten gezeigt. Anschließend sind wir auf dem Boot rausgefahren und haben später für alle Designer beim Haus gegrillt. Es war die erste Party dort, seitdem all das passiert war, und es hat Spaß gemacht.«

»In deinem Tagebuch hieß es, dass es dort zwischen dir und Jamie gefunkt hat.« Clare bemerkte, dass Jacks und Frannies Eltern Madeline und John angekommen waren, und sie freute sich schon darauf, ihre früheren Schwiegereltern wiederzutreffen.

Frannie winkte ihren Eltern zu. »Das stimmt. Zwischen uns war schon *immer* was, aber keiner von uns hatte es dem anderen oder überhaupt irgendjemandem gegenüber zugegeben.« Ihr Blick wurde sanfter, sobald er auf ihren attraktiven Ehemann fiel.

Clare lächelte. »Ich hatte mir schon immer so meine Gedanken gemacht.«

»Wirklich? Festzustellen, dass wir beide schon seit Jahren diese Gefühle füreinander hegten, hat uns völlig überrumpelt.« Frannie schien das noch immer zu überwältigen, mehr als zwei Jahre später. »Ich schätze, wir hatten den Eindruck, dass es auch für uns der richtige Zeitpunkt war, nachdem wir erkannt hatten, dass Jack ins Land der Lebenden zurückgekehrt war.«

»Ihr scheint so glücklich miteinander zu sein.«

Frannie strahlte. »Das sind wir.«

»Wie ist es mit Jack und Andi weitergegangen?«

»Bist du dir sicher, dass du das hören möchtest?«

»Ja«, versicherte ihr Clare, während sie ihrer Mutter zuwinkte, die auf der anderen Seite des Raums bei Jill und Frannies Sohn Owen stand.

»Also, Jack hat hinterher erklärt, es wäre Liebe auf den ersten Blick gewesen. Es hat ihn ganz schön umgehauen, denn er hatte gerade erst aufgegeben, darauf zu hoffen, dass du doch noch wieder aufwachen würdest, und ging erst seit etwa einem Monat wieder arbeiten. Ich erinnere mich noch an etwas, was er mir in jener Woche anvertraut hat. Das habe ich nie vergessen. Er meinte: ›Ich hatte nicht erwartet, jemanden zu treffen, bei dem ich mehr will.‹ Er wirkte so hilflos. Er hatte Angst vor dem, was die Leute sagen würden, und hat sich um die Mädchen gesorgt.«

Sie zuckte die Achseln. »Das war schwer für ihn, Clare. Er hat sich den Kopf darüber zermartert. Glaub ja nicht, dem wäre nicht so gewesen. Aber er hatte schon so viel gelitten, dass ich noch weiß, wie erleichtert ich war, wieder diesen Funken Leben in seinen Augen zu erblicken.«

»Sie ist nach Chicago zurückgeflogen, richtig?«

Frannie nickte. »Aber er hat sie überredet, ihn übers Wochenende zu besuchen. Es war schön, aber sie beschloss, dass es zwischen ihnen wegen der Entfernung und den ganzen Komplikationen nicht funktionieren würde. Wir haben versucht, ihn zu unterstützen und ihm etwas Freiraum zu geben, aber es war schrecklich. Wieder war er so niedergeschlagen. Eigenartigerweise hat Jamie genau in der Zeit um meine Hand angehalten.«

»Es tut mir so leid, dass ich das verpasst habe.«

»Mir auch. Ich hätte dich gerne als meine Trauzeugin gehabt.«

Mit feuchten Augen umarmte Clare sie. »Ach, Frannie.«

»Die Mädchen waren wundervolle Brautjungfern, aber ich habe dich nie so sehr vermisst wie in den Monaten vor meiner Hochzeit.« Frannie betupfte sich die Augen und bemühte sich, ihre Melancholie schnell wieder abzuschütteln. »Jedenfalls blies Jack etwa eine Woche lang Trübsal, nachdem Andi abgereist war. Dann hat ihn sich offenbar unsere Mutter vorgeknöpft und ihm erzählt, dass das Leben zu kurz ist, um sich diese Gelegenheit entgehen zu lassen, wieder glücklich zu sein. Bevor wir es uns versahen, war er schon auf dem Weg nach Chicago. Ich habe nicht viel darüber erfahren, was dort geschehen ist, aber was auch immer er unternommen hat, hat wohl geklappt. Sie haben angefangen, sich an den Wochenenden und Feiertage zu besuchen. Zu Quinns Hochzeit ist sie mit Eric hergeflogen«, bezog sich Frannie auf Jacks langjährige Assistentin im Architekturbüro. »Dann zog ein Wirbelsturm über uns hinweg, der sie eine Woche hier festhielt.«

»War es schlimm?«, wollte Clare wissen.

»Nicht so schlimm, wie es hätte sein können, aber schlimm genug, um den Verkehr tagelang lahmzulegen. Lange Rede, kurzer Sinn: Jack hat sie gebeten, bei ihm einzuziehen, und Andis Chef hat ihr die Sache noch versüßt, indem er ihr den Job als Managerin für das Newport-Hotel anbot. Im Februar darauf sind sie und Eric hergezogen.«

»Das war nach eurer Hochzeit, richtig?«

»Richtig. Unsere Hochzeit war an Silvester.«

»Ich habe mich gefragt, wie die Mädchen darauf reagiert haben, als er ihnen gesagt hat, dass sie bei ihnen einziehen.«

»Mittlerweile hatten sie viel Zeit mit ihr verbracht, und Maggie war ganz besonders verrückt nach Eric. Kate hat sie unterstützt. Sie hat behauptet, sie wolle, dass er glücklich ist. Jill war zunächst aufgebracht, aber sie hat sich schließlich beruhigt.«

Clare spähte zu Andi rüber. Sie hielt ein Baby auf dem Arm und lief damit von Gast zu Gast. »Sieht so aus, als wäre es schwer, sie nicht zu mögen.«

Frannie musste lächeln. »Da hast du recht. Sie war immer nett zu den Mädchen und hat ihre Grenzen respektiert. Ich denke, deshalb ist es so gut ausgegangen.«

Mit dem anderen Baby auf dem Arm kam Jack zu ihnen. »Frannie, kann ich dir Robby kurz überlassen?«

Sie streckte die Arme aus. »Na klar. Komm zu Tante Frannie, mein Großer.«

»Clare, wir sollten auf unsere Tochter einen Trinkspruch ausbringen. Bist du dabei?« Er hielt ihr eine Hand hin.

Sie nahm sie. »Nur wenn du das Reden übernimmst. Du kannst das besser als ich.«

Sie stellte sich vor dem Kamin neben Jack, der mit dem Löffel gegen sein Glas schlug, um für Ruhe zu sorgen.

»Ich möchte euch allen dafür danken, dass ihr heute Abend gekommen seid. Wir wollen Kate zu ihrem achtzehnten Geburtstag gratulieren und ihr für die nächste Phase ihres Lebens alles Gute wünschen.« Er räusperte sich. »In Nashville«, fügte er hinzu, wobei er unter dem leisen Lachen der Gäste so tat, als würde er an dem Wort fast ersticken. »Kate, mir fällt es sehr schwer, zu glauben, dass du schon achtzehn bist, und nur um sicherzugehen, habe ich heute deine Geburtsurkunde rausgesucht.« Er griff in die Tasche, um das Papier hervorzuziehen.

Kate stöhnte und schnitt ihm eine Grimasse.

Jack hielt das Zertifikat hoch. »Das Datum lügt nicht, also müssen wir dich ziehen lassen, ob es uns nun gefällt oder nicht. Wir können nur darauf hoffen, dass du nicht vergisst, immer mal wieder nach Hause zurückzukehren, wenn du erst ein großer Star bist. Deine Mutter und ich sind so stolz auf dich, und wir lieben dich.« Er hob das Glas. »Auf Kate.«

Kates Wangen liefen rot an, während die Gäste ihr zuprosteten. Sie umarmte ihren Vater, und erneut war Clare überwältigt von der Vertrautheit, die sich zwischen Jack und den Mädchen entwickelt hatte. Zwar war er stets ein wundervoller Vater gewesen, aber im Laufe ihres langen Komas war die Beziehung zu seinen Töchtern deutlich stärker und inniger geworden. Kate zog sich von ihm zurück und griff nach ihrer Mutter.

»Spielst du uns ein Lied, Kate?«, bat Clare sie und umarmte ihre Tochter.

»Liebend gern.« Mit strahlendem Lächeln blickte sie zu ihrem Vater. »Dieses Lied ist ganz für dich.«

»Warum erfüllt mich das mit Angst und Schrecken?«, fragte er.

»Oh, das sollte es«, scherzte Kate und holte ihre Gitarre.

Im Raum wurde es still, sobald Kate die ersten Noten des Liedes anschlug. »Das ist von einer Sängerin, der ich gerne irgendwann mal begegnen würde: Martina McBride. Es ist für dich, Dad.« Sie setzte zu dem Refrain von »Independence Day« an.

Jack warf den Kopf in den Nacken und lachte. »Sehr lustig, Kate.«

Zum Ende des Liedes hin schenkte sie ihm ein schalkhaftes Lächeln. »Das hier ist für alle anderen«, erklärte sie, bevor sie eine bewegende Interpretation von Sarah McLachlans »I Will Remember You« darbot.

»Sie ist beeindruckend, nicht wahr?«, fragte Madeline Harrington Clare.

Clare war so in Kates Lied versunken, dass sie es gar nicht bemerkt hatte, als Jack weggegangen war. Sie schaute zu ihrer ehemaligen Schwiegermutter. »Das ist sie. Sie wird auf jeden Fall erreichen, was sie sich vorgenommen hat.«

»Ich bin mir nicht sicher, ob ich darauf hoffen oder es befürchten soll«, seufzte Madeline.

»Du heißt es nicht gut.«

»Darum geht es nicht. Ich mache mir Sorgen – nicht mehr oder weniger als du und Jack, denke ich.«

»Ich habe bei der Sache ein gutes Gefühl. Anfangs nicht, aber sie hat Jacks Durchsetzungsvermögen geerbt. Ich glaube, das habe ich vorher noch nie so richtig erkannt.«

»Du hast es geschafft, dass sich eine liebende Großmutter besser fühlt«, meinte Madeline lächelnd. »Es tut so gut, dich hier bei uns zu haben. Manchmal kann ich es noch immer nicht glauben. So lange haben wir es uns gewünscht.«

Gerührt drückte Clare der älteren Frau die Hand. »Danke für all die Anrufe, Karten und Besuche. Du warst immer so gut zu mir.«

»Ich liebe dich, Clare, und das wird sich nie ändern. Du wirst mein Leben lang meine Schwiegertochter sein, und nächsten Sommer möchte dich in Haven Hill sehen, hörst du?« Madeline meinte damit ihr Haus auf Block Island, in dem sie jahrelang ihre Sommer verbracht hatten, solange die Mädchen noch jünger gewesen waren.

»Versprochen«, versicherte ihr Clare, dann umarmte sie sie. »Ich liebe dich auch, Madeline.«

»Ich habe Betty versprochen, dass ich ihr dabei helfe, die Babys ins Bett zu bringen. Es werden beide Omas nötig sein, um die kleinen Racker zum Schlafen zu kriegen.«

Clare lachte. »Viel Glück.«

In dem Moment trat Jill mit einem ihrer kleinen Brüder auf dem Arm und einem Eiskübel in der anderen Hand zu ihnen. Das Baby gab sie ihrer Großmutter. »Wie ich höre, bist du mit dem Zu-Bett-Bringen beauftragt worden.«

»Das stimmt.« Madeline hielt ihren Enkel hoch, um ihn zu begutachten. »Welcher bist du, mein Süßer?«

»Robby«, antwortete Jill. »Glaube ich.«

»Soll der aufgefüllt werden?«, fragte Clare und zeigte auf den Eiseimer. Sobald Jill nickte, nahm sie ihn ihr ab. »Darum kümmere ich mich.«

»Danke, Mom. Einfach nur da durch«, wies Jill ihr den Weg.

»Ich werde es schon finden.« Sie schlängelte sich durch die Menschengruppen zum Korridor neben dem Wohnzimmer. Schließlich schob sie die Schwingtür zur Küche auf und sah, wie Jack die Stirn an Andis legte. Ihre Hände ruhten auf seinem Gesicht, und sie redete leise mit ihm.

Clare erstarrte. »Oh, Entschuldigung.«

KAPITEL 9

Als hätte sie etwas Heißes angefasst, riss Andi die Hände vom Gesicht ihres Ehemannes.

»Clare, komm doch rein«, forderte Jack sie auf.

Clare spürte, wie ihre Wangen glühten. »Ich wollte nicht stören.«

»Hast du nicht«, sagte Andi freundlich. »Brauchen wir noch Eis?« Sie nahm Clare den Eimer ab. »Es ist in der Garage. Ich hole es.«

Als Clare sich umdrehte, um den Weg zurückzugehen, auf dem sie gekommen war, hielt Jack sie zurück. »Clare.«

Sie drehte sich um und kämpfte gegen die Verlegenheit an, die sie überkam, weil sie ihren Exmann und seine neue Ehefrau in einem zärtlichen Moment erwischt hatte.

»Ich bin froh, dass du heute hier bist. Ich weiß, dass es Kate eine Menge bedeutet.«

Sie nickte. »Wir wollen gleich los. Ich werde noch immer viel zu schnell müde, und du musst morgen früh raus.«

Er stöhnte. »Sie will um fünf los.«

Clare lächelte. »Sie verschwendet keine Minute.«

»Wenn es nach ihr ginge, würden wir schon um Mitternacht abreisen.«

»Deine Mutter macht sich wegen Kate Sorgen.«

»Glaub mir, ich weiß. Darüber habe ich schon *alles* gehört.«

»Na ja, fahr vorsichtig, und noch mal danke, dass du sie hinbringst.«

»Das hatte ich ja versprochen.«

»Sorg dafür, dass sie mich anruft, sobald ihr dort seid.«

»Mach ich. Wann fährst du nach Vermont?«

»In den nächsten Tagen. Ich war so sehr damit beschäftigt, Kate bei den Vorbereitungen zu helfen, dass ich selbst noch nichts gepackt habe.«

»Melde dich hin und wieder, wenn du dort bist.«

»Mach ich.«

Kurz darauf kehrte Andi mit einem vollen Eiskübel zurück.

Jack nahm ihn ihr ab. »Lass mich«, sagte er und brachte ihn zur Party zurück.

Clare wollte ihm folgen, drehte sich aber noch einmal um. »Andi?«, fragte sie. »Ich möchte dir dafür danken, dass du für Kate diese schöne Feier veranstaltest.«

»War mir ein Vergnügen«, versicherte Andi ihr mit einem warmen Lächeln.

»Auch für alles andere. Du warst so gut zu meinen Kindern. Ich … na ja … danke.«

»Ich habe sie sehr gern.«

»Ja, das glaube ich dir.«

»Wir haben uns gefreut, dass du es heute hierher geschafft hast. Jack hat mir erzählt, dass du vorhast, eine Weile wegzufahren. Wir werden uns gut um Maggie kümmern. Mach dir deswegen keine Gedanken.«

»Das weiß ich zu schätzen. Mir ist bewusst, dass es eine Zumutung ist, da ihr gerade so viel um die Ohren habt.«

Andis Augen funkelten amüsiert. »Machst du Witze? Sie ist mir bei den Jungs – bei allen dreien – eine Riesenhilfe. An den Tagen, die sie bei dir verbringt, bin ich völlig überfordert.«

Die Vorstellung, wie Maggie alle herumkommandierte, brachte Clare zum Lachen. »Ich bin froh, dass sie dir hilft.«

»Pass auf dich auf, Clare. Auf Maggie geben wir gut acht.«

»Danke.« *Gott*, dachte Clare, *war das komisch.* Dennoch fühlte sie sich eigenartig erleichtert, weil sie wusste, dass ihre Tochter von der Frau geliebt wurde, die dabei helfen würde, sich um sie zu kümmern, bis Clare ihr Leben wieder in den Griff bekam.

* * *

»Kann ich mir kurz das Geburtstagskind ausleihen?«, bat Clare.

Kate aß den letzten Bissen von ihrem Kuchen und stellte den Teller vor sich auf den Tisch. »Entschuldigt mich«, wandte sie sich an ihre Freunde.

»Können wir irgendwo reden?«

»Lass uns nach oben gehen.« Kate führte ihre Mutter durch ein Wirrwarr aus Kisten ans hintere Ende des ersten Stocks.

Clare wollte lieber nicht darüber nachdenken, welche der geschlossenen Türen in das Schlafzimmer führte, das sich Jack und Andi teilten.

»Entschuldige das Chaos«, meinte Kate. »Wir haben unsere ganze Kraft ins Erdgeschoss gesteckt, damit es für heute Abend fertig wird.«

»Ich fasse nicht, wie viel ihr in wenig mehr als einem Monat geschafft habt.«

In Kates Zimmer lag ein letzter Koffer offen auf dem Boden. Clare staunte darüber, wie rasch das Mädchen dem Raum ihre eigene Note verliehen hatte.

»Ist alles bereit?«, fragte sie, wobei ihr bewusst wurde, dass sie ihre mittlere Tochter eine ganze Weile nicht mehr sehen würde.

»Fast.« Kate setzte sich neben ihre Mutter aufs Bett. »Danke, dass du heute Abend hergekommen bist. Ich weiß, dass dir das nicht leichtgefallen ist.«

»Es war eine wundervolle Feier.«

Kate lächelte. »Andi hat sich ganz schön ins Zeug gelegt.«

»Das hat sie. Du wirst mir fehlen, Kate.«

Kate lehnte sich rüber und legte den Kopf auf die Schulter ihrer Mutter, und da erkannte Clare, dass das Mädchen weinte.

»Was ist los, Schatz?« Sie nahm ihre Tochter in die Arme und wünschte sich, sie könnte die Zeit zurückdrehen, zu damals, als Kate noch klein gewesen war und sich voll und ganz auf sie verlassen hatte.

»Es fühlt sich nicht richtig an, ausgerechnet jetzt wegzuziehen.«

»Wegen mir?«

Kate nickte.

Der Schmerz, den sie in ihrer Tochter wahrnahm, zerriss sie fast. »Liebling, hör mal: Mir geht es gut. Ich möchte, dass du nach Nashville fährst, dieses große Abenteuer erlebst und jede Minute davon genießt. Verschwende keine Sekunde damit, dir um mich Gedanken zu machen, okay?«

Kate nickte und wischte sich über das Gesicht. »Okay.«

»Versprochen?« Sie hob das Kinn ihrer Tochter, damit sie ihr in die strahlend blauen Augen blicken konnte.

»Ich verspreche es.«

»Ich will, dass du mich ganz oft anrufst. Erzähl mir alles, was bei dir so los ist. Für deine Mutter ist keine Einzelheit zu unwichtig.«

Kate lachte unter Tränen. »Geht klar.«

»Ich liebe dich, Kate. Das tun wir alle. Wir sind so stolz darauf, dass du den Mut aufbringst, das durchzuziehen.«

»Ich liebe dich auch. Jeden Tag, wenn ich aufwache, bin ich unglaublich dankbar, dich zurückzuhaben.«

»Ich bin für dich da, wann immer du mich brauchst, ganz gleich, wo ich bin.« Sie umarmte sie noch einmal. »Bringst du mich nach unten?«

Kate trocknete die letzten Tränen. »Natürlich.«

* * *

Clare fand ihre Mutter im Wohnzimmer bei Jacks Eltern.

»Wollen wir für heute Schluss machen, Mom?«, erkundigte sie sich.

»Wann immer du losmöchtest.«

Madeline und John standen auf, um sie beide zu umarmen.

»Es war schön, dich zu sehen, Liebes«, verabschiedete sich John.

»Dich auch.«

Maggie kam zu ihnen. »Gehst du?«

»Ich denke schon. Möchtest du heute Abend mit mir nach Hause?«

»Ich frag Dad.« Sie eilte davon, um Jack zu suchen.

In dem Moment musste Clare sich eine weitere erschütternde Veränderung in ihrem Leben eingestehen: Die Mädchen wandten sich an Jack. Stets war sie die Chefin gewesen, und vor dem Unfall wäre es den Kindern nicht in den Sinn gekommen, Jack um Erlaubnis zu bitten, wenn sie im selben Raum war. Sie war gerade lange genug fort gewesen, dass sich diese Dynamik gewandelt hatte.

Maggie kehrte zurück. »Dad möchte lieber, dass ich heute hierbleibe, weil Oma und Opa morgen nach Connecticut zurückfahren.«

»Ist in Ordnung, Schatz. Ich hole dich am Nachmittag ab.«

Maggie gab ihrer Mutter und Großmutter einen Abschiedskuss.

Clare und Anna verabschiedeten sich und ließen sich von Jack und Andi zur Tür bringen. Es verlief alles so zivilisiert, dachte sie, so verdammt zivilisiert. Was sie wohl sagen würden, fragte sie sich, wenn sie der Wut freien Lauf ließe, die in ihr brodelte? Was würden sie unternehmen, wenn sie Jack einfach am Arm packte und mit sich nach draußen zerrte?

»Es war eine schöne Feier«, erklärte Clare, während sie dem Drang widerstand, sich zurückzuholen, was einst ihr gehört hatte. »Noch mal vielen Dank.«

»Und danke fürs Kommen«, meinte Andi.

»Fahr morgen vorsichtig«, bat Anna Jack.

Er umarmte sie beide. »Werde ich.«

* * *

Auf der Heimfahrt schwieg Clare und versuchte, das alles zu verarbeiten.

»Nette Party«, verkündete Anna schließlich.

»Sehr«, stimmte Clare ihr zu. »Du hattest recht, Mom. Danke, dass du mich überredet hast, hinzugehen.«

»Mütter haben immer recht. Das solltest du mittlerweile wissen.«

»Du klingst ziemlich selbstgefällig«, bemerkte Clare mit breitem Lächeln. »Ich muss zugeben, dass es nicht so schlimm war, wie ich befürchtet hatte.«

»Das liegt daran, dass Andi so lieb ist.«

»Das ist sie tatsächlich. Wenn er schon mit einer anderen zusammen sein muss, dann bin ich froh, dass es eine ist, die die Mädchen mögen.«

»Täten sie es nicht, wäre er nicht mit ihr zusammen.«

»Nein, das wäre er wohl nicht.«

* * *

Um vier Uhr früh wachte Kate mit vor Aufregung – und Furcht – wild schlagendem Herzen auf. Ihr achtzehnter Geburtstag – der Tag, auf den sie gewartet und auf den sie sich vorbereitet hatte, allerdings hätte sie nicht erwartet, dass es sie so traurig stimmen würde, ihre Familie zurückzulassen.

Sie stand auf, um zu duschen. Sobald sie angezogen war, schlich sie über den Gang zum Kinderzimmer neben dem Raum, den sich ihr Dad und Andi teilten. Die Babys schlummerten friedlich in der frühen Morgendämmerung, und Kate achtete darauf, sie nicht zu wecken. Erst lehnte sie sich über Robbys Bettchen, dann über Johnnys, um ihre kleinen Atemzüge zu beobachten. Die Augen wurden ihr feucht. Sie würden ohne sie aufwachsen, und da sie nur unregelmäßig zu Besuch kommen würde, wäre sie schon bald eine Fremde für sie.

»Morgen«, flüsterte Andi und trat durch die Tür. »Bist du so weit?«

»Ich hoffe, ich habe dich nicht geweckt«, wich Kate aus, wobei sie mit dem Kopf auf das Babyfon zeigte.

»Nein. Dein Dad ist wach, also bin ich auch aufgestanden. Alles in Ordnung, Kate?«

Kate drehte sich wieder zu Johnnys Kinderbett. »Sie werden mich nicht erkennen«, gestand sie, während ihr Tränen in die Augen schossen.

»Oh, Süße, das werden sie. Wir werden die ganze Zeit von dir erzählen, und wir nehmen sie mit, wenn wir dich besuchen.«

Das munterte Kate auf. »Ehrlich?«

»Natürlich. Wir alle werden dich besuchen.«

»Sie werden mir fehlen«, gab Kate mit einem letzten Blick auf die Kleinen zu. »Ich war nicht darauf vorbereitet, wie sehr ich sie lieben würde.«

»So wie ich nicht darauf vorbereitet war, wie sehr ich *euch* lieben würde«, entgegnete Andi.

Kate ließ sich von ihrer Stiefmutter umarmen. »Ich liebe dich auch«, flüsterte sie.

Die Haare noch feucht vom Duschen, betrat Jack den Raum und fand seine Tochter leise weinend in den Armen seiner Frau vor. »He, he, was ist denn hier los?« Er scheuchte sie auf den Korridor und schloss die Tür zum Kinderzimmer.

»Kate ist traurig, weil sie ihre kleinen Brüder zurücklassen muss«, antwortete Andi und trocknete ihr die Tränen.

Jack gab seiner Tochter einen Kuss auf die Stirn und drückte sie. »Wir schicken dir jede Menge Fotos«, versprach er. »Kann's losgehen?«

»Fast«, erwiderte Kate. »Ich muss mich erst noch von den anderen verabschieden.«

»Ich hol deine Tasche und warte unten auf dich«, sagte Jack.

»Danke.« Kate öffnete die Tür zu Erics Kinderzimmer und schlich in den stillen Raum. Sie gab dem schlafenden Jungen kleine Küsse auf den warmen Hals, bis er kichernd aufwachte.

»Ich fahre jetzt los«, erklärte sie in Zeichensprache.

Seine blauen Augen schauten ernst. »Nein, ich lass dich nicht.«

»Pass gut auf die Kleinen auf, okay?«

Er nickte, und Kate streckte die Arme nach ihm aus. Sie drückte ihn lange an sich, bevor sie sich zurücklehnte, um ihn zu betrachten. »Du bist mein Bruder, und ich liebe dich, Eric Harrington.« Jacks Adoption von Andis Sohn war erst vor einer Woche offiziell geworden, aber er fühlte sich schon viel länger wie ihr kleiner Bruder an.

»Ich liebe dich auch«, gestikulierte er.

»Willst du mir dabei helfen, Maggie und Jill zu wecken?«

Strahlend hüpfte er auf ihren Rücken, um sich nach unten tragen zu lassen.

* * *

Kate weinte noch, lange nachdem sie auf dem Weg zur Interstate 95 Richtung Süden die Newport Bridge überquert hatten. Sich von ihren Schwestern, ihren Großeltern, Andi und Eric verabschieden zu müssen war schrecklich gewesen.

Zum ersten Mal stellte Kate infrage, ob das, was sie sich vorgenommen hatte, richtig war. Sie war sich ganz sicher gewesen, dass es das war, was sie wollte, aber die Realität erschien ihr beängstigend. Allerdings war bereits alles in die Wege geleitet worden, jetzt gab es kein Zurück mehr.

»Alles in Ordnung, Schatz?«, fragte Jack.

»Ich schätze schon. Der Abschied war schlimmer, als ich erwartet hatte.«

»Ich glaube nicht, dass man sich hinreichend darauf vorbereiten kann, das elterliche Nest zu verlassen.«

»Ich war so sehr darauf konzentriert, was vor mir lag, dass ich kaum daran gedacht habe, was ich zurücklassen würde.«

»Anfangs hast du wahrscheinlich ganz schön Heimweh, aber das wird sich legen, wenn du neue Freundschaften schließt und sich alles einpegelt.«

»Dass die Babys kurz vor meiner Abreise zur Welt gekommen sind, hat es ganz sicher nicht einfacher gemacht«, tadelte sie ihn mit einem müden Lächeln. »Danke dafür.«

Er verzog das Gesicht. »Das tut mir leid. He, hat irgendjemand daran gedacht, dir alles Gute zum Geburtstag zu wünschen?«

Sie lachte. »Nein.«

»Happy birthday …«, begann er.

Sie hob die Hände, um ihn davon abzuhalten. »Überlass bitte mir das Singen.« Eine Weile schwiegen sie gemeinsam. »Danke, dass du mich fährst, Dad. Ich weiß, dass der Zeitpunkt denkbar schlecht ist und du lieber zu Hause wärst.«

»Ich freue mich schon auf sechs *komplette* Nächte Schlaf, aber erzähl Andi nicht, dass ich das gesagt habe.«

Darüber musste Kate lachen. »Bei mir ist dein Geheimnis sicher. Wie lange brauchen wir, bis wir da sind?«

»Etwa siebzehn Stunden in einem normalen Auto. In diesem Panzer, wer weiß? Vermutlich über zwanzig. Wir werden sehen. Sollten wir müde werden, können wir irgendwo übernachten. Gestern habe ich mit meinem Freund Reid telefoniert, und er hat darauf bestanden, dass wir im Gästehaus auf seinem Grundstück in Brentwood wohnen, bis wir alles in deine Wohnung geschafft haben. Er meinte, es wäre egal, wann wir dort auftauchen, es sei schon alles für uns vorbereitet.«

»Das ist sehr freundlich von ihm.«

»Er ist ein netter Kerl. Onkel Jamie und ich hatten mit ihm in Berkeley jede Menge Spaß, aber seitdem habe ich ihn nicht mehr gesehen. Jamie war besser darin, mit ihm Kontakt zu halten, als ich. Es war sogar Jamies Idee, ihn anzurufen.«

»Ist er auch Architekt?«

»Ich glaube, er hat noch seine Lizenz, aber er arbeitet jetzt in der Immobilienentwicklung. Nach allem, was ich höre, ist er darin auch unglaublich erfolgreich.«

»Hat er eine Familie?«

»Er hat einen Sohn, der mittlerweile fünfundzwanzig sein müsste. Reid hat in der Woche geheiratet, in der wir unseren Abschluss in Berkeley gemacht haben, und sein Sohn wurde noch im selben Jahr geboren. Der Junge ist Anwalt und lebt im gleichen Gebäudekomplex, in dem auch deine Wohnung liegt.«

»Ist Reid noch verheiratet?«

Er schüttelte den Kopf. »Seine Frau ist vor vielen Jahren bei einem Autounfall ums Leben gekommen. Ich weiß noch, wie es passiert ist. Es war besonders traurig, da sein Sohn noch ganz klein war.«

»Das war bestimmt furchtbar.«

»Ich freue mich schon darauf, ihn wiederzusehen.«

Während Kate sich mit ihrem Vater unterhielt, spürte sie, wie ihre Niedergeschlagenheit erneut von einer Welle der Aufregung abgelöst wurde. Endlich war sie auf dem Weg nach Nashville.

Teil II

Vorwärts marsch

Der Befehl, der einer Abteilung das Signal gibt, loszumarschieren

KAPITEL 10

»Kate.« Jack stieß sie an. »Wach auf.«

Sie streckte sich. »Wo sind wir?«

»Ein paar Kilometer vor der Stadt. Aber man kann sie schon sehen.«

Als Kate zum ersten Mal Nashville erblickte, fragte sie sich, ob sie zwischen all den Lichtern und Gebäuden, die die nächtliche Skyline dieser berühmten Musikstadt ausmachten, finden würde, wonach sie suchte.

»Wie spät ist es?«

Jack unterdrückte ein Gähnen. »Kurz vor zwei.«

Die Fahrt mit dem Transporter hatte über einundzwanzig Stunden gedauert. Das Steuer hatten sie abwechselnd übernommen, aber selbst wenn sie fuhr, war Jack hellwach geblieben.

»Du musst mich lotsen«, meinte er jetzt. »Halt die Augen nach der Interstate 65 Richtung Süden offen. Reids Anwesen liegt etwa dreißig Kilometer außerhalb der Stadt.«

Auf der Interstate 40 Richtung Innenstadt überquerten sie den Cumberland River. »Achte auf ein Gebäude, das wie Batman aussieht«, sagte Jack ihr.

»Das ist das AT&T-Gebäude. Das blaue ist das Tennessee Performing Arts Center.«

Amüsiert schaute er zu ihr rüber. »Gibt es irgendetwas, was du nicht über Nashville weißt?«

»Das werde ich wohl noch rausfinden, aber ich habe alles gelesen, was mir untergekommen ist.« Kate blickte durch die Windschutzscheibe, vor der sich die Stadt ausbreitete. »Da ist die I-65.«

Er reichte ihr die Wegbeschreibung, ehe er den Wagen auf die Spur lenkte, die nach Süden führte. »Welche Abfahrt?«

»Äh, vierundsiebzig.«

Eine halbe Stunde nachdem sie die Lichter der Stadt hinter sich gelassen hatten, nahmen sie die letzte Kurve auf der Landstraße zu Reids Grundstück.

»Da ist es.« Kate zeigte auf einen Torbogen, der sich über der Einfahrt wölbte. In ein Schild am oberen Teil des Bogens war der Name »Matthews« geschnitzt. Ein weißer Weidezaun säumte den langen gepflasterten Weg, die sie auf das Anwesen brachte. »Wow«, hauchte Kate. »Ich wette, bei Tageslicht sieht das hier atemberaubend aus.« Der Zaun ging immer weiter, bis er irgendwo in der Dunkelheit verschwand. Riesige Bäume, vielleicht Eichen, standen zu beiden Seiten der Zufahrt.

»Reid hat gesagt, das Gästehaus liege anderthalb Kilometer weiter, auf der rechten Seite«, erklärte Jack.

Sie erblickten das Außenlicht, das für sie angelassen worden war, bevor sie das Gebäude selbst entdeckten. »Das ist die Gästeunterkunft?«, staunte Kate. »Ich hatte mir eine kleine Hütte vorgestellt.«

Jack lenkte den Transporter vor die zweistöckige Villa. »Ich schätze, das Haupthaus liegt noch mal zweieinhalb Kilometer weit die Einfahrt rauf.«

»Ich kann es kaum erwarten, das zu sehen.« Sie sprang aus dem Laster und streckte sich. Dann holte sie ihre Taschen hinter der Sitzbank hervor und folgte ihrem Vater durch die Tür, die unversperrt war. »Ach, wie süß.«

Das Haus war mit einer Mischung aus Antiquitäten und Möbeln im Landhausstil eingerichtet. Ein Kamin aus Stein beherrschte den Wohnraum.

»Reid hat uns einen Zettel dagelassen«, stellte Jack fest. »Da drauf steht: ›Willkommen, Jack und Kate. Fühlt Euch ganz wie zu Hause. Die Schlafzimmer sind oben. Handtücher liegen in den Bädern. Schlaft ruhig aus, und kommt zum Brunch ins Haupthaus, wenn ihr so weit seid. Ich freue mich schon auf Euch. Reid‹.«

»Wie nett von ihm«, erwiderte Kate. »Ich weiß nicht, wie es dir geht, aber ich bin völlig fertig.«

Jack streckte sich und gähnte. »Ich auch.«

Auf der Suche nach den Schlafräumen trugen sie ihre Taschen nach oben.

»Dad?«, fragte Kate.

»Ja?«

»Es war schön heute. Noch mal danke für alles.«

Er gab ihr einen Kuss auf die Wange. »War mir ein Vergnügen. Ruh dich etwas aus.«

* * *

Als Kate am nächsten Morgen aufwachte, wusste sie zunächst nicht, wo sie war. Dann kehrten die Erinnerungen bruchstückhaft zurück: der Transporter, das Batman-Gebäude, das geschnitzte »Matthews«-Schild und das Gästehaus, das größer war als erwartet. Endlich war sie in Nashville, oder zumindest dreißig Kilometer südlich der Stadt. Nach ausgiebigem Gähnen blickte sie auf die Uhr neben ihrem Bett. Viertel nach zehn.

Sonnenlicht flutete das Zimmer. Wie der Wohnraum unten war auch der Schlafbereich im Landhausstil dekoriert. Dunkle, antike Holzmöbel, Wände mit rosafarbener Seidentapete und Spitzenvorhänge vor den Fenstern passten zu dem hohen Himmelbett mit der weißen, mit Lochstickerei verzierten Bettdecke.

Sie streckte gerade ihre Glieder, als ihr Vater an die Tür klopfte.

»Herein«, rief sie.

»Morgen«, grüßte er sie. Auch er wirkte ganz so, als wäre er gerade erst aufgestanden.

»Morgen. Hast du gut geschlafen?«

»Und wie«, erwiderte er mit breitem Lächeln. »Acht herrliche, ununterbrochene Stunden.«

Kate lachte leise. »Ich bin kurz vorm Verhungern.«

»Dann duschen wir mal und ziehen uns was an, damit wir raufgehen und Reid Hallo sagen können. Keine Ahnung, wie es mit dir steht, aber ich möchte wissen, wie das Haupthaus aussieht, wenn das hier das Gästehaus ist.«

»Unbedingt. Gib mir eine halbe Stunde.«

* * *

Als sie rauskam, hatte Jack Kates Auto vom Transporter abgehängt. Überrascht stellte sie fest, dass es draußen beinahe so kalt war wie zu Hause.

Er warf ihr die Schlüssel zu, damit sie sie zum Haupthaus fahren konnte. Jetzt konnten sie die hügelige Landschaft mit dem weißen Weidezaun betrachten, der sich so weit erstreckte, wie das Auge reichte.

»Heilige Scheiße«, murmelte sie, sobald sie auf der Kuppe des Hügels einen ersten Blick auf das große, prächtige Haus im Tudorstil warf.

»Ich sollte dich eigentlich zurechtweisen, weil du nicht fluchen sollst, aber ›Heilige Scheiße‹ trifft es wirklich gut.«

»Dagegen sieht das Haus von Oma und Opa in Greenwich wie eine Bretterbude aus.« Sie parkte in der weiten Einfahrt neben einem schwarzen Mercedes-Geländewagen und einem silbernen Saab.

Bevor sie klingeln konnten, wurde die Tür geöffnet, und eine uniformierte Hausangestellte begrüßte sie. »Hallo, Mr Harrington, Miss Harrington. Ich bin Martha. Kommen Sie herein«, empfing sie die beiden mit einem melodischen Südstaatenakzent, ehe sie sie ins Foyer bat. »Die Herren Matthews erwarten Sie.«

Während Martha sie in das Zimmer führte, das sie als Salon bezeichnete, erkannte Kate, dass das Haus nach jenem alten Geldadel roch, den sie vom Anwesen ihrer Großeltern kannte. Allerdings war dieses Haus sogar noch eindrucksvoller: Antiquitäten, Gemälde mit vergoldeten Rahmen, riesige Spiegel, Kronleuchter und schwere Samtvorhänge.

Im Salon erwarteten sie zwei der bestaussehenden Männer, die Kate jemals erblickt hatte. Ihre Freundinnen hatten stets behauptet, ihr Vater und ihr Onkel

Jamie wären »heiß«. Kate hielt sie für verrückt. Ihr Dad und Jamie waren *alt.* Aber kaum fiel ihr Blick auf Reid Matthews, da verstand sie endlich, was sie meinten. Er war genauso alt wie ihr Dad, aber es gab keinen Zweifel: Er war heiß. Sein Sohn … *Wow*, dachte Kate zum zweiten Mal an diesem Morgen. *Heilige Scheiße.*

Reid trat auf ihren Dad zu und schüttelte ihm erfreut die Hand. »Schön, dich zu sehen, Jack. Du hast dich kein bisschen verändert. Ich hätte dich überall erkannt.«

»Das Gleiche gilt auch für dich. Danke für die Gastfreundschaft.«

Während sie sich begrüßten, nutzte Kate die Gelegenheit, um Reid zu betrachten. Er war groß, aber nicht ganz so groß wie ihr Dad. Sein hellbraunes Haar war durchzogen von silbergrauen Strähnen, und seine braunen Augen waren mandelförmig und hatten fast schon einen Schlafzimmerblick. Allerdings waren es die Wangenknochen, die ihn von einem einfachen »gut aussehend« direkt zu »heiß« katapultierten. Gerade als ihr auffiel, dass sie ihn anstarrte, legte Jack einen Arm um sie.

»Reid, das ist meine Tochter Kate.«

»Schön, dich kennenzulernen, Kate«, empfing Reid sie mit seinem weichen Südstaatenakzent und schüttelte ihr die Hand. »Das hier ist mein Sohn Ashton.« Der jüngere Mann hatte dunkelblondes Haar, grüne Augen und die Statur eines Footballspielers. Das einzige Merkmal, das er mit seinem Vater gemein hatte, waren diese beeindruckenden Wangenknochen.

Ashton gab erst ihr die Hand, dann Jack. »Freut mich, Kate, Sir«, sprach er sie mit der gleichen unwiderstehlichen Stimme wie sein Vater an.

Jack lachte über das »Sir«. »Bitte, nenn mich Jack.«

»Ihr habt sicher Hunger«, meinte Reid. »Martha hat uns ein wahres Festmahl zubereitet. Folgt mir.«

Auf dem Weg ins Esszimmer, in dem ein imposanter Tisch Platz für dreißig Personen bot, äußerte sich Jack anerkennend über das Haus.

»Es ist etwas viel, was?«, erwiderte Reid mit amüsiertem Gesichtsausdruck.

»Es ist beeindruckend«, sagte Kate.

»Ashton ist die vierte Generation Matthews-Männer, die hier lebt«, erklärte Reid. »Aber er ist vor Kurzem in eine Wohnung in der Stadt geflohen.«

»Ich bin um mein Leben gerannt«, scherzte Ashton.

Martha machte viel Aufhebens um sie und bewirtete sie mit Spiegeleiern, Brötchen und Bratensoße, Maisgrütze, Würstchen und Croissants.

Eine halbe Stunde später hob Jack stöhnend die Hände. »Ich gebe auf, Martha. In meinem Magen ist für keinen einzigen Bissen mehr Platz.«

Sie lachte. »Sie sind ein echter Charmeur, Mr Jack. Ja, ganz eindeutig.«

»Das war er schon immer«, ergänzte Reid und zwinkerte Kate zu. »Die Frauen in Berkeley haben deinen Daddy *geliebt*.«

»Mir hat man immer erzählt, Jamie hätte sie alle abbekommen«, entgegnete Kate.

»Jamie hat in seiner ganz eigenen Liga gespielt«, antwortete Reid.

Jack strahlte. »Allerdings, aber wenn ich mich recht entsinne, lief es bei dir auch nicht gerade schlecht. Ich kann gar nicht glauben, dass das schon fünfundzwanzig Jahre her ist.«

»Kommt mir wie gestern vor«, stimmte Reid zu. »Das waren die besten Jahre. Meine große Flucht aus Tennessee.«

»Was für ein Spaß das war«, bestätigte Jack mit wehmütigem Blick. Das Klingeln seines Handys holte ihn in die Gegenwart zurück. »Entschuldigt mich kurz, das ist meine Frau.« Damit stand er auf und verließ den Raum.

»Jamie hat uns berichtet, dein Dad hätte vor Kurzem wieder geheiratet«, wandte Reid sich an Kate.

»Das stimmt. Seine neue Frau heißt Andi, und sie haben drei Monate alte Zwillinge, Johnny und Robby.«

»Wehe, du kommst auf dumme Gedanken, Dad«, neckte Ashton.

Darüber musste Reid lachen. »Keine Sorge. Der Zug ist für mich abgefahren.«

»Ich denke, mein Vater hat das auch geglaubt«, erwiderte Kate, und beide Männer lachten.

»Also, Kate, dein Dad hat gesagt, du wärst hier, um ganz groß rauszukommen«, bemerkte Ashton mit einem Hauch Belustigung.

»Das ist das Ziel.«

Skeptisch hob er eine Augenbraue. »Du kannst also wirklich singen?«

Kate war sich nicht sicher, ob ihr seine Art gefiel. »Du kannst mich gerne auf die Probe stellen.« Trotzig verschränkte sie die Arme und neigte den Kopf.

»Wie meinst du das?«

»Ich könnte dir etwas vorsingen, aber dann behauptest du nur, es wäre einstudiert. Also schlag etwas vor, was du hören willst.«

Ashton tat so, als müsse er darüber nachdenken. »Ich weiß«, rief er mit breitem Lächeln. »Sing ›Crazy‹ für mich.«

Ach, was für ein Geschenk. Patsy Cline war eine ihrer Lieblingssängerinnen. Ohne den Blickkontakt zu ihm abreißen zu lassen, trug sie das Lied in ihrer eigenen Interpretation vor, die sie im Sommer während der Auftritte im Hotel perfektioniert hatte.

»Erzählt mir nicht, dass ihr sie herausgefordert habt«, erklärte Jack, als er in den Salon zurückkehrte.

Reid und Ashton wirkten leicht überwältigt, und Kate vermutete, dass sie selbst ziemlich selbstgefällig aussah. Egal. Er hatte sie gereizt, also hatte sie es ihm gezeigt.

»Wow«, verkündete Reid.

Ashton lehnte sich auf dem Stuhl zurück. »Ja«, stimmte er leise zu. »Wow.«

Jetzt war Kate verlegen. »Dad hat mir berichtet, dass Sie mir eine Wohnung vermieten können«, wandte sie sich an Reid, wobei sie versuchte, Ashtons Blick zu ignorieren, der weiterhin auf ihr ruhte.

»Richtig. An diesem Wochenende sind noch die Maler drin. Einziehen kannst du Montag oder spätestens Dienstag. Sie ist vollständig möbliert, und ich habe sie gestern selbst inspiziert. Ist alles tipptopp.«

»Danke«, erwiderte Kate.

»Es ist eine tolle Wohnung«, beteuerte Ashton. »Sie wird dir gefallen.«

Zwar war sie sich nicht ganz sicher, ob *er* ihr gefiel, aber sie beschloss, ihm zu glauben, was das Apartment anging.

»Ich wollte gerade zurück in die Stadt fahren«, sagte Ashton zu Kate. »Soll ich dich mitnehmen? Ich könnte dich rumführen.«

»Das wäre toll«, antwortete sie erfreut, da sie die Stadt unbedingt sehen wollte. »Willst du mit, Dad?«

»Ich denke, ich bleibe hier und unterhalte mich ein bisschen mit Reid.«

»Ich bring sie danach zurück«, versprach Ashton Jack.

Kate reichte ihrem Dad die Autoschlüssel und gab ihm einen Kuss auf die Wange. »Bis nachher.«

* * *

Sobald sie aus dem Haus waren, begleitete Reid Jack nach draußen, um ihm den Stall zu zeigen. »Deine Tochter hat wirklich eine fantastische Stimme«, bemerkte er.

»Ich weiß. Als sie zwölf war, haben wir ihr eine Gitarre geschenkt. Etwa ein Jahr später kam sie eines Tages aus ihrem Zimmer und rief: ›Hört euch das an.‹ Wir waren sprachlos. Seitdem spielt und singt sie.«

»Ich kenne einige Leute in der Branche. Ich könnte ein paar Anrufe tätigen.«

»Danke, aber ich glaube nicht, dass sie das möchte. Warum warten wir nicht einfach ab, was passiert?«

»Das fällt dir sicher nicht leicht.«

Jack seufzte. »Du hast ja *keine* Ahnung. Aber es geht mir besser, seit ich weiß, dass sie dich und Ashton um Hilfe bitten kann, falls Probleme auftauchen.«

»Wir werden uns gut um sie kümmern. Keine Sorge.«

»Dafür bin ich dankbar. Ehrlich.«

»Es kommt eine Zeit, da müssen wir sie ihren eigenen Weg gehen lassen. Ich war nicht glücklich darüber, dass Ashton in die Stadt ziehen wollte, aber er brauchte etwas Freiraum und Privatsphäre. Darauf hat er ein Anrecht.«

»Er ist ein sehr netter junger Mann. Es war sicherlich nicht einfach, ihn allein großzuziehen.«

»Er ist mein bester Freund. Der Junge hat mir stets nur Freude gebracht. Ich weiß nicht, was ich nach Cindys Tod ohne ihn getan hätte.«

»Es hat mir sehr leidgetan, als ich davon gehört habe.«

»Das war wirklich eine schwere Zeit.«

Noch immer konnte Jack einen Hauch der Trauer in den Augen seines Freundes erkennen. »Du hast nicht noch mal geheiratet?«

»Bin nicht mal auf den Gedanken gekommen«, erwiderte Reid achselzuckend. »Wenn man das verliert, was ich hatte, dann ist das nicht leicht zu ersetzen. Wie ich höre, hattest du selbst so deine Probleme.«

»Die letzten Jahre waren eine einzige Achterbahnfahrt, gelinde ausgedrückt.«

»Jamie meint, Kates Mutter hat sich jetzt fast vollständig erholt.«

»Ja, Clare fühlt sich schon viel besser.«

»Du hast kürzlich wieder geheiratet?«

Jack nickte. »Ich habe Andi etwa ein Jahr nach Clares Unfall kennengelernt. Als sie dann nach drei Jahren aus dem Koma erwacht ist, hat Andi bei uns gewohnt, und wir erwarteten Zwillinge. Es war eine schwierige Situation.«

»Himmel«, sagte Reid, während sie sich gegen den weißen Zaun lehnten, um einen Trainer dabei zu beobachten, wie er mit einem schwarzen Vollblut arbeitete. »Kann ich mir vorstellen. Was hast du gemacht?«

»Na ja, Clare wollte die Scheidung, was, denke ich, das Richtige war, angesichts dessen, was alles geschehen war. Aber das war nicht einfach. Zwanzig Jahre lang waren wir verheiratet – glücklich bis zu dem Unfall.«

»Also bist du mit Andi vor den Altar getreten.«

Jack nickte. »Vor drei Monaten. Die Babys kamen mitten während der Hochzeit.«

Reid pfiff. »Im Ernst?«

»Ja«, antwortete Jack strahlend. »Das war ein unvergesslicher Tag.«

»Lass mal sehen: Du hast Kate und die Zwillinge …«

»Jill ist neunzehn und im zweiten Jahr an der Brown. Maggie wird nächsten Monat dreizehn, und ich habe Andis Sohn Eric adoptiert, der fast acht ist.«

»Ich habe den Überblick verloren.«

Jack lachte. »Sechs.«

Reid schüttelte amüsiert den Kopf. »Seit wir uns das letzte Mal getroffen haben, warst du ganz schön fleißig. Ich habe viel über dein Büro gelesen. Da habt ihr euch einen hübschen Ruf aufgebaut. Und dann hat Jamie deine Schwester geheiratet. Wer hätte das gedacht? Ich erinnere mich noch daran, wie Frannie uns in Kalifornien besucht hat.«

»Sie hat sich seitdem kaum verändert. Die beiden sind ein tolles Paar. Sie haben auch Zwillinge bekommen. Ein Junge und ein Mädchen, die jetzt fünfzehn Monate alt sind.«

»Gott, im Vergleich zu euch ist mein Leben stinklangweilig. Ich arbeite nur, und ihr beide bevölkert im Alleingang die Welt. Acht Kinder habt ihr zusammen.«

»Wir haben Babys, Reid. Wir sind sechsundvierzig Jahre alt und rennen Babys hinterher. Genieß die Langeweile. *Schwelge* in der Langeweile.«

Reid lachte. »Es tut echt gut, dich wiederzusehen.«

* * *

In seinem noch immer neu riechenden silbernen Saab kutschierte Ashton Kate in die Stadt.

»Tolles Auto«, bemerkte sie.

»Danke. Es war das Erste, was ich mir gekauft habe, nachdem ich im Mai meinen Jura-Abschluss gemacht und angefangen habe zu arbeiten.«

»Wo hast du studiert?«

»Ich bin hier an der Vanderbilt geblieben. Zwar hatte ich darüber nachgedacht, in einen anderen Bundesstaat zu ziehen, aber ich wollte meinen Dad nicht allein lassen. Er hat nur noch mich.«

Das äußerte er so natürlich, dass sein Ansehen in ihren Augen ein wenig stieg. Vielleicht war er nicht so arrogant, wie er anfangs gewirkt hatte. »Wo arbeitest du?«

»Ich arbeite in einer Kanzlei in der Innenstadt, die sich auf Medienrecht spezialisiert hat. Darum geht es in dieser Stadt schließlich.«

»Aber du *musst* nicht arbeiten, oder?«

»Musst du?«

Kate lachte. »Ich schätze nicht, aber ich könnte nicht den Rest meines Lebens Dad auf der Tasche liegen. Abgesehen davon, dass der das ohnehin nicht zulassen würde.«

»Glaubst du, meiner? Es wäre ihm lieber gewesen, wenn ich in seiner Firma arbeiten würde, aber ich wollte schon immer Anwalt werden.«

»Was für eine Firma hat er denn?«

»Vorwiegend dreht es sich um Gewerbeimmobilien-Projektentwicklung. Die Firma heißt RMD, Reid Matthews Development. Die Schilder wirst du in der ganzen Stadt sehen. Er hat fast überall seine Hände im Spiel.«

»Braucht er da keinen Anwalt?«

»Er hat einen ganzen Stall voll. Vielleicht arbeite ich irgendwann mal für ihn, aber erst mal ziehe ich mein eigenes Ding durch. Was ich im Moment tue, macht mir Spaß.«

Kates Handy klingelte. »Das ist meine Mom«, erklärte sie ihm. »Hi, Mom. Tut mir leid, dass ich noch nicht angerufen habe. Wir waren erst um zwei Uhr früh hier.«

»Ist alles gut gegangen?«, wollte Clare wissen.

»Ja, es war toll. Praktisch kein Verkehr und gutes Wetter. Das Haus von Dads Freund Reid ist umwerfend. Sein Sohn Ashton fährt mich grad in die Stadt, damit ich mich schon mal ein wenig umschauen kann.«

»Ich bin froh, dass ihr gut angekommen seid. Amüsier dich, und ruf mich an, sobald du dich eingerichtet hast.«

»Mach ich. Wann fährst du los?«

»Vermutlich Mittwoch. Ich gebe dir Bescheid.«

»Okay. Wir hören uns. Ich hab dich lieb.«

»Ich dich auch, Süße.«

Kate schloss das Handy und wandte sich wieder an Ashton. »Tut mir leid.«

»Muss es nicht.« Er nahm die Ausfahrt nach Green Hills. »Ich zeige dir, wo die Wohnung liegt.«

»Oh, cool.«

Sie fuhren durch eine hübsche Gegend mit stattlichen alten Wohnhäusern, Bars, Restaurants und Läden.

»Da ist das Bluebird«, erklärte Ashton, um sie auf das berühmte Café aufmerksam zu machen. »In diesem Teil der Stadt sind das und das Mabel's die einzigen Musikbars. Der Rest liegt in der Innenstadt.«

»Das Bluebird hat montags eine offene Bühne. Da will ich morgen hin.«

»Hast du denn Originallieder? Dort kannst du nicht mit Covern auftreten.«

»Ich habe ein paar eigene Songs.«

»Pass auch auf, dass du einen unterzeichneten Mietvertrag mitbringst. Dort musst du nachweisen, dass du in der Stadt wohnst.«

Sie kamen durch ein Viertel, in dem einiges los war, bevor er nach links zum Westchester-Wohnkomplex abbog. Sechs Gebäude, jedes mit vier Stadthäusern aus roten Ziegeln, bildeten ein Viereck um einen ansprechend gestalteten Parkplatz, an dessen hinterem Ende sich ein Pool und ein Fitnessstudio befanden.

»Es ist echt hübsch«, meinte Kate.

»Trautes Heim.«

Kate lachte leise. »Ich liebe deinen Akzent.«

»Wenigstens klinge ich nicht wie ein patziger Yankee.«

»Ich auch nicht.«

»Schon gut, Darling, wenn du das sagst.« Sein Lächeln, bei dem Grübchen in seinen Wangen erschienen, strahlte jede Menge mühelosen Charme aus, während eine Brise, die durch das offene Fenster wehte, sein blondes Haar zerzauste. »Deine Wohnung liegt in diesem Gebäude, meine befindet sich dort drüben.« Er zeigte auf die andere Seite des Parkplatzes, bevor er wendete, um den Gebäudekomplex wieder zu verlassen.

Mit dem Auto machte er mit ihr eine Stadtrundfahrt zu den Sehenswürdigkeiten von Nashville: die Country Music Hall of Fame, »Music Row«, in der alle Aufnahmestudios ihre Büros hatten, die Grand Ole Opry, der Parthenon und die Belmont- und die Vanderbilt-Universität. Während sie durch die Stadt kurvten, stellte er ihr hier und da kleine Trivia-Fragen.

»Weißt du, wer die drei Präsidenten aus Tennessee waren?«

»Das ist einfach: Andrew Johnson, Andrew Jackson und James K. Polk.«

»Ausgezeichnet, Eins mit Sternchen. Aber weißt du auch, wer Präsident ehrenhalber war?«

»Präsident ehrenhalber? Wovon redest du?«

»Na, Jack Daniel, natürlich«, antwortete er mit seinem charmanten Lächeln.

Darüber musste sie lachen. »Ulkig, das habe ich in keinem meiner Bücher über amerikanische Geschichte gelesen.«

»Es ist ein wohlgehütetes Geheimnis.«

Sie kehrten nach Green Hills zurück, um das Mabel's aufzusuchen, wo sie sich vor ihrer Abreise aus Rhode Island beworben hatte.

»Einer meiner Kumpel vom College arbeitet hier als Barkeeper«, berichtete Ashton, als er das Auto am Straßenrand parkte. »Mal sehen, ob er gerade da ist.«

Kate folgte ihm in den dunklen Schuppen, in dem sich der Geruch nach Rauch und schalem Bier mit der Musik vermischte, die von der Bühne im hinteren Teil des großen, offenen Saales schallte. Die beiden Bartheken machten ein Bombengeschäft. Über einer hing ein Schild mit der Aufschrift »Jeder willkommen: wer was ist, was war, was sein will oder nie was sein wird«.

Die Wände waren gepflastert mit gerahmten Fotos von Countrymusik-Legenden, auf denen viele mit einer eindrucksvollen schwarzen Frau posierten, bei der es sich um Mabel höchstpersönlich handeln musste. Zwischen den Fotos hingen Goldene Schallplatten, Musikinstrumente und gerahmte Kopien von handgeschriebenen Liedern. Ashton nahm Kate an die Hand, damit sie nicht verloren ging, und führte sie durch die Sonntagnachmittagsmenge. Er brachte sie in die erste Etage, wo ein einzelner Gitarrist auf einer weiteren Bühne auftrat.

Ashton zog Kate mit sich und winkte dem Barkeeper. »Das ist Butch Cassidy«, übertönte er den Lärm.

»Das ist nie und nimmer dein richtiger Name«, wandte sich Kate an den gut gelaunten Barkeeper. Er hatte kurz geschnittene dunkle Locken und schelmische blaue Augen.

Butch grinste und streckte ihr eine Hand hin. »Was soll ich sagen? Meine Mutter hatte einen schrägen Sinn für Humor.«

Unsicher, ob sie ihm glauben sollte oder nicht, schüttelte Kate ihm die Hand.

»Was wollt ihr trinken?«, fragte Butch. Sie mussten brüllen, um sich über die Menge und die Musik hinweg zu verständigen.

»Zwei Bier?«, schlug Ashton vor, wobei er Kate ansah.

»Für mich nur eine Diät-Cola.«

»Kate ist gerade aus Rhode Island hergezogen. Sie ist hier, um ganz groß rauszukommen.« Der Spott, der vor ihrem Vortrag in seinem Tonfall mitgeschwungen hatte, war verschwunden.

»Ist das nicht jeder?« Butch zeigte mit dem Kopf in den Saal voller Menschen, bevor er Ashton ein Bier zapfte. »Ein Möchtegern, jeder Einzelne von ihnen.«

»Aber bei ihr hier könnte das anders sein«, behauptete Ashton mit einem anerkennenden Blick zu Kate. »Sie hat eine tolle Stimme.«

»Ach ja? Wie bist du denn an den geraten?« Butch sprach mit demselben gedehnten Mittel-Tennessee-Dialekt wie Ashton.

»Unsere Väter sind befreundet. Ich hatte mich hier für einen Job beworben. An wen wende ich mich deswegen?«

»Charlie Sledge ist der Manager. Morgen früh ist er wieder hier. Wie lautet dein Nachname? Dann kann ich ein gutes Wort für dich einlegen.«

»Harrington.«

»Kate Harrington«, wiederholte Butch. »Werd ich nicht vergessen. Vielleicht kann ich ja irgendwann erzählen, wie ich dich an dem Tag getroffen habe, an dem du in Nashville angekommen bist.«

»Vielleicht«, stimmte Kate zu, dann nahm sie das Chaos in sich auf, das im Mabel's herrschte, und war zufrieden, dass sie *endlich* genau da war, wo sie sein wollte.

* * *

Am Montag betrat Kate um halb sechs das Bluebird, um sich für einen Auftritt einzutragen, schaffte es an dem Abend aber nicht, dranzukommen. Man gab ihr ein »Spiel nächstes Mal«-Ticket, und Reid und Ashton versprachen ihr, da zu sein, um sie moralisch zu unterstützen.

Jack überraschte Kate mit Karten für die Dienstagabendshow in der Grand Ole Opry und lud die Matthews ein, sie zu begleiten. Kate war begeistert von der Vorführung, die aus einer talentierten Gruppe Unbekannter und einem Überraschungsauftritt von Vince Gill bestand. Reid meinte, er wäre seit mehr als fünfzehn Jahren nicht mehr in der Opry gewesen, und dankte Jack und Kate dafür, dass sie ihm eine Gelegenheit gegeben hatten, in seiner Heimatstadt den Touristen zu mimen.

Mit Butchs Hilfe bekam Kate den Job als Hilfskellnerin im Mabel's und sollte dort in ein paar Tagen anfangen.

Bis Freitag schließlich vor der Tür stand, hatte ihr Vater ihr geholfen, sich in der Wohnung im Westchester einzurichten. Sie gaben den Transporter ab und verbrachten die nächsten Tage mit Sightseeing. Sie hatten die Country Music Hall of Fame durchstreift, Jazzmusik im F. Scott's gelauscht, die Belmont Plantation besucht und die Hotspots der Musikbranche abgeklappert, einschließlich des Bluebird, des In & Out und des Tootsie's.

Bevor sie von Kates Wohnung aus zum Nashville International Airport fuhren, reichte Jack ihr eine Geschenketüte.

»Was ist das?«

»Nur ein paar Sachen, die mir dabei helfen, nachts besser zu schlafen, solange du hier bist.«

Kate lachte, als sie eine Dose Pfefferspray und einen Panikknopf aus dem Beutel holte. »Eine Wundertüte mit Sicherheitsartikeln. Danke.« Eine Kreditkarte hatte er ihr bereits gegeben, die sie für alles nutzen konnte, was sie brauchte.

»Ich will, dass du das Zeug ständig bei dir trägst, hörst du?«

Sie tätschelte ihm die Wange. »Mach ich. Ich hoffe, dass du dich nicht in jeder Sekunde eines jeden Tages um mich sorgst. Das darfst du nicht.«

»Ich versuche, mich zusammenzureißen und dich in Ruhe zu lassen, aber du musst anrufen. Oft. Wenn nicht, werde ich nervös.«

»Ich habe das Gefühl, dass ich eine Weile ziemlich Heimweh haben werde. Du wirst es bald leid sein, von mir zu hören.«

Er zog sie in eine feste Umarmung. »Niemals«, flüsterte er.

Bevor sie dem Drang nachgeben konnte, sich die Augen aus dem Kopf zu heulen, löste sich Kate von ihm. »Wir sollten los.«

Schweigend brachten sie die kurze Strecke zum Flughafen hinter sich. Auf dem Kurzzeitparkplatz zog Kate sich ein Ticket, damit sie ihn nach drinnen begleiten konnte.

Sobald sie zurückbleiben musste, drehte er sich zu ihr um. »Du weißt, wo ich bin, falls du irgendwas brauchst, ja?«

Die Hände auf seiner Brust, sah sie zu ihm hoch. »Ich weiß, dass du immer für mich da bist. Aber ich möchte, dass du dir große Mühe gibst, dir keine Sorgen zu machen.«

»Pass auf, wem du hier dein Vertrauen schenkst, Kate. Das ist eine gefährliche Stadt. Hier verarbeitet man kleine Mädchen wie dich zu Hackfleisch. Lass dich von dem ganzen Mist nicht mitreißen. Reid und Ashton haben beide meine Kontaktdaten. Sie wissen, dass sie mich anrufen sollen, solltest du in Schwierigkeiten geraten.«

»Spione, was?«, fragte Kate mit einem kleinen Lachen. Allerdings hatte sie nicht wirklich etwas anderes erwartet.

»Nein, Freunde. Bleib mit ihnen in Kontakt. Es sind gute Menschen.«

»Mach ich.« Sie hielt ihn länger fest, als sie eigentlich gewollt hatte, und als sie ihn endlich losließ, stellte sie leicht überrascht fest, dass auch seine Augen feucht glänzten. »Weißt du noch, was mein Lieblingsfilm war, als ich klein war?«

»Natürlich. ›Der Zauberer von Oz‹, den habe ich sicherlich Hunderte Male mit dir gesehen.«

»Dann weißt du auch, was Dorothy zur Vogelscheuche sagt, kurz bevor sie Oz verlässt. ›Ich glaube, du wirst mir am meisten fehlen.‹«

Er drückte sie fest an sich und versuchte gar nicht erst, die Tränen zu verbergen. »Ich liebe dich, du wirst mir fehlen, und wenn ich jetzt nicht sofort gehe, dann werde ich dich nie hier zurücklassen können.«

»Ich liebe dich auch. Los, verschwinde.« Sie schob ihn an und beobachtete, wie er den Sicherheitsbereich durchquerte.

Kaum stand er auf der anderen Seite, drehte er sich um und winkte ihr ein letztes Mal zu.

Sie warf ihm einen Luftkuss zu. Dann war er fort, und sie war allein in Nashville.

KAPITEL 11

Auf Rhode Island traf Clare die letzten Vorbereitungen für ihre Abreise in den Norden. Ihre Mutter half ihr, eine riesige Aufgabenliste abzuarbeiten, einschließlich des Einrichtens eines Nachsendeauftrags für die Post, der vorübergehenden Abmeldung ihres Kabelanschlusses, eines Besuchs bei Dr. Langston und der Wartungsinspektion ihres Volvos.

Zwar wurde ihr eine einwandfreie Gesundheit bescheinigt, aber ihr Auto hatte kein so großes Glück. Nachdem die Mechaniker mehrere größere Defekte am Wagen festgestellt hatten, gab Clare nach und kaufte sich einen neuen. Sie suchte sich wieder einen burgunderroten Volvo aus, der zusätzlich Vierradantrieb und einen Skiträger hatte, damit sie die Skier der Mädchen mit nach Vermont nehmen konnte.

Am Mittwoch war sie endlich so weit, die fünfstündige Fahrt nach Norden anzutreten. Ihre letzte Nacht zu Hause verbrachte sie mit ihrer Mutter und Maggie. Am Morgen wollte ihre Mutter schon früh nach Hartford zurückkehren, und Clare dankte ihr ausgiebig für ihre Gesellschaft und Hilfe in den vergangenen Monaten.

Das neue Auto zum Bersten vollgeladen, nahm Clare sich vor, aufzubrechen, nachdem sie Maggie zur Schule gebracht hatte.

»Wir sehen uns direkt nach Weihnachten, okay?«, versprach sie ihrer Tochter, als sie die Schule erreicht hatten. Maggie und Jill wollten in den Ferien für eine Woche nach Vermont kommen.

»Ich kann es kaum erwarten, Ski zu fahren«, verkündete Maggie.

»Es tut mir leid, dass ich die Feiertage und deinen Geburtstag verpasse, aber wir feiern, wenn ihr oben seid. Versprochen.«

»In Ordnung. Also, ich geh dann besser mal rein.« Maggie schielte durch das Fenster zu den unzähligen Schülern, die zum Schulgebäude strömten.

Clare verdrängte die aufsteigenden Erinnerungen, lehnte sich rüber und umarmte ihre Tochter. »Benimm dich bei Dad und Andi. Ich hab dich lieb.«

»Ich dich auch. Ich ruf dich an.«

»Das solltest du auch besser«, erwiderte Clare lächelnd.

Dann stieg Maggie aus, schloss die Tür und winkte ihr vom Bordstein aus zu.

Ganz kurz gab Clare sich ihrem Selbstmitleid hin, hatte sich aber wieder im Griff, sobald sie die Newport Bridge erreichte. Es war ein Umweg, über die Brücke Richtung Norden nach Boston zu fahren, aber etwas an der Brücke symbolisierte für sie die Heimat und in diesem Fall das Verlassen der Heimat. Sie könnte Newport niemals für immer den Rücken kehren, zumindest nicht, solange Maggie noch dort war, aber in dem, was sie sich vorgenommen hatte, lag etwas so Notwendiges, dass sie es kaum erwarten konnte, Vermont zu erreichen und sich einzurichten. Dr. Bakers Worte hallten in ihrem Kopf wider: *Sie sollten sich jetzt um sich selbst kümmern, damit Sie für Ihre Töchter da sein können, wenn sie Sie brauchen.*

Das Radio leistete ihr Gesellschaft, während sie Providence, den Norden von Rhode Island und das südliche Massachusetts hinter sich ließ. Eineinhalb Stunden später tauchte in der Ferne die Skyline von Boston auf und erinnerte sie wie stets daran, wie Jack sie zum ersten Mal auf die Aussichtsplattform des Prudential Tower gebracht hatte. Das Gebäude war eines der bekanntesten Wahrzeichen Bostons.

Da sich ihre Muskeln vom langen Sitzen allmählich verkrampften, beschloss sie, in der Stadt einen Zwischenstopp einzulegen, um in ihrem alten Viertel Beacon Hill spazieren zu gehen. Sie nahm die Storrow-Drive-Ausfahrt und parkte in der Newbury Street. Dann zog sie den Wintermantel fest um sich und machte sich auf den Weg die Newbury hinab, erleichtert, dass sich in dem hübschen historischen Viertel, in dem sie und Jack gleich nach ihrer Hochzeit gelebt hatten, kaum etwas verändert hatte. Die schmalen Pflastersteingassen, Gaslampen und Ziegelsteinwände der Stadthäuser waren genauso, wie sie sie von früher kannte. Auch hier fanden sich Erinnerungen, aber es waren schöne.

Sie spazierte über die Beacon Street und erreichte das dreistöckige Ziegelhaus, in dem sie damals ein Apartment im obersten Stock gemietet hatten. Während sie auf dem Bürgersteig stand und nach oben schaute, sah sie noch an jedes Detail der Wohnung vor sich.

Damals hatte Jack noch für Jamies Vater gearbeitet, den weltbekannten Architekten Neil Booth, und er hatte von hier aus zum Büro laufen können. Oft hatte sich Clare, die zu der Zeit eine Stelle als Vertretungslehrerin gehabt hatte, auf halbem Weg nach Hause mit ihm getroffen, und sie hatten in einem der gemütlichen Restaurants zu Abend gegessen oder waren durch den Boston-Common-Park spaziert.

Am Ende der Beacon Street erspähte sie das Citgo-Schild, das über dem Außenfeld von Fenway Park hing, und sie erinnerte sich daran, wie sie viele Sommerabende damit verbracht hatte, auf der Tribüne Hotdogs und Popcorn zu essen, wenn die Red Sox in ihrem Stadion spielten.

Ihr fiel wieder ein, wie aufgeregt Jack an dem Abend gewesen war, an dem sie rausgefunden hatten, dass sie endlich ein Kind erwarteten. Über ein Jahr lang hatten sie es versucht und sich schon gefragt, ob etwas nicht stimmte, bis sie erst Jill und etwas mehr als ein Jahr später Kate bekamen. Bei ihrem Umzug nach Newport war sie mit Jill schwanger gewesen, aber sie hatte diese frühen Jahre in Boston nie vergessen, in denen es nur sie und Jack gegeben hatte.

Nach einem letzten wehmütigen Blick auf das Haus in der Beacon Street lief sie zu ihrem Auto zurück. Erfrischt von ihrem Spaziergang fuhr sie durch die Stadt, um auf die Interstate 93 Richtung Norden zu gelangen. Eigenartigerweise fühlte sie sich nach ihrem Besuch in ihrem alten Viertel energiegeladen und keineswegs traurig.

Eindeutig ein Fortschritt.

* * *

Kurz nach drei Uhr nachmittags erreichte Clare den Ort Stowe in Vermont. Mount Mansfield ragte in der Ferne auf, während sie in das idyllische Städtchen rollte. Auf den Bürgersteigen tummelten sich die ersten Skifahrer in Wintermontur: Schneehosen, Jacken, Mützen und Stiefel. Der Wegbeschreibung ihres Bruders folgend erreichte sie das Ende der Stadt, wobei sie am Rathaus, einem Lebensmittelladen, einer Buchhandlung und mehreren Antiquitätengeschäften, einem Café, einer Kirche mit weißem Kirchturm und einem Supermarkt vorbeifuhr.

Wenig später hielt sie vor einem zweistöckigen Haus im Kolonialstil mit Schindelfassade, einer breiten Veranda und leuchtend roten Fensterläden. Sie war erleichtert, dass sie die Stadt von hier aus zu Fuß erreichen konnte.

Die Luft war hier wesentlich kälter als die zu Hause oder in Boston. Auf der Terrasse kippte sie einen Tontopf zur Seite und fand den Schlüssel genau dort, wo Tony gesagt hatte, dass er sein würde.

Drinnen war es gemütlich, wenngleich etwas abgewohnt. Sie erkannte sofort, dass an dem Haus etwas gemacht werden musste, auch wenn es warm und einladend wirkte. Die Farbe an Türen und Wänden schien schon mal bessere Tage gesehen zu haben, und der Holzboden musste dringend abgeschliffen und neu versiegelt werden.

Die Küche und das Bad im Erdgeschoss wirkten altmodisch. In der oberen Etage gab es vier Schlafzimmer und zwei Bäder, deren Zustand etwas besser war, die aber dennoch renoviert werden mussten.

In den Regalen rund um den Fernseher standen etliche Filme und Bücher, die von den vormaligen Besitzern dagelassen worden waren, die das Haus an Winterurlauber vermietet hatten. Die Einrichtung der Räume hatte Tony mit dem Wort »Skihüttenstil« beschrieben, aber Clare begriff jetzt, dass er damit ein Sammelsurium an Möbelstücken gemeint hatte, von denen keines zu den anderen passte.

Tony und seine Frau Miranda hatten das Haus als Investition gekauft, in der Hoffnung, es als Wochenendhaus nutzen zu können. Allerdings hatte Tony nicht damit gerechnet, in Connecticut in einen der schlimmsten Mordprozesse der letzten Jahrzehnte verstrickt zu werden. Als Staatsanwalt würde er im nächsten Jahr nicht oft verreisen können, und sie waren dankbar, dass Clare sich bereit erklärt hatte, die Renovierungsarbeiten zu beaufsichtigen.

Sie drehte die Heizung auf und lud das Auto aus. Eine Stunde später hatte sie sich in einem der großen Schlafzimmer oben eingerichtet, zu dem ein Bad und der Ausblick auf den weißen Turm der Kirche von Stowe gehörten. Nachdem sie ausgepackt hatte, hinterließ sie eine Nachricht bei der Grundstücksverwaltung, die sich um das Haus kümmerte, damit sie wussten, dass sie da war. Sobald ihr Magen sie daran erinnerte, dass es Zeit fürs Abendessen sei, beschloss sie, in die Stadt zurückzufahren, um dort etwas Essbares aufzutreiben. Dem Lebensmittelladen würde sie dann morgen früh einen Besuch abstatten.

Ein Lokal namens McHugh's wirkte einladend, also parkte sie ihr Auto am Ende des Häuserblocks und gönnte sich einen Schaufensterbummel bis zum Restaurant. Dort angekommen, setzte sie sich an den Tresen und bestellte sich einen Kaffee und den Rindereintopf von der Karte mit den Tagesgerichten.

Ihr lief das Wasser im Mund zusammen, als die Kellnerin die Schüssel mit dem dampfenden Eintopf vor sie stellte.

»Guten Appetit«, wünschte sie ihr, bevor sie sich anderen Gästen zuwandte.

Als sie wenige Minuten später zurückkehrte, hatte Clare schon fast alles aufgegessen. »Wie Sie sehen, schmeckt's mir gar nicht.«

Die Kellnerin lachte. »Ganz eindeutig. Sind Sie neu in der Stadt?«

»Allerdings. Ich bin erst seit heute Nachmittag hier.«

»Wo wohnen Sie?«

»Mein Bruder hat ein Haus in der Maple Street. Dort bleibe ich ein paar Monate.«

»Sie haben sich die richtige Zeit ausgesucht, um Stowe einen Besuch abzustatten. Jetzt ist hier ganz schön was los.«

»Darauf freue ich mich schon. Meine Töchter fahren gerne Ski und wollen herkommen.«

»Woher stammen Sie?«

»Newport in Rhode Island.«

»Ach, ich liebe Newport. Ich bin übrigens Diana Cummings.« Sie streckte Clare die Hand hin. »Das hier ist mein Laden.«

Lachend schüttelte Clare ihr die Hand. »Das ist kein Laden, und das war der beste Eintopf, den ich jemals gegessen habe. Ich bin Clare Harrington.«

»Bei solchen Komplimenten hoffe ich, dass Sie zur Stammkundin werden.« Diana wischte über die Theke und schenkte ihr etwas Kaffee nach.

»Definitiv«, erklärte Clare, von einem wohligen Gefühl erfüllt. Diana wirkte auf sie wie eine Frau, mit der sie sich anfreunden könnte. »Ich möchte am Haus ein paar Renovierungsarbeiten vornehmen lassen. Können Sie mir jemanden empfehlen?«

»Was soll denn gemacht werden?«

»Alles streichen, und die Holzfußböden müssen abgeschliffen und versiegelt werden, eine neue Küche muss rein, und mehrere Badezimmer sollen modernisiert werden.«

»Der, der mir da spontan einfällt, ist Aidan O'Malley, aber an den kommt man nur schwer ran. Er ist echt gut und daher begehrt.«

»Wohnt er in Stowe?«

»Gleich außerhalb der Stadt. Ich glaube, seine Visitenkarte hängt am Schwarzen Brett.« Diana zeigte auf eine Anschlagtafel neben der Kasse. »Sie werden etwas wühlen müssen, um sie zu finden.«

Clare stellte sich davor und durchsuchte es. Schließlich entdeckte sie unter mehreren Schichten Werbung für Geschäfte am Ort die Karte von O'Malley Renovierungen und notierte sich die Nummer.

»Danke für die Info«, sagte Clare, ehe sie sich den Mantel anzog und die Rechnung beglich.

»War mir ein Vergnügen. Willkommen in Stowe. Bis hoffentlich bald.«

»Ganz bestimmt«, versprach Clare.

Dann kehrte sie zum Haus zurück und versuchte, mit Holz aus dem Stapel von der Veranda im Kamin ein Feuer zu entfachen. Nachdem es endlich brannte, lief sie in die Küche, um Aidan O'Malley anzurufen. Der Anrufbeantworter ging ran, also hinterließ sie ihm eine Nachricht und ihre Festnetznummer. Wenn sie in den nächsten ein oder zwei Tagen nichts von ihm hörte, dann würde sie sich nach anderen Bauunternehmern umschauen.

Zu guter Letzt rief sie die Mädchen und ihre Mutter an, um sie wissen zu lassen, dass sie gut in Stowe angekommen war. Tony hatte sie davor gewarnt, dass der Handyempfang in den Bergen schlecht war, weshalb sie ihren Kindern die Nummer vom Haus geben wollte.

Sobald sie damit fertig war, wickelte sie sich in eine Daunendecke und machte es sich mit einem Buch, das sie im Regal im Wohnzimmer gefunden hatte, auf dem Sofa bequem. Statt den Band aufzuschlagen, starrte sie jedoch in die Flammen und versuchte, ein eigenartiges Gefühl zu identifizieren, das sie schon den ganzen Tag lang verspürt hatte. Nachdem sie einige Augenblicke darüber nachgedacht hatte, beschloss sie, dass sie mehr als alles andere Erleichterung empfand.

KAPITEL 12

Am nächsten Morgen brachte Clare gerade die Einkäufe rein, als das Telefon klingelte.

»Hier spricht Aidan O'Malley. Sie hatten angerufen?«

»Ja. Diana Cummings vom McHugh's hat Sie empfohlen. Ich will mein Haus renovieren lassen.«

»Innen oder draußen?«

»Innen.« Sie folgte seinem Beispiel und kam gleich auf den Punkt. »Küche, Bäder, Böden und Malern.«

»Ich kann es mir heute gegen drei mal anschauen. Passt das?«

»Drei passt gut. Maple Street 22.«

»Das Haus kenne ich. Einer von auswärts hat's letztes Jahr gekauft. Sind Sie das?«

»Ich komme von auswärts, aber das Haus gehört nicht mir, sondern meinem Bruder. Ich helfe ihm bei der Renovierung.«

»In Ordnung. Bis heute Nachmittag.«

Er hatte aufgelegt, bevor sie zustimmen oder sich verabschieden konnte. *Na ja, hoffentlich sind seine handwerklichen Fähigkeiten besser als die am Telefon*, dachte sie, während sie Müsli und Nudeln aus einer Tüte holte, die auf dem Küchentresen stand.

Sobald sie alles weggeräumt hatte, zog sie den dicken Anorak an, um in die Stadt zu laufen und sich die Läden auf der Main Street genauer anzusehen. Sie besuchte mehrere Antiquitätengeschäfte und notierte sich im Geist schon einige Stücke, die perfekt in Tonys Haus passen könnten, nachdem die Verschönerungsarbeiten abgeschlossen waren. Bei Renovierung und Einrichtung hatte er ihr freie Hand gelassen, und sie freute sich schon darauf, sein Geld auszugeben.

Außerhalb der Buchhandlung bemerkte sie eine ältere Frau, die gerade ein »Aushilfe gesucht«-Schild ins Fenster klebte. Die Frau lächelte ihr zu und winkte sie rein.

»Immer hereinspaziert«, forderte sie Clare auf, kaum dass diese die Tür geöffnet hatte. »Sie wirken ganz durchgefroren.«

In einem Holzofen in einer Ecke des gemütlichen Geschäfts, das mehr zum Lesen der Bücher als zum Kaufen einlud, brannte ein Feuer. Sofas und bequem aussehende Sessel standen vor dem Ofen. Die Bücherregale wirkten so unaufdringlich, dass es schien, als wären sie gar nicht so wichtig.

»Wollen Sie einen Tee oder Kaffee?« Der Frau gelang es, in einem Flanellhemd und Jeans modisch auszusehen. Der lange graue, geflochtene Zopf machte sie auf den ersten Blick älter, als sie war. Ihr hübsches herzförmiges Gesicht verriet, dass sie eher fünfzig als sechzig war.

»Ich hätte gerne einen Kaffee, danke.« Clare rieb sich energisch die Hände. Sie hatte gar nicht bemerkt, wie verfroren und außer Atem sie war, dabei musste sie darauf achten, dass sie sich nicht überanstrengte. Ein Rückschlag in ihrer Genesung war das Letzte, was sie brauchte.

»Hier.« Die Frau zeigte zur Ablage, auf der Sahne und Zucker standen. »Bedienen Sie sich.«

»Danke. Ihr Laden ist reizend. Ich könnte den ganzen Tag lang mit einem guten Buch vor dem Feuer sitzen.«

»Zögern Sie nicht, genau das zu tun, wann immer Ihnen danach ist. Ich bin Beatrice Simmons, aber man nennt mich einfach nur Bea.«

Clare nahm ihre Hand. »Clare Harrington.«

»Freut mich, Sie kennenzulernen. Ich glaube nicht, dass ich Sie hier schon mal gesehen habe.«

»Das ist erst mein zweiter Tag in Stowe.«

»Ach, willkommen. Gefällt es Ihnen bisher?«

»Ich liebe es. Alle sind so nett.«

»Das ist Stowe. Sie hätten sich keine nettere Stadt für Ihren Besuch aussuchen können. Bleiben Sie länger?«

»Ich hatte an drei Monate gedacht, vielleicht auch mehr. Ich lasse ein Haus renovieren, und davon hängt es ab, wie lange ich hier sein werde.« Sie erzählte Bea vom Haus ihres Bruders.

»Haben Sie schon jemanden damit beauftragt?«

»Diana vom McHugh's hat mir Aidan O'Malley empfohlen. Kennen Sie ihn?«

Bea lachte leise. »Oh, ja, ich kenne ihn. Er ist eine lokale Berühmtheit.«

Neugierig fragte Clare: »Eine Berühmtheit? Das hat Diana nicht erwähnt.«

»Warten wir einfach ab, was Sie von ihm halten, wenn Sie ihn kennenlernen«, erwiderte Bea mit funkelnden Augen. »Sie werden wiederkommen und mir haarklein Bericht erstatten müssen.«

Darüber musste Clare lachen. »So kann man sich auch die Rückkehr eines potenziellen Kunden sichern.«

»Sie brauchen nicht zufällig einen Job, oder?«

»Eigentlich nicht. Warum? Wobei benötigen Sie denn Hilfe?«

»Ich suche verzweifelt nach einer Aushilfe für die Feiertage, ein paar Stunden hier und da während des größten Kundenandrangs.«

Das erschien Clare ideal. Ein Teilzeitjob wäre perfekt, um aus dem Haus raus- und unter Leute zu kommen. Sie entschied sich spontan. »Ich übernehme das.«

»Echt?«

»Liebend gerne – aber unter einer Bedingung.«

»Die lautet?«

»Ich möchte nicht, dass Sie mich bezahlen. Das Geld brauche ich nicht, die Ablenkung dagegen schon.«

»Das kann ich nicht machen. Natürlich muss ich Sie bezahlen.«

»Sie würden mir einen ebenso großen Gefallen tun wie ich Ihnen. Außerdem bin ich vermutlich ein wenig eingerostet, da ich eine Weile nicht gearbeitet habe.«

»Das ist kein Problem. Wir werden Sie in null Komma nichts eingearbeitet haben. Es ist wirklich keine Hexerei, ehrlich.«

»Ich sollte Ihnen vermutlich sagen, dass ich mich von einem Unfall erhole. Ich werde mich also hin und wieder setzen müssen.«

»Hoffentlich nichts Ernstes.«

Ach, nein, nichts Ernstes, nur der Zusammenbruch meines gesamten Lebens. »Es sollte mich nicht davon abhalten, eine Hilfe zu sein.«

»Können Sie morgen Nachmittag anfangen? Nach vierzehn Uhr kehrt hier normalerweise Ruhe ein, da kann ich Sie einarbeiten. Die Sache mit der Bezahlung besprechen wir später.«

»Ich werde da sein.« Sie schüttelte Beas Hand. »Ich freue mich darauf.«

Bea griff nach dem Schild, das sie gerade erst ins Fenster geklebt hatte, und zog es ab. »Ich auch. Danke, Clare. Sie retten mir das Leben.«

»Ist mir ein Vergnügen. Bis morgen.«

Die Glöckchen über der Tür klingelten, dann ließ Clare die Wärme des Buchladens hinter sich. Draußen war es so kalt, dass sie befürchtete, festzufrieren – aber es war auch belebend. *Ich habe einen Job. Ich rette jemandem das Leben.*

* * *

Gegen halb vier war Clare überzeugt, dass Aidan O'Malley nicht mehr auftauchen würde, und holte die Gelben Seiten hervor, um sich jemand anderen zu suchen. Als die Türklingel um Viertel vor vier schrillte, schreckte sie hoch. Sie stand auf, um aufzumachen, und fand sich dem breiten Rücken eines großen Mannes gegenüber, der telefonierte, obwohl ein weiteres Handy, das neben einem Pager hing, beharrlich bimmelte.

Sie konnte die Erwartung förmlich schmecken, während sie jeden Moment damit rechnete, dass auch das letzte Gerät losging. Es enttäuschte sie nicht. Ohne die hitzige Unterhaltung zu unterbrechen, die er am ersten Handy führte, warf er erst einen Blick auf die Anruferkennung auf dem zweiten Telefon, dann einen auf das Display des Pagers.

Er trug eine ausgeleierte rote Daunenweste über einem rot karierten Flanellhemd, Jeans und schmutzige Arbeitsstiefel. Ein Stück roter Stoff war unter einem Loch in der Gesäßtasche seiner ausgeblichenen Hose zu sehen – nicht dass sie auf seinen Hintern oder so schaute. Er befand sich nun mal einfach auf ihrer Veranda. Wo sollte sie sonst schon hinblicken? Die Ärmel des Flanellhemds waren hochgerollt, und darunter lugte ein weißes Thermounterhemd hervor. Dunkelbraunes Haar lockte sich unter einer Red-Sox-Baseballcap.

»Da kommt ein anderer Anruf rein«, brummte er. »Geh heute noch zum Laden, und bestell die richtigen Schränke. Um sechs Uhr früh kannst du bei den Millers aufkreuzen, um sie einzubauen. Morgen um diese Zeit muss das alles fertig sein, damit wir die Fußböden machen können.« Er hielt inne, um kurz zuzuhören. »Erledige das einfach, Himmel noch mal.« Er klappte das Handy mit einem verärgerten Fluch zu, der ihr verriet, wie wenig ihm klar war, dass er beobachtet wurde.

Ihn dabei zu erleben, wie er fünfzig Dinge auf einmal jonglierte, rief Erinnerungen an ihre Zeit als Immobilienmaklerin wach, damals, als ihr Tag nicht genug Stunden gehabt und auch sie mehrere Handys und einen Pager gebraucht hatte. Diese Zeiten vermisste sie nicht, und sie dankte dem Mann auf ihrer Terrasse stumm dafür, dass er ihr die Notwendigkeit vor Augen führte, sich von dem Gedanken zu trennen, eines Tages vielleicht wieder so zu arbeiten. *Nein, danke,* dachte sie, fasziniert von dieser so wichtigen Erkenntnis an ihrem zweiten Tag in Vermont. *Diese Stadt wirkt wahre Wunder.*

Nachdem er das zweite Gespräch beendet hatte, indem er ein paar Befehle blaffte, schien er sich endlich wieder daran zu erinnern, wo er war. Kaum hatte er sich umgedreht, keuchte Clare beinahe auf. Auf ihrer Veranda stand ein umwerfend attraktiver Schreiner, und er hatte schlechte Laune.

»Ich bin O'Malley. Wie kann ich Ihnen helfen?« Seine Wangen glühten rot, als wäre er den ganzen Tag draußen gewesen.

»Kommen Sie rein«, erwiderte sie. Auf den ersten Blick erkannte Clare in den stürmischen Tiefen seiner grünen Augen die verwandte Seele eines Verletzten. Später würde sie die Begegnung genauer unter die Lupe nehmen, um zu verstehen, woher sie ohne jeden Zweifel wusste, dass auch er eine verheerende Tragödie erlebt hatte.

Von der Intensität dieser Wahrnehmung verunsichert, ließ sie ihn ins Haus. »Die Küche ist da hinten. Mit der möchte ich anfangen. Drei Bäder müssen modernisiert werden, und die Holzböden sollen abgeschliffen und neu versiegelt werden. Wir wollen auch innen alle Wände streichen.«

Er pfiff leise. »Das wird Sie ein hübsches Sümmchen kosten«, meinte er, bevor er die Cap anhob, um sich einen Bleistift aus dem Haar zu ziehen.

»Das ist in Ordnung. Mein Bruder kann es sich leisten.«

»Dürfen Sie alle Entscheidungen treffen? Ich will nicht ständig warten müssen, bis alles von jemand anders beschlossen wurde.«

»Darf ich. Er hat keine Zeit, sich darum zu kümmern, also übernehme ich das für ihn«, erklärte sie, wobei sie ihm von Raum zu Raum folgte.

Von einem gelegentlichen Brummen abgesehen, sagte er nichts mehr. Er machte sich Notizen, nahm ein paar Messungen vor und grummelte noch mehr. Allerdings ignorierte er sowohl die Handys als auch den Pager, die erneut klingelten.

Sie folgte ihm nach unten.

»Was haben Sie sich für die Küche vorgestellt. Entkernen?«

»Ja, sie wollen neue Schränke, Arbeitsflächen und Geräte.«

»Granit?«

»Ja.«

Er brummte noch einmal, legte den Kopf schief, offenbar, um abzuschätzen, wie viele Schränke in die umgestaltete Küche passen würden, und schrieb etwas ins Notizbuch.

»Das Gleiche bei den Bädern? Entkernen und alles neu installieren?«

»Ja.«

Er steckte sich den Notizblock in die Hemdtasche und schob den Stift zurück unter die Cap. »Ich habe, was ich brauche. Zehntausend für die Arbeit. In einem oder zwei Tagen erstelle ich Ihnen ein schriftliches Angebot für alles, für jedes Zimmer einzeln aufgelistet.«

»Ich werde mir noch ein paar andere Angebote einholen.«

Er zuckte die Achseln. »Wie Sie wollen.«

»Wenn ich Sie anheuere, wie schnell können Sie anfangen?«

»Vermutlich in zwei Wochen. Ich stelle gerade noch drei andere Aufträge fertig, und dann entlasse ich meine Mannschaft in die Winterpause. Das hier würde ich selbst übernehmen.«

Argwöhnisch hob sie eine Augenbraue. »Brauchen Sie dafür keine Hilfe?«

»Wenn Sie mich anheuern, dann wird die Arbeit auch erledigt. Machen Sie sich keine Gedanken darüber, wie.«

Sein Tonfall war fast schon unhöflich, aber nachdem sie die Szene auf ihrer Veranda beobachtet hatte, verstand sie, dass er eher gestresst als wirklich unfreundlich war.

»Meinetwegen. Lassen Sie mir Ihr Angebot zukommen, sobald Sie können.«

Beide Handys und der Pager piepsten gleichzeitig. Er seufzte und verschwand mit einem halbherzigen Winken.

* * *

Aidan saß in seinem Pick-up, um beide Anrufe entgegenzunehmen. Er antwortete auf zwei Meldungen auf dem Pager und gab weitere Anordnungen. *Verdammte Idioten*, verfluchte er die Kerle, die für ihn arbeiteten. *Können nicht* eine *dämliche Entscheidung allein treffen.* Er konnte es kaum erwarten, diese letzten Aufträge hinter sich zu bringen, damit er sie loswurde. Im Winter würden sie in Florida arbeiten, was ihm nur recht war. Kein großer Verlust.

Er lehnte den Kopf gegen die Kopfstütze. *Etwas muss sich ändern.* Die furchtbaren Handys und der Pager lagen auf seinem Schoß, Glieder einer Kette, die ihn an ein Leben fesselte, in das er hineingestolpert war und das er nicht mehr wollte. Eine Weile hatte er mit dem Gedanken gespielt, den neuen Baugewerbeteil seines Geschäftes aufzugeben, damit er sich auf die Art Arbeiten konzentrieren konnte, nach der die niedliche Blondine im Haus suchte. O'Malley Renovierungen war zu weit von den »Renovierungen« abgewichen.

Irgendwann war er in die Falle von Telefonen, Pager und Idioten getappt. Vielleicht stellte er jetzt auch nur alles infrage, weil er sich mit großen Schritten der Vierzig näherte. *Wer weiß? Vielleicht liegt es auch an den lästigen Idioten.* Er ließ den Motor des Pick-ups an und hoffte, dass die Blondine – er hatte sich ihren Namen irgendwo aufgeschrieben – ihn engagierte. Dieser Job könnte der Neuanfang sein, nach dem er sich so verzweifelt sehnte.

* * *

Nachdem Aidan gegangen war, nutzte Clare das Telefonbuch, um zwei weitere Bauunternehmer ausfindig zu machen. Sie hinterließ beiden eine Nachricht, bevor sie ans Fenster trat und entdeckte, dass Aidan O'Malleys großer marineblauer Pick-up noch immer vor ihrem Haus stand. Sie beobachtete, wie er den Kopf nach hinten lehnte, eine Geste der Erschöpfung, die sie irgendwie berührte. Er wirkte so unglücklich, dass sie am liebsten zu ihm gelaufen wäre. Es kam ihr nicht in den Sinn, sich zu fragen, warum.

KAPITEL 13

Kate fand schnell in eine Routine und fühlte sich an ihrem neuen Wohnort allmählich zu Hause. Jeden Tag verbrachte sie zunächst eine Stunde im Fitnessstudio, gefolgt von mindestens zwei Stunden, in denen sie Gitarre übte. Mit den neuen Songs, an denen sie arbeitete, kam sie gut voran, und sie hoffte, dass sie schon bald die Chance haben würde, sie im Bluebird vorzutragen.

Ashton und Reid riefen sie so gewissenhaft regelmäßig an, dass sie vermutete, sie hatten es sich in den Terminkalender geschrieben. Thanksgiving hatte sie mit ihnen in Reids Haus gefeiert. Es war ein entspannter Tag gewesen mit großartigem Essen, Brettspielen und Filmen. Sie hatte ihre Gesellschaft genossen, auch wenn ihr ihre eigene Familie schrecklich fehlte. Für Sonntag hatte Reid sie auf einen Reitausflug zu sich eingeladen, und sie freute sich schon darauf.

An den Tagen, an denen sie im Mabel's arbeitete, ging sie früher los, um sich vor Beginn noch mit Butch zu treffen, dem Barkeeper. Er war dort ihr einziger Freund, da die meisten anderen Frauen sie ignorierten.

»Ich weiß nicht, was ich ihnen getan habe«, beschwerte sie sich eines Tages vor der Schicht bei Butch. Sie trank eine Diät-Cola, während er die Bar vorbereitete.

Er schenkte ihr ein mitfühlendes Lächeln. »Du hast ihnen gar nichts getan, Süße. Sie fühlen sich von dir bedroht.«

»*Von mir?* Warum sollten sie sich von mir bedroht fühlen?«

»Weil sie das wollen, was du willst, und jetzt, da sie dich singen gehört haben, wissen sie, dass du besser bist als sie.«

Der Manager Charlie hatte sie – nachdem sie einen Tag vorher ihre erste Gelegenheit erhalten hatte, im Bluebird aufzutreten – endlich im Mabel's auf die Bühne gelassen. Das waren zwei wundervolle Tage gewesen. Nach ihrem Auftritt hatte Charlie in einem fort davon geredet, wie gut sie war, was, wie Kate jetzt verstand, zu der plötzlichen Feindseligkeit seitens ihrer Kolleginnen geführt hatte. Nervös kaute sie auf ihrem Daumennagel. Ein paar dieser Frauen waren ihr fast unheimlich. »Das ist nicht fair.«

»Nein, ist es nicht, aber so sind die Leute nun mal in dieser Stadt.« Er sah sich kurz um, ob ihn auch niemand beobachtete, ehe er einen Zettel aus der Tasche zog. »Den hab ich für dich von der Wand genommen. Eine der besseren Hausbands dieser Stadt sucht nach einer Frontfrau. Ich dachte, das interessiert dich vielleicht.«

Sie nahm den Zettel. »Danke. Was ist eine Hausband?«

»Sie spielen auf Hauspartys in der Stadt. Aufstrebende Künstler treten gerne mit ihnen auf, weil man nie weiß, wer auf solchen Partys auftaucht. Viele sind schon auf diese Weise entdeckt worden. The Rafters sind echt beliebt, das könnte also eine gute Gelegenheit für dich sein.«

Sie schaute dankbar zu ihm hoch. »Danke, Butch.«

Er zuckte die Achseln. »Von den anderen hat es keine verdient. Nicht, wenn sie dich so schlecht behandeln.«

»Du bist ein guter Freund.« Sie studierte den Flyer und erfuhr, dass man am nächsten Tag bei der Band vorsingen durfte.

»Hast du mal mit Ashton geredet?«, fragte Butch, der Gläser aus der Spülmaschine hinter dem Tresen räumte.

»In letzter Zeit nicht.«

»Ich glaube, der ist in dich verschossen.«

Sie riss den Kopf hoch. »Was? Ashton?«

Er musste über ihre Überraschung lachen. »Mach die Augen auf.«

»Aber wir sind doch nur Freunde. Ich dachte nicht mal, dass er mich überhaupt besonders gut leiden kann.«

»Oh, er mag dich.«

Sie lehnte sich zurück, um die Information zu verdauen. Eigentlich müsste sie auf Ashton abfahren: Er war attraktiv, erfolgreich, lustig, und … ach, sein Körper. Aber sie musste sich eingestehen, dass es nicht Ashton war, auf dessen Anrufe sie sich alle paar Tage freute. Nein, es war sein Vater, mit dem sie so gerne redete.

* * *

Reid überraschte sie, indem er am nächsten Abend während ihrer Schicht im Mabel's vorbeischaute. Sprachlos bemerkte sie, wie er sich an der Bar mit Butch unterhielt. Sie beobachtete ihn vom anderen Ende des Raums aus, und ihr Herz zog sich zusammen, als er den Kopf nach hinten warf und herzhaft über etwas lachte, was Butch gesagt hatte. Reid trug einen dunklen Anzug und sah so umwerfend gut aus, dass sie den Blick nicht abwenden konnte. Kaum wurde es endlich etwas ruhiger, nahm sie allen Mut zusammen und ging rüber, um ihn zu begrüßen.

»Hi«, brachte sie hervor. »Was machst du denn hier, mitten in der Woche?«

»Ich hatte ein Meeting in der Stadt und habe beschlossen, vorbeizukommen, um nach dir zu schauen.«

»Musst du meinem Dad Bericht erstatten?«

»Monatlich, und er verlangt jedes Mal mindestens ein Treffen von Angesicht zu Angesicht«, erwiderte Reid lächelnd.

»Was trinkst du?« Sie wollte alles über ihn wissen.

»Einen Scotch mit Eis, dann muss ich wieder los.«

Als er nach dem Glas griff, lugte ein goldener Manschettenknopf aus dem Anzugärmel hervor. In dem kleinen Stückchen Gold im gestärkten weißen Hemdenstoff lag etwas so Attraktives und Elegantes, dass ihr der Mund ganz trocken wurde. Sie starrte auf seinen Finger, mit dem er eine Spur durch das Kondenswasser am Glas zog.

»Was für ein Meeting war es denn?«, fragte sie, nachdem sie endlich den Blick von seiner Hand losgerissen hatte.

»Bei der Baubehörde der Stadt. Wir haben mehrere noch unerledigte Projekte bei ihnen.«

»Klingt spannend.«

Er lachte. »Glaub mir, das ist es nicht. Wie läuft's bei dir?«

»Halt dich fest. Ich habe heute bei einer Hausband namens The Rafters vorgesungen. Sie suchen nach einer Frontfrau.«

»Toll. Wie lief's?«

»Richtig gut, denke ich. Sie wollen, dass ich morgen noch mal komme. Ich bin froh, dass du hier bist. Davon wollte ich dir unbedingt erzählen.«

Sein Lächeln erhellte sein attraktives Gesicht. »Das klingt wundervoll, Kate. Sie sind wirklich gut. Ich habe sie schon ein paarmal auf Partys erlebt.«

»Echt?«

Er nickte.

»Ich hoffe, ich kriege den Job.«

»Darauf wette ich. Bist du heute Abend zu Fuß zur Arbeit gelaufen?«

Mit geneigtem Kopf grinste sie übermütig. »Soll ich lügen und es abstreiten?«

Er tat so, als würde er sich etwas auf einem unsichtbaren Block notieren. »Das kommt in den Bericht – läuft im Dunkeln rum und schwindelt drüber. Mehrere Strafpunkte.«

Das brachte sie zum Lachen. »Deinetwegen kriege ich noch Ärger.«

»Ich bringe dich nach Hause, damit du sicher dort ankommst und nicht in Schwierigkeiten gerätst.«

»Sei nicht albern. Ich muss noch eine Stunde schuften, und du musst morgen wieder zur Arbeit.«

»Ich sagte doch, ich will nicht, dass du nachts allein rumläufst. Das hier ist eine Stadt, weißt du?«

»Du klingst wie mein Dad. Fahr nach Hause. Es ist spät, und du hast heute schon zwölf Stunden gearbeitet.«

»Wer benimmt sich jetzt wie ein Elternteil?«, fragte er mit gespielt finster gerunzelter Stirn. »Ich warte.«

Es fiel ihr für einen Moment schwer, sich von der Stelle zu rühren.

»Geh«, forderte er sie auf. »Ich warte.«

* * *

Nachdem ihre Schicht um elf zu Ende war, winkte sie Butch zum Abschied zu und lief vor Reid beschwingt die Treppe runter. Sobald sie draußen waren, atmete sie die frische Luft ein. »Der Rauch war heute Abend echt schlimm.«

»Das ist sicher nicht gut für deine Stimme.«

»Nein, ist es nicht. Selbst wenn ich den Gig bei den Rafters nicht bekomme, muss ich vermutlich beim Mabel's kündigen. Der Rauch ist eklig, und die Leute sind auch nicht unbedingt besser.«

Er blieb stehen und drehte sich zu ihr. »Eklig?«

»Gemein.«

»Sie sind *gemein*? Zu *dir*?«

Er schien um ihretwillen so ehrlich empört, dass sie lächeln musste. »Butch meint, es läge daran, dass ich besser singe als sie.«

»Da hat er vermutlich recht. Mit solchen Sachen kennt er sich aus.«

»Ich bin es nicht gewohnt, dass mich jemand wegen meiner Musik nicht mag, aber ich schätze, damit muss man hier rechnen.«

»Es tut mir leid, Kleines. Das höre ich nicht gerne.«

Seine Betroffenheit wirkte so aufrichtig, dass sie ihm eine Hand in die Armbeuge legte und den Kopf an seine Schulter lehnte. »Wirst du sie für mich verprügeln?«, fragte sie, seinen Akzent nachahmend.

»Das werde ich wohl müssen.«

»Sie sind es nicht wert. Außerdem habe ich vor, mich auf die altmodische Weise zu rächen.«

Amüsiert blickte er zu ihr runter. »Ach ja? Wie denn?«

»Indem ich berühmt werde.«

Er lachte. »Daran hege ich keinen Zweifel«, stimmte er ihr zu, bevor sie die Stufen zu ihrem Stadthaus erreichten. »Ist mit der Wohnung alles in Ordnung?«

»Ja, von dem Miethai einmal abgesehen. Der ist eine reine Plage.«

»Du bist ganz schön frech, was?«

»Manchmal. Die Wohnung ist toll, danke. Es ist so schön, meine eigene Bude zu haben.«

»Ruf einfach beim Miethai an, falls du irgendwas brauchst.«

»Mach ich. Bleibt es bei Sonntag?«

»Auf jeden Fall. Weißt du noch, wie du hinkommst?«

»Ja. Ich bin gegen Mittag da. Passt das?«

»Perfekt. Ich schätze, wir sehen uns dann.« Er gab ihr einen Kuss auf die Wange.

»Wer bringt dich zurück zu deinem Auto?«

»Ich denke, das werde ich noch finden.«

»Das hier ist eine Stadt, weißt du?«, ahmte sie seine gestrenge Belehrung nach.

Darüber musste er lachen. »Du bist echt eine Göre.«

»Ja, ja, schreib's in den Bericht. Ruf mich vom Auto aus an. Ich kann nicht schlafen, wenn ich mir Sorgen darüber mache, dass du in der großen Stadt ausgeraubt worden bist.«

»In Ordnung. Geh rein, bevor ich losfahre.«

Am oberen Treppenabsatz schloss sie auf und winkte durch die Glastür hindurch, sobald sie drinnen war.

Er bedeutete ihr mit einer Handbewegung, abzuschließen.

Die Augen verdrehend schob sie den Riegel vor. Dann rannte sie hoch in ihr Wohnzimmer, schnappte sich das schnurlose Telefon und wählte seine Handynummer.

»Hab ich dich nicht grad erst verabschiedet?«, fragte er, als er ranging.

Sie konnte das Lächeln in seiner Stimme hören. »Ich war ganz besorgt, dass du auf dem Weg zum Auto überfallen worden sein könntest.«

»Dennoch hast du keine Angst davor, nachts allein auf genau derselben Straße nach Hause zu laufen. Ironie, nicht wahr?«

»Wenn du diesen Tonfall anschlägst, klingst du so überkorrekt.«

»Welchen Tonfall?«

»Diesen Tonfall. Hast du grad gegähnt?«

»Da musst du dich verhört haben.«

»Ich habe dir doch gesagt, dass du nicht auf mich warten sollst. Jetzt wirst du auf dem Heimweg mit mir reden müssen, damit ich mich nicht ständig frage, ob du am Steuer eingeschlafen bist.« Sie hörte das doppelte Piepsen, als er das Auto entriegelte.

»Ich werde nicht einschlafen. Ich sitze im Auto, also kannst du jetzt ins Bett gehen.«

»Sprich noch ein wenig mit mir, ja?«, bat sie ihn leise.

»Was ist los, Kleines?«

»Nichts. Heute habe ich einfach Heimweh.«

»Hast du zu Hause angerufen?«

»Ja, aber die Babys sind total durchgedreht, weshalb Dad und Andi nicht lange reden konnten. Maggie war bei einer Freundin. Meine Mom habe ich nicht erreicht, und Jill hatte Unterricht.«

»Das tut mir leid. Zu Weihnachten fährst du doch für ein paar Tage nach Hause, nicht wahr?«

»Ja, aber bis dahin ist es noch fast ein Monat.«

»Na ja, sieh es doch mal so: Zumindest kommst du hier voran. Du konntest ein paarmal öffentlich auftreten, und jetzt besteht die Aussicht darauf, in einer Band zu singen.«

»Das stimmt.«

»Ich habe bisher nichts gesagt, aber ich kenne ein paar Leute, die dir dabei helfen könnten, dein Ziel zu erreichen …«

»Nein. Das will ich nicht, Reid. Hörst du mich? Lass für mich nicht deine Beziehungen spielen.«

»He, he, beruhige dich. Ich werde nichts tun, was du nicht willst.«

»Versprichst du es? Du musst es mir versprechen. So will ich das nicht schaffen.«

»Versprochen. Aber wenn ich nicht der Meinung wäre, dass du das Talent hast, hätte ich es dir nicht angeboten. Du bist den anderen haushoch überlegen. Du verdienst eine Chance.«

»Wenn das stimmt, dann werde ich auch eine bekommen. Bitte, Reid. Tu das nicht.«

»Ich hab dir doch schon versichert, dass ich es nicht mache.«

»Okay.«

»Da du so entschlossen bist, mir Gesellschaft zu leisten, singst du mir dann was vor?«

»Was möchtest du hören?«

»Überrasch mich.«

Sie sang »Time to Fly«, eines der Lieder, die sie seit ihrer Ankunft in Nashville geschrieben hatte. Sobald sie fertig war, schwieg er. »Oh, oh. Du bist eingeschlafen, nicht wahr?«

»Nein«, brummte er. »Definitiv nicht. Das war wunderschön, Kate. Du hast echt keine Ahnung, wie talentiert du bist, stimmt's?«

»Darüber denke ich nicht allzu viel nach. Das ist einfach etwas, was ich tue. Es ist ein großer Teil von mir.«

»Du wirst weder von mir noch von sonst jemandem Hilfe brauchen.«

Sie lachte nervös, da etwas in seiner Stimme Gefühle in ihr wachrief, die sie noch nie so intensiv empfunden hatte. »Das werden wir sehen, schätze ich.«

»Das werden wir. Ich bin fast zu Hause. Zeit fürs Bett.«

»Danke für die Gesellschaft.«

»Ich danke *dir.* Bis bald.«

»Gute Nacht.« Sie legte auf, lag aber lange wach, dachte an ihn und zählte die Stunden, bis sie ihn wiedertreffen würde.

* * *

Der Sonntag dämmerte sonnig und ungewöhnlich warm für diese Jahreszeit. Nach dem intensiven Gespräch vor ein paar Tagen war Kate nicht mehr nur aufgeregt darüber, sich wieder mit Reid zu treffen, sondern auch nervös, ganz besonders, da Ashton sie nicht begleiten würde. Er war mit seinen Freunden vom Jurastudium zu einem Angelausflug in Florida, hatte allerdings angerufen, um sich nach ihr zu erkundigen, bevor er losgefahren war. Sie schluckte ihre Schuldgefühle runter und versicherte ihm, dass es ihr gut ging.

Nachdem er ihr versprochen hatte, sie anzurufen, sobald er wieder zu Hause war, beteuerte sie ihm, dass er das nicht tun müsse. In Anbetracht dessen, was Butch ihr anvertraut hatte, wollte sie Ashton keine falschen Hoffnungen machen. Er hingegen lachte nur und meinte, dass er sich selbstverständlich bei ihr melden würde. *O Mann*, dachte sie, während sie mit offenem Fenster zu Reid fuhr, *zu was für einem heillosen Chaos das Ganze sich entwickelt.*

Sobald sie in die lange Einfahrt einbog, wurde sie noch nervöser. *Sei nicht albern, Kate. Er ist alt genug, um dein Vater zu sein.* Sie erschauderte, als sie sich vorstellte, wie ihr Vater auf die verrückte Schwärmerei reagieren würde, die sie für seinen Freund empfand. Bislang hatte sie nur einen festen Freund gehabt, das war letztes Jahr gewesen. Ryan war niedlich, und sie hatte geglaubt, sie würde ihn lieben. Aber weil ihr Vater durchgedreht war, als er sie beim Fummeln erwischt hatte, war Ryan über alle Berge geflohen und nie zurückgekehrt. *Auch gut. Wer will schon einen Jungen, wenn man einen Mann haben kann?*

Ebendieser Mann tauchte auf, als sie das Auto neben seinem schwarzen Mercedes parkte. Bei seinem Anblick in der abgegriffenen Jeans, den Cowboystiefeln und einem hellbeigen Baumwollpullover, der schon bessere Zeiten gesehen hatte, setzte ihr Herz einen irren Schlag lang aus. Zum ersten Mal in ihrem Leben lief ihr vor Verlangen das Wasser im Mund zusammen. *Bleib ganz ruhig, Kate,* redete sie auf sich ein, bevor er an ihre Tür trat. *Reite einfach auf dem verdammten Pferd, und bleib ganz cool.*

Sein Lächeln jagte ihr einen Schauer über den Rücken.

»He, du hast mich gefunden.«

»Ganz ohne Probleme«, bestätigte sie mit mehr Leichtigkeit, als sie empfand. Sie fragte sich, ob er vor Schreck sterben würde, wenn sie ihn einfach auf den Mund küssen würde. Sie konnte gerade noch so dem Drang widerstehen, obwohl er nach frischer Luft und Zitrone roch und so dicht neben ihr stand, dass sie ihn berühren könnte. Jeder ihrer Sinne war in Alarmbereitschaft, was sie so auch noch nie erlebt hatte.

Mit zwei Taschen über der Schulter führte Reid sie zu den Ställen. »Es ist ein herrlicher Tag für einen Ausritt. So warm ist es im November sonst nicht.«

»Heute Morgen habe ich mit meiner Schwester telefoniert. In Providence schneit es.«

»Jill, richtig?«

Kate war damit beschäftigt, ihn beim Laufen zu beobachten. »Ja.«

Abrupt drehte er sich zu ihr um. »Stimmt was nicht, Kate?« Er betrachtete sie mit seinen dunklen braunen Augen und schien alles zu sehen, was sie vor ihm zu verstecken versuchte.

Heftiges Begehren durchströmte sie, und sie war sich sicher, dass es ihm nicht verborgen blieb. Wie könnte es? »Warum fragst du?«

»Du wirkst unruhig. Bist du nervös?«

Zuerst wollte sie es leugnen, aber sie konnte es nicht. »Irgendwie schon.«

»Warum?«

Sie begegnete seinem Blick. »Ich bin mir nicht sicher.«

Eine Weile schaute keiner von ihnen weg, und da wurde ihr klar, dass auch er Gefühle für sie hegte. Bei dem, was sie ihm vom Gesicht ablas, schlug ihr Herz einen Purzelbaum. Verlangen. Schlicht und einfach.

Er hielt ihr eine Hand hin. »Lass uns reiten.«

Sie nahm sie, als hätte sie es schon hundert Mal getan, und folgte ihm in den Stall, in dem über ein Dutzend Pferde ihre Köpfe aus den Boxen steckten, um die Besucher zu beäugen.

»Ach, sind die schön«, rief Kate. »Sind das alles deine?«

»Die Hälfte davon. Der Rest gehört Ashtons Freunden, die sie hier unterstellen dürfen.«

»Das ist nett von dir.«

Er zuckte die Achseln. »Auf die Art sind die Kinder während der Highschool und auf dem College immer mal wieder vorbeigekommen. An den meisten Wochenenden machen sie Reitausflüge.«

»Guten Tag, Mr M«, grüßte ihn ein älterer Stallmeister, der gerade aus der Sattelkammer trat.

»Hallo, Derek. Das hier ist Kate Harrington, eine neue Freundin. Sie kommt vielleicht hin und wieder zum Reiten her, wenn wir nicht da sind.«

»Sehr wohl. Wir passen auf, dass sie sich wie zu Hause fühlt.«

»Danke«, meinte Kate.

»Ich habe Ihnen Thunder gesattelt, Mr M, und Sugar für Miss Kate, wie Sie gewünscht haben.« Er reichte Kate eine Karotte, die er aus der Jackentasche gezogen hatte, damit sie sich mit Sugar anfreunden konnte.

»Danke, Derek«, entgegnete Reid ein paar Minuten später, nachdem er Kate in den Sattel der sanftmütigen schneeweißen Stute geholfen hatte.

Während Kate sich auf Sugar zurechtsetzte, beobachtete sie, wie Reid Thunder zwei Satteltaschen über den Rücken legte. »Er ist echt schön«, meinte sie. Das Kompliment wurde mit einem lauten Wiehern erwidert, bei dem sie lachen musste.

»Er mag dich«, erklärte Reid. »Er redet nur mit denen, die er leiden kann.«

Sie ritten aus dem eingezäunten Trainingsbereich.

»Gehört Sugar dir?«

»Nein, einer Freundin von Ashton, die gerade ein paar Wochen nicht da ist. Sie hat mich darum gebeten, darauf zu achten, dass Sugar Auslauf bekommt. Also lassen wir sie mal ein bisschen rennen.« Er drückte Thunder die Fersen in die Flanken, und das Pferd galoppierte drauflos.

Kate folgte seinem Beispiel und trieb Sugar zum Galopp über die grünen Hügel an. Nachdem sie ein gutes Stück geritten waren, bremste Reid Thunder zum Trab ab und lenkte ihn zu einem Bach.

Kate strahlte, sobald sie aufgeholt hatte. »Das war fantastisch. So bin ich schon ewig nicht mehr geritten.«

»Thunder wird störrisch, wenn wir nicht alle paar Tage ausreiten.«

Wie aufs Stichwort wieherte das Tier, und Kate musste lachen. »Er wirkt so menschlich.«

»Davon bin ich überzeugt, seit er ein Fohlen war.« Reid half ihr von Sugar runter, und sie führten die Pferde zum Bach, damit sie trinken konnten.

»Wie schön dein Anwesen ist.«

»Freut mich, dass es dir gefällt. Ich hoffe, dass du hier Zuflucht suchst, wann immer du mal von der Stadt genug hast.«

»Danke«, entgegnete sie, fühlte sich plötzlich wieder befangen. Schon allein, wenn sie nur in seiner Nähe stand, wurde ihr schwindlig.

Er nahm die Satteltaschen von Thunders Rücken. »Martha hat uns ein paar Sandwiches eingepackt. Hast du Hunger?«

»Klar.« Sie folgte ihm unter eine große Eiche, wo er eine karierte Decke auf dem Gras ausbreitete. Er schien sich in seiner eigenen Haut wohlzufühlen, so wie er sich auf der Decke ausstreckte. Sie genoss es, bei einem Mann zu sein, der ein solch gelassenes Selbstvertrauen ausstrahlte. Sie war die Jungs leid, die so taten, als wären sie Männer. Das hier war ein echter Kerl, und es war beängstigend, sich einzugestehen, dass sie ihn auf eine Art wollte, auf die sie keinen der Jungs begehrt hatte, die ihr zu Hause nachgelaufen waren.

»Wirst du dich irgendwann noch hinsetzen?«, fragte er mit breitem Lächeln.

Aus ihren Gedanken gerissen kniete Kate sich ans andere Ende der Decke.

Er kaute auf einem Grashalm und beobachtete sie mit diesen Augen, die alles sahen, sogar die Geheimnisse, die sie verzweifelt vor ihm zu verbergen suchte. »Was ist heute nur mit dir los, Kleines? Du benimmst dich, als würdest du wie auf glühenden Kohlen sitzen.«

Ihre Wangen wurden flammend heiß. »Nichts.«

Er betrachtete sie einen weiteren Augenblick lang, bevor er achselzuckend den zweiten Beutel öffnete. »Ich hoffe, du hast nichts gegen Pute«, meinte er, bevor er ihr eines der dicken Sandwiches und eine Diät-Cola reichte.

»Das passt schon. Danke.«

Während sie schweigend aßen, warf sie ihm immer wieder Blicke zu. Je länger sie hinschaute, desto schwerer fiel es ihr, runterzuschlucken. So ein Gefühlschaos hatte sie noch nie empfunden, und sie hatte keine Ahnung, wie sie damit umgehen sollte. Schon bald wurde ihr die Anspannung zwischen ihnen unerträglich. Sie musste sich von ihm entfernen, bevor sie noch etwas Peinliches tat, also packte sie das Sandwich weg, stand auf und ging zum Bach zurück, wo sie den Kopf an Sugars weichen Hals lehnte. Erschrocken zuckte sie zusammen, als Reid plötzlich hinter ihr stand und ihr die Hände auf die Schultern legte.

»Ich wünschte, du würdest mir verraten, was dir so zu schaffen macht.«

»Das kann ich nicht«, flüsterte sie.

Er drehte sie zu sich um. »Jetzt beunruhigst du mich.«

Als sie zu ihm hochsah, konnte sie dem Bedürfnis, sein Gesicht zu liebkosen, nicht mehr widerstehen.

Seine Augen blitzten auf, ehe er ihre Hand von seinem Gesicht nahm und ihre Handfläche küsste. »Kate, Schatz, du bist so schön, aber du bist zu jung für mich. Ich bin ein alter Mann.«

»Das bist du nicht.« Sie lehnte den Kopf an seine Brust. »Du bist perfekt.« Dann schlang sie ihm die Arme um den Hals und hob das Kinn, eine Aufforderung, sie zu küssen.

Stattdessen nahm er ihre Hände und löste sich sanft aus ihrer Umarmung. »Süße, *bitte.* Dein Daddy hat mich darum gebeten, auf dich aufzupassen, aber ich glaube nicht, dass er das hier im Sinn gehabt hat.«

Ihr Griff wurde fester. »Über ihn will ich nicht reden.«

»Das hier wird nicht passieren, Kate.«

»Es geschieht doch schon.«

»Ich kann das nicht.«

»Warum nicht? Wir sind beide erwachsen.«

»Du könntest meine Tochter sein.«

»Bin ich aber nicht«, erinnerte sie ihn, während sie ihm mit dem Finger übers Kinn strich.

»Ich fühle mich geschmeichelt, Schatz, ganz ehrlich.«

Sie zog die Hand von ihm weg. »Aber du hast kein Interesse.«

»Natürlich habe ich Interesse, aber ich werde kein junges Mädchen ausnutzen. So bin ich einfach nicht.«

»Weißt du, was?«, entgegnete sie plötzlich wütend. »Spar dir die ›Kleines Mädchen‹-Ansprache. Ich war kein kleines Mädchen mehr, seit meine Mutter vor meinen Augen von einem Auto angefahren wurde, erspar mir also diesen Mist.«

Sie schwang sich auf Sugars Rücken und ritt davon, ehe er etwas erwidern konnte. Im Stall übergab sie dem sichtlich überraschten Derek das Pferd. Sie war bereits auf dem Weg zu ihrem Auto, als Reid auf Thunder auf den Hof preschte.

Er war vom Pferd, bevor es zum Stehen kam. »Kate. Verdammt noch mal, *Kate.*«

Sie wollte die Autotür aufmachen, aber seine Hand auf ihrer ließ sie innehalten.

»Geh nicht«, bat er. »Rede mit mir. Bitte.«

»Es gibt nichts mehr zu sagen.«

Sein Blick flehte sie an. »Bleib.«

Über Reids Schulter sah sie, wie Derek heraustrat, um Thunder vom Hof zu holen und taktvoll wieder im Stall zu verschwinden.

Sie schaute Reid in die Augen. »Es bricht mir das Herz, wenn du mich wie ein Kind behandelst.«

Seine Kiefermuskeln spannten sich an, aber dann nickte er und nahm ihre Hand, um mit ihr zurück ins Haus zu gehen. »Kann ich dir etwas anbieten?«

Sie schüttelte den Kopf und folgte ihm in den Salon.

Er setzte sich mit ihr aufs Sofa. »Es tut mir leid«, entschuldigte er sich und berührte mit einer Hand ihr Gesicht. »Ich betrachte dich nicht als kleines Mädchen, Kate, und genau darin liegt das Problem. Du siehst aus wie eine erwachsene Frau, und du verhältst dich wie eine. Ich kann nur nicht ignorieren, dass du erst achtzehn bist. Die Leute würden mich als dreckigen alten Mann bezeichnen.«

»Es muss ja niemand wissen.«

Er legte die Stirn an ihre und lächelte. »Süße, nach der Szene auf dem Hof denke ich, dass Derek uns bereits durchschaut hat, dabei ist noch gar nichts vorgefallen.«

Dass er das Wort »noch« verwendete, weckte Hoffnung in ihr. Er würde nachgeben.

»Du hast am Bach deine Mutter erwähnt, erzähl mir davon.« Er legte einen Arm um sie und zog sie an sich. Da sie sich versteifte, fragte er: »Was ist los?«

»Was ist mit Martha?«

»Sonntagnachmittags besucht sie ihre Familie.«

Sobald sie wusste, dass sie allein waren, entspannte sie sich. »Ich war vierzehn«, begann sie, während sie in Gedanken wieder zu dem furchtbaren Tag zurückkehrte. »Wir hatten das tollste Leben überhaupt. Meine Eltern waren großartig – nicht wie die von vielen meiner Freunde. Sie waren immer noch rettungslos ineinander verliebt, und wir wussten es. Ich hatte meine Schwestern, meine Freunde, die Schule, meine Musik. Ich war glücklich, weißt du?«

Er strich mit einer Hand über ihr blondes Haar und nickte.

»Eines Tages waren dann meine Schwestern und ich mit unserer Mom shoppen. Nachdem wir das Einkaufszentrum verlassen hatten, raste ein Auto auf uns zu. Es war völlig außer Kontrolle.« Tränen rannen ihr über das Gesicht.

Reid wischte sie ihr weg.

»Meine Schwestern und ich sprangen aus dem Weg, aber Mom blieb wie erstarrt stehen. Wir haben sie angeschrien, dass sie ausweichen sollte, aber sie tat es nicht. Das Auto erfasste sie und schleuderte sie über die Motorhaube. Überall war Blut.« Sie erschauderte bei der Erinnerung. »Später erfuhren wir, dass der Fahrer einen tödlichen Herzinfarkt erlitten hatte, weshalb das Auto so schnell war. Ich weiß noch, wie mein Dad ausgesehen hat, als er in die Notaufnahme gerannt kam. Er hatte so einen wilden Blick in den Augen, der ihn noch lange danach nicht verließ. Irgendwie war es so, als hätten wir sie an dem Tag beide verloren.«

Reid nahm sie fester in den Arm und legte die Wange auf ihren Scheitel. »Das tut mir so leid, Baby«, tröstete er mit dem melodischen Südstaatenakzent, den sie bereits liebte.

»Danach war nichts mehr so, wie es gewesen war. Aus dem Koma, das sie nach dem Unfall eingeleitet hatten, ist sie nicht mehr aufgewacht. Die Zeit verging, und nachdem er sich eingestanden hatte, dass es sie auch nicht zurückbringen würde, wenn er rund um die Uhr an ihrem Bett wachte, schien es ihm allmählich besser zu gehen. Schließlich traf er Andi.«

»Wie fandest du das?«

»Ich war so erleichtert, weil er endlich wieder glücklich wirkte, dass es mir nichts ausgemacht hat. Jill hat es zunächst gar nicht gefallen, aber sie hat sich irgendwann damit angefreundet. Andi ist etwas Besonderes. Ich denke, sie hat uns gewissermaßen alle gerettet.«

»Das Gleiche hat dein Dad behauptet, als er mir von ihr erzählt hat.«

»Es stimmt. Sie war genau das, was wir gebraucht haben.«

»Aber dann ist deine Mutter aufgewacht.«

Kate nickte. »Seitdem glaube ich an Wunder. Nach all der Zeit hat sie einfach die Augen geöffnet und meinen Dad angesehen, als wären nur fünf Minuten vergangen. Allerdings war Andi mittlerweile schwanger mit Zwillingen, es war also kompliziert.«

»Auch davon hat dein Dad berichtet. Deine Mutter klingt wie eine bemerkenswert tapfere Frau. Nicht viele hätten über sich gebracht, was sie getan hat. Es muss ihr so schwergefallen sein, ihn aufzugeben.«

»Na ja, ich frage mich schon, ob sie es nicht bereut. Jetzt, da sie aus dem Krankenhaus nach Hause zurückgekehrt ist, ist ihr erst alles in vollem Umfang bewusst geworden. Sie ist für ein paar Monate nach Vermont gefahren, um alles hinter sich zu lassen.«

»Hast du jemals rausgefunden, warum sie dem Auto nicht ausgewichen ist?«

Sie nickte und legte einen Arm um seine Taille.

Er gab ihr einen Kuss auf die Stirn. »Du musst es mir nicht verraten, wenn du nicht willst.«

»Ich möchte es, aber es ist so schrecklich.« Sie hielt inne und atmete tief durch. »Sie war Immobilienmaklerin. Als sie einem Kunden ein Haus gezeigt hat, hat er sie vergewaltigt. Dann hat er damit gedroht, dass er eine von uns umbringen würde, wenn sie es jemandem verrät.«

»Himmel«, keuchte Reid.

»Also hat sie nichts gesagt. Sie hat einfach damit gelebt. Ein paar Monate nachdem sie aus dem Koma aufgewacht war, ist ihr alles wieder eingefallen, und sie hat erkannt, dass das Auto für sie ein Ausweg gewesen war. Sie hatte gedacht, dass er uns nicht mehr bedrohen würde, wenn sie nicht mehr lebte.«

»Grundgütiger.«

Sie drehte sich zu ihm um. »Weißt du, was das Schlimmste daran ist? Die ganze Zeit über, in der sie für uns verloren war, habe ich mich ständig gefragt, ob ich sie aus dem Weg hätte stoßen können. Ich stand nah genug bei ihr, aber ich hatte einfach angenommen, dass sie ausweichen würde, und dann war es zu spät.«

»O Schatz, dann wärest du vielleicht selbst getroffen worden.«

»Das habe ich noch nie jemandem anvertraut«, gestand sie.

»Ich bin froh, dass du es mir erzählt hast.«

»Ich bin kein kleines Mädchen, Reid.« Sie neigte ihm das Gesicht zu und küsste ihn sanft auf die Lippen.

Diesmal ließ er sie gewähren.

KAPITEL 14

Nachdem sie zwei Nachmittage im Buchladen gearbeitet hatte, fühlte Clare sich sicher genug, um ihren Pflichten hinter der Kasse nachkommen zu können. Das kleine Geschäft hatte ein überraschend komplexes Computersystem, aber Bea zeigte ihr geduldig, wie sie Preise eingeben, neue Waren aufnehmen und Bücher im Laden finden konnte.

Sie lernte, die Kaffeekanne gefüllt zu halten und Holz im Ofen nachzulegen. Aber am meisten freute sie die Erkenntnis, dass die winzige Buchhandlung ein geschäftiger Mittelpunkt der kleinen Stadt war. Bea kannte jeden und stellte ihre neue Aushilfe vielen der ganzjährigen Anwohner Stowes vor. Schließlich lud sie Clare zu ihrem Buchclub am Donnerstag ein.

»Liebend gerne, aber ich habe das Buch nicht gelesen«, zögerte Clare.

»Mach dir deswegen keine Sorgen«, beruhigte Bea sie. »Das Buch zu besprechen nimmt bei unseren Treffen die geringste Zeit ein. Außerdem möchte ich, dass du den Rest meiner Freundinnen kennenlernst.«

Also sagte Clare zu.

Aidan O'Malley sollte in ein paar Tagen mit der Arbeit am Haus anfangen. Die anderen Angebote, die sie eingeholt hatte, waren beide günstiger gewesen, aber Bea hatte seine Arbeit derart mit Vorschusslorbeeren bedacht, dass Clare sich mit ihrem Bruder kurzschloss, der ihr zustimmte, dass es den höheren Preis wert wäre.

»Ich hoffe nur, dass er seine mürrische Art zu Hause lässt«, meinte Clare, nachdem sie beschlossen hatte, ihn einzustellen.

Bea lachte. »Die gehört dazu. Aber er ist höllisch sexy, oder?«

»Ist mir nicht aufgefallen.«

»Lügnerin.«

»Du hast behauptet, er wäre hier eine Berühmtheit. Bei dem Charakter kann ich mir nicht vorstellen, dass er viele Freunde hat.«

»Ach, er hat *jede Menge* Freunde. Bei den Frauen ist er äußerst beliebt.«

»Ich bin mir sicher, dass er viele rumkriegt.«

»Eigentlich nicht. Sie laufen ihm unermüdlich hinterher, aber in all den Jahren, seit ich ihn kenne, war er, glaube ich, mit niemandem ernsthaft zusammen. Seine ablehnende Haltung erhöht seinen Reiz für die Damen hier nur noch. Das ist das Jagdfieber.«

»Gott, das kann ich nicht leiden. Frauen können so erbärmlich sein.«

»Nachdem er ein paar Monate lang für dich gearbeitet hat, bist du vielleicht anderer Meinung.«

Clare verzog angewidert das Gesicht. »Das bezweifle ich.«

»Wir werden ja sehen«, versetzte Bea mit wissendem Lächeln.

* * *

Clare stellte erfreut fest, dass auch Diana Cummings vom McHugh's unter den Frauen war, die sich am Donnerstag in der Buchhandlung für ihr Treffen versammelten. Sie war mittlerweile Stammkundin in dem Lokal und genoss es, sich mit Diana zu unterhalten.

»Hi, Clare«, begrüßte die sie. »Bea hat mir schon erzählt, dass sie dich in unsere Gruppe geschleift hat.«

»Nett von euch, dass ihr mich aufnehmt.«

»Ach, ich bitte dich, ist uns doch ein Vergnügen. Wir sind es leid, ständig denselben alten Klatsch auszutauschen. Wir brauchen frisches Blut.« Diana hatte glattes rotes Haar und Sommersprossen auf dem Nasenrücken. Clare schätzte sie auf Mitte dreißig. Sie wusste, dass Diana verheiratet war, aber noch keine Kinder hatte und dass sie das Geschäft führte, das ihre Eltern vor über vierzig Jahren gegründet hatten.

Bea öffnete mehrere Flaschen Wein, während sich die Frauen auf die Appetithäppchen stürzten, die sie mitgebracht hatten. Von Aidan O'Malley abgesehen waren die Leute in Stowe alle freundlich zu ihr gewesen, und auch heute Abend änderte sich daran nichts. Clare fühlte sich gleich wie zu Hause.

Die zehn Frauen hockten im Kreis vor dem Holzofen. »Okay, Clare, heute sitzen Sie auf dem heißen Stuhl«, erklärte eine junge Blondine namens Naomi. »Erzählen Sie uns Ihre Lebensgeschichte.«

»Das musst du nicht, Clare«, schaltete sich Bea mit strengem Blick zu Naomi ein.

»Nein, schon gut. Mal schauen. Ich stamme aus Connecticut, habe aber fast zwanzig Jahre lang in Newport, Rhode Island, gelebt. Jetzt bin ich ein paar Monate hier, um meinem Bruder bei der Renovierung zu helfen, die er am Haus in der Maple Street durchführen lassen will.«

»Wie ich höre, haben Sie Aidan O'Malley angeheuert«, verkündete eine Frau namens Jessica.

»Das stimmt.«

»Er ist *umwerfend*«, hauchte Jessica mit sehnsüchtiger Miene.

Bea saß Clare im Kreis gegenüber und warf ihr ein »Hab ich dir doch gesagt«-Grinsen zu, über das sie lächeln musste.

»Haben Sie Kinder?«, erkundigte sich Naomi.

»Drei Töchter, die neunzehn, achtzehn und dreizehn sind.«

»Sind Sie verheiratet?«, wollte Naomi wissen. Als Bea sie mit einem weiteren strengen Blick bedachte, fragte sie: »Was?«

»Ich bin seit Kurzem geschieden.«

»Ach, das tut mir leid«, bedauerte Naomi. »Hassen wir ihn?«

»Naomi«, schalt Diana sie. »Das reicht. Nur weil du deinen Ex nicht leiden kannst, heißt das nicht, dass das bei allen so ist.«

»Ihr solltet meinen Ex alle hassen«, erklärte Naomi.

Clare lachte. »Aber meinen nicht.«

»Das ist auch besser so«, versicherte ihr eine der anderen.

»Allerdings«, stimmte Clare ihr zu.

»Also, lasst uns über John Adams reden«, warf Bea ein, um den Fokus der Gruppe von Clare auf das Buch zu lenken.

Sie schenkte Bea ein dankbares Lächeln. Ihr ging es besser, seit sie in Stowe war, und über Jack zu reden stand im Moment nicht gerade weit oben auf ihrer Liste.

* * *

Mit großem Radau tauchte Aidan O'Malley am folgenden Dienstagmorgen bei ihr auf.

Clare stand auf und schaute zum Fenster hinaus. Aus dem ersten Stock beobachtete sie, wie er eine Tischkreissäge auf ihre Veranda schleppte. So wie er zu seinem Pick-up zurückmarschierte, nahm sie an, dass er seine übliche super Laune hatte.

Da er mit der Küche anfangen würde, hatte Clare die notwendigen Geräte nach oben in eines der freien Schlafzimmer gebracht. Sie besaß eine Kaffeemaschine, eine Mikrowelle und einen Mini-Kühlschrank, den sie gekauft hatte, um die Wochen ohne Küche zu überstehen. Sie zog sich einen Morgenmantel über, putzte sich die Zähne und strich sich auf dem Weg nach unten mit den Fingern durchs Haar, ehe sie die Tür öffnete.

»Guten Morgen«, grüßte sie ihn.

»Hi.«

Zumindest war es überhaupt etwas Verständliches.

»Ich habe Ihnen einen Schlüssel nachmachen lassen, damit Sie jederzeit rein- und rauskönnen.« Bea hatte ihn in den höchsten Tönen gelobt, sodass Clare entschieden hatte, ihm einen Schlüssel anzuvertrauen. Sie war entschlossen, sich nicht einreden zu lassen, dass alle Männer böse waren, nur weil sie einem Monster begegnet war.

Er nahm den Schlüssel und schob ihn in die Tasche seiner ausgeblichenen Jeans. »Danke.«

»Sie sind nicht sonderlich gesprächig, was, O'Malley?«

Er hielt inne und starrte sie an. »Wie?«

»Vergessen Sie's. Ich werde Ihnen nicht länger im Weg rumstehen. Knurren Sie einfach, wenn Sie was brauchen.«

Als sie zur Hälfte die Treppe hinauf war, entrang sich ihm ein Laut, der sich fast wie ein leises Lachen anhörte.

* * *

An diesem Nachmittag waren Bea und Clare hinter dem Tresen im Buchladen und luden Kisten voller neuer Bücher aus, die heute geliefert worden waren. Während ihrer gemeinsamen Nachmittage plauderten die Frauen viel miteinander. Bea wiederholte oft, dass sie keine Ahnung habe, wie sie jemals ohne Clare zurechtgekommen war.

Sie vertrauten einander nach und nach ihre Geheimnisse an, weshalb Clare wusste, dass Bea nie verheiratet gewesen war und auch keine Kinder hatte, aber ihre Nichten und Neffen über alles liebte. Sie entschuldigte sich für das Verhör, das Clare während des Buchclubs hatte erdulden müssen.

»Das muss dir nicht leidtun. Sie haben es ja nicht böse gemeint.«

»Sie sind neugierig. Ganz besonders Naomi. Die Frau hatte noch nie einen Gedanken, ohne ihn auch sofort auszusprechen.«

»Es sind Frauen. So läuft das bei uns halt.«

»Werden deine Töchter dich besuchen?«

»Meine Älteste und die Jüngste kommen nach Weihnachten und werden eine Woche bleiben. Meine Mittlere verbringt dieses Jahr in Nashville. Über

Weihnachten ist sie bei der Familie ihres Vaters in Rhode Island, aber am nächsten Tag fliegt sie schon wieder zurück.«

»Was macht sie denn in Nashville?«

»Dasselbe wie Millionen andere auch: Sie versucht, in der Musikbranche ihren großen Durchbruch zu schaffen.«

»Wow. Ist sie denn gut genug?«

»Allerdings.«

»Es muss dir schwergefallen sein, sie das tun zu lassen.«

»Es war nicht unbedingt meine Idee. Ihr Vater hat dem zugestimmt, während ich …« Sie verstummte. Wie sollte sie ihrer neuen Freundin nur den Rest beibringen? »Also, sagen wir mal, dass sie das mit ihm geklärt hat.«

Bea hob fragend eine Augenbraue.

»Es ist eine lange Geschichte.«

»Das geht mich auch nichts an, Liebes.«

»Ich werde es dir erzählen«, versicherte Clare zögerlich. »Ich *möchte* es dir erzählen. Es ist nur … eine ziemlich große Sache, und ich will nicht, dass jemand Mitleid mit mir hat.«

Bea beäugte sie kurz, dann stand sie auf, drehte das »Geöffnet«-Schild um und versperrte die Tür.

* * *

Bea saß da, ohne ein Wort zu äußern, und die Tränen liefen ihr ungehindert über das Gesicht. »Ich weiß nicht, was ich sagen soll.«

Clare drückte ihr die Hand. »Du musst nichts sagen.«

»Als du meintest, du hättest einen Unfall gehabt, also, da wäre mir nie in den Sinn gekommen …«

»Natürlich nicht. Das ist keine Geschichte, die man jeden Tag hört.«

Abrupt schüttelte Bea ihre Benommenheit ab. »Warum tröstest du mich? Komm her.« Sie zog Clare in ihre Arme.

»Danke, dass du mir zugehört hast.«

»Danke, dass du mir das alles anvertraut hast. Es tut mir so leid, was deine Familie durchgemacht hat.«

»Danke, aber uns geht es jetzt besser.«

»Ich kann es kaum erwarten, deine Töchter kennenzulernen.«

Clare lächelte. »Sie werden dich mögen. Trotz allem sind es großartige Kinder. Das muss ich Jack zugestehen. Er hat sich gut um sie gekümmert, während ich außer Gefecht gesetzt war.«

»Ich fasse nicht, wie wohlwollend du ihm gegenüber bist.«

»Ich liebe ihn«, gestand Clare schulterzuckend. »Ich will, dass er glücklich ist, und irgendwann läuft es auch bei mir besser. Daran muss ich glauben, sonst ist all das hier umsonst.«

»Was du getan hast, ist bewundernswert. Du hast das Glück eines anderen über dein eigenes gestellt. Ich weiß, dass dir gute Zeiten bevorstehen.«

»Ich bin hier schon glücklicher als in den letzten Monaten. Stowe tut mir gut.«

Bea drückte Clares Hand. »Wir werden ein Auge auf dich haben, bis du bereit bist, nach Hause zurückzukehren.«

* * *

Am nächsten Tag schaute Clare im McHugh's vorbei, um sich Gemüsesuppe fürs Abendessen zu holen. Spontan bestellte sie noch eine zweite Schüssel zum Mitnehmen.

Auf der Veranda schob Aidan gerade ein Brett durch die Tischkreissäge, als sie zu Hause ankam. Er trug eine Schutzbrille, und Sägemehl hing an seinem Gesicht und in seinem Haar. Nachdem er das Brett zurechtgeschnitten hatte, betrachtete er sein Werk und schaltete die Säge ab.

»Hi«, grüßte sie ihn.

Er zuckte zusammen. »Oh, hi. Hab Sie gar nicht gesehen.«

»Ich wollte Sie nicht stören, damit Sie keinen Finger verlieren. Das Ding wirkt ganz schön gefährlich.«

Er hielt ihr die Sturmschutztür auf. »So schlimm ist die nicht.«

Sie betrat das Haus.

Mit dem Brett, das er eben gekürzt hatte, folgte er ihr.

»Ich habe Suppe geholt. Haben Sie Hunger?«

»Geht schon.«

Sie hielt die Tüte hoch. »Ich habe zwei Portionen dabei.«

»Es riecht echt gut.« Er fuhr sich mit der Hand durch das gewellte braune Haar, um das Sägemehl zu entfernen.

»Zieren Sie sich nicht so, und folgen Sie mir ins offizielle Esszimmer nach oben.« Sie ging voraus in den ungenutzten Schlafraum, den sie als provisorische Küche verwendete.

»Ich wasch mir nur schnell die Hände«, entschuldigte er sich und verschwand ins Bad.

Clare holte die Suppe und die Plastiklöffel aus der Tüte. Bei dem Duft, der ihr entgegenschlug, lief ihr das Wasser im Mund zusammen, aber von Diana erwartete sie mittlerweile nichts anderes.

Als Aidan zurückkehrte, reichte sie ihm einen der Behälter. »Möchten Sie was trinken? Ich habe Diät-Cola und zwei Bier«, bot sie ihm mit Blick in den Kühlschrank an.

»Ein Bier wäre gut.« Er nahm sich die Suppe und ließ sich auf dem Sofa nieder.

»Kommt sofort.«

Sie öffnete ihm die Flasche und setzte sich mit ihrer Suppe neben ihn.

»Haben Sie die vom McHugh's?«

»Da müssen Sie noch fragen?«

»Schmeckt gut. Danke.«

»Kein Problem.«

Sie aßen schweigend. Es war so still, dass sie zusammenzuckte, als das Telefon klingelte. »Entschuldigen Sie mich.« Sie stand auf, um im Schlafzimmer abzuheben, und stellte erfreut fest, dass Maggie dran war, die ihr ausführlich berichtete, wie es bei ihr in der Schule lief.

Aidan trank gerade seinen letzten Schluck Bier, als sie zurückkam, aber in der Zeit, in der sie am Telefon gewesen war, war ihre Suppe kalt geworden.

»Entschuldigen Sie die Unterbrechung. Meine Tochter hatte einen wichtigen Tag in der Schule.«

Überrascht sah er sie an. »Sie haben eine Tochter?«

»Drei«, erwiderte sie, bevor sie ihr Essen aus der Mikrowelle nahm.

»Wo sind sie?«

Sein Ton klang beinahe vorwurfsvoll. Sie drehte sich zu ihm um. Heute trug er ein blaues Flanellhemd und eine ausgeblichene Jeans. Das langärmlige weiße Thermounterhemd schien ein normaler Teil seiner Uniform zu sein. Da er heute hauptsächlich drinnen gearbeitet hatte, beschloss sie, dass die gesunde Farbe in seinen Wangen einfach zu ihm gehörte und nicht das Ergebnis der Kälte war.

»Die älteste geht in Providence aufs College, die mittlere wohnt in Nashville, und die jüngste lebt bei ihrem Dad in Rhode Island. Sie war diejenige, die angerufen hat.«

»Warum sind Sie nicht bei ihr?«

Diesmal bestand kein Zweifel an seinem Tonfall – oder an ihrem. »Das ist eine lange Geschichte, und ich bin mir nicht sicher, ob Sie das was angeht.«

Er stand auf. »Da haben Sie recht, das tut es nicht. Danke fürs Essen.« Er warf die Bierflasche in den Mülleimer und verließ den Raum.

Sie schäumte eine Weile still vor sich hin, bevor sie die Treppe runter in die auseinandergenommene Küche marschierte, wo er gerade sein Werkzeug aufräumte. »Warum habe ich den Eindruck, als würden Sie mich verurteilen?«

Er zuckte die Achseln. »Vielleicht, weil Sie sich schuldig fühlen?«

»Ist das Ihr Ernst? Sie kennen mich überhaupt nicht und spekulieren einfach wild drauflos.« Sie würde sich gar nicht mit ihm auseinandersetzen, hätte er mit seinem Kommentar über ihre Schuldgefühle nicht einen Nerv getroffen.

»Ich weiß nur, dass ich nicht woanders wohnen würde, wenn ich ein Kind hätte.«

»Es ist ziemlich leicht, so was zu behaupten, wenn man noch nie vor dieser Entscheidung stand.«

Blanker Schmerz huschte über sein attraktives Gesicht. »Da haben Sie vollkommen recht. Wir sehen uns morgen.«

»Aidan …« Sie machte unwillkürlich ein paar Schritte in seine Richtung, aber er war schon zur Tür raus. Einen Augenblick später hörte sie das Quietschen der Reifen seines Pick-ups.

KAPITEL 15

Clare und Aidan scheuten in den nächsten Tagen keine Mühe, um einander aus dem Weg zu gehen. Am Morgen grüßten sie sich höflich, und am Abend verabschiedeten sie sich ebenso höflich. Nach drei Tagen ertrug sie es nicht mehr.

»Aidan, es tut mir leid, was ich gesagt habe.«

»Vergessen Sie es«, erwiderte er, während er etwas über der Küchenspüle abmaß.

»Ich kann es nicht vergessen. Ich weiß, dass ich Sie mit meinen Worten verletzt habe, und dafür möchte ich mich entschuldigen.«

»Ich war auch nicht besonders nett zu Ihnen. Wie Sie Ihre Kinder behandeln, hat mich nicht zu interessieren.«

»Das ist richtig.« Was hatte er nur an sich, dass sie das Gefühl hatte, sich rechtfertigen zu müssen? »Aber bei mir steckt mehr dahinter. Sie sollten keine voreiligen Schlüsse ziehen.«

»Reden wir nicht mehr darüber, okay?« Er klemmte sich das Maßband an den Gürtel und hielt ihr eine Hand hin. »Waffenstillstand?«

Sie beäugte seine ausgestreckte Hand einen Augenblick lang, bevor sie sie schüttelte. »Waffenstillstand.«

»Haben Sie schon die Schränke und Arbeitsplatten ausgesucht?«

»Ich habe morgen einen Termin.« Sie lief umher, um sich anzusehen, was er bisher geschafft hatte. Die Wände waren kahl, wo er die alten Schränke rausgerissen hatte, und gespachtelte Stellen markierten, was er bereits ausgebessert hatte. Der

Holzboden war komplett mit Staub und Spänen bedeckt. »Gefällt mir, was Sie mit der Küche bislang angestellt haben.«

»Das wird es erst, wenn ich damit fertig bin.«

»Was ist denn aus Ihren ganzen Spielsachen geworden?«

Er zog verwirrt die Augenbrauen zusammen. »Welche Spielsachen?«

»Die Handys und der Pager.«

»Die sind Geschichte. Ich habe nur ein Handy für Notfälle behalten.«

»Wie kommt's?«

»Nennen Sie es eine Neuorientierung.«

»Freut mich für Sie.«

»So langsam gewöhne ich mich an die Stille.«

»Also, ich lass Sie mal weiterarbeiten. Ich bin derweil im Buchladen.«

»Dann wünsche ich Ihnen einen schönen Tag. Grüßen Sie Bea von mir.«

»Danke, mache ich.« Für den Weg in die Stadt zog sie sich einen Parka an und war schon an der Haustür, als er ihr nachrief.

»Clare?«

Das war das erste Mal, dass er sie mit ihrem Vornamen ansprach. »Ja?«

Er verließ die Küche und reichte ihr einen Zwanzig-Dollar-Schein.

»Wofür ist der?«

»Die Suppe geht heute Abend auf mich.«

»Oh«, erwiderte sie. »Okay.«

Damit kehrte er in die Küche zurück. »Bis später«, verabschiedete er sich über die Schulter.

* * *

»Also reicht er mir einen Zwanziger und verkündet: ›Die Suppe geht heute Abend auf mich‹«, erzählte Clare Bea, kaum dass sie im Buchladen war. »Was soll das heißen?«

»Klingt für mich nach einem Date«, meinte Bea mit diesem »Hab ich dir doch gesagt«-Lächeln, das ihr Markenzeichen war.

»Ist es *nicht.* Er redet ja kaum mit mir.«

»Ihr habt euch letztens heftig gestritten. Wie kannst du da behaupten, dass er kaum mit dir redet?«

»Zanken zählt nicht.«

»Was stimmt an diesem Bild nicht?«, fragte Bea mit amüsiertem Gesichtsausdruck. »Du warst zwanzig Jahre lang verheiratet, merkst es aber nicht, wenn ein Mann Interesse an dir zeigt? Ich war noch nie verheiratet, aber mir fällt es auf.«

»*Was* fällt dir auf?«

Bea packte Clare bei den Schultern und schob sie zu der winzigen Toilette hinten im Laden. »Schau mal«, forderte sie Clare auf und stellte sich hinter sie.

»Was soll ich mir anschauen?«

»Du bist eine bildhübsche Frau, Clare. Du hast dieses wunderbare blonde Haar und die umwerfendsten blauen Augen, die ich jemals gesehen habe. Wenn eine alte Lady wie ich erkennen kann, wie atemberaubend du bist, glaubst du dann nicht, dass es Aidan auch auffallen würde?«

Clare strich sich verlegen durchs Haar. »Ich bin noch nicht so weit, über so was nachzudenken. Ich hab schon genug um die Ohren.«

»Vielleicht ist ›so was‹ genau das, was du gerade brauchst, um dich von allem anderen abzulenken.«

»Ich denke an diesen Kerl, der mir wehgetan hat«, flüsterte Clare. »Danach konnte ich die Nähe meines Ehemannes nur ertragen, weil das Jack war und meine Liebe zu ihm viel größer war als meine Angst. Aber ich kann mir nicht vorstellen, wie ein anderer Mann mich berührt. Beim bloßen Gedanken daran sträubt sich alles in mir.«

»Möglicherweise empfindest du das anders, wenn es so weit ist«, entgegnete Bea und drückte Clare die Schultern. »Mach dir darüber jetzt keine Gedanken. Ein Schritt nach dem anderen. Konzentrier dich auf die Suppe.«

Clare lachte und drehte sich zu Bea um, um sie zu umarmen. »Das schaffe ich. Ich konzentriere mich auf die Suppe.«

»Das ist dein neues Mantra«, ermahnte Bea sie, ehe sie rausging, um einen Kunden zu begrüßen.

»Konzentrier dich auf die Suppe«, sagte Clare sich vor dem Spiegel.

* * *

Als Clare ihrer Suppenbestellung zwei Stück von Dianas selbst gebackenem Cheesecake hinzufügte, redete sie sich ein, dass sie es nur tat, weil sie selbst Lust darauf hatte, nicht weil sie dachte, er würde vielleicht welchen wollen. *Du bist so eine Idiotin.*

Auf dem Heimweg ließ sie sich Zeit. Auf dem Bürgersteig hatte man aus dem dreißig Zentimeter hohen Schnee, der über Nacht gefallen war, eine Bahn frei geschaufelt. Die Unaufgeregtheit der Stadt gegenüber einem Wetterphänomen, das in Rhode Island bereits als heftiger Schneesturm gegolten hätte, amüsierte sie.

Während sie weiterlief, rief sie sich immer wieder ins Gedächtnis, dass Suppe nur Suppe war und eine Schüssel Suppe noch lange kein Date bedeutete, ganz gleich, was Bea behauptete. Selbst jemand, der schon seit zwanzig Jahren nicht mehr ausgegangen war, wusste das.

Aber ihr Herz schlug augenblicklich höher, sobald sie in die Maple Street einbog und Aidan entdeckte, der auf der Verandatreppe saß und gemächlich ein Bier trank, als herrschten draußen über zwanzig statt Minusgrade. Sie konnte nicht leugnen, dass es ganz so aussah, als würde er auf sie warten.

»Faulenzen Sie bei der Arbeit?«, fragte sie mit hochgezogenen Augenbrauen und gab sich Mühe, witzig zu klingen. Ihr blieb beinahe das Herz stehen, weil er sie mit einem echten Lächeln belohnte. »Das sollten Sie öfter tun.«

»Was? Bei der Arbeit faulenzen?«

»Lächeln. Das steht Ihnen.«

Einen Moment lang begegnete er ihrem Blick, bevor er zu der Tüte schaute, die sie in der Hand hielt. »Was hat Diana heute gezaubert?«

»Minestrone.«

»Oh, meine Lieblingssuppe.« Er erhob sich von den Stufen und hielt ihr die Haustür auf.

Auf dem Weg an ihm vorbei ins Haus fiel ihr ein feuchter Fleck auf seiner Jeans auf, der vom Eis auf der Treppe stammte, nicht dass sie ihm auf die Hose starrte oder so. »Woher haben Sie das Sam Adams? Das kommt nicht von mir.«

Er folgte ihr nach oben zum provisorischen Esszimmer. »Ich hab mir welches gekauft. Das dünne Zeug, das Sie so mögen, kann ich nicht trinken. Ich habe Ihnen aber auch welches mitgebracht.«

Überrascht drehte sie sich zu ihm um. »Danke.«

»Es ist ein Friedensangebot«, erklärte er, ehe er eine ihrer Bierflaschen aus dem kleinen Kühlschrank nahm und aufmachte.

»Ich bringe Frieden in Form von Bier«, scherzte sie. »Ich dachte, wir hätten schon Frieden geschlossen. Mit dem Waffenstillstand?«

»Mir ist klar geworden, dass ich mich noch nicht entschuldigt habe. Ich bin zu weit gegangen, als ich Ihnen das mit den Kindern vorgeworfen habe, und es tut mir aufrichtig leid.«

»Danke«, erklärte sie mit argwöhnischem Blick.

»Was?«

»Sie überraschen mich, O'Malley.«

Er lachte leise. »Inwiefern?«

»Ich hätte nicht gedacht, dass Sie sich entschuldigen würden.«

»Warum habe ich den Eindruck, als würden Sie mich verurteilen?«, fragte er, wobei er ihren Tonfall von jenem Abend nachahmte.

Die Hände auf den Hüften, starrte sie ihn nieder. »Versuchen Sie, unseren Waffenstillstand aufs Spiel zu setzen?«

»Auf keinen Fall. Ich will das, was Sie da in der Tüte mitgebracht haben.«

»Hier sind Ihr Wechselgeld und Ihre Suppe. Danke fürs Essen.«

»Ist mir ein Vergnügen.« Dann holte er sich noch ein Bier.

Sie ließ sich aufs Sofa sinken und legte die Füße auf den Couchtisch. Das Bein, das sie sich beim Unfall gebrochen hatte, schmerzte nach der Arbeit im Laden. Da alle noch ihre Weihnachtseinkäufe erledigen wollten, war in der Buchhandlung mehr los gewesen als sonst. Sie trank einen großen Schluck von ihrem Bier.

Er setzte sich auf den Boden und lehnte sich gegen die Couch, drehte sich aber so, dass er sie anschauen konnte. »Sie sind eine echte Bierfreundin, was?«

»Ja. War ich schon immer. Wenn mein Mann und ich ausgegangen sind, hat er sich immer Wein bestellt, aber ich habe Bier getrunken. Er hat mich jedes Mal deswegen aufgezogen.« Ihre Stimme verlor sich. Seit Tagen hatte sie nicht mehr an Jack gedacht. Woher kam diese Erinnerung so plötzlich?

»Muss eine schlimme Trennung gewesen sein.«

Sie sah ihn an. »Wie kommen Sie darauf?«

»Der Ausdruck, den Sie gerade im Gesicht hatten, als Sie ihn erwähnten, und dann der Ausdruck in Ihrem Gesicht, sobald Ihnen klar wurde, was Sie da gesagt haben.«

Sie war sich nicht sicher, ob es sie nervte oder faszinierte, unter der rauen Oberfläche diese überraschende Intelligenz und Feinfühligkeit zu entdecken. »Ich möchte nicht über ihn reden.«

»In Ordnung, dann lassen wir das. Darf ich Sie noch etwas fragen, was mich nichts angeht?«

Sie warf ihm einen misstrauischen Blick zu. »Wenn es sein muss.«

»Warum hinken Sie?«

»Ich bin gestürzt.«

»Wie gestürzt?«

»So, dass ich deshalb hinke.«

»Ach, *so* gestürzt. Warum haben Sie das nicht gleich gesagt?«

Sie konnte sich ein Lachen nicht verkneifen. »Wo wir gerade das Fragespiel spielen, darf ich dann auch ein paar stellen?«

»Schießen Sie los.«

»Wie lange leben Sie schon in Stowe?«

»Seit neun Jahren.«

»Waren Sie jemals verheiratet?«

»Woher wollen Sie wissen, dass ich nicht verheiratet bin?«

»Weil Sie hier bei mir sitzen und Suppe essen.«

»Ich war nie verheiratet«, entgegnete er, wobei er den Blick senkte und seine Bierflasche betrachtete.

»Warum nicht?«

Er zuckte die Achseln und pulte am Etikett der Flasche. »Hab nie die Richtige getroffen, war damit beschäftigt, mein Geschäft aufzubauen. Sie wissen schon, die üblichen Gründe.«

Während er redete, beobachtete sie ihn. Etwas stimmte nicht, aber ihre Waffenruhe stand auf so wackligen Beinen, dass sie nicht nachhakte.

»Ich habe Cheesecake geholt«, wechselte sie das Thema, und ihr fiel die Erleichterung auf, die dabei über sein Gesicht huschte. Ja, hinter der Geschichte steckte mehr, als er sich anmerken ließ. *Schon gut. Ich lege ja auch nicht gerade meine Seele bloß.*

»Ich liebe Dianas Cheesecake.«

»Die Frau ist ein kulinarisches Genie.«

Er stöhnte ekstatisch, nachdem er den ersten Bissen genommen hatte.

Ich frage mich, ob er dasselbe Geräusch macht, wenn er … Um Himmels willen, Clare, reiß dich zusammen.

»Erzählen Sie mir von Ihren Kindern.«

Sie räusperte sich und drängte die schmutzigen Gedanken beiseite, ehe sie ihm antwortete. »Die Älteste ist Jill. Sie ist im zweiten Jahr an der Brown. Meine kleine Überfliegerin.«

»Das kann man laut sagen, wenn sie an der Brown ist.«

Sie strahlte. »Sie möchte Anwältin werden. Aber sportlich ist sie auch. In der Highschool hat sie Feldhockey und Lacrosse gespielt, und auch an der Brown ist sie im Lacrosse-Team. Sie kann es kaum erwarten, hier oben Ski zu fahren.«

»Sieht sie Ihnen ähnlich?«

»Nein. Sie und ihr Dad gleichen einander wie ein Ei dem anderen. Sie hat dunkles Haar und graublaue Augen. Genau wie er sind meine Mädchen auch alle ziemlich groß. Neben ihnen bin ich ein Zwerg. Selbst Maggie, meine Jüngste, ist schon fast so groß wie ich. Allerdings könnten Kate und ich bis auf die Körpergröße Zwillinge sein. Sie sieht genauso aus wie ich.«

»Die Glückliche«, erwiderte Aidan, ohne von seinem Cheesecake aufzublicken.

Ihr Magen zog sich bei dem unerwarteten Kompliment eigenartig zusammen. »Wieder einmal überraschen Sie mich, O'Malley.«

Sein schiefes Lächeln war Charme pur. »Ich stecke voller Überraschungen.«

»Offensichtlich.«

»Kate ist diejenige, die in Nashville wohnt?«

»Ja. Sie hat mich letztens angerufen, um mir zu berichten, dass sie als Sängerin einer beliebten Band angeheuert wurde, die auf Hauspartys in Nashville auftritt. Ich schätze, es ist eine große Sache, denn man weiß ja nie, wer auf diesen Partys auftaucht. Viele werden auf diese Art entdeckt.«

»Das ist toll.«

»Ich freue mich, dass sie vorankommt. Ihr Vater hat ihr ein Jahr gegeben, um einen Plattenvertrag an Land zu ziehen, sonst muss sie nach Hause zurück und aufs College gehen.«

»Er glaubt nicht, dass sie es schafft.«

»Wie kommen Sie darauf?«, fragte sie, erschrocken über seine unverblümten Worte.

»Er gibt ihr das eine Jahr, damit er hinterher behaupten kann, er hätte sie unterstützt. Wenn er wirklich der Meinung wäre, dass sie eine Chance hat, dann hätte er ihr kein Zeitlimit gesetzt.«

So hatte sie das noch gar nicht betrachtet. »Ich glaube nicht, dass er es deshalb getan hat«, meinte sie, aber sie war sich plötzlich nicht mehr so sicher.

»Was ist mit Maggie?«

»Maggie war meine Überraschung. Ich dachte schon, ich hätte meine Babyjahre hinter mir, als sie kam. Sie hat das dunkle Haar ihres Vaters, aber meine Augen, und dieses liebevolle, großzügige Herz, das mich manchmal restlos verblüfft. Ihr Stiefbruder ist taub, und sie beherrscht die Zeichensprache mittlerweile fließend. Sie ist wundervoll.«

»Er hat also wieder geheiratet?«

»Wie bitte?«

»Ihr Exmann.«

»Ja.«

»Verstehe.« Sein wissender Ausdruck verriet ihr, dass er glaubte, alles durchschaut zu haben.

»Ziehen Sie wieder voreilige Schlüsse? Denn dann werden Sie sich zweimal an einem Tag entschuldigen müssen.«

Er lachte. »Warum beherrschen alle Mütter diesen speziellen Blick und Tonfall?«

»Welchen Tonfall?«, fragte sie knapp.

»*Diesen.* Darf ich noch eine Frage stellen?«

»Ich weiß nicht. Sie fangen allmählich wieder an, mich zu verärgern.«

Aus irgendeinem Grund schien ihm das zu gefallen. »Dann sorge ich besser dafür, dass es eine gute Frage ist.« Er wartete, bis sie nickte, ehe er sagte: »Gehen Sie mit mir zum Abendessen?«

Sie versuchte, ihren Schreck über die Frage zu kaschieren. »Ich esse doch schon zu Abend mit Ihnen.«

»Ich rede von einem richtigen Abendessen mit Kellnern und Tischdecken. Vielleicht sogar mit Kerzen, wenn Sie besonders nett zu mir sind.«

Sie lehnte sich erstaunt zurück. Also, das wäre tatsächlich ein *echtes* Date. Ohne Zweifel. »Ich dachte, Sie verabreden sich nicht.«

»Woher haben Sie das denn?«

»Bea hat erwähnt …«

Er lachte laut. »Sie haben sich nach mir erkundigt, was?«

»Bilden Sie sich darauf bloß nichts ein«, erwiderte sie, überrascht darüber, wie das Lachen ihn plötzlich so viel zugänglicher wirken ließ. »Sie ist *von sich aus* mit der Information rausgerückt.«

»Was auch immer Sie sagen.«

»Sie hat behauptet, die Frauen in der Stadt überschlagen sich, um mit Ihnen auszugehen. Warum sollten Sie sich mit mir verabreden?«

»Ich zanke mich gerne – ich meine: rede gerne – mit Ihnen. Außerdem haben Sie ja schon eine schlechte Meinung von mir, da kann ich Sie nicht mehr groß enttäuschen.«

»Haben Sie schon viele Frauen enttäuscht?«

»Dutzende. Die Geschichten sind legendär, aber ich bin mir sicher, dass Sie darüber schon alles gehört haben.«

Sie hatte das genaue Gegenteil vernommen, aber das würde sie ihm nicht verraten. »Sie leisten wirklich großartige Arbeit dabei, ihre Qualitäten anzupreisen, O'Malley.«

»Also?«

»Ich werde mit Ihnen zu Abend essen, aber es ist kein Date. Kein richtiges.«

Er erhob sich vom Fußboden und stand auf. »Wissen Sie, was? Ich denke, ich warte darauf, bis es ein richtiges Date ist. Wie wäre es, wenn Sie es mich wissen lassen, falls Sie so weit sind?«

Wieder einmal überraschte er sie. »In Ordnung, aber das könnte eine Weile dauern.« *Falls sie jemals so weit war.*

»Sie haben Glück, dass ich ein geduldiger Mensch bin. In der Küche kann ich nichts mehr machen, bis die Schränke da sind, also werde ich mich als Nächstes dem Bad im Erdgeschoss widmen. Wir sehen uns morgen.«

»Okay.«

Im Türrahmen drehte er sich noch mal um und betrachtete sie mit diesen träge blickenden, attraktiven grünen Augen. »Ich weiß nicht, was Ihnen widerfahren ist, Clare, aber vor mir müssen Sie keine Angst haben.«

Sie erwiderte seinen Blick einen Moment lang. »Ich rede auch gerne mit Ihnen.«

Er lächelte und winkte ihr auf dem Weg nach unten zu. Wenig später hörte sie, wie sich die Haustür leise hinter ihm schloss.

KAPITEL 16

Kate trat ans Mikrofon, und Stille legte sich über den vollen Raum. Es war ihr erster offizieller Auftritt mit den Rafters, und sie hatte schon den ganzen Tag Lampenfieber. Aber kaum stimmte die Band ihren Einsatz an, verschwanden die Schmetterlinge in ihrem Bauch.

Dann tat sie das, was so natürlich für sie war wie Atmen. Sie verlor sich in einer sinnlichen Darbietung von Bonnie Raitts »I Can't Make You Love Me«. Der Rock des schwarzen Seidencocktailkleides schwang um sie, während sie sich zur Musik bewegte. Die Dynamik zwischen ihr und der Band war seit ihrer ersten gemeinsamen Probe wie Magie gewesen.

Teil ihrer Abmachung war es, dass sie in den Pausen ihre eigenen Songs vortragen durfte. Heute Abend spielten sie auf einem Anwesen in Hendersonville nördlich der Stadt.

Sobald das erste Lied vorüber war, trat der Leadgitarrist Billy Weston ans Mikrofon. »Applaus für unsere neue Frontsängerin Kate Harrington.«

Die Menge klatschte laut. »Danke«, erwiderte Kate, ohne sich die Erleichterung anmerken zu lassen, die sie empfand. Kaum hatten sie den ersten Teil ihrer Setlist gespielt, hatte sie den gesamten Raum um den Finger gewickelt, und ihr war klar, dass die Band zufrieden mit ihr war.

»Wir legen eine kurze Pause ein, aber Kate wird euch weiterhin mit Musik unterhalten, bleibt also besser hier«, verkündete Billy.

Sie nahm ihre Gitarre und setzte sich auf den Hocker, den Billy ihr auf die Bühne gestellt hatte. Dann justierte sie das Mikrofon und stöpselte ihre Gitarre ein. Als sie aufsah, entdeckte sie, wie Reid in einem Tweed-Sakko über einem cremeweißen Hemd das Zimmer betrat.

Er lächelte und zwinkerte ihr zu, war aber gezwungen, den Blick abzuwenden, da ihn gerade jemand begrüßte.

Sie versuchte, sich wieder zu fassen, aber ihr Herz flatterte aufgeregt. Sein bloßer Anblick machte sie atemlos und schwindlig. Seit über einer Woche hatte sie ihn nicht getroffen, da sie mit der Band zehn Stunden pro Tag probte und er geschäftlich verreist gewesen war. Allerdings hatten sie fast jeden Tag miteinander gesprochen, meistens spät am Abend und länger als eine Stunde. Als sie ihren ersten Auftritt mit der Band erwähnt hatte, hatte er ihr überraschend mitgeteilt, dass er zu der Party eingeladen sei.

In den zwanzig Minuten, in denen sie ohne die Band spielte, spürte sie Reids Augen die ganze Zeit auf sich. Aber wie jedes Mal, wenn sie auftrat, schaltete sie vollkommen ab und gab sich ganz der Musik hin. Diese Fähigkeit hatte sie über den Sommer im Hotel verfeinert, und jetzt war sie ihr besonders nützlich. Es half auch, dass sie vor einem empfänglichen Publikum auftrat, das mit Applaus nicht geizte.

Als die Band ihr Set schließlich um Mitternacht beendete, war sie erschöpft.

»Du bist eine höllisch gute Sängerin, kleine Lady«, lobte ein offenkundig betrunkener alter Mann.

Sie wich einen Schritt zurück, weil er ihr zu nahe kam.

Da tauchte Reid hinter ihr auf, nahm sie am Ellbogen und führte sie von dem übereifrigen Fan weg. »Was für ein Auftritt, kleine Lady«, flüsterte er ihr ins Ohr.

Sie lachte. »Bringst du diese kleine Lady nach Hause?«

»Wo steht dein Auto?«

»Daheim. Billy hat mich mit hergenommen.«

»Dann los.«

Sie verabschiedeten sich von den Gastgebern, die Kate für ihren Auftritt überschwänglich lobten.

Draußen half Reid ihr in den Mercedes.

Sie lehnte sich in dem weichen Ledersitz zurück und zog die High Heels aus. »Gott, bin ich müde. Im Hotel habe ich Schichten von vier Stunden geschoben, aber ich kann mich nicht entsinnen, so erschöpft gewesen zu sein.«

»Du hast heute Abend hart gearbeitet.«

»Ich arbeite seit zwei Wochen hart. Ich brauche eine Pause.«

»Wann spielt ihr wieder?«, fragte er auf dem Weg nach Süden in die Stadt.

»Nächstes Wochenende. Aber wir proben erst am Mittwoch wieder, also habe ich drei herrliche Tage frei.«

»Das passt doch gut.«

Sie drehte den Kopf zu ihm. Sie war es nie leid, ihn anzuschauen. »Inwiefern?«

»Ich muss am Montag nach Memphis. Da habe ich mich gefragt, ob du vielleicht mitmöchtest. Es gibt da etwas, was dir, glaube ich, gefallen könnte.«

Sie keuchte auf und setzte sich aufrecht hin. »Graceland? Können wir nach Graceland?«

Er lachte amüsiert. »Ich glaube nicht, dass du tatsächlich da hinwillst.«

»Spiel nicht mit mir, wenn es um Elvis geht, Baby«, warnte sie ihn, wobei sie den Akzent des Kings übertrieben nachahmte.

»Dann fasse ich das als Ja auf.«

Sie griff nach seiner Hand. »Ich würde liebend gerne mit dir nach Memphis kommen. Nicht nur wegen Elvis.«

Er drückte ihre Hand. »Gut.«

Vor ihrer Wohnung fuhr er auf den Parkplatz, schaltete den Motor ab und wandte sich zu ihr. »Du warst heute Abend wundervoll, Kate.«

Sie hatte seine Hand nicht losgelassen. »Danke. Es hat geholfen, dass du da warst.«

Später wusste sie nicht mehr, wer von ihnen den ersten Schritt gemacht hatte, aber ihre Lippen berührten sich, und Hitze loderte auf. Der einzige bewusste Gedanke, der ihr in den Sinn kam, war der, dass sich noch nie ein Kuss so angefühlt hatte. Ihr ganzer Körper vibrierte, als sie eine Hand in sein Haar grub, um ihn fester an sich zu drücken.

Sobald sie stöhnte, riss er sich los.

»Entschuldige«, sagte er. »Das hätte ich nicht tun sollen.«

»Nicht. Zerstör das bitte nicht.«

Er schloss die Augen und atmete tief durch.

»Reid?«

»Ja?«

»Machst du das noch mal? Bitte?«

Er berührte ihr Gesicht und beugte sich vor, um sie sanft zu küssen.

Das Feuer flammte erneut zwischen ihnen auf, und sie war sich des genauen Augenblicks bewusst, in dem er die Kontrolle verlor. Eine Hand legte sich an ihren Hinterkopf, und die andere liebkoste ihr Bein unter dem Saum ihres kurzen Kleides. Mit der Zunge erforschte er zärtlich jeden Winkel ihres Mundes, und sobald sie den Kuss entsprechend erwiderte, stöhnte er.

»Kate, Schatz, wir müssen aufhören«, flüsterte er atemlos, und sie starrten einander nur an. »Ich kann das nicht.«

Sie setzte sich auf und richtete sich mit zitternder Hand das Kleid.

Dann stieg er aus dem Auto aus, umrundete es und öffnete ihr die Tür.

Die kalte Luft traf sie wie ein Schlag ins Gesicht. Auf dem Parkplatz war es finster und still, während er sie zur Treppe vor ihrer Tür brachte.

Sie schmiegte den Kopf an seine Brust. »Ich brauche …«

»Was, Baby?«

Tränen stiegen ihr in die Augen. »Hältst du mich fest? Nur kurz?«

Er legte die Arme um sie.

Sie küsste ihn auf den Hals, dann das Kinn. »Ich weiß, dass du dir auf dem ganzen Heimweg deswegen Vorwürfe machen wirst«, sagte sie leise. »Aber ich möchte, dass du eines nicht vergisst.«

»Das wäre?«

»Bei niemandem habe ich mich *jemals* so gefühlt wie bei dir, und alles, was zwischen uns vorgefallen ist, ist geschehen, weil ich es wollte.«

Er legte die Hände an ihr Gesicht und küsste sie liebevoll. »Gute Nacht.«

»Rufst du mich morgen an?«

Er nickte.

»Ohne Reue?«

Er küsste sie noch einmal und verschwand, bevor sie realisierte, dass er ihr die Frage nicht beantwortet hatte.

* * *

Keine Reue? *Keine Reue?* Machte sie Witze? Reid bestand praktisch nur aus Reue. Er hatte sie förmlich überfallen. Was für ein Mann küsste eine Achtzehnjährige auf so eine Weise? Die ganze Sache mit ihr war völlig außer Kontrolle geraten, und er musste dem ein Ende setzen.

Während er auf der Interstate 65 nach Süden bretterte, überschritt der Tacho die Hundertzwanzig, aber er bemerkte es nicht. Das Klingeln des Handys riss ihn aus seinen Gedanken. Er erkannte, wie schnell er fuhr, und nahm den Fuß vom Gas, bevor er ans Telefon ging.

»Hallo?«

»Machst du dir Vorwürfe?«

»Das könnte man sagen.« Warum fiel es ihm bei ihr so leicht, aufrichtig zu sein? Warum war bei ihr *alles* so einfach?

»Lass es.«

»Ich kann es nicht ändern, Kate. Es hätte nie so weit kommen dürfen.«

»Es tut mir leid, dass du das so empfindest«, erwiderte sie steif.

»Süße, das hat nichts mit dir zu tun. Du bist absolut perfekt, aber ich war fast achtundzwanzig, als du geboren wurdest. Wie kannst du erwarten, dass ich das vergesse?«

»Du bist der Einzige, der daraus ein Problem macht.«

Sein Lachen klang schroffer, als er geplant hatte. »Glaubst du tatsächlich, ich wäre der Einzige, der daraus ein Problem machen würde? Bist du wirklich so naiv?«

»Ich schätze schon.«

Er wusste, dass er ihr wehtat, aber vielleicht war es jetzt besser als später, wenn ohne Zweifel viel mehr auf dem Spiel stünde. »Hast du auch nur einen Augenblick lang daran gedacht, was dein Vater davon halten würde?«

»Warum sollte er davon erfahren? Ich werde es ihm nicht erzählen. Du etwa?«

»Na klar, ich rufe ihn einfach an und verkünde: ›He, Jack, deine Tochter hat jetzt einen Mann in ihrem Leben, und übrigens: Das bin ich.‹ Das wird bestimmt gut ankommen.«

»Ich weiß nicht, warum du dich wegen ein paar einfacher Küsse so aufregst.«

Er fluchte leise, da er erkannte, dass sie weinte. »Wenn du glaubst, dass das nur ein paar Küsse waren, dann bist du noch naiver, als ich dachte. Geh ins Bett, Kate. Es ist schon spät, und du bist müde.«

»Es tut mir leid, dass du sauer auf mich bist. Ich möchte nicht, dass du dich aufregst.«

Seine Verärgerung löste sich in Rauch auf. »Ich bin nicht sauer auf dich, Baby, sondern auf mich selbst. Ich hätte es besser wissen müssen und das Ganze nicht so außer Kontrolle geraten lassen dürfen.«

»Du willst mich also nicht mehr sehen?«

Sie klang todunglücklich, und es schmerzte ihn, zu wissen, dass er der Grund dafür war. »Das habe ich nicht behauptet. Ich rufe dich morgen noch mal an, okay? Geh schlafen.«

»Ich versuch's.«

Er legte auf und warf das Handy mit einem frustrierten Knurren auf den Beifahrersitz. *Was soll ich bloß tun?* Ihre Frage, ob er sie nicht mehr sehen wolle, hatte ihm einen jähen, schmerzhaften Stich versetzt. Er musste sich selbst eingestehen, dass der Gedanke daran, nie wieder Zeit mit ihr zu verbringen, unvorstellbar war, und in dem Moment erkannte er, dass er sie liebte – er war restlos, absolut und vollkommen lachhaft in sie verliebt.

»Gott«, stöhnte er. »Was zum *Henker* soll ich bloß tun?«

* * *

Kate wälzte sich von einer Seite auf die andere, bis gegen drei Uhr die Erschöpfung einsetzte und sie in einen ruhelosen Schlaf fiel. Um acht war sie wieder wach. Um halb neun griff sie zum Telefon, um Jill anzurufen.

»Du bist hoffentlich tot oder blutest, wenn du mich an einem Sonntag schon so früh anrufst«, brummte Jill müde in den Hörer.

»Ich blute«, erwiderte Kate leise.

»Was?«, rief Jill, plötzlich hellwach und aufmerksam. »Was ist los, Kate?«

Ein paar Minuten lang brachte Kate vor Schluchzen kein Wort heraus.

»Du machst mir Angst, Kate. Bist du verletzt?«

»Nicht körperlich«, gelang es ihr zu sagen.

»Atme tief durch, und rede mit mir. Sofort.«

»Das ist was Großes, Jill. Du musst mir versprechen, dass du es niemandem verraten wirst. Ganz besonders nicht Dad. Schwörst du?«

»Ich weiß nicht, ob ich das kann. Wenn du in Schwierigkeiten steckst, dann werde ich ihm das nicht verheimlichen.«

»Das ist es nicht. Versprichst du es mir? Du darfst es *nicht* ausplaudern.«

»Okay, schon gut. Ich verspreche es. Rück schon raus damit.«

»Es gibt hier diesen Typen. Ich glaube, ich bin in ihn verliebt, und jetzt weiß ich nicht, was ich tun soll.«

»Du bist doch erst seit einem Monat da, wie kannst du dich da schon verliebt haben?«

»Hab ich einfach. Ich weiß nicht, warum oder wie. Also, ich weiß, warum. Er ist der tollste Mann, den ich jemals getroffen habe.«

»Mag er dich auch?«

»Ja.«

»Worin liegt dann das Problem?«

»Er ist, äh, er ist älter als ich.«

»Ist es der Sohn von Dads Freund? Dad meinte, es könnte sein, dass du ihn magst. Er ist doch nur ein paar Jahre älter. Wo ist da das Problem?«

»Es ist nicht sein Sohn, sondern er. Dads Freund Reid.«

»Machst du *Witze*? Er ist, was? Sechsundvierzig?«

»Noch nicht. Erst nach Weihnachten.«

»Ach, dann ist das natürlich *ganz* was anderes. Gott sei Dank ist er erst fünfundvierzig. Himmel, Kate. Dad würde komplett ausflippen, wenn er das wüsste.«

»Du hast versprochen, es niemandem zu verraten. Du darfst es ihm nicht erzählen.«

»Ist der Mann notgeil? Was will er denn mit jemandem in deinem Alter?«

»Er ist definitiv nicht notgeil. Wenn du ihn sehen könntest, dann würdest du das gar nicht erst fragen. Ich weiß nicht, wie es passiert ist. Es hat einfach gefunkt. Ich muss ständig an ihn denken, und ich will die ganze Zeit mit ihm zusammen sein. Er bringt mich zum Lachen, ich kann mit ihm über alles reden, und er ist *so* sexy. Du kannst dir nicht mal vorstellen …«

»Wow«, unterbrach Jill sie. »Warum bist du dann so aufgebracht?«

»Weil er wegen des Altersunterschieds völlig durchdreht, und ich hab solche Angst, dass er den Kontakt zwischen uns abbricht.«

»Ich bin froh, dass er noch bei Verstand ist. Er hat recht, weißt du? Wenn Dad das jemals rausfindet … Daran will ich gar nicht denken.«

»Er wird es nicht rausfinden.«

»Schläfst du mit ihm?«

»Nein, aber ich will es.«

»Du spielst mit dem Feuer. Ich hoffe, du weißt das.«

»Es ist vermutlich ohnehin egal.« Wieder wurden ihre Augen feucht. »Er war gestern Abend so wütend, dass ich vielleicht nie wieder von ihm höre.«

»Warum war er denn wütend?«

»Es wurde ein wenig … heiß, da ist er durchgedreht.«

»Inwiefern heiß?«

»Er hat mich endlich geküsst – mich wirklich geküsst. Es war unglaublich.« Ihr lief ein Schauer über den Körper, als sie sich daran erinnerte, wie es sich angefühlt hatte, in seinen Armen zu sein.

»Ich weiß nicht, was ich sagen soll, außer: Sei vorsichtig, Kate. Ich möchte nicht, dass du verletzt wirst.«

»Du verrätst es Dad nicht?«

»Nein, aber ich möchte, dass du weiter mit mir über die Sache redest. Machst du das?«

»Ja. Danke fürs Zuhören. Ich hatte einen totalen Nervenzusammenbruch, aber ich fühl mich schon besser, nachdem ich mit jemandem reden konnte.«

»Pass auf, wem du das anvertraust. Das ist etwas, was nur die wenigsten Leute verstehen würden.«

»Ich werde es sonst niemandem erzählen.«

»Wann kommst du nach Hause?«

»Heiligabend, aber am Sechsundzwanzigsten muss ich wieder zurück. Am Siebenundzwanzigsten haben wir einen Gig.«

»Dann sehen wir uns an Weihnachten. Gib auf dich acht, Kate.«

»Mach ich, danke.«

»Jederzeit.«

* * *

Kate wartete den ganzen Tag auf Reids Anruf. Um fünf war sie wieder den Tränen nahe. Gegen sechs war sie am Boden zerstört, und um sieben hatte sie sich selbst davon überzeugt, dass sie ihn nie wieder treffen würde. Dennoch weigerte sie sich, dem Bedürfnis nachzugeben, ihn anzurufen. Den nächsten Schritt musste er machen. Sie wünschte sich nur, dass er sich melden würde. *Ich schätze, wir fahren doch nicht nach Graceland.*

Als es um halb acht an der Tür klingelte, sprang ihr das Herz fast aus der Brust. Sie rannte die kurze Treppe runter, riss die Haustür auf und fand auf den Stufen Ashton mit einem Pizzakarton in den Händen vor.

»Ich bringe Geschenke«, verkündete er mit einem breiten Lächeln auf dem attraktiven Gesicht.

Kate fuhr sich verlegen mit einer Hand durchs Haar und zwang sich, sein Lächeln zu erwidern. »Hi. Komm rein.«

»He.« Er nahm ihr Kinn und neigte ihr Gesicht zu sich nach oben. »Was ist los? Hast du geweint?«

Sie rieb sich die Nase. »Nein. Ich bin erkältet.«

»Also, Darling, ich bin doch nicht von gestern. Ich erkenne es, wenn ein Mädchen geweint hat. Lass uns raufgehen, und dann erzählst du dem alten Ashton mal, was los ist.«

Er nahm ihre Hand und führte sie die Stufen rauf zum Wohnzimmer. Dort stellte er die Pizza auf den Couchtisch und setzte sich neben sie aufs Sofa. »Weswegen bist du traurig, und wo kann ich ihn finden?«

Sie schluckte schwer. »Woher weißt du, dass es ein Er ist?«

»Weil alle Männer Mistkerle sind. Weißt du das etwa noch nicht?«

Sie lächelte schwach. »Von dir einmal abgesehen, habe ich recht?«

»Selbstverständlich. Was ist passiert?«

»Es ist keine große Sache. Nur dieser Typ, den ich im Mabel's kennengelernt habe. Das zwischen uns läuft nicht. Mehr nicht.«

»Ist es jemand, den ich kenne?«, fragte er ehrlich besorgt.

Sie zupfte sich einen Fussel von der Jogginghose. »Nein«, erwiderte sie, ohne ihn anzusehen. »Was für eine Pizza hast du mitgebracht?«

»Wechseln wir das Thema?«

»Können wir, bitte?«

»Peperoni.«

»Meine Lieblingssorte.«

»Was für ein Glück.« Er stand auf, um Küchenpapier zu holen, und servierte ihnen jeweils ein Stück. »Mir kam heute etwas über dich zu Ohren.«

»Ehrlich?«

Er nickte. »Ich war eine Weile im Büro und habe mich mit einem der Partner unterhalten, der gestern Abend zufällig auf deiner Party war. Er hat die ganze Zeit von der Sängerin geschwärmt, die mal ein ganz großer Star wird.«

»Red keinen Quatsch«, rief sie und stieß ihn weg. »Das hast du erfunden, damit ich mich besser fühle.«

»Hab ich nicht. Ich schwöre es. Mir war nicht mal klar, dass er dich gemeint hat, bis er die Rafters erwähnte.«

»Wirklich?«

»Wirklich.«

Sie lächelten, bevor er ihr von einer seiner Diva-Klientinnen berichtete, für die er seit Wochen herumrannte, um einen Vertrag abzuschließen, damit sie in einem Werbespot für Hundefutter auftreten konnte.

Kate lachte so herzlich, dass sie ihre Niedergeschlagenheit vergaß. Sie aßen die Pizza, schauten sich einen Film an, und als er schließlich um zehn aufstand, um sich zu verabschieden, fühlte sie sich schon viel besser.

»Danke für die Gesellschaft heute Abend«, verabschiedete sie sich von ihm auf dem Weg zur Tür.

Er gab ihr einen Kuss auf die Stirn. »War mir ein Vergnügen. Kommst du zurecht?«

»Mir geht's wieder gut. Du kannst nach Hause. Immerhin musst du morgen wieder arbeiten.«

»Ich bin gleich da drüben, falls du mich brauchst«, erklärte er und zeigte über den Parkplatz.

»Ich weiß.« Sie winkte ihm zu, bevor sie nach oben lief, um das Wohnzimmer aufzuräumen.

Da klingelte das Telefon. »Hast du was vergessen?«, fragte sie, nachdem sie rangegangen war, ohne auf die Anruferkennung zu blicken.

»Vergessen?«, fragte Reid verwundert.

Ihr Herz setzte kurz aus. »Ach, hi, du bist es.«

»Was dachtest du denn, wer?«

»Ashton war gerade hier und hat Pizza gebracht. Ich dachte, er hätte was vergessen.«

»Aha.«

»Was ist los?« Sie gab sich große Mühe, so zu klingen, als kümmerte es sie kein bisschen, dass er anrief. Er musste nicht wissen, dass sie den ganzen Tag darauf gewartet hatte, von ihm zu hören.

»Ich bin in der Stadt. Kann ich vorbeischauen?«

»Das kommt darauf an.«

»Worauf?«

»Bist du immer noch böse auf mich?«

Er seufzte. »Ich war nie böse auf dich, Kate. Aber wir müssen reden.«

»Das klingt nicht gut. Aber komm ruhig her.«

»Ich bin in zwanzig Minuten bei dir.«

Sie ging sich rasch duschen. Als sie zwanzig Minuten später die Tür öffnete, hatte sie sich eine Jeans, einen Pullover und die heißeste Unterwäsche, die sie besaß, übergezogen.

Nur für alle Fälle.

KAPITEL 17

Kate saß auf dem Sofa und beobachtete, wie Reid hin- und herlief, bis er seinen Vortrag beendet hatte.

»Aus diesem und vielen anderen Gründen können wir uns also nicht mehr sehen. Es tut mir leid, Kate. Ich will dir um nichts in der Welt wehtun, aber das hier ist einfach falsch.«

Dem gequälten Ausdruck auf seinem Gesicht nach zu urteilen, schmerzten ihn die Worte ebenso sehr wie sie.

»Hast du dazu nichts zu sagen?«, fragte er, die Hände in die Hüften gestemmt.

Sie kaute auf der Unterlippe und betrachtete ihn. »Heißt das, dass wir morgen nicht nach Graceland fahren?«

Er seufzte verzweifelt. »Ehrlich, Kate, ist das alles, was dir einfällt?«

Sie erkannte, dass ihn ihre Gelassenheit reizte, also zuckte sie mit den Achseln. »Erst sorgst du dafür, dass ich mich auf Memphis freue, dann küsst du mich, und jetzt drehst du total durch. Das ist doch nicht fair, oder?«

»Zunächst einmal hast *du mich* geküsst. Außerdem bin ich nicht durchgedreht. Ich hatte heute nur Zeit, darüber nachzudenken. Das ist nicht das, was ich will.«

Sie glaubte ihm kein Wort. »Dann, schätze ich, muss ich wohl einen anderen Weg finden, um nach Graceland zu kommen«, entgegnete sie und kaute auf ihrem Daumennagel, um den Eindruck zu erwecken, sie wäre tief in Gedanken an Elvis versunken, während sie am liebsten aufgeschrien hätte. *Er darf das nicht beenden. Nicht, wo ich gerade erst erkannt habe, dass ich ihn liebe.*

Reid warf sich die Jacke wieder über und zog den Reißverschluss hoch. »Also gut. Wenn dir nur Graceland wichtig ist, dann sei um sieben bei mir.«

Sie lächelte. »Um sieben, geht klar.«

Er schüttelte den Kopf, stürmte die Treppe hinunter und schlug die Haustür hinter sich zu.

Sobald sie hörte, wie der Motor seines Wagens ansprang, bedauerte sie, dass sie sich ihre schicke Unterwäsche völlig umsonst angezogen hatte. »Ach, egal. Dann eben morgen.«

* * *

Als Kate am nächsten Morgen Reids Anwesen erreichte, kam er ihr in einem dunkelblauen Anzug mit Krawatte, einem Aktenkoffer und einer weiteren Tasche entgegen. Kate trug eine Jeans, einen rosa Pullover, ihre neuen Cowboystiefel und einen Mantel aus Schaffell.

»Jetzt fühle ich mich underdressed«, meinte sie, während sie bewunderte, wie sexy er im Anzug wirkte.

»Ich musste mich für das Meeting entsprechend anziehen, aber für danach habe ich eine Jeans dabei.« Er hielt ihr die Tür vom Mercedes auf.

Ihr fiel auf, wie sehr er sich bemühte, sie beim Schließen der Tür nicht anzuschauen. Zu ihrer Überraschung fuhr er um das Haus herum statt die Einfahrt entlang. »Wohin wollen wir?«

Seine Hände umklammerten das Steuer fester, als wäre er verärgert.

»Weißt du, was? Warum vergessen wir das Ganze nicht? Ich sehe doch, dass du mich nicht hierhaben willst.«

»Ich habe versprochen, dass ich dich hinbringe, und daran halte ich mich.«

»Ach, bitte, niemand zwingt dich.«

Mehrere Kilometer fuhren sie schweigend auf einer Schotterpiste, bis sie ein großes, weißes Gebäude erreichten. Dort parkte er das Auto, umrundete es und öffnete ihr die Tür. Selbst wenn er wütend war, verhielt er sich perfekt zuvorkommend.

»Wo sind wir?«

»Hier steht mein Flugzeug.«

»Wir *fliegen*?«

»Natürlich. Ich habe keine sechs Stunden Zeit, um heute nach Memphis und zurück zu fahren.«

»Du hast nicht erwähnt, dass wir fliegen.« Sie blickte sich um und bemerkte die Landebahn und die Lichtmasten auf beiden Seiten am Ende des Rollfelds. »Wo ist der Pilot?«, erkundigte sie sich beklommen.

»Der steht vor dir.«

»Unmöglich.« Sie verschränkte die Arme. »Da steige ich nicht ein.«

Er schnaubte nur und schob das Hallentor auf. »Danke für das Vertrauen, Kleines, aber ich fliege schon länger, als du auf der Welt bist.«

Sie blieb zurück und sah ihm dabei zu, wie er mit einem kleinen Jeep eine strahlend weiße Cessna aus dem Gebäude zog. Aktentasche und Gepäck warf er in die Kabine des Flugzeugs, dann verbrachte er ein paar Minuten damit, um die Maschine herumzulaufen und verschiedene Teile zu berühren und gegen andere zu treten.

»Letzte Chance.« Er hielt ihr die Schlüssel hin. »Du kannst mit dem Auto zum Haus zurückfahren, wenn du nicht mitwillst.«

»Wie lange dauert es, bis wir da sind?«

»Zwanzig Minuten.«

»Also gut. Ich flieg mit, aber ich lasse die ganze Zeit die Augen geschlossen.«

»Wie du willst.« Er half ihr ins Flugzeug und wies sie an, sich neben ihn zu setzen. Nachdem er eine Reihe Funktionen getestet und die Vorflugkontrolle abgeschlossen hatte, griff er über ihre Schulter nach dem Sicherheitsgurt. Beim

Anschnallen streifte er mit dem Handrücken ihre Brust, und sie hob den Blick, begegnete seinem.

Er wandte sich ab, konzentrierte sich auf die Instrumente und startete die Motoren. Dann richtete er das Headset und lenkte die Maschine ans hintere Ende der Rollbahn.

Kate sprach stumm ein Gebet, während sie über die Asphaltpiste rasten, und dann hoben sie auch schon ab. Trotz bester Vorsätze gewann die Neugierde die Oberhand, und sie öffnete die Augen. Die herrliche Aussicht auf sein Anwesen ließ sie aufkeuchen, sobald sie das Haus, den Bach, an dem sie die Pferde getränkt hatten, den kilometerlangen weißen Zaun und die ausgedehnten grünen Hügel sah.

»Ich dachte, du wolltest nicht hinschauen.«

»Sei still, und steuere das Flugzeug.«

Er lachte. »Willst du es mal versuchen?«

»Nein!«

Wie er es versprochen hatte, landeten sie zwanzig Minuten später auf dem Memphis International Airport, direkt hinter einem Passagierflugzeug.

»Du kannst jetzt wieder gucken«, versicherte ihr Reid, während er die Maschine zu einem Hangar hinter der Haupthalle des Flughafens rollen ließ.

»Ich bin mit Atmen beschäftigt. Danach öffne ich die Augen.« Sie spähte zu ihm rüber. »Ich bin beeindruckt.«

»Wovon?«

»Davon, dass du fliegst«, erwiderte sie mit Blick auf die Instrumente im Cockpit.

»Nach all den Jahren ist es wie Autofahren. Ich habe im ganzen Staat geschäftlich zu tun. Das spart mir jede Menge Zeit.«

Ein Mann aus Reids Büro in Memphis empfing sie, um sie in die Stadt zu bringen. Solange er sein Meeting abhielt, ging Kate im nahe gelegenen Park spazieren und trank im Restaurant im Erdgeschoss seines Bürogebäudes Kaffee. Gegen elf rief er sie auf dem Handy an, um ihr mitzuteilen, dass er auf dem Weg nach unten war.

Den Fahrstuhl verließ er in Jeans, Stiefeln und einem langen braunen Ledermantel. Der Anzug, den er zuvor getragen hatte, steckte in einem Kleidersack, den er sich über die Schulter geworfen hatte. »Wollen wir?«

Den Ledermantel kannte sie noch nicht, und er sah darin so umwerfend aus, dass sie einen Augenblick lang sprachlos war und seine Frage nur mit einem Nicken beantworten konnte.

Er hatte die Schlüssel zu dem Wagen, mit dem sie vom Flughafen hergefahren waren, aber sobald er ihr die Tür aufhielt, warf er einen beunruhigten Blick zum Himmel. »Das Wetter gefällt mir nicht. Es ist Regen angekündigt. Wenn die Temperaturen noch weiter sinken, wird es wohl Graupelschauer geben. Dann möchte ich lieber nicht fliegen.«

»So kalt fühlt es sich gar nicht an.«

Er fädelte sich in den Verkehr ein. »Ich weiß, aber um diese Jahreszeit kann die Temperatur sehr schnell fallen. Ich muss noch ein paar unserer Baustellen besuchen, bevor wir nach Graceland können. Ich hoffe, das stört dich nicht.«

»Natürlich nicht. Du bist zum Arbeiten hier.«

Er steuerte vier Baustellen in verschiedenen Teilen der Stadt an. Auf der ersten öffnete er den Kofferraum und holte einen Schutzhelm hervor.

Kate blieb jedes Mal im Auto sitzen und beobachtete, wie er respektvoll begrüßt wurde. Die Gebäude auf den Baustellen waren unterschiedlich weit gediehen. Das eine sollte ein vielstöckiges Wohnhaus werden, ein weiteres ein Einkaufszentrum, das nächste ein Restaurant und das letzte schließlich ein Hotel. Auf jeder Baustelle studierte sie, ganz die Tochter eines Architekten, die Pläne der fertigen Gebäude, die vor den Bürocontainern hingen. Die ihr mittlerweile vertrauten RMD-Schilder markierten die Baustellen als zu Reid Matthews Development gehörend.

Heute erhielt sie ein vollständigeres Bild von dem Mann, in den sie sich verliebt hatte – der kompetente Pilot, der erfolgreiche Geschäftsmann, der geachtete Arbeitgeber. Diese neuen Eigenschaften, zusätzlich zu denen, die sie bereits kennengelernt hatte, vertieften nur den Respekt und die Bewunderung, die sie für ihn empfand.

Sie verfolgte, wie er dem Vorarbeiter die Hand gab und den Schutzhelm abnahm, bevor er zum Auto zurückkehrte.

Er legte den Helm auf den Rücksitz. »Tut mir leid, dass es so lange gedauert hat.«

»Kein Problem.«

Er warf einen weiteren besorgten Blick zum Himmel. »Ich muss ehrlich mit dir sein. Auf dem Heimflug werden wir vermutlich ein wenig durchgerüttelt. Mir macht das nicht viel aus, aber ich möchte dir keine Angst einjagen. Wir könnten den Schaden begrenzen und jetzt zurückfliegen, oder wir bleiben bei unserem ursprünglichen Plan und riskieren es mit dem Wetter.«

Sie verbarg ihre Enttäuschung darüber, dass sie Graceland jetzt doch nicht zu sehen bekommen würde. »Was auch immer du für das Beste hältst. Du bist der Pilot.«

Er betrachtete sie und schien zu einem Entschluss zu kommen, der nichts mit Graceland oder den Sturmwolken zu tun hatte. »Ich sag dir was: Lass uns mittagessen gehen und dann Graceland besuchen. Versprochen ist versprochen. Ich bring dich schon heil nach Hause.«

* * *

Auf der Fahrt im Shuttlebus durch die mit Musiknoten verzierten Tore von Graceland gestand Reid, dass er noch nie hier gewesen war.

»Noch nie?« Kate starrte ihn verblüfft an. »Wie oft reist du nach Memphis?«

»Etwa einmal pro Woche seit zwanzig Jahren«, erwiderte er mit verlegenem Lächeln.

»Du musst lernen, wie man lebt, Baby«, ahmte sie perfekt Elvis' Akzent nach.

Über Kopfhörer lauschten sie Lisa Marie Presleys Stimme, die sie durch das Esszimmer, den Salon, Elvis' Schlafgemach und das seiner Eltern führte. Anschließend schlenderten sie durch das Musikzimmer, dessen Hauptattraktion der Flügel war, bevor sie den geliebten Pooltisch des Kings, sein Arbeitsbüro und den berühmten »Jungle Room« besichtigten. Kate liebte jeden kitschigen, völlig übertriebenen Zentimeter des Anwesens.

Die Anspannung, die schon den ganzen Tag zwischen ihr und Reid geherrscht hatte, ließ allmählich nach, während sie die riesige Sammlung von Elvis' Goldenen Schallplatten bewunderten und unbeschwert über die ausgefalleneren Kostüme lachten.

Sie zeigte auf einen weißen Overall mit Strasssteinen. »In dem würdest du hinreißend aussehen«, flüsterte sie.

»Nicht in diesem oder einem anderen Leben.«

»Spielverderber.« Sie war erleichtert, dass sie wieder so entspannt miteinander umgehen konnten, fast als hätte er ihr gestern Abend gar keinen Vortrag gehalten.

»Nenn mich, wie du willst, aber in so einen Aufzug kriegen mich keine zehn Pferde.«

Die Tour durchs Haus endete im Meditationsgarten, wo Elvis und einige seiner Verwandten beerdigt worden waren. Vor seinem Grab legte Kate die Hand in Reids.

»Es ist so traurig«, bemerkte Reid, der seine Finger mit ihren verschränkte. »Er hatte alles, aber schau dir nur an, was aus ihm geworden ist.«

»Allein und gebrochen«, stimmte Kate leise zu.

Er sah zu ihr. »Lass nicht zu, dass dir das Gleiche widerfährt.«

»Ich bin wohl kaum Elvis Presley.«

»Du hast das gleiche Talent, und es wird dich in einige derselben Situationen führen wie ihn.«

Die Überzeugung in seinem Ton erstaunte sie. »Wie kannst du dir da so sicher sein?«

Er zuckte die Achseln. »Nenn es eine Ahnung.«

Es regnete heftiger, also eilten sie wieder nach drinnen, um sich die Autosammlung anzusehen. Bis sie schließlich Elvis' Flugzeug, die *Lisa Marie*, in Augenschein nahmen, schüttete es draußen wie aus Eimern, und es war erheblich kälter als vor einer Stunde.

»Mist.« Reid blickte zum Himmel hinauf, fasste sie an der Hand und schob sie in einen Shuttlebus, der sie zum Parkplatz zurückbrachte.

Der Wind peitschte eiskalten Regen gegen die Windschutzscheibe, während sie darauf warteten, dass es im Auto warm wurde.

»In dem Wetter werde ich nicht fliegen. Nicht mit dir.«

»Würdest du es machen, wenn du allein wärst?« Sein selbstsicheres Grinsen verriet ihr, dass er das schon oft getan hatte. »Wir können fliegen. Ist schon okay.«

»Nein, du hättest Angst. Das will ich nicht.«

»Was dann?«

»Ich schätze, wir werden hierbleiben müssen.« Er griff in die Tasche nach dem Handy und ging die Kontaktliste mit den Telefonnummern durch, bis er fand, wonach er suchte. »Hi, hier spricht Reid Matthews. Ich brauche zwei Zimmer für heute.« Er lauschte, seufzte und nickte. »Das geht auch. Ich nehme es. Danke.«

»Was haben sie gesagt?«

»Sie sind bereits ausgebucht, abgesehen von einer Suite mit zwei Schlafräumen. Das wird reichen müssen.« Ein Muskel in seiner Wange zuckte angespannt. »Dank einer Tagung in der Stadt sind alle Hotels ausgelastet.«

Er wirkte so aufgebracht, dass sie die Frage nicht zurückhalten konnte. »Was ist los?«

»Ich hab das Gefühl, als würde mich das Schicksal auf die Probe stellen, Kate. Ich möchte bei dir wirklich keinen Fehler begehen, aber die Umstände legen mir stets neue Hindernisse in den Weg. Hier eine Nacht mit dir zu verbringen ist *keine* gute Idee.«

»Warum machen wir nicht das Beste daraus, amüsieren uns und versuchen, nicht allzu viel darüber nachzudenken?«

»Ich schätze, wir haben keine andere Wahl.«

Seine Verzweiflung war so spürbar, dass sie den Arm ausstreckte und seine Hand nahm. Er überraschte sie, indem er die Finger um ihre schlang, ihre Hand an die Lippen führte und ihr einen Kuss auf den Handrücken drückte. Auf dem Weg zum Hotel rief er bei sich zu Hause an, um Martha mitzuteilen, dass sie in

Memphis übernachten würden. Sie war erleichtert, dass er in diesem Wetter nicht fliegen würde.

Das Hotel war klein, aber elegant, und Reid schien dem Hotelpagen wohlbekannt zu sein, der sie empfing. Kate trat mit ihm an die Rezeption.

»Guten Tag, Mr Matthews«, grüßte die Frau am Tresen. »Schön, Sie wiederzusehen.«

Reid reichte ihr seine Kreditkarte. »Danke.«

Zusammen mit zwei Schlüsselkarten für die Räumlichkeiten gab sie ihm die Karte zurück. »Sie und Ihre Tochter sollten sich in der Präsidentensuite im sechsten Stock recht wohl fühlen.«

Reid räusperte sich, und Kate senkte den Blick auf ihre Stiefel.

»Danke«, erwiderte er, die Stimme gepresst.

Während Kate ihm zum Fahrstuhl folgte, konnte sie die Anspannung in seinen Schultern unter dem dunklen Ledermantel erkennen. *Verflucht sei die Frau. Das war das Letzte, was er hören wollte. Seine Tochter. Igitt.*

Im Fahrstuhl sprach er kein Wort. Sobald die Tür auf der sechsten Etage aufging, stürmte er voraus zu einem Zimmer am Ende des Flures. Dort öffnete er die Tür und hielt sie ihr auf. Sobald sie sich schloss, explodierte er. »Hast du gehört, was die Frau gesagt hat? Was sie angenommen hat? Verstehst du jetzt endlich, was ich die ganze Zeit versuche, dir zu erklären?«

Sie wusste, dass sie rasch handeln musste, sonst würde sie ihn für immer verlieren. Auf dem Weg zu ihm warf sie ihren eigenen Mantel ab, trat auf ihn zu und schob ihm den Ledermantel von den Schultern.

Er wehrte sich. »Was tust du da?«

Sie drängte ihn auf einen eleganten gepolsterten Stuhl.

»Kate …«

Dann setzte sie sich ihm breitbeinig auf den Schoß und spürte sofort, wie er unter ihr steif wurde. Sie widerstand seinen Bemühungen, sie von sich zu schieben. »Ich bin nicht deine Tochter«, erklärte sie mit rauchiger Stimme. »Ich weiß das, und du weißt es. Alles andere ist egal.«

Sie grub ihm die Finger ins Haar, zog ihn zu sich und küsste ihn mit der ganzen Liebe, die sie für ihn empfand. Zunächst widersetzte er sich ihr, aber als sie sich auf seinem Schoß bewegte, spürte sie, wie er allmählich die Kontrolle verlor.

»Kate, hör auf«, flüsterte er an ihren Lippen, obwohl ihre Zunge mit seiner flirtete. »Du fängst etwas an, das ich nicht beenden kann.«

»Ich will dich, Reid. Ich will dich so, wie eine erwachsene Frau einen Mann will.«

Er legte ihr die Hände auf den Hintern und drückte sie fester an sich. »Ich will dich auch. Gott stehe mir bei, aber ich will dich.«

Sie küssten sich erneut, und sie erschauerte, als seine Hand unter ihren Pullover glitt und ihre Haut liebkoste. Hitze durchströmte sie, als er den BH vorne öffnete und ihre Brüste berührte. Er strich mit den Daumen über ihre Brustspitzen, und sie erbebte. »*Bitte*, Reid«, keuchte sie, ehe sie den Mund wieder auf seinen drückte.

Schwungvoll stand er auf, ohne den Kuss zu unterbrechen. Sie schlang die Arme und Beine um ihn, während ihre Zunge mit seiner verschmolz und er sie in eines der Schlafzimmer trug. Als er sie neben dem Bett runterließ, wollten ihre Beine unter ihr nachgeben. Sie öffnete sein Hemd, und er zog ihr den Pullover über den Kopf.

Unverhohlenes Verlangen blitzte in seinen Augen auf, nachdem er den rosa Spitzen-BH enthüllt hatte, der geöffnet über ihren Brüsten hing. Er schob ihr die Träger von den Schultern und ließ ihn neben ihren Pullover auf den Boden fallen.

Zum ersten Mal in ihrem Leben stand sie halb nackt vor einem Mann, und eigentlich sollte sie das in Verlegenheit bringen. Aber weil er es war, und weil sein Verlangen nach ihr so groß war, hatte sie keine Zeit, peinlich berührt zu sein. Sie streifte ihm das Hemd ab und drückte das Gesicht in den braunen Haarflaum auf seiner Brust. Er zitterte, sobald ihre Lippen eine aufgerichtete Brustwarze berührten und ihre Hände über seine muskulöse Brust und den Bauch strichen. Als sie an seinem Hosenbund ankam, hielt er sie zurück.

Er hob ihr Gesicht an und betrachtete sie eindringlich. »Bist du dir sicher, Kate?«

Sie nickte.

»Ich habe keinen Schutz dabei.«

»Ich nehme die Pille.«

Überraschung stand ihm ins Gesicht geschrieben.

»Die habe ich mir, einen Monat bevor ich von zu Hause los bin, verschreiben lassen. Nur für alle Fälle.«

»Ich habe schon lange nicht mehr mit jemandem geschlafen, ich habe also nichts.«

Sie zog am Knopf seiner Jeans und hätte schwören können, dass er in dem Moment, als sie den Reißverschluss öffnete, den Atem anhielt.

Die Hände auf ihrem Gesicht, küsste er sie sanft. »Ich liebe dich, Kate. Ich will dir nicht wehtun.«

Ihr Herz flatterte wild, weil er von Liebe sprach. »Ich liebe dich auch, aber wenn du mich nicht sofort nimmst, dann sterbe ich, Reid.«

Er legte die Arme um sie und neigte den Kopf, um sie zu küssen. »Wie weit bist du bisher gegangen?«

»Gar nicht.« Ihre Wangen glühten vor Verlegenheit. »Nicht weit …«

Er holte tief Luft und sah zur Decke rauf, als wollte er um göttlichen Beistand bitten. Seine Hände strichen über ihren Rücken, eher eine Geste des Trostes als eine Verführung. Er knöpfte ihr die Jeans auf und half ihr beim Ausziehen, sodass sie nur noch in der winzigen rosa Unterhose dastand, die zu ihrem BH passte.

»Gott, Kate«, stöhnte er an ihrem Hals. »Du bist so schön.«

Sie machte sich an seiner Jeans zu schaffen, aber er hielt sie auf. »Noch nicht, Liebes.« Behutsam hob er sie aufs Bett und legte sich neben sie.

Unter der Hitze seines Blicks summte ihr Körper vor Aufregung und Verlangen. Ihre Brustspitzen richteten sich auf, und das Kribbeln zwischen ihren Beinen wurde fast schon schmerzhaft. Sie spürte sein Zögern, also nahm sie seine Hand und legte sie sich auf die Brust.

Er stöhnte und rollte sich auf sie. Dann senkte er den Kopf und berührte ihre Brustwarze zunächst mit den Lippen, dann mit den Zähnen.

Ohne sein Gewicht auf ihr hätte sie vom Bett abgehoben. Die Empfindungen, die sie durchfluteten, waren so überwältigend, dass sie es kaum ertrug. Als er fest an der Spitze ihrer Brust saugte, zuckte es zwischen ihren Beinen, Krämpfe durchliefen sie und jagten Schockwellen von ihren Zehen bis in ihre Finger. Sie schrie überrascht und verängstigt auf. »Was …«

Keuchend lehnte Reid die Stirn gegen ihr Schlüsselbein.

»Was ist passiert?«, fragte sie leise.

»Du hattest einen Orgasmus, Kleines.«

Wieder glühten ihre Wangen. »Ach so. Ist das normal?«

Er lächelte. »Es fällt Frauen sonst nicht so leicht, also würde ich sagen, dass du ganz schön großes Glück hast, Kate Harrington.«

Sie griff nach ihm und zog ihn zu sich rauf. »Ich will alles machen, Reid. Zeig es mir.«

Er lachte auf. »Du bringst mich noch um.«

»Zumindest stirbst du glücklich«, erwiderte sie mit aufreizendem Lächeln, bevor sie seinen Mund auf ihren zog.

Ihre Zungen fanden sich in explosiver Leidenschaft, die sie beide atemlos zurückließ. Er nahm ihre Brüste in die Hände und spielte mit den empfindsamen Spitzen. Sie riss die Lippen von seinen und keuchte auf.

Er küsste sie auf Kinn, Hals, Kehle und fuhr mit der Zunge über ihr Schlüsselbein.

Die Hüften hebend flehte sie nach mehr.

Zärtlich drückte er seine Lippen auf die sanfte Wölbung ihres Busens.

Kate legte die Hände auf seine, schob sie zusammen und bat ihn stumm, sich auf ihre Brüste zu konzentrieren.

Er berührte erst die eine, dann die andere mit der Zunge.

Sie stöhnte, und das Feuer zwischen ihren Beinen wurde wieder entfacht.

Mit den Lippen wanderte er über ihre Rippen und verharrte auf ihrem Bauch, ehe er mit der Zunge in den Bauchnabel glitt.

Sie war blind vor Verlangen. Nichts in ihrem Leben hätte sie hierauf vorbereiten können. Sie verzehrte sich nach ihm – nach seiner glatten Haut, dem herben Zitrusduft seines Rasierwassers, dem Haar, das ihren Bauch kitzelte, der Zunge, die eine feuchte Spur zu dem winzigen Stück Spitze hinterließ, der sie bedeckte.

Er drängte ihre Beine weiter auseinander und strich sanft mit dem Finger über die Innenseite ihres Schenkels und unter ihre Unterhose.

Dann rieb er darüber, als wüsste er ganz genau, wo er sie anfassen musste. Der Orgasmus überraschte sie erneut, aber diesmal war sie zu sehr damit beschäftigt, nach Atem zu ringen, um sich zu fürchten. Als sie wieder runterkam, wurde ihr bewusst, dass er ihr den Slip über die Beine zog. Er streifte sich die Jeans ab und legte sich zu ihr gewandt neben sie.

Sie liebkoste seine Brust und ließ den Blick zu seiner Erektion wandern. Er war größer, als sie erwartet hatte, und ihr stockte der Atem, weil sie sich fragte, wie das jemals passen sollte. Ein Anflug von Furcht durchrieselte sie.

Er bemerkte ihre Nervosität, nahm ihre Hand und legte sie um seinen Schaft. Als sie sanft zudrückte, stöhnte er.

Da ließ sie ihn abrupt los. »Tut mir leid. Hat das wehgetan?«

»Nein, nein«, seufzte er, legte seine Hand auf ihre, um ihr zu zeigen, wie sie ihn liebkosen musste.

Fasziniert von der seidenweichen Haut dort beobachtete sie, wie sich an der Spitze ein Tropfen bildete. Sie strich mit dem Daumen darüber und spürte, wie er sich versteifte.

Er griff nach ihrer Hand, um sie zurückzuhalten. »Wenn du so weitermachst, ist das hier vorbei, bevor wir zu den richtig guten Sachen kommen«, warnte er, ehe er seinen Mund auf ihren drückte und sie leidenschaftlich küsste. Seine Hand wanderte über ihren Rücken zu ihrem Hintern und zwischen ihre Beine, um sie dort zu streicheln. »Kate …«

Unfähig, an etwas anderes zu denken als die Bewegung seiner Finger, konnte sie nur noch ihren Empfindungen nachgehen.

»Ich muss dich darauf vorbereiten, Liebes.« Seine Hand schwebte über ihrer Öffnung. »Es könnte ein wenig wehtun.«

Sie konnte nur noch an das drängende Verlangen denken. »Schon gut.«

Er ging langsam und umsichtig vor, als er einen Finger in sie schob. Zur selben Zeit schloss er den Mund um eine Brustspitze. Die Kombination war überwältigend. Sie konzentrierte sich auf seinen saugenden Mund und bemerkte kaum, wie er einen zweiten Finger hinzunahm. Mit den Hüften begegnete sie den Bewegungen seiner Finger beinahe unwillkürlich.

Sie bebte heftig. *»Reid …«*

»Tut es weh, Liebes?«

»Nein.« Sie drückte den Kopf an seine Brust und griff nach ihm.

Er löste ihre Finger und legte sich zwischen ihre Beine. »Sieh mich an, Baby.«

Sie öffnete die Augen und erkannte, dass er sie anschaute.

»Ich liebe dich«, sprach er und berührte ihre Lippen mit seinen.

Sie umklammerte seine Schultern und hauchte: »Ich liebe dich auch.«

Er spreizte ihre Beine weiter. »Entspann dich, Liebes.«

»Ich versuch's.«

Er gab ihr einen langen, leidenschaftlichen Kuss, der sie kurz von dem Druck zwischen ihren Beinen ablenkte. Flüchtig blitzte brennender Schmerz auf, der rasch unfassbarer Lust wich. O Gott, fühlte er sich gut an.

Mit den Händen fuhr sie ihm über den Rücken, um seinen Hintern zu umfassen.

Stöhnend drang er tief in sie. »Okay?«, fragte er und hielt inne, damit sie sich an ihn gewöhnen konnte.

»Hmmm, oh, ja.«

Ermutigt küsste er sie, griff unter sie, um ihre Hüften festzuhalten, und bewegte sich langsam und ohne Eile.

»Oh«, keuchte sie.

»Was, Liebes? Sag mir, was du brauchst.«

»Mehr«, flehte sie und hob sich ihm entgegen.

Er stieß einmal, zweimal zu.

Mehr brauchte es nicht, um sie zu einem weiteren Orgasmus zu bringen.

Reid hielt sie eng umschlungen und wurde dann von seinem eigenen erfasst.

* * *

Während Reid auf ihr ruhte, ohne sie zu erdrücken, wusste Kate, dass sie das niemals vergessen würde. Es war ganz anders gewesen, als sie erwartet hatte. Ihre Freundinnen hatten davon erzählt, wie enttäuscht sie anschließend gewesen wären, aber Kate empfand nicht so. Falls überhaupt, war sie richtig aufgekratzt. »Hast du das ernst gemeint?«

»Was?« Er klang, als müsste er seine letzten Kraftreserven aufbringen, um etwas zu sagen.

»Dass du mich liebst?«

Er nickte an ihrem Hals.

»Aber du wünschst dir, es wäre nicht so?«

Er zog sich von ihr zurück und drehte sich auf die Seite, damit er sie anschauen konnte. »Es wird mir nie leidtun, dich zu lieben. Ich wünschte einfach nur, die Dinge wären anders.«

»Darf ich dir eine Frage stellen?«

»Alles, was du willst.«

»War es gut für dich?«

Er beugte sich vor, um sie zu küssen, und zog sie mit einem Arm fest an sich. »So schön war es für mich bisher mit nur einer anderen Frau. Es ist so lange her, dass ich vergessen habe, wie gut es sich anfühlen kann.«

Zufrieden mit seiner Antwort stützte Kate das Kinn auf ihre Armbeuge und betrachtete sein Gesicht, um sich jede Einzelheit einzuprägen. »Wie war sie so? Deine Frau.«

Er zögerte einen Augenblick, ehe er antwortete: »Sie war lieb und sehr hingebungsvoll zu mir und Ashton. Er sieht aus wie sie.«

»Wie hast du sie kennengelernt?«

»Wir sind zusammen zur Highschool gegangen und hatten auf dem College weiter Kontakt, auch wenn wir da mit anderen zusammen waren. Kaum war ich nach dem Studium in Berkeley wieder zu Hause, wollte ich nur mit ihr zusammen sein. Ein paar Monate später haben wir geheiratet, und kurz danach wurde Ashton geboren. Er war erst zwei, und wir hatten darüber nachgedacht, noch ein Kind zu bekommen, als sie starb.«

»Was ist passiert?«

»Sie hat ehrenamtlich in einem Krankenhaus in der Stadt gearbeitet und war auf dem Heimweg, als ein Truck auf die Mittelspur zog und sie frontal erwischte. Die Rettungssanitäter haben behauptet, sie wäre sofort tot gewesen. Ich kann es nur hoffen.«

»Das tut mir leid«, erwiderte Kate, die in dem Versuch, die Trauer wegzuwischen, die sie ausgelöst hatte, sein Gesicht liebkoste.

»Es ist schon lange her.«

»Aber du bist deswegen noch immer traurig.«

»Ich habe erkannt, dass man über so etwas nie wirklich hinwegkommt. Irgendwie findet man einen Weg, damit zu leben. Das weißt du ja selbst, nicht wahr?«

Nickend rollte sie sich auf ihn und küsste seinen Hals und sein Gesicht.

Er legte die Arme um sie. »Es fühlt sich gut an, wieder verliebt zu sein, Kate. Ganz gleich, was auch geschieht, das werde ich nie bedauern.«

Während sie sich auf ihm regte, spürte sie, wie er unter ihr wieder zum Leben erwachte. »Können wir das schon wiederholen?«

»Nein, Schatz. Sonst wirst du wund.«

Er stöhnte, als sie sich auf ihn senkte.

»Das riskiere ich.«

* * *

Am späten Dienstagnachmittag flogen sie nach Nashville zurück. Reid blickte zu Kate. »Worüber lächelst du?«

»Es ist ein schöner Tag.«

»Das ist es.« Er schob das Mikrofon am Headset beiseite, damit er sie küssen konnte. »Wir müssen jedoch darüber reden, wie es weitergeht, wenn wir zu Hause sind.«

»Ich weiß.«

»Du darfst niemandem davon erzählen. Von uns.«

»Ich wünschte, wir müssten es nicht verstecken.«

»Ich auch. Aber die Leute würden das nicht verstehen, und es würde mir eine Menge Ärger bereiten.«

»Ich habe es nur einer Person anvertraut.«

Er blickte sie alarmiert an. »Wem?«

»Meiner Schwester Jill.«

»Himmel, Kate. Sie verrät es doch nicht deinem Dad, oder?«

»Sie musste mir versprechen, dass sie es nicht tut, und ich vertraue ihr. Wir haben in den letzten Jahren schon viel gemeinsam durchgestanden. Sie wird es nicht weitererzählen.«

»Ich hoffe nicht. Mich beunruhigt, wie wir das vor Martha verheimlichen sollen, aber auch, dass Ashton dein Nachbar ist. Das könnte kompliziert werden.« Er spürte ihre Entmutigung und nahm ihre Hand. »Wir finden einen Weg, Kleines. Keine Sorge.«

Ein paar Minuten später landeten sie. Nachdem sie bei ihm zu Abend gegessen hatten, fuhr sie zu ihrer Wohnung. Um zehn Uhr abends holte er sie ab und brachte sie in sein Haus, damit ihr Auto nicht in der Einfahrt stand. Die Nacht verbrachten sie in seinem Zimmer, und am nächsten Morgen waren sie schon wieder weg, bevor Martha aufstand.

»Ich fühle mich, als wären wir mit etwas Unerlaubtem davongekommen«, meinte sie auf dem Weg in die Stadt.

»Die Heimlichtuerei gefällt mir nicht. Und du sollst keinen Augenblick lang glauben, ich würde mich deinetwegen schämen, Kate. Du bedeutest mir viel. Ich will nur nicht, dass wir erleben, was geschieht, wenn die Leute das herausfinden.«

»Schon gut. Wir brauchen selbst etwas Zeit, um uns daran zu gewöhnen, bevor die Welt davon erfährt.«

»Genau«, erwiderte er. Nachdem er sie vor der Wohnung abgesetzt hatte, küsste er sie, ehe er zur Arbeit fuhr.

»Bis heute Abend?«

»Kann es kaum erwarten.«

* * *

Reid saß in seinem Büro und studierte die Pläne für ein Bürogebäude in Knoxville, als seine Sekretärin ihm mitteilte, dass Ashton da war, um ihn zu sehen. Reid bat sie, ihn reinzuschicken.

»Hallo. Was führt dich denn in meinen Teil der Stadt?«

»Ich wollte meinen alten Herrn treffen.« Ashton beugte sich runter, um seinen Vater kurz zu umarmen. »Alles in Ordnung?«

Reid lächelte, froh, dass sein Sohn der lockeren Zuneigung zwischen ihnen nie entwachsen war. »Mehr als in Ordnung. Wie läuft es bei dir so?«

»Viel um die Ohren, wie immer. Wie steht's mit dir? Du wirkst erschöpft. Bist du krank?«

Da er kaum zugeben konnte, womit er sich die letzten zwei Nächte beschäftigt hatte, statt zu schlafen, schüttelte er nur den Kopf. »Mir geht's gut.«

Ashton lief vor dem Schreibtisch seines Vaters auf und ab. Offensichtlich lag ihm noch etwas anderes auf der Seele. »Ich habe mich gefragt, ob du mal mit Kate geredet hast.«

Reid riss den Kopf hoch und begegnete dem Blick seines Sohns. »Warum?«

»Na ja, ich war am Sonntagabend bei ihr, und sie war völlig aufgelöst. Sie meinte, sie hätte sich mit einem Typen verkracht, den sie im Mabel's kennengelernt hatte. Aber als ich Butch gefragt habe, ob er den Kerl kennt, konnte er sich nicht entsinnen, dass sie mit jemandem zusammen gewesen wäre, solange sie dort gearbeitet hat. Dann habe ich sie in den letzten paar Tagen nicht erreicht. Sie ist nicht ans Handy gegangen, und ich mache mir einfach Sorgen, dass was nicht stimmt. Denkst du, wir sollten ihren Vater anrufen?«

»Nein«, erwiderte Reid nachdrücklich – zu nachdrücklich. »Nein«, wiederholte er in einem normaleren Tonfall. »Ich bin mir sicher, dass sie nur einen schlechten Tag hatte, bevor du bei ihr warst.«

Ashton wirkte bestürzt, und Reid wurde klar, dass sein Sohn vielleicht auch Gefühle für Kate hegte. *Himmel.*

»Weißt du irgendwas über diesen Typen, mit dem sie zusammen ist?«, fragte Ashton, der sich frustriert mit der Hand durchs blonde Haar fuhr.

Mit rasendem Herzen schaute er seinem Sohn in die Augen. »Nein, nichts.«

KAPITEL 18

An Heiligabend schob Clare im Buchladen Überstunden. Sobald Bea endlich das »Geöffnet«-Schild umdrehte und die Tür abschloss, ließen sich die beiden Frauen auf die Sessel vor dem Kamin fallen.

»Gott sei Dank geht das erst in einem Jahr wieder los«, ächzte Bea. »Meine Füße bringen mich noch um.«

»Ich hoffe, du hast es nicht übertrieben.«

»Keine Sorge. Zu Hause gönne ich mir ein heißes Bad. Morgen bin ich dann wieder so gut wie neu.«

»Wo wir gerade von morgen reden: Die Einladung steht noch. Warum kommst du nicht mit mir mit?« Bea hatte Clare zum Weihnachtsessen bei ihrem Bruder in Burlington eingeladen.

»Danke, Bea, aber ich gehe es morgen ruhig an. Übermorgen kommen die Mädchen, also feiern wir dann. Ich muss ihre Zimmer noch vorbereiten und etwas kochen. Aidan hat für mich den alten Herd und Kühlschrank wieder in die Küche geschleppt.«

»Bist du dir sicher, dass es eine gute Idee ist, Weihnachten allein zu verbringen?«

»Das wird schon, aber ich weiß die Einladung zu schätzen.«

»Also, falls du deine Meinung änderst, ruf mich morgen früh einfach an«, bot Bea an, bevor sie sich aus dem Sessel erhob, um im Laden aufzuräumen, in dem es aussah, als hätte der Blitz eingeschlagen.

»Schaffst du es nächste Woche ohne mich? Falls es zu viel wird, kann ich auch vorbeischauen.«

»Es wird wenig los sein. Vorwiegend Leute, die was umtauschen wollen, genieß also deine Zeit mit den Kindern, und mach dir um den Laden keine Gedanken.«

Clare gefiel die Arbeit – und ihre Zeit mit Bea – mittlerweile so sehr, dass sie erleichtert war, als Bea sie bat, wenigstens bis zum Winterfest Ende Januar zu bleiben. Bevor sie sich auf den Heimweg machte, schlüpfte sie in den Parka, setzte sich die Mütze auf und zog die Handschuhe an.

»Noch mal danke für deine Hilfe diesen Monat.« Bea drückte sie kurz. »Du hast mir echt das Leben gerettet.«

»Ich glaube, andersrum wird ein Schuh draus. Schöne Weihnachten.«

»Wünsch ich dir auch.«

Dann trat Clare in die Kälte. Weiße Lichter in den Ladenfenstern ließen den winzigen Ort funkeln. Menschen, die noch ihre letzten Einkäufe erledigten, und die üblichen Skiurlauber bevölkerten die Bürgersteige. Weihnachtsmusik drang aus den Lautsprechern vor den Geschäften und unterstrich die festliche Atmosphäre.

Von der Ecke der Maple Street aus erkannte sie, dass Aidan die Lichter am Weihnachtsbaum eingeschaltet hatte, der im Fenster stand. Der goldene Schmuck, den sie sich gekauft hatte, reflektierte das Licht. Alles an diesem Weihnachtsfest war ihr fremd, aber sie war entschlossen, sich davon nicht unterkriegen zu lassen. Nächstes Jahr wäre sie wieder mit den Mädchen in Rhode Island. Vielleicht hatte sie sich dann an den Gedanken gewöhnt, die Feiertage mit Jack, Andi und ihren beiden Familien zu verbringen. *He, es ist ein Ziel.* Das wäre das Beste für die Kinder. Ihr gefiel nicht, dass sie an den Feiertagen zwischen ihren geschiedenen Eltern hin- und herpendeln mussten.

Falls sie jemals Zweifel an ihrer Entscheidung gehabt hatte, vorübergehend nach Stowe zu ziehen, so konnte sie jetzt bestätigen, dass es das Richtige gewesen war. Jeden Tag fühlte sie sich stärker, sowohl körperlich als auch emotional. In letzter Zeit hatte sie überrascht festgestellt, dass sie immer seltener an Jack dachte.

Tatsächlich erkannte sie erstaunt, dass sich ihre Gedanken dieser Tage eher um Aidan als um Jack zu drehen schienen. *Eine interessante Entwicklung*, überlegte sie.

Aidan hatte das »Date« in den zehn Tagen, seit er sie gefragt hatte, nicht noch einmal erwähnt, und sie wusste, dass er sie kein zweites Mal bitten würde. Jetzt war sie an der Reihe. Sie aßen weiterhin gemeinsam zu Abend und zankten sich nicht ganz ernst gemeint, aber zwischen ihnen herrschte ein Unterton, den es vor seiner Frage nicht gegeben hatte.

Sie trat durch die Haustür und fand ihn vornübergebeugt vor, weil er im Wohnzimmer staubsaugte, und sie gönnte sich einen Moment, um die Aussicht zu bewundern. Sie hatte sich daran gewöhnt, dass er da war, wenn sie vom Laden nach Hause kam. Normalerweise war er schmutzig, weil er den ganzen Tag gearbeitet hatte, und in seinem Haar hing Sägemehl, aber der Dreck und der Staub verstärkten nur seine männliche Anziehungskraft.

Er saugte gerade den großen Haufen Sägespäne auf, die er in die Mitte des Bodens gefegt hatte, und schaltete den Staubsauger ab.

»Hi«, grüßte er sie. »Seit wann sind Sie da?«

»Seit einer Minute. Ich habe den Anblick genossen, wie Sie mein Haus putzen.«

»Ich bin froh, dass ich Ihnen zu Ihrem Vergnügen zur Verfügung stehe«, meinte er trocken, dann sah er auf die Uhr. »In ein paar Minuten muss ich los.«

Er reiste über die Feiertage nach Cape Cod zum Haus seiner Eltern.

»Ich dachte, Sie wären schon längst unterwegs.«

»Ich wollte im Bad noch etwas erledigen, damit es für die zweite Phase fertig ist, wenn ich wieder zurückkomme.«

»Sie sollten aufbrechen. Schließlich haben Sie eine lange Fahrt vor sich.«

»Sind Sie sicher, dass Sie nicht mitwollen? Ich bringe Sie auch rechtzeitig für Ihre Töchter zurück.«

»Ich bin mir sicher. Danke für das Angebot, aber ich freue mich schon auf einen herrlich ruhigen Tag morgen.«

»Der Gedanke daran, Weihnachten mit meinen Eltern, meinen drei unmöglichen Brüdern, meiner Schwester, ihrem Mann und ihren fünf Kindern zu verbringen, sagt Ihnen also nicht zu?«

Über den gequälten Ausdruck auf seinem Gesicht musste sie lachen. »Klingt hinreißend. Ich will Sie auch gar nicht länger aufhalten.«

Mit erhobener Augenbraue bemerkte er: »Sie können es wohl kaum erwarten, mich los zu sein. Wartet Ihr Freund draußen darauf, dass ich verschwinde?« Er spähte zum Fenster raus.

Sie lächelte. »Winke mit dem Zaunpfahl kann man sich bei Ihnen schenken, scheint mir.«

»Macht es Ihnen was aus, wenn ich kurz Ihre Dusche benutze? Meine Mutter kriegt einen Rappel, wenn ich in diesem Aufzug aufkreuze, und noch mal nach Hause zu fahren würde zu lange dauern.«

»Tun Sie sich keinen Zwang an. Die Handtücher sind im Schrank hinter der Tür.«

»Danke.« Er lief zu seinem Pick-up raus, um eine Reisetasche zu holen, die er mit sich nach oben nahm.

Während er duschte, begab Clare sich die Treppe rauf in ihre provisorische Küche, um ihm ein paar Sandwiches zuzubereiten und eine Thermoskanne Kaffee aufzubrühen, die sie ihm mitgeben würde. Als er eine Viertelstunde später die Stufen runterkam, war sie schon wieder unten.

»Wie lange dauert denn die Fahrt bis dorthin?« Sie drehte sich um und erstarrte bei seinem Anblick in einem braunen Rollkragenpullover und Jeans – ohne Löcher –, die sich an genau die richtigen Stellen schmiegten. Sein Haar war noch immer feucht, das attraktive Gesicht glatt rasiert. *Ach du gute Güte.*

Mit grünen Augen, die mit einer Mischung aus Belustigung und Verlangen funkelten, erwiderte er ihren Blick. »Etwa vier Stunden.«

Sie schluckte schwer. »Ich habe Ihnen ein paar Sandwiches geschmiert und Kaffee gekocht.«

Er wirkte dankbar und überrascht zugleich. »Einmal Mutter, immer Mutter?«

Schulterzuckend reichte sie ihm die Tüte, wobei sie den Duft seines Aftershaves einatmete, bei dem ihr das Wasser im Mund zusammenlief.

Er nahm ihr den Proviant ab und stellte ihn neben die Reisetasche auf den Boden. »Danke.«

»Gerne.«

»Sicher, dass Sie zurechtkommen?«

Gerührt von seinem Interesse lächelte sie. »Ganz sicher.«

»Also …« Er drehte sich zur Tür um, änderte seine Meinung aber so schnell, dass sie keine Zeit hatte, sein Vorhaben abzuschätzen, bevor seine Lippen ihre berührten und er sie in seine kräftigen Arme zog. Zu ihrer Überraschung war der Kuss nicht ganz so leidenschaftlich, wie es das Verlangen in seinen Augen angedeutet hatte, als wüsste er, dass er bei ihr behutsam sein sollte. Als er sich schließlich von ihr löste, wirkte er geschockt. »Entschuldige. Ich konnte einfach keine Minute länger warten.«

Sie sah ihn an. »Darüber bin ich froh«, entgegnete sie, dann stellte sie sich auf Zehenspitzen und küsste ihn noch einmal. »Du gehst jetzt besser. Es wird schon spät.«

Mit großem Widerstreben nahm er seine Tasche. »Wir sehen uns in ein paar Tagen.«

»Denk dran: Fang bloß nicht in aller Herrgottsfrühe an, wenn die Mädchen da sind. Sie sind Langschläferinnen.«

»Verstanden. Frohe Weihnachten.«

Sie brachte ihn zur Tür. »Wünsch ich dir auch.«

Nach einem letzten Kuss verschwand er.

Sie beobachtete, wie er in den Pick-up stieg, und winkte ihm nach, als er davonfuhr. Dann schaltete sie das Verandalicht aus, schloss die Tür, verriegelte sie und lehnte sich dagegen, während sie versuchte, ihren Herzschlag zu beruhigen. »Also«, sagte sie zu sich, »das war jetzt eine ziemliche Überraschung.« Mit leisem Lachen fügte sie hinzu: »Aber außerdem eine äußerst schöne.«

* * *

Unterwegs rief Aidan seine Mutter an, um ihr mitzuteilen, dass er später losgefahren war. Jedem das Weihnachtsfest zu verderben, weil sich Colleen O'Malley seinetwegen unnötig Sorgen machte, war das Letzte, was er wollte. Nachdem er für heute mit der Arbeit fertig gewesen war, hatte er sich zwei Stunden lang mit nebensächlichen Aufgaben in Clares Haus beschäftigt, weil er darauf gewartet hatte, dass sie aus der Buchhandlung zurückkam. Er wollte sichergehen, dass es ihr wirklich gut ging, bevor er sie über Weihnachten allein ließ.

Er konnte nicht leugnen, dass sie Gefühle in ihm weckte, die schon so lange in ihm verschüttet gewesen waren, dass er ganz vergessen hatte, dass sie überhaupt existierten. Die Aura der Verletzlichkeit, die sie umgab, löste in ihm das mächtige Verlangen aus, sie vor dem zu beschützen, wovor auch immer sie auf der Flucht war. Es erstaunte ihn auch, wie dringend er wissen wollte, warum sich manchmal dieser gehetzte Ausdruck in ihre unfassbar blauen Augen stahl.

Stunden später hielt er auf die Sagamore Bridge zu, die nach Cape Cod führte, und musste noch immer daran denken, wie sie am Weihnachtsabend allein zu Hause sitzen würde. Gähnend griff er nach seinem Handy und war froh, dass er zuvor daran gedacht hatte, ihre Nummer zu speichern. Beim zweiten Klingeln nahm sie ab.

»Hi«, grüßte er. »Ich werde langsam müde. Leistest du mir Gesellschaft?«

»Liebend gerne. Wo bist du?«

»Fast beim Cape, und dann ist es noch etwa eine Stunde bis nach Chatham.«

»Wohnt deine Familie schon immer dort?«

»Seit fast vierzig Jahren, kurz nachdem meine Eltern geheiratet haben.«

Clare stöhnte. »Oh, *Grundgütiger*, O'Malley, *du bist noch nicht mal vierzig*?«

Er lachte. »Noch nicht ganz. Ist das ein Problem?«

»Ich bin sechs, nein, Moment, fast sieben Jahre älter als du?«

»Was für ein Glück für mich, dass du aussiehst wie zweiundzwanzig.«

»Ach, ich sollte Schadensbegrenzung betreiben und das Weite suchen.« In Wahrheit freute ihn ihr Eingeständnis, dass zwischen ihnen etwas lief. »Das ist zu peinlich.«

»Habe ich dir schon gesagt, dass ich ältere Frauen *liebe*?«

»Noch mal Glück gehabt«, entgegnete sie in diesem trockenen Tonfall, den sie so gut draufhatte. »Erzähl mir von deiner Familie.«

»Das ist eine lange Geschichte.«

»Ich habe Zeit, wenn du welche hast.«

»Also gut, mal sehen. Meine Eltern Colleen und Dennis sind im selben Häuserblock in South Boston aufgewachsen. Die Eltern meines Dads waren irische Immigranten, aber er ist in der Stadt geboren worden. Meine Mum ist mit ihren Eltern aus Irland ausgewandert, als sie zehn Jahre alt war. Oma Fitz, die Mutter meiner Mum, hat bis an ihr Lebensende geschworen, dass meine Mutter schon am zweiten Tag in Boston ein Auge auf meinen Vater geworfen hatte. Er war vier Jahre älter als sie, und nach allem, was wir gehört haben, hatte er nie eine Chance.«

Clare musste lachen. »Ich mag sie schon jetzt.«

»Ja, sie ist ein Knaller. Die beste Geschichte, die man uns über die beiden erzählt hat, ereignete sich, als sie neunzehn war. Angeblich hat sie unseren armen Vater aus einem völlig verräucherten Pub in Dorchester gezerrt und ihm auf dem Bürgersteig vor seinen Trinkkumpanen ein Ultimatum gestellt. ›Entweder sie oder ich, Dennis O'Malley‹«, ahmte Aidan den schweren irischen Akzent nach. »›Entscheide dich.‹«

»Das hat sie nicht getan.«

»Hat sie. Der Legende nach zwang das Feuer in ihren grünen Augen O'Malley in die Knie, und mit wehmütigem Blick zu den Jungs verkündete er: ›Natürlich, Liebste, wähle ich dich.‹ Keine zwei Wochen später standen sie vor dem Gemeindepfarrer. Kurz nach der Hochzeit – und zu Dads Leidwesen – ist sie mit ihm nach Chatham gezogen. Dad war am Boden zerstört. ›Meine Freunde wohnen alle in Boston‹, klagte er.«

»Schlau von ihr.«

»Das stimmt. Mum hat verkündet: ›Richtig. Jetzt finde heraus, wie du dir hier deinen Lebensunterhalt verdienst, Dennis O'Malley, denn wir werden Babys haben. Jede Menge.‹ Also hat Dad getan, wie ihm geheißen, und das einzige markttaugliche Talent, das er besaß, genutzt, um eine Baufirma aufzuziehen. Es hat eine Weile gedauert, bis O'Malley Construction Fuß gefasst hatte, und ich erinnere mich an eine Kindheit voller Liebe, aber mit wenig Luxus.«

»Erzähl mir, dass du direkt nach der Hochzeit zur Welt gekommen bist und schon *bald* vierzig wirst.«

»Auf den Tag genau zehn Monate nach der Hochzeit. Im Februar werde ich vierzig. Ist das früh genug?«

»Ich schätze, das wird wohl reichen müssen.«

»Mein Bruder Brandon wurde ein Jahr nach mir geboren. Zwei Jahre später kam Colin zur Welt, gefolgt von Declan im Jahr darauf. Brandon, Colin und ich wurden nach Mums älteren Brüdern benannt, die ihr das Herz gebrochen haben, indem sie in Irland geblieben sind, während sie und ihre Eltern nach Amerika ausgewandert sind. Wir wuchsen mit den faszinierenden Geschichten über unsere Onkel auf, und jahrelang flehte sie Dad an, ihre Brüder herzufliegen. Das Geschäft war endlich stabil in den schwarzen Zahlen, also gab er nach und holte die ›Jungs‹ für einen dreiwöchigen Besuch rüber. Na ja, aus den ›Jungs‹ waren in den zwanzig Jahren, seit sie einander zum letzten Mal gesehen hatten, Männer geworden.«

Er lächelte bei der Erinnerung. »Im Sommer, in dem ich elf Jahre alt war, sind sie wie ein Tornado durch Chatham gepflügt. Sie prügelten sich durch jede Bar der Stadt, und nachdem sie abgereist waren, gaben fünf Mädchen aus dem Ort an, schwanger von ihnen zu sein. Bei uns haben sie einen *großen* Eindruck hinterlassen, und es verwundert wohl nicht, dass Mum einen erneuten Besuch nie wieder erwähnte.«

Clare lachte schallend. »Das denkst du dir doch aus.«

»Keineswegs. Ach, ich habe ganz vergessen, dass ich neun war, als meine Schwester Erin geboren wurde. Mum hat Gott gedankt, dass er ihr endlich ein Mädchen geschenkt hat. Ironischerweise stellte Erin sich als richtiger Teufelsbraten raus. Wir Jungs hatten solche Angst vor Mum – etwas, dem wir nie entwachsen sind –, dass wir es nicht wagten, es uns mit ihr zu verscherzen. Für Erin hingegen war es schon eine Art sportlicher Wettkampf, sich ihr zu widersetzen. Seit sie sprechen kann, sind ihre Wortgefechte mit Mum legendär. Das ging so lange, bis Erin mit einundzwanzig Jahren den armen Tommy Maloney kennenlernte.«

»Lass mich raten: Die Geschichte hat sich wiederholt.«

»Genau. Erin hat beschlossen, dass Tommy der Richtige war, und setzte mit solch unbarmherziger Entschlossenheit dazu an, ihn für sich zu gewinnen, dass wir, obwohl sie uns jahrelang gequält hatte, Mitleid mit Tommy empfanden. Innerhalb von sechs Monaten waren sie verheiratet und haben zu Mums großer Freude in fünf Jahren fünf Kinder in die Welt gesetzt.«

»Herrlich«, erwiderte Clare lachend. »Wo wohnen sie jetzt?«

»Noch immer in Chatham. Meine Brüder und Tommy arbeiten für Dad. Das Geschäft floriert, seit wir alt genug zum Arbeiten sind. In dem Jahr, in dem ich fünfzehn wurde, hat Dad es stolz in O'Malley & Sons Construction umbenannt. Alles, was ich über Bauarbeiten und Renovierungen weiß, habe ich in den Sommermonaten während der Schul- und Semesterferien von ihm gelernt.«

»Er hat dich gut ausgebildet. Warum arbeitest du dann nicht bei ihm?«

»Das ist eine andere lange Geschichte«, antwortete er auf dem Weg durch Chatham. »Ich bin fast da.«

»Wie ist Chatham so? Am Cape habe ich noch nicht viel Zeit verbracht. Es gab keinen Grund, Newport im Sommer zu verlassen.«

Erleichtert, dass sie beschlossen hatte, bei dieser »anderen« Geschichte nicht nachzuhaken, antwortete er: »Ist eigentlich ziemlich genau wie Stowe. Manchmal glaube ich, dass ich mich deswegen dort wie zu Hause fühle. Die Saison ist aber genau andersherum. Stowes Bevölkerungszahlen wachsen in der Skisaison, Chatham ist im Sommer wie ein Tollhaus, wenn die Autos die Straßen verstopfen und die Touristen die Strände überfluten.«

»Klingt wie Newport.«

»Danke, dass du mir Gesellschaft geleistet hast«, verabschiedete sich Aidan, unwillig, sie gehen zu lassen. In der kurzen Zeit, seit er sie kannte, hatte er mehr mit ihr geredet als mit irgendjemand anderem in den letzten Jahren. Er hatte das Gefühl, dass er es nie leid werden würde, sich mit ihr zu unterhalten, ein Gedanke, der ihn mit Angst und Schrecken erfüllen sollte, es aber aus irgendeinem Grund nicht tat.

»War mir ein Vergnügen. Das war die beste Geschichte, die ich seit Langem gehört habe. Noch ist aber nicht entschieden, wie viel davon wahr und wie viel erfunden ist.«

»Es ist alles wahr, Baby«, lachte er. Diese Geschichte hatte er seit Jahren nicht erzählt, und es hatte ihm gefallen, sie mit ihr zu teilen. »Wir sprechen uns schon bald.« Er legte auf und rollte in die Einfahrt vor dem dreistöckigen viktorianischen Haus seiner Eltern. Angefangen hatte das Haus als Ranch, war über die Jahre aber zu einem der Lieblingsprojekte von O'Malley Construction geworden und vergrößerte sich zusammen mit der Familie, die darin lebte.

Dennis hatte beinahe der Schlag getroffen, als er den Anstrich im Gingerbread-Look entdeckte, den Colleen im Sommer vor zwei Jahren in Auftrag gegeben hatte, aber die Jungs wussten es besser und ärgerten ihn nicht, weil er wieder einmal ihrer Mutter nachgegeben hatte. Wenn er glaubte, Colleen würde ihn nicht hören, beschwerte er sich aber bitterlich darüber, dass er in einem Haus leben musste, das wie eine große rosa Torte aussah. Ein beleuchteter Weihnachtsbaum stand im Fenster neben der Haustür, und ringsum waren weiße Lichterketten um das Haus gehängt und warfen ihren Schein auf die alberne Farbe.

Als Aidan die Reisetasche und einen großen Beutel voller Geschenke von der Ladefläche des Pick-ups nahm, flog die Haustür auf, und Colleen kam, nur mit einem Bademantel und einem Nachthemd bekleidet, herausgelaufen, um ihn zu begrüßen.

»Aidan O'Malley, komm her, und lass dich von deiner Mum drücken«, rief sie, bevor sie auch schon die Arme um ihn schlang.

Er ließ die Taschen fallen, hob sie vom Boden hoch und wirbelte sie herum.

Bis sie nach ihm schlug. »Lass mich runter, du Narr. Du zerrst dir noch was.«

»Was auch immer du sagst, Mum. Du bist echt schwer. Wie viel wiegst du? Fünfzig Kilo?«

Sie hakte sich bei ihm unter und zog ihn nach drinnen. »Ach, sei still. Als ich das letzte Mal fünfzig gewogen habe, warst du noch nicht geboren. Dad hat's aufgegeben und ist ins Bett. Er meint, er würde dich dann morgen sehen.«

Im Haus roch es nach Lavendelsäckchen, Tanne und Gewürzen. »Was hast du gekocht?«

»Was habe ich *nicht* gekocht? Deine Schwester und ich waren den ganzen Tag mit nichts anderem beschäftigt.«

»Streiten oder Kochen?«

Sie schnaubte. »Ein bisschen von beidem.« Das Licht über dem Herd fiel auf ihr immer noch hübsches Gesicht. An ihrem nächsten Geburtstag würde sie sechzig werden, aber für Aidan sah sie keinen Tag älter aus als fünfzig. Ihr rotes Haar war zu einem attraktiven Kastanienbraun nachgedunkelt, durch das sich jetzt graue Strähnen zogen. »Komm rein, und iss etwas.«

Er setzte sich an den Küchentisch. »Schon gut. Ich hab unterwegs gegessen.«

»Fast Food, ohne Zweifel.«

»Nein, eine Freundin hat mir ein paar Sandwiches geschmiert.«

Ihre Augen weiteten sich neugierig. »Eine Freundin?«

»Mum«, warnte er sie. »Wie wäre es, wenn du mir ein Bier holst, bevor du mich ausquetschst?«

Sie strich ihm das Haar aus der Stirn und beugte sich vor, um ihm einen Kuss auf die Wange zu geben. »Ich weiß nicht, warum du mich so hinhalten musst, Aidan O'Malley. Du weißt doch, dass ich mir Sorgen um dich mache.«

»Das musst du nicht. Mir geht's gut.«

Sie holte ein Sam Adams aus dem Kühlschrank, öffnete es für ihn und setzte sich zu ihm an den Tisch. »Dad und ich sind gestern in die Stadt gefahren, um auf den Friedhof zu gehen«, teilte sie ihm mit, als sie seine Hand nahm.

Der Schmerz durchzuckte ihn, und er blickte auf ihre verschränkten Hände runter. Nach all den Jahren raubte es ihm noch immer den Atem … »Danke.«

»Du solltest sie ebenfalls besuchen, weißt du?«

Er schüttelte den Kopf. »Ich weiß es zu schätzen, dass ihr dort wart.«

»Mrs Gough hatte in letzter Zeit ein paar Herzprobleme. Vielleicht könntest du ja mal bei ihr vorbeischauen, solange du zu Hause bist.«

»Warum?«

»Stell dich nicht dumm, Aidan. Du könntest dich davon überzeugen, dass ihr Arzt sich gut um sie kümmert.«

»Ich bin mir sicher, dass sie in guten Händen ist.«

»Du verschwendest dort oben in den Bergen deine gottgegebenen Talente.«

»Das stimmt nicht. Ich nutze ein paar von ihnen. Also, was steht für morgen an?«

Colleen betrachtete ihn finster, da er die Unterhaltung von ihren Lieblingsthemen weglenkte. »Dad und ich sind morgen früh bei Erin und Tommy, weil wir dabei sein wollen, wenn die Kinder ihre Geschenke öffnen. Dann gehen wir alle um zehn Uhr in die Kirche, und nachher kommen wir hierher, um Geschenke auszupacken und schließlich zu Abend zu essen. Du kannst uns gerne zum Gottesdienst begleiten.«

»Nein, danke.«

Sie seufzte. »Es würde Sarah das Herz brechen, wenn sie wüsste, dass du deinen Glauben verloren hast, Aidan.«

Er unterdrückte das Bedürfnis, etwas Bissiges zu erwidern, und zwang sich zu einem gelassenen Tonfall. »Ich bin mir sicher, dass sie es verstehen würde.«

»Es ist zehn Jahre her, Schatz. Wann willst du wieder leben?«

»Ich weiß es nicht.« Er sank auf seinem Stuhl in sich zusammen. »Auf dem Weg hierher musste ich daran denken, dass Colin jetzt zehn wäre. Ich habe mich gefragt, was er sich dieses Jahr zu Weihnachten gewünscht hätte. Ein Skateboard oder ein neues Fahrrad? Vielleicht einen Baseballhandschuh. Vermutlich auch was Elektronisches.«

Colleen stand auf und umarmte ihn. »Warum legst du dich nicht hin? Morgen früh sieht alles besser aus.«

Er lachte. »Ich wünschte, ich bekäme jedes Mal einen Groschen, wenn ich das von dir höre.«

»Ich wünschte, es gäbe etwas, was ich sagen könnte, damit es besser wird.«

Er tätschelte ihr die Hand und verschloss vor den aufwallenden Gefühlen die Augen. »Ich weiß, Mum. Ich weiß.«

KAPITEL 19

An dem Abend, bevor Kate über Weihnachten nach Rhode Island zurückreiste, führte Reid sie in ein abgelegenes Restaurant in Rutherford County zum Essen aus. Sie hatten es geschafft, über eine Woche lang jede Nacht zusammen zu verbringen, ohne dass jemand Fragen stellte, und waren sich immer sicherer, dass sie in ihrer eigenen kleinen Welt existieren konnten. Nach einem Abendessen bei Kerzenschein griff er in seinen Anzug und holte eine in Geschenkpapier eingewickelte Schachtel raus. Er schob sie über den Tisch.

»Was ist das?«

»Öffne es, und finde es heraus.«

»Ich habe auch was für dich, aber das kann ich dir erst später geben.«

Er hob eine Augenbraue.

Sie lachte. »Keine schmutzigen Gedanken.«

»Mach dein Geschenk auf.«

Er trug einen dunkelgrauen Anzug mit preiselbeerroter Krawatte und sah so gut aus, dass sie den Blick nicht von ihm wenden konnte. »Ich bin nervös«, gestand sie, denn sie spürte, wie wichtig dieses Geschenk war.

»Musst du nicht.« Er nahm ihr die Schachtel ab und entfernte das Papier und die Schleife. »Ich glaube, dass dein Talent dich irgendwann weit von mir wegführen wird, also wollte ich, dass du mein Herz mitnehmen kannst.« In der Schachtel lag ein goldenes Herzmedaillon mit einem Diamanten in der Mitte.

»Ach, Reid«, seufzte sie mit feuchten Augen. Als sie die Tränen nicht länger zurückdrängen konnte, griff sie nach seiner Hand. »Können wir gehen?«

Er bat um die Rechnung und brachte sie ein paar Minuten später raus. Auf dem Weg zum Auto legte er einen Arm um sie. Bittere Kälte durchzog die Luft, und der Vollmond hing an einem mit sanften Wolken besprenkelten Nachthimmel. »Was ist los, Baby? Ich wollte dir eigentlich eine Freude machen«, wunderte er sich, während er ihr die Tränen trocknete.

»Das hast du. Es tut mir leid. Ich kann mir nur nicht vorstellen, dich für zwei Tage zu verlassen, um Weihnachten zu Hause zu verbringen, ganz zu schweigen davon, dass mich meine Karriere von dir trennen könnte. Das will ich nicht.«

An seinem Auto beugte er sich vor, um sie zu küssen, und nahm ihr die Schachtel ab. Dann drehte er sie herum und hob ihr Haar an, um ihr die Kette umzulegen, bevor er ihren Hals küsste, und sie erschauderte. »Ich liebe dich, und ich werde hier auf dich warten, ganz gleich, wohin dich deine Karriere verschlägt.«

Sie wandte sich ihm zu und lehnte die Stirn an seine Brust. »Ich bin hergekommen, um berühmt zu werden, aber stattdessen habe ich dich gefunden. Der Rest erscheint mir jetzt nicht mehr so wichtig.« Sie fuhr mit den Händen über sein Revers und blickte zu ihm hoch. »Auf der Party, auf der wir am Samstagabend aufgetreten sind, hat mir ein Produzent seine Karte gegeben. Er will, dass ich ihn nach den Feiertagen anrufe.«

»Das klingt fantastisch, Kate. Warum hast du mir das nicht gesagt?«

Sie zuckte mit den Achseln.

Dann hob er ihr Kinn an. »Süße, hör mal. Du kannst deine Träume nicht über den Haufen werfen, nur weil du dich in mich verliebt hast. Das würde mir das Herz brechen. Du hast solch ein seltenes und besonderes Talent, und du musst rausfinden, wo es dich hinführen wird. Sosehr ich dich auch an meiner Seite haben möchte, würde ich es mir doch nie verzeihen, wenn ich dich zurückhalten würde.«

»Lass uns heimfahren. Ich möchte dir mein Geschenk geben.«

Er öffnete ihr die Autotür und hielt auf dem Rückweg ihre Hand. In seinem Haus wartete Martha auf ihn. Reid hatte ihr mitgeteilt, dass Kate bei ihnen übernachten würde, damit er sie am nächsten Morgen zum Flughafen bringen konnte.

»Guten Abend, Mr Reid, Miss Kate. Das Gästezimmer ist bereits für Sie hergerichtet, Miss Kate. Auch das Frühstück wird rechtzeitig fertig sein, damit Sie Ihren Flug morgen noch schaffen.«

»Ach, das müssen Sie nicht, Martha«, erwiderte Kate. »Ich kann mir am Flughafen was holen.«

»Seien Sie nicht albern. Bis morgen«, widersprach sie und zog sich in ihr Quartier hinter der Küche zurück.

Danach trug Reid Kates Tasche zum Übernachten ins Gästezimmer.

»Ach, hab ich ganz vergessen: Ich brauche auch meine Gitarre.«

»Ich hole sie aus dem Auto.«

»Danke.« Während sie mit der neuen Kette spielte, sah sie ihm nach. *Gott, wie ich ihn liebe.* Sie fragte sich, ob es normal war, dass ihr unter dem Tumult der Emotionen jedes Mal fast schon schlecht wurde, wenn sie in seiner Nähe war.

Schließlich kehrte er mit dem Instrument zurück. »Lass uns bei mir den Kamin anmachen.«

»Nimm die mit.« Sie zeigte mit dem Kopf auf die Gitarre. »Das gehört zu dem Geschenk dazu, das ich erwähnt hatte.«

»Da bin ich aber gespannt«, meinte er mit einem Lächeln und hielt ihr eine Hand hin.

Kate liebte sein Schlafzimmer. Er hatte eine Wand einreißen lassen, um aus zwei Schlafräumen einen großen zu machen. Die Wände waren in einem dunklen Schokoladenbraun gestrichen, das zu den Ledermöbeln vor dem Kamin passte. Sein Laptop und die Aktentasche lagen auf einem kleinen Schreibtisch, an dem er manchmal nachts arbeitete. Sein Bett stand am anderen Ende, wo auch eine Tür zu einem größeren Bad führte.

Er zog die Anzugjacke aus und legte die Krawatte ab, öffnete den obersten Hemdknopf und rollte die Ärmel hoch. Nachdem er das Feuer entzündet hatte, gesellte er sich auf dem Sofa zu ihr.

»Bist du bereit für dein Geschenk?«

»Ich sterbe vor Neugierde.«

»Na ja, es ist nichts Besonderes, also freu dich nicht zu sehr. Ich wollte dir was Spezielles besorgen, aber da du bereits ein Flugzeug hast, habe ich mich gefragt, was ich einem Mann schenken könnte, der schon alles besitzt.«

»Erst seit du hier bist, habe ich alles«, erwiderte er und küsste sie.

In einem halbherzigen Versuch, ihn wegzuschieben, legte sie ihm die Hände auf die Brust. »Deinetwegen verlier ich noch den Faden.«

»Entschuldige.«

»Also«, sagte sie mit strengem Blick, über den er lachen musste. »Ich dachte an die eine Sache, die nur ich dir geben kann. Da kommt die Gitarre ins Spiel. Ich habe dir ein Lied geschrieben.«

Vor Überraschung und Freude strahlte sein Gesicht auf. »Wirklich?«

Nickend stimmte sie die Gitarre und atmete tief durch. »Ich glaube, ich bin zum ersten Mal vorm Singen nervös.«

»Ein so begeistertes Publikum wie mich hattest du noch nie. Auf keinen Fall.«

Bei seinem ermutigenden Lächeln entspannte sie sich. »Los geht's.« Sie setzte zu einem komplizierten Gitarrensolo an, bei dem sich seine Augen vor Bewunderung weiteten.

Ich dachte, ich weiß
Was Liebe ist
Aber dann kamst du …
Ich dachte, ich weiß
Wie es wäre
Aber jetzt sehe ich
Jetzt ist es wahr …
Ich wusste nichts

Bis zu dir …

Bis zu dir …

Bis zu dir …

Ich dachte, ich weiß

Jetzt ist es wahr …

Ich dachte, ich weiß

Was Frieden ist

Dann kamst du …

Ich dachte, ich weiß

Was Träume sind

Dann kamst du …

Ich dachte, ich weiß

Wie es wäre

Aber jetzt sehe ich …

Ich dachte, ich weiß

Was Liebe ist

Aber dann kamst du

Dann kamst du …

Sie spielte die letzten Noten des Liedes und lehnte die Gitarre ans Sofa.

»Kate«, flüsterte er rau und zog sie in seine Arme. »Das war das wunderbarste Geschenk, das mir jemals jemand gegeben hat.«

»Immer, wenn du hörst, wie ich das Lied singe, dann singe ich es für dich.«

»Danke.« Er gab ihr einen zärtlichen Kuss. »Weißt du, wann ich mich in dich verliebt habe?«

Sie schüttelte den Kopf.

»Am ersten Tag im Esszimmer, nachdem Ashton dich zum Singen herausgefordert hatte. Noch Tage später hörte ich bei der Arbeit oder wenn ich auf Thunder ritt oder wenn ich im Bett lag, immer, wie du ›Crazy‹ singst. Du hast die schönste Stimme von allen. Die Stimme eines Engels.«

»Bring mich ins Bett, Reid.«

* * *

»Kate, Schatz, wach auf.«

Kate erwachte aus tiefem Schlummer und sah, dass Reid auf dem Bettrand saß. »Was ist los?« Sie stellte fest, dass er einen schwarzen Pullover und Jeans trug. »Wie spät ist es?«

»Halb vier. Komm, zieh dich an. Ich habe eine Überraschung für dich.«

Neugierig streckte sie sich und gähnte, bevor sie aufstand. Aus der Tasche, die er aus dem Gästezimmer geholt hatte, zog sie sich eine Jeans und einen Pullover über.

Sie schlüpften in dicke Mäntel und schlichen nach unten und durch die Küchentür raus. Erstaunt erkannte sie, dass es ein wenig schneite und der Schnee sich rasch sammelte und bereits den Rasen und die Einfahrt bedeckte.

Reid brachte sie zum Stall, führte Thunder aus der Box und half Kate hinauf.

»Reiten wir ohne Sattel?«, fragte sie.

»Hin und wieder machen wir das. Er ist daran gewöhnt.« Er nutzte eine Latte im Zaun, um hinter ihr aufzusteigen. Dann legte er die Arme um sie, berührte sanft mit den Fersen die Flanken des Pferdes und lenkte Thunder zu einem Pfad zwischen den dicht stehenden Bäumen hindurch, unter denen das Getrappel der Hufe das einzige Geräusch in der ansonsten stillen Nacht war.

»Schließ die Augen«, flüsterte Reid.

Sie lehnte den Kopf an seine Schulter und tat es, spürte, wie sich Schneeflocken auf ihre Wimpern legten.

Schweigend ritten sie eine Weile, bevor er ihre Hand drückte. »Okay, jetzt kannst du sie öffnen.«

Sie atmete scharf ein. »Ach, Reid.« Sie hatten die Bäume hinter sich gelassen und waren auf einer Wiese, die vom Mond so hell erleuchtet wurde, dass sie wie im Tageslicht erstrahlte, die weite Lichtung überzogen von Schnee, der im silbrigen Schein glitzerte. Thunder stand reglos und still da, während sie die herrliche Szenerie betrachteten.

Schließlich griff sie nach Reid. »Daran werde ich mich bis an mein Lebensende erinnern.«

Sanft berührte er ihren Mund mit seinem. »Ich auch.«

KAPITEL 20

Mutmaßungen summten durch das Haus der O'Malleys, in dem die Familie darauf wartete, dass Declan mit seiner neuen Freundin ankam. Aidan fand, dass Dec verrückt war, die arme Frau an den Feiertagen der Familie auszusetzen, aber er war deswegen nicht um Rat gefragt worden.

»Seid nett, und verhaltet euch nicht wie Idioten«, warnte Colleen ihre anderen drei Söhne, die zusammen auf dem Sofa im Wohnzimmer saßen.

»Wir sind nicht diejenigen, um die Dec sich Gedanken machen muss«, murmelte Brandon leise, als sie an ihnen vorbeilief.

Aidan stieß ihm den Ellbogen in die Seite. Sein Bruder sah mit dem Bartschatten und den blutunterlaufenen Augen schlimm aus – ein sicheres Anzeichen dafür, dass er bis in die frühen Morgenstunden getrunken hatte. In letzter Zeit hatte er von anderen Familienmitgliedern erfahren, dass Brandons Alkoholsucht allmählich zu einem Problem wurde.

Als sie noch jünger gewesen waren, hatte man Aidan und Brandon oft für Zwillinge gehalten. Sie beide hatten das gleiche gewellte braune Haar wie ihr Vater als junger Mann und die grünen Augen ihrer Mutter. Die Ähnlichkeit verblasste, als das Alter und das Leben von beiden ihren Tribut forderten. Ihre jüngeren Geschwister hatten Colleens rotblondes Haar und Dennis' blaue Augen.

Aidan und Colin tranken ihr Bier langsam, Brandon allerdings stürzte seines hinunter. Erins Kinder rannten durch das Haus und schrien aufgeregt durcheinander.

»Was für ein Irrenhaus«, murmelte Colin.

Brandon stand auf. »Ich brauch noch ein Bier.«

»Du hattest schon zwei«, erinnerte Aidan ihn.

»Halt dich da raus, Aidan. Hab ich was gesagt, weil du nach Sarahs Tod ein Jahr lang betrunken warst?«

»Was ist deine Ausrede?«, wollte Aidan wissen.

»Das reicht, ihr zwei«, mischte Colin sich ein.

Wenig später tauchten Declan und seine Freundin Jessica auf. Sobald sie dem Clan vorgestellt und ihr ein Bier in die Hand gedrückt worden war, rief Colleen die Familie zum Abendessen.

Weitere Stühle waren herangezogen worden, damit auch jeder am Esstisch Platz nehmen konnte. Erin saß neben Aidan. Auf ihrer anderen Seite hockte ihr jüngstes Kind auf einem Kinderstuhl.

Den Platz am Kopf des Tisches nahm Dennis ein. »Sprechen wir das Gebet, damit Mum das Essen servieren kann.«

Die Mitglieder der Familie reichten einander die Hände und neigten die Köpfe. Aidan schloss sich ihnen seinen Eltern zuliebe an.

»Lieber Gott, segne diese Familie, die sich hier vor dir versammelt hat«, begann Dennis. »Beschütze und behüte sie im kommenden Jahr, und bringe sie zum nächsten Weihnachtsfest wieder in diesem Haus zusammen. Heute sprechen wir ein besonderes Gebet für die Familienmitglieder, die von uns gegangen sind, ganz besonders für unsere geliebte Sarah und den kleinen Colin. Lass sie ruhen in Frieden, Amen.«

»Amen«, hallte es von den anderen wider.

Erin drückte Aidans Hand, bevor sie ihn losließ.

* * *

Nachdem die anderen alle verschwunden waren, half Aidan seiner Mutter beim Aufräumen. Er stellte einen der zusätzlichen Stühle, die sie zum Abendessen gebraucht hatten, zurück ins Büro seines Vaters und fühlte sich zu den Regalen hinter dem Schreibtisch hingezogen. Jedem der fünf O'Malley-Kinder gehörte ein Regal für die Leistungen aus ihren Kindheitstagen.

Aidan griff nach dem in Leder gebundenen Buch mit den vergoldeten Seiten, das neben seinen Footballtrophäen stand. Er nahm es mit zum Sofa, wo das Licht besser war. Goldene Buchstaben waren auf das Titelbild des Albums geprägt und bildeten die Inschrift »Aidan und Sarah«, zusammen mit dem Hochzeitsdatum im September.

Er betrachtete die Fotos vom glücklichsten Tag seines Lebens und lächelte über die Bilder von ihm und Sarah vor dem weißen Rolls-Royce, mit dem Dennis sie überrascht hatte. Auf der nächsten Seite prangten die vier O'Malley-Brüder in ihren grauen Smokings. Sie trugen das großspurige Grinsen von Männern im Gesicht, die zu jung waren, um zu glauben, dass ihnen jemals etwas Schlimmes zustoßen könnte.

Dann war da Sarah. Mit dem dichten dunklen Haar und den haselnussbraunen Augen war sie atemberaubend schön. Aidans Blick ruhte auf dem Foto von ihr im Hochzeitskleid, während die Sonne über dem Wasser hinter ihr unterging. Er merkte, wie sich seine Augen mit Tränen füllten, woraufhin er abrupt das Fotoalbum schloss.

Er hatte Clare angelogen, als er behauptet hatte, er wäre nie verheiratet gewesen. In den letzten zehn Jahren hatte er diese Lüge so oft ausgesprochen, dass er sie fast schon selbst glaubte. Es fiel ihm leichter, zu lügen, als darüber zu reden. Nur wenn er hier zu Hause war, hörte er ihren Namen oder den ihres gemeinsamen Sohnes, der jetzt zehn Jahre alt wäre.

* * *

Nachdem sie am frühen Gottesdienst teilgenommen hatte, beschäftigte Clare sich am Weihnachtstag damit, sich auf den Besuch ihrer Töchter vorzubereiten. Sie kochte Lasagne, einen Truthahn und buk jede Menge ihrer Lieblingskekse.

Den ganzen Tag über klingelte das Telefon. Beim zweiten Anruf ihrer Mädchen konnte sie auch kurz mit Frannie und Jamie sprechen. Als Jack am Hörer war, um ihr frohe Weihnachten zu wünschen, konnte sie ihr Glück kaum fassen, da die körperliche Reaktion beim Klang seiner Stimme ausblieb, auch wenn sie zugeben musste, dass er ihr fehlte. Es war eine eigenartige Mischung aus Erleichterung und Trauer.

Sie hörte auch von ihrer Mutter, ihrer Schwester Sue und ihrem Bruder Tony, und ebenso von ihren Nichten und Neffen. Die ständigen Anrufe ließen ihr wenig Zeit, sich einsam zu fühlen, und zum Abend hin war sie stolz auf sich, weil sie Weihnachten zum ersten Mal in ihrem Leben allein durchgestanden hatte.

Gegen neun Uhr machte sie es sich auf der Couch mit dem Film »Schöne Bescherung« bequem, bei dem sie lachen musste, als hätte sie ihn noch nie zuvor gesehen. Es überraschte sie, dass das Telefon um zehn erneut klingelte. Wer blieb denn noch?

»Hallo?«

»Hi«, grüßte Aidan. »Wie läuft's?«

Erfreut, von ihm zu hören, lächelte sie. »Gut. Und bei dir? Wie war das Weihnachtsfest bei den O'Malleys?«

»Um meinen Bruder Colin zu zitieren: ›Was für ein Irrenhaus.‹ Ich habe eben eine zweite Kopfschmerztablette genommen.«

Sie lachte. »Klingt nach Spaß.«

»Versteh mich nicht falsch, es ist schön, sie alle zu treffen, aber ich lebe allein. Es ist jedes Mal ein Schock, wenn ich hier bin. Wie war dein Tag?«

»Das Telefon hat ständig geklingelt, aber zwischen den Anrufen habe ich gekocht, geputzt, die Betten bezogen und ein paar letzte Geschenke eingepackt.«

»Du klingst gut.«

»Ich fühle mich gut.«

»Ich wollte nur mal nach dir hören.«

»Das freut mich. Lass dir das bloß nicht zu Kopf steigen, O'Malley, aber du fehlst mir. Es ist schrecklich still hier, wenn du nicht da bist und Krach machst.«

»Himmel, Miss Scarlett«, äußerte er mit breitestem Südstaatenakzent. »Sie wissen genau, wie Sie einem Mann das Gefühl geben, etwas Besonderes zu sein.«

Darüber musste sie lachen. »Danke für den Anruf.«

»Du fehlst mir auch. Bis bald.«

Sie legte auf und drückte das Telefon ein paar Minuten lang an die Brust. Sie hatte es ernst gemeint, als sie ihm mitteilte, dass er ihr fehlte, und plötzlich konnte sie es kaum erwarten, dass er wieder da war.

* * *

In Rhode Island zählte Kate die Minuten, bis sie nach Nashville zurückkehren konnte. Am Tag hatte sie zweimal mit Reid telefoniert, aber das war kein Ersatz dafür, mit ihm zusammen zu sein. Es war schön, ihre Familie zu sehen, aber nach nur sechs Wochen fühlte sich Rhode Island nicht mehr wie ihr Zuhause an. Es kam ihr wie eine Ewigkeit vor, zwei Nächte von Reid getrennt zu sein. Sie konnte kaum fassen, wie schnell er ihr so wichtig geworden war wie die Luft zum Atmen und die Musik.

Am späten Weihnachtsabend lag sie auf ihrem Bett im Haus ihres Vaters und unterhielt sich mit Jill, als jemand an die Tür klopfte. »Herein.«

»Ich wollte euch nur gute Nacht wünschen«, meinte Andi. »Braucht ihr noch etwas?«

»Nein, danke«, antwortete Kate. »Du bist bestimmt k. o.«

»Das bin ich. Ich lege mich gleich hin. Alles in Ordnung, Kate? Du bist so still, seit du zu Hause bist.«

»Ich bin total geschafft, weil ich die letzten Wochen nur gearbeitet habe. Wir waren fast jeden Abend auf einer Weihnachtsfeier.«

»Was hast du denn da?«, fragte Andi mit Blick auf die Kette.

Kate war gar nicht aufgefallen, dass sie daran rumgespielt hatte. Sie hatte sie nicht abnehmen wollen, also trug sie sie bei ihrem Besuch zu Hause verborgen unter der Kleidung. »Ach, das ist nur etwas, das mir die Band geschenkt hat, um sich bei mir für die harte Arbeit letzten Monat zu bedanken.« Es überraschte sie, wie leicht ihr die Lüge über die Lippen kam.

»Sie ist sehr hübsch. Also, bis morgen dann.« An der Tür drehte Andi sich noch einmal um. »Du weißt, dass du mit mir reden kannst, wenn du willst, ja?«

Kate nickte. »Danke, aber mir fehlt nichts. Ehrlich.«

»Na, dann, gute Nacht.«

»Frohe Weihnachten«, verabschiedete sich Kate.

»Dir auch, Süße. Nacht, Jill.«

»Nacht«, erwiderte Jill. Sobald die Tür geschlossen war, sah sie ihre Schwester an. »Dad bringt dich um, wenn er davon erfährt, Kate.«

»Das wird er nicht.« Sie drehte sich auf die Seite und drückte eines der Kissen an sich. Es war ein lausiger Ersatz für das, was sie wirklich wollte.

* * *

Reid verlebte einen ruhigen Tag mit Ashton. Sie tauschten Geschenke aus und genossen ein frühes Abendessen, das Martha ihnen zubereitet hatte, ehe sie aufgebrochen war, um den Tag mit ihrer eigenen Familie zu verbringen. Später am Abend, nachdem Ashton in die Stadt gefahren war, um sich mit ein paar Freunden aus der Highschool zu treffen, die über die Feiertage nach Hause gekommen waren, schenkte Reid sich einen Brandy ein und lauschte Mozart im Radio. Das Feuer warf sein Bernsteinlicht auf den drei Meter hohen Weihnachtsbaum.

Er vermisste Kate so heftig, dass es ihm beinahe schon Angst einjagte. Nachdem Cindy gestorben und eine annehmbar lange Zeit vergangen war, hatten die Frauen in seinem sozialen Umfeld eifrig versucht, eine neue Ehefrau für ihn zu finden. Zahlreiche Dinnerpartys und Blind Dates mit einer Reihe »perfekt geeigneter« Frauen, die nichts lieber wollten, als sich um ihn und seinen heiß geliebten kleinen

Jungen zu kümmern, hatte er über sich ergehen lassen. Ein paar von ihnen hatten vermutlich mehr Interesse an seinem Geld gehabt, aber er hatte sich nicht lange genug in ihrer Nähe aufgehalten, um das genauer rauszufinden. Keine von ihnen hatte in ihm Gefühle geweckt, wie Kate es getan hatte.

Nach einer Weile gaben es seine Freunde zum Glück auf. Er vergrub sich in seiner Arbeit und zog seinen Sohn groß, und es trudelten keine Einladungen mehr ein, da seine Freunde einer nach dem anderen aufhörten, sich bei ihm zu melden. Ihm war nicht mal aufgefallen, wie isoliert er lebte, bis Kate in sein Leben geplatzt war und ihm gezeigt hatte, was ihm in all den Jahren entgangen war.

Reid hörte, wie Martha durch die Küchentür reinkam. Im Laufe des Jahres hatte sie endlich angefangen, langsam kürzerzutreten, aber er machte sich Sorgen, wenn sie nachts fuhr. Jedes Mal, wenn er das Thema anschnitt, bedachte sie ihn jedoch mit jenem vernichtenden Blick, der bei ihm Wirkung zeigte, seit er ein Kind gewesen war, und er ließ es auf sich beruhen.

»Hallo«, begann sie. »Ist Ashton schon weg?« Sie neigte dazu, die Formalitäten, auf die sie vor Gästen großen Wert legte, fallen zu lassen, wenn sie allein waren.

»Er war bis eben hier, aber er wollte sich mit Freunden treffen. Wie war dein Tag?«

Sie setzte sich ihm gegenüber hin. Jedes schneeweiße Haar auf ihrem Kopf saß perfekt – wie immer –, aber er erkannte die Erschöpfung in ihren sanften braunen Augen. »Ermüdend. Die ganze Truppe war bei Buddy«, erwiderte sie mit Bezug auf ihren Sohn.

»Möchtest du einen Drink?«

»Himmel, nein. Das wäre mein Ende. Aber danke.« Sie betrachtete ihn eingehend.

Da hob er eine Augenbraue. »Möchtest du was sagen, Martha?«

»Um ehrlich zu sein, ja. Du weißt, dass du mir so wichtig bist wie mein eigenes Kind, und ich kenne meine Stellung im Haus, aber ich kann nicht einfach danebenstehen und schweigen, wenn ich sehe, was hier vor sich geht.«

»Was geht denn vor sich?«, fragte er gelassen, aber sein Herz schlug schneller.

Ihre Augen verengten sich wütend. »Reid Matthews, du weißt *ganz genau*, wovon ich rede. Ich bin vielleicht alt, aber ich bin nicht von gestern. Ich weiß nicht, was du dir bei der Sache mit dem Mädchen denkst.«

Ohne den Blick zu senken, verkündete er: »Ich liebe ›das Mädchen‹.«

»Das ist nicht dein Ernst.« Sie schüttelte fassungslos den Kopf. »Deine Eltern und deine liebe Frau würden sich im Grabe umdrehen, du meine Güte.«

Unfähig, sitzen zu bleiben, sprang er auf die Füße. »Verdammt noch mal, Martha. Sieh dir doch an, wie ich Weihnachten verbringe – allein. Mein Sohn hat sein eigenes Leben, und wo bleibe ich? Ich verrate es dir: hier, allein, wie ich es schon die ganze Zeit war, bis ›das Mädchen‹ in mein Leben getreten ist. Ich bin seit über zwanzig Jahren allein. Da kannst du doch sicher nicht dasitzen und behaupten, ich hätte dieses Glück nicht verdient.«

»Nicht so«, flüsterte Martha. »Ihr Vater ist dein Freund. Er hat sich darauf verlassen, dass du dich um sie kümmerst.«

»Weißt du, was ›dieses Mädchen‹, das für sein Alter schon sehr weise ist, mir mal erklärt hat? ›Reid‹, hat sie gesagt, ›die Leute lieben nun mal, wen sie lieben. Sie haben nicht immer eine Wahl.‹«

»Wenn du mehr als doppelt so alt bist wie sie, dann *ist* es eine Wahl. Und wie es eine ist.«

»Es tut mir leid, dass du nicht einverstanden bist.«

»Hat denn dein Sohn nichts dagegen?«

Er wandte den Blick von ihr ab.

»Du weißt, dass das falsch ist, sonst würdest du es nicht vor ihm verheimlichen.« Sie zuckte die Achseln und stand auf. »Ich kann dir nicht vorschreiben, wie du dein Leben zu führen hast. Ich kann dir nur mitteilen, wie enttäuscht ich bin. Morgen früh packe ich meine Sachen.«

Er trat zu ihr und legte ihr eine Hand auf die Schulter. »Tu das nicht, Martha. Ich möchte nicht, dass du kündigst. Seit mehr als vierzig Jahren bist du ein Teil meiner Familie.«

Mit Tränen in den Augen drehte sie sich zu ihm. »Du bist nicht der Mann, den ich mit großgezogen habe. Dieser Mann ist ehrenhaft und anständig. Dich erkenne ich nicht mehr. Morgen bin ich weg.«

Nachdem sie den Raum verlassen hatte, schenkte er sich einen stärkeren Drink ein. Vielleicht würde das Brüllen in seinen Ohren verstummen, wenn er sich einfach volllaufen ließ.

* * *

Am Morgen nach Weihnachten brachte Jack Kate zum Flughafen. »Ich wünschte, du hättest länger bleiben können«, meinte er.

»Ich weiß, aber die Band spielt morgen Abend. Ich habe solches Glück, dass sie mich genommen haben.«

»Sie sind diejenigen, die Glück haben.«

»Das musst du sagen«, erwiderte sie mit einem Lächeln. »Ich fasse einfach nicht, wie groß die Babys in nur sechs Wochen geworden sind.«

»Sie gedeihen prächtig. Wenigstens schlafen sie mittlerweile hin und wieder durch. Wir sind jedes Mal überrascht, wenn sie das tun. Dann wachen wir auf und springen aus dem Bett, um nach ihnen zu sehen.«

Kate lachte. »Besser ihr als ich.«

»Es freut mich, dass es in Nashville so gut für dich läuft. Ich muss zugeben, dass ich mich bei meinem Besuch gefragt habe, ob sich da was zwischen dir und Ashton anbahnt.«

»Was?«, entgegnete sie verblüfft. »Wir sind nur Freunde.«

»Na ja, er ist sowieso ein bisschen zu alt für dich“, bemerkte Jack, als er die Abfahrt zum Flughafen nahm.

Kates Magen zog sich zusammen, und sie schaute zum Beifahrerfenster raus. »Ich schätze schon.«

»Zu Hause hast du ziemlich abgelenkt gewirkt. Andi ist das auch aufgefallen. Bist du sicher, dass alles in Ordnung ist? Es gibt nichts, was du mir nicht anvertrauen könntest, das weißt du.« Er hielt am Bordstein vor der Tür zur Abflughalle.

Doch, Daddy, es gibt Dinge, die ich dir nicht anvertrauen kann. Tränen brannten ihr in den Augen.

»Was? Was ist los?«

Sie schüttelte den Kopf. »Nichts. Ich will mich nur nicht schon wieder von dir verabschieden müssen.«

Er zog sie in die Arme. »Du fehlst mir. Komm bald wieder nach Hause, wenn du länger bleiben kannst.«

»Mach ich.«

»Bist du sicher, dass ich dich nicht reinbringen soll?«

»Ganz sicher. Ich muss sowieso gleich durch den Sicherheitscheck.« Ihre Gitarre hatte sie bei Reid gelassen, und ansonsten hatte sie nur Handgepäck mitgenommen.

Er holte ihre Tasche aus dem Kofferraum und umarmte sie noch einmal.

Dabei vergrub sie das Gesicht in dem vertrauten Duft, der ihr Trost spendete.

»Ich hab dich lieb, Schatz.«

Sie gab ihm einen Kuss auf die Wange. »Ich dich auch.« Dann verfolgte sie, wie er wieder ins Auto stieg, und winkte ihm nach, bis der silberne BMW außer Sicht war. Schließlich betrat sie das Flughafengebäude, voller Vorfreude darauf, Reid wiederzusehen. Heute hatte er Geburtstag, und er erwartete sie schon.

TEIL III

Kolonne

Zwei oder mehr Menschen, die hintereinanderstehen

KAPITEL 21

Nach Weihnachten kamen Jill und Maggie am späten Nachmittag in Stowe an. Kurz darauf hatten sie das bis dahin stille Haus mit Taschen, Geschenken, Geplauder und Chaos gefüllt. Kaum etwas hätte Clare glücklicher stimmen können.

Nachdem sie Weihnachtsgeschenke ausgetauscht hatten und Maggie ihre Geburtstagsgeschenke geöffnet hatte, servierte Clare ihnen heiße Schokolade. »Wie geht es Kate?«, erkundigte sie sich.

»Sie war nicht lange zu Hause«, beklagte sich Maggie, die in der Schlagsahne rumstocherte. »Sie ist am Weihnachtsabend angekommen und heute Morgen wieder abgereist.«

»Sie arbeitet morgen Abend«, erklärte Jill.

»Wie läuft's denn bei ihr? Ich habe in den letzten Wochen nicht so oft mit ihr gesprochen wie sonst.«

»Sie hing oft am Telefon«, bemerkte Maggie missbilligend.

»Meinst du, sie hat einen Freund in Nashville?«, hakte Clare nach. »Mir gegenüber hat sie nichts erwähnt.«

»Nein«, antwortete Jill. »Also, wann können wir Ski fahren?«

»Morgen, wenn ihr möchtet.« Clare fragte sich, warum Jill so plötzlich das Thema gewechselt hatte. »Für die nächsten Tage ist ein heftiger Schneesturm angekündigt. Wir müssen mal schauen, wie sich das Wetter benimmt.«

»Cool«, rief Maggie.

»Lasst uns in die Stadt laufen. Ich möchte euch meinen neuen Freunden vorstellen.«

Sie zogen sich dick an und machten sich auf den Weg in den Ort, wo Clare sie im McHugh's und in der Buchhandlung vorzeigte. Diana und Bea freuten sich, endlich Clares Töchter kennenzulernen. Anschließend schleppten die Mädchen Clare in jeden Laden der Stadt, sogar in ein paar, in denen sie noch nie gewesen war. Als sie schließlich nach Hause zurückkehrten, hatte es angefangen zu schneien.

»Wer ist das?« Maggie zeigte zum Haus.

Clare lächelte beim Anblick von Aidan, der sich über die Kreissäge auf der Veranda beugte. Als ihr der Kuss am Weihnachtsabend wieder einfiel, spürte sie, wie ihr Gesicht zu glühen begann. »Das ist Aidan O'Malley. Er renoviert das Haus.«

Jill strahlte. »Kann es kaum erwarten, rauszufinden, ob er von vorne auch so gut ausschaut wie von hinten.«

»Glaub mir«, erwiderte Clare grinsend, »das tut er.«

Jills Augen weiteten sich. »Ach wirklich, Mom? Erzähl mal.«

Clare zuckte die Achseln. »Da gibt es nichts zu erzählen. Wir sind Freunde. Er wird euch gefallen.« Nachdem sie das Haus erreicht hatten, wartete sie, bis er die Säge abgestellt hatte. »Hi, da bist du ja wieder.«

Er sah hoch und lächelte. »Ich wollte vor dem Schnee hier sein. Hast du neue Freunde gefunden, Clare?«

Maggie kicherte. »Wir sind ihre Töchter.«

»Töchter?«, fragte Aidan gespielt erschreckt. »Du hast Töchter?«

»Sehr lustig. Jill und Maggie, das ist Aidan O'Malley. Er ist der Handwerker, der eine Schraube locker hat.«

»Also bitte!«, beschwerte er sich sofort.

»Du wirst es überleben. Los, Mädels. Fangen wir schon mal mit dem Abendessen an. Es gibt Lasagne, wenn du was abhaben willst, O'Malley.«

»Gerne.«

Sie ließen ihn auf der Terrasse weiterarbeiten und gingen rein.

»Was war *das* denn?«, wollte Jill wissen.

»Was?«, entgegnete Clare.

»Du hast mit ihm geflirtet«, erklärte Maggie, als wäre sie eine Expertin auf dem Gebiet.

»Habe ich nicht.«

»Er ist ein Traum«, seufzte Maggie.

Dem konnte Clare nicht widersprechen. »Nicht wahr?«

Wieder wurden Jills Augen groß. »*Magst* du ihn, Mom?«

»Wir sind Freunde. Mach daraus keine große Sache.«

»Hmm.« Jill biss von einer Karotte ab, die Clare für den Salat rausgeholt hatte. Dann lehnte sie sich gegen die kahle Küchenwand und musterte ihre Mutter fasziniert.

»Kein Hmm«, wehrte Clare ab, aber es brachte sie aus der Fassung, dass die Kinder ihre wachsende Freundschaft zu Aidan so rasch durchschaut hatten.

* * *

Nach dem Abendessen und einer hitzigen Runde Monopoly waren die Mädchen und Aidan dicke Freunde.

»Das wären dann vierhundert Scheinchen«, teilte Maggie ihm mit, sobald er auf der Schlossallee landete.

Aidan stöhnte. »Ich bin erledigt. Ihr habt mich direkt ins Armenhaus gebracht.«

»Das kann ich definitiv nachempfinden«, bemerkte Clare trocken.

Er stand auf, um durch das Fenster hindurch abzuschätzen, wie hoch der Schnee schon lag. »Ich sollte losfahren, aber morgen früh komme ich wieder, um euch freizuschaufeln.«

»Das schaffen wir schon«, meinte Clare.

»Es macht mir nichts aus. Zum Skifahren ist es morgen genau richtig.«

»Willst du vielleicht mitkommen?«, bot Jill an. Sie hatten ihn nach den besten Pisten in den Bergen ausgehorcht.

»Ich muss hier noch einiges schaffen.«

»Mach schon«, drängte Clare. »Das Haus läuft doch nicht weg.«

»Dann gerne«, gab er zu. »Ich war dieses Jahr noch gar nicht los.«

»Gut«, erwiderte Maggie erfreut und räumte das Spiel zusammen. »Ich lege mich hin. Bis morgen, Aidan.«

»Ich geh auch rauf«, verkündete Jill mit einem ausgiebigen Gähnen.

»Ich komm gleich nach«, rief Clare ihnen hinterher.

»Das sind tolle Kinder«, sagte Aidan, während er sich den Mantel anzog.

Clare brachte ihn zur Haustür. »Ich mag sie auch.«

Lächelnd trat er einen Schritt zu ihr. »Ich verstehe, warum.«

»Draußen schneit es schon ganz schön. Du fährst besser los.« Seine Nähe weckte Schmetterlinge in ihrem Bauch. Sie wusste nicht, weswegen sie nervöser war: weil er sie noch einmal küssen könnte oder weil er es unterlassen könnte.

Er strich ihr mit dem Daumen über das Kinn. »Du hast mir gefehlt«, flüsterte er, ehe er den Kopf neigte, um mit seinen Lippen ihre zu berühren.

Ihre Sinne wurden erfüllt vom Duft des Weihnachtsbaums, des Sägemehls und einem Hauch des Rasierwassers, das er am Weihnachtsabend getragen hatte. Sie spürte, wie sich seine Arme um sie schlossen, und entspannte sich. Unter seinem Mantel streichelte sie seinen Rücken, und er drückte seinen Mund fester auf ihren.

»Aidan«, hauchte sie an seinen Lippen.

»Hmm?«

»Ich habe dich auch vermisst. Und wie.«

Ermutigt von ihrem Geständnis zog er sie enger an sich. Als er mit der Zunge ihre Lippen berührte, öffnete sie den Mund, um ihn einzulassen. Seine Zunge an ihrer ließ ihr die Knie weich werden, und schon wenig später waren sie beide atemlos.

Widerstrebend wich er einen Schritt zurück, hielt aber noch immer ihre Hand. »Es ist schon lange her, dass ich mich so sehr auf etwas gefreut habe wie darauf, dich jeden Tag zu sehen.« Er küsste ihre Hand und dann ihre Wange. »Bis morgen.«

Bevor ihr eine Erwiderung auf diese erstaunliche Aussage einfiel, war er schon zur Tür raus.

* * *

Am nächsten Morgen kam Aidan mit einer Schaufel zurück. Er hatte die Gehwege, Stufen und die Veranda freigelegt, bevor sich drinnen jemand regte. Über Nacht waren mehr als dreißig Zentimeter Schnee gefallen, und das Röhren der Schneefräsen und das Kratzen der Schaufeln erfüllten die Luft in der Maple Street.

Sobald er fertig war, benutzte er den Schlüssel, um das Haus zu betreten. Die Stille verriet ihm, dass die drei noch immer schliefen, also kochte er in der Küche leise eine Kanne Kaffee. Gestern Abend war er beeindruckt gewesen, wie warm und einladend Clare die entkernte Küche für die Mädchen hergerichtet hatte. Sie hatte den Küchentisch aus dem Wohnzimmer zurückgeholt und ihn mit festlichen Platzsets gedeckt. Ein Arrangement aus immergrünen Zweigen, Stechpalmen und Winterbeeren stand in einer Kanne auf dem Tisch.

Mit einer Tasse Kaffee begab er sich zum Bad im Erdgeschoss. Während er arbeitete, dachte er an den Abend, den er mit Clare und ihren Töchtern verbracht hatte. Die Mädchen überraschten ihn. Er hatte typische Jugendliche erwartet, aber sie verhielten sich ihrer Mutter gegenüber bemerkenswert höflich, kümmerten sich sogar um sie – sprangen auf, um ihr etwas zu holen oder um ihr Glas aufzufüllen, ohne dass sie darum gebeten worden waren. Er hatte keine der üblichen Teenager-Allüren wahrgenommen, mit denen er bei Mädchen in ihrem Alter eigentlich rechnete, seit er seine Schwester in Aktion erlebt hatte. Es war beinahe schon eigenartig.

Auf ihren Vater war er jetzt noch neugieriger als zuvor, denn das Einzige, was er von Clare in ihnen erkennen konnte, waren Maggies atemberaubend blaue Augen. Die Mädchen sahen umwerfend aus, und er verspürte einen unerwarteten Anflug von Unsicherheit, als er sich vorstellte, wie attraktiv ihr Vater sein musste.

Als er von oben schließlich Geräusche vernahm, hatte er bereits eine Schicht Farbe auf die Badezimmerwände aufgetragen. Die neuen Fußböden für das Bad und die Küche würden nächste Woche verlegt werden. Die Arbeit schritt schneller voran als geplant, was ihn beunruhigte. Er musste das Tempo drosseln, damit er mehr Zeit mit Clare verbringen konnte, bevor sie nach Rhode Island zurückkehrte. Er dachte nicht gern daran, dass sie abreisen würde. Es hatte ihn gestern Abend überrumpelt, wie sehr er sie hatte küssen wollen, und er konnte es kaum erwarten, das zu wiederholen.

»Morgen«, grüßte Jill vom Türrahmen aus.

Er drehte sich zu ihr um. »Hi. Gut geschlafen?«

»Ja, nach der langen Fahrt hierher war ich ganz schön müde. So lange habe noch nie ich an einem Tag am Steuer gesessen.«

»Noch dazu durch die Berge, was ziemlich anstrengend sein kann.«

»Meine Finger tun immer noch weh, so fest habe ich das Lenkrad umklammert«, gestand sie mit einem breiten Lächeln. »Wann wollen wir los?«

»Wann immer ihr so weit seid.«

»Ich weck dann mal Maggie. So in einer halben Stunde?«

»Klingt gut.«

»Die Farbe gefällt mir«, meinte sie und deutete mit dem Kopf auf das Salbeigrün.

»Hat deine Mom ausgesucht.«

»Sie hat einen guten Geschmack«, erklärte Jill mit bedeutungsvollem Blick, der ihm verriet, sie wusste, dass sich zwischen ihm und ihrer Mutter etwas entwickelte.

Ehe er etwas entgegnen konnte, drehte sie sich um und lief wieder nach oben. Aidan lachte darüber, wie albern es war, dass ihn das Kompliment so glücklich machte.

* * *

Das Skigebiet auf dem Mount Mansfield war nicht so überfüllt, wie Aidan es für die Feiertage nach Weihnachten befürchtet hatte. Er nahm an, dass der heftige Schneefall vergangene Nacht die Touristen verschreckt hatte. *Weicheier.* Innerhalb einer Stunde waren er und die Mädchen dreimal die mittlere Piste hinabgefahren und fühlten sich bereit, sich einer schweren zuzuwenden.

Also stellten sie sich ans Ende der Warteschlange vor dem Skilift, der zur Fortgeschrittenen-Spur führte.

»Ihr seid echt gut«, lobte Aidan. »Ich bin beeindruckt.«

»Unser Dad ist ein toller Skiläufer«, erklärte Jill. »Er hat es uns beigebracht.«

»Fährt eure Mom auch Ski?«

»Früher«, entgegnete Maggie. »Davor.«

»Vor ihrem Sturz?«

Die Mädchen schauten ihn verwirrt an.

»Was für ein Sturz?«, fragte Jill.

»Na ja, sie hat gesagt ...« Er hatte das Gefühl, als würde er sich aufs Glatteis begeben.

»Ich meinte, bevor sie von dem Auto erfasst wurde«, stellte Maggie klar. »Davon erholt sie sich noch.«

»Nicht so sehr von dem Unfall, sondern mehr von dem Koma«, fügte Jill hinzu. »Drei Jahre sind eine lange Zeit, wenn man sich nicht bewegt.«

Es fühlte sich an, als hätte ihm jemand einen Schlag versetzt. Einen heftigen.

Schweigend fuhren sie im Sessellift auf den Berg. Ihm war schwindlig. Kein Wunder, dass sie ihre Mutter behandelten, als wäre sie aus Glas. *Drei Jahre im Koma? Himmel.*

Oben angelangt stiegen sie aus und konzentrierten sich darauf, die anspruchsvolle Piste hinunterzukommen. Aidan und Jill erreichten das Ende ein paar Minuten vor Maggie, die sie weitergewinkt hatte, weil sie ein wenig erschöpft war.

Ihm war klar, dass er nicht nachfragen sollte, aber er konnte sich nicht zurückhalten. »Erzähl mir alles, Jill.«

»Warum hat sie es dir nicht selbst gesagt?«

»Da bin ich mir nicht sicher, aber das wird sie noch. Wenn sie so weit ist. Ich muss es wissen.«

Jill blickte auf ihre Skier runter und schob einen Schneehügel beiseite. »Sie wurde von einem Irren vergewaltigt, der damit gedroht hat, eine von uns umzubringen, wenn sie es jemandem verrät.«

»O nein. Nein.«

»Sie hat das lange mit sich rumgeschleppt, aber eines Tages hat sie es nicht mehr ertragen. Sie hat zugelassen, dass sie vor unseren Augen von einem Auto angefahren wurde«, berichtete sie, und ihre Stimme stockte, als wäre die Erinnerung noch immer eine offene Wunde. »Sie dachte, wenn sie nicht mehr leben würde, dann könnte er uns nicht wehtun.«

Die Kehle eng vor Emotionen und Zorn, legte er einen Arm um Jill, die den Trost zu brauchen schien, nachdem die alte Verletzung wieder aufgerissen war. »Wann ist das passiert?«

Sie lehnte sich an ihn. »Vor fast vier Jahren. Seit letztem April erholt sie sich von dem Koma. Die Ärzte hatten uns erklärt, es sei hoffnungslos, aber jetzt sprechen sie von einem echten Wunder.«

»Haben sie den Typen erwischt?«

Sie nickte. »Er saß schon wegen was anderem im Gefängnis.«

»Wie passt euer Dad in die Geschichte?«

»Sie sind geschieden.«

»Das weiß ich, aber warum?«

»Das sollte sie dir selbst erzählen«, erwiderte Jill mit vorsichtigem Blick.

»Bitte, Jill«, drängte er. »Sag es mir.«

Mit tiefem Seufzer steckte sie den Skistock in den Schnee, bevor sie zu ihm hochschaute. »Er hat eine andere kennengelernt, während Mom im Koma lag. Als sie aufgewacht ist, war seine Freundin mit Zwillingen schwanger. Im August haben sie geheiratet, und am selben Tag kamen die Kinder zur Welt.«

»Er hat sie einfach *verlassen*?«, fragte Aidan wütend und schockiert. »Er hat eure Mutter für eine andere Frau verlassen?«

»Nein, sie hat ihn verlassen. Sie wollte nicht, dass er sich entscheiden muss.«

Genau in diesem Augenblick am Fuße des Berges, den Arm um ihre Tochter gelegt, verliebte Aidan sich endgültig in Clare.

* * *

Bis die Mädchen am folgenden Sonntag abreisten, hatten sie sich durch die Eiscremefabrik von Ben & Jerry's führen lassen, waren im »Trapp Family Lodge«-Hotel gewesen und noch zweimal mit Aidan Ski gefahren. Jeden Tag aß er mit ihnen zu Abend, und am letzten Tag führte er sie in sein liebstes mexikanisches Restaurant in Burlington aus. Das Einzige, was den ansonsten wundervollen Besuch trübte, war die Erkältung, die Clare sich Mitte der Woche einfing.

Seit der Unterhaltung mit Jill quälten Aidan die Gedanken an das, was sie durchgemacht hatte. Er hoffte, dass sie es ihm selbst anvertrauen würde, wenn sie so weit war. Bis dahin konnte er ihr nur zeigen, wie viel sie – und jetzt auch ihre Töchter – ihm mittlerweile bedeutete.

Etwa eine Stunde nachdem die Kinder abgereist waren, erreichte Aidan das Haus. Die Tür war abgeschlossen, also ließ er sich mit dem Schlüssel rein und fand Clare schlafend auf der Couch im Wohnraum vor. Er ging nach oben, um eine Decke zu holen, und breitete sie über ihr aus. Sobald er sie zudeckte, öffnete sich ein großes blaues Auge.

»Hi«, grüßte sie ihn, die Stimme zu einem Krächzen reduziert.

»Au.« Er zuckte zusammen. »Das klingt schlimmer als gestern.«

»Mmm«, stimmte sie ihm zu, was in einem Husten unterging.

Er fühlte ihre Stirn. »Du glühst ja. Hast du schon was genommen?«

»Noch nicht. Kann mich nicht bewegen.«

»Hast du Ibuprofen oder Paracetamol da?«

»Oben im Bad.«

Er lief rauf, um es zu holen, aber bis er wenig später zurückkehrte, war sie schon wieder eingedöst.

»Clare«, flüsterte er. »Wach auf. Komm schon, du musst etwas nehmen.«

Sie wachte lange genug auf, um zwei Tabletten zu schlucken.

Dann trug er sie nach oben. Sie regte sich nicht, als er sie zudeckte. Er gab ihr einen Kuss auf die Stirn und begab sich wieder nach unten, um ein wenig zu arbeiten, solange sie schlief.

* * *

Zwei Stunden später schlief sie noch immer, also beschloss er, zum McHugh's zu gehen, um ihr Suppe zu holen. Er nahm den Pick-up, damit er nicht länger als ein paar Minuten weg war. Als er mit der Hühnersuppe zurückkehrte, um ihr von Diana gute Besserung zu wünschen, lag sie nicht in ihrem Bett. Er atmete erschrocken ein, als er sie zusammengesackt auf dem Badezimmerboden fand.

»Clare.« Mit vor Angst wild schlagendem Herzen rüttelte er sie wach. *»Clare.«*

»Was ist passiert?«, fragte sie, als sie endlich die Augen öffnete.

Er tastete sie nach Verletzungen ab. »Bist du ohnmächtig geworden?«

»Scheint so. Ich musste ins Bad.«

»Mist, dich hat's echt erwischt. Wir sollten dich ins Krankenhaus bringen.« Er wusste, dass sie nach einem so langen Koma besonders anfällig für eine Lungenentzündung war.

»Nein.« Mit vor Furcht weit aufgerissenen Augen packte sie ihn am Arm. »Kein Krankenhaus, Aidan, bitte.«

Vor einer Woche hätte er mit ihr gestritten, aber jetzt verstand er es. »Okay, Schatz, keine Sorge. Kein Krankenhaus. Ich bringe dich zu mir nach Hause.«

Sie stöhnte. »Warum kann ich nicht hierbleiben?«

»Weil hier überall Staub und Farbdämpfe in der Luft hängen. Das ist nicht gut für dich.« Er hob sie vom Boden hoch und trug sie ins Schlafzimmer. War ihm jemals aufgefallen, wie leicht sie war? »Kein Grund zur Sorge, ich helfe dir.«

Sie weinte.

»Was ist los?« Er legte die Arme um sie, damit sie den Kopf an seine Brust lehnen konnte.

»Ich will nicht krank sein. Ich hatte so viel vor, nachdem die Mädchen weg sind.«

»Was denn?«

»Ich wollte dich wissen lassen, dass ich für das Date bereit bin, das du erwähnt hattest. Falls du noch möchtest«, erklärte sie hustend.

Er gab ihr einen Kuss auf die Wange und drückte sie fest an sich. »Darauf kannst du wetten, dass ich noch möchte, also sorgen wir dafür, dass es dir bald besser geht, okay?«

Sie nickte und ließ sich gegen die Kissen sinken, während sie ihn dabei beobachtete, wie er ihr eine Reisetasche packte. Bevor er damit fertig war, war sie wieder eingeschlafen und rührte sich auch nicht, als er sie nach draußen in den Pick-up trug.

* * *

Als Clare das nächste Mal aufwachte, sah sie Sterne. Buchstäblich. Sie blickte zum Oberlicht rauf und hatte keine Ahnung, wo sie war. Ihr dröhnte der Schädel, ihre Kehle schmerzte, ihre Brust fühlte sich an, als stünde ein Elefant darauf, und sie fror. Kaum stöhnte sie, erschien Aidan auch schon aus der Dunkelheit.

Er strich ihr mit der Hand über die Stirn und eine Wange. »Wie fühlst du dich?«

»Schrecklich. Mir wird einfach nicht warm.«

Er ging auf die andere Seite des großen Betts, schlüpfte unter die Decke und legte einen Arm um sie, damit er sie mit dem Rücken an sich ziehen konnte. »Besser?«

»Ja.« Sie konnte seine Wärme durch ihre Kleidung hindurch spüren. »Wo sind wir?«

»In meinem Haus. Weißt du noch, wie ich dir gesagt habe, dass ich dich herbringen würde?«

»Vage.« Ein weiterer Gedanke kam ihr, und sie versuchte, sich aufzusetzen. »Was ist mit den Mädchen? Es wird ihnen Angst einjagen, wenn sie mich nicht erreichen. Sie wollten erst gar nicht abreisen, weil ich krank war.«

»Ich hab Jill angerufen.« Er zog sie wieder an sich. »Die Nummer von ihr habe ich in deinem Handy gefunden, also hab ich ihr mitgeteilt, dass du ein paar Tage hier übernachtest. Ich habe ihr auch meine Nummer gegeben, und sie hat versprochen, Kate anzurufen. Du musst dir also nur darum Sorgen machen, wieder gesund zu werden, okay?«

»Sind sie zu Hause?«

»Sie sind gut angekommen.«

Endlich entspannte sie sich. »In Ordnung. Gut. Danke.«

»Hast du Hunger? Ich kann dir die Suppe aufwärmen, die ich vorhin vom McHugh's geholt habe.«

»Eventuell später«, erwiderte sie, während sich ihre Augen wieder schlossen. »Ich will nicht, dass du gehst.«

Er drückte sie fest an sich. »Ich gehe nirgendwohin. Ich musste dich erst krank werden lassen, um dich ins Bett zu kriegen. Das will ich genießen.«

Ihr entwich ein Geräusch, das vielleicht ein Lachen war, aber der Husten verschluckte es. »Ich wette, so gut war noch nie jemand im Bett«, sagte sie, sobald sie wieder sprechen konnte.

Er rieb das Kinn an ihrem weichen Haar und entgegnete: »Schon sehr lange nicht mehr.«

»Aidan?«

»Was, Liebes?«

»Danke, dass du mich wärmst.«

»Ist mir ein Vergnügen.«

KAPITEL 22

Am nächsten Morgen ging es Clare noch schlechter. Als Aidan aufwachte, hörte er, wie ihr Atem im Schlaf rasselte. Mit einem Ohrthermometer maß er ihre Temperatur und stellte alarmiert fest, dass sie 40 Grad Fieber hatte. »Mist.« Sofort sprang er aus dem Bett und suchte das Telefon.

Er rief bei der Nummer in Rhode Island an, die Jill ihm gestern gegeben hatte. Dr. Langstons Auftragsdienst nahm die Nachricht entgegen und versprach, dass er innerhalb einer Stunde zurückrufen würde. Als das Telefon zwanzig Minuten später klingelte, stürzte er sich förmlich drauf.

»Hier spricht Dr. Paul Langston. Ich habe Ihre Nachricht erhalten, Mr O'Malley. Sind Sie gerade bei Clare Harrington?«

Aidan nahm den drängenden Unterton in der Stimme des Arztes erleichtert zur Kenntnis. »Ja, ich bin ein Freund von ihr in Vermont. Ich glaube, sie hat eine Lungenentzündung.«

»Nennen Sie mir die Symptome.«

Aidan rasselte die Liste runter und gab ihre aktuelle Temperatur durch.

»Sind Sie Arzt?«

Er atmete tief ein. »Ja, ich bin Arzt.« Diese Worte waren ihm seit zehn Jahren nicht mehr über die Lippen gekommen. »Aber ich praktiziere nicht. Wenn Sie bei der Apotheke hier anrufen und ein Rezept schicken, dann kann ich es injizieren.«

»Geben Sie mir die Nummer der Apotheke. Ich werde ihr Penizillin verschreiben und die Spritzen dazubestellen.«

Erleichtert teilte er dem Arzt die Telefonnummer der Apotheke mit. »Danke.«

»Kennen Sie ihre medizinische Vorgeschichte?«

»Ja. Sie wollte nicht ins Krankenhaus.«

»Ich möchte, dass Sie mir versprechen, dass Sie sie irgendwo einliefern lassen, wenn ihr Zustand sich verschlechtert.«

»Das werde ich.«

»Sie ist für mich mehr als nur eine Patientin. Sie ist eine Freundin. Kümmern Sie sich gut um sie.«

»Für mich ist sie mehr als eine Freundin. Keine Sorge.« Er legte auf und rief Bea an. Sie war sofort bereit, für ihn zur Apotheke zu gehen, damit er Clare nicht allein lassen musste.

»Beeil dich, Bea.«

* * *

Clare schwebte. Das Dröhnen in ihrem Schädel und das Pochen in ihrer Brust schienen weit weg zu sein. Sie träumte, dass Bea da war und Aidan ihr eine Spritze gab, aber sie konnte sich nicht dazu bringen, aufzuwachen, selbst als sie spürte, wie jemand versuchte, ihr Wasser zu geben.

So heiß. War mir jemals so heiß? Sie wehrte sich gegen die Decke, versuchte, sich von dem Gewicht zu befreien. Eine nagende Sorge in ihrem Hinterkopf hielt sie davon ab, wieder einzuschlafen. Was, wenn sie nicht mehr aufwachte? Das war schon einmal geschehen. Konnte es noch mal passieren? Tränen liefen ihr aus den Augenwinkeln, während sie gegen die Finsternis ankämpfte.

Sie musste eingedöst sein. Wo war Jack? War das seine Stimme, die sie hörte?

»Clare, Schatz, wach auf.«

»Jack?« Sie öffnete die Augen. Ein Licht von der anderen Seite des Zimmers erhellte Aidans attraktive Züge, und sie zuckte zusammen, weil sie sah, wie ihm ein gequälter Ausdruck über das Gesicht huschte. »Ich habe geträumt. Entschuldige.«

»Dafür musst du dich nicht entschuldigen. Hast du Hunger?«

»Ein bisschen.«

»Kommst du kurz allein klar, damit ich dir von unten was holen kann?«

Sie nickte schwach.

»Worauf hast du Lust? Suppe? Eier? Toast? Was immer du willst.«

»Toast, bitte.«

Er gab ihr einen Kuss auf die Wange. »Kommt sofort. Geh nicht weg.«

Sie stöhnte bei dem Gedanken, irgendwohin zu gehen.

Sobald er mit dem Toast zurückkam, musste er sie erneut wecken.

»Wie spät ist es?«, fragte sie, nachdem sie ein Stück Zimttoast gegessen hatte.

»Etwa drei Uhr früh.«

»Warst du die ganze Nacht wach? Das tut mir so leid.«

»Ich habe ein paar Stunden geschlafen. Mach dir um mich keine Gedanken. Übrigens: frohes neues Jahr.«

»Habe ich es verpasst?«

»Du hast durchgeschlafen.« Er schob ihr eine Haarsträhne hinters Ohr und gab ihr einen Kuss auf die Stirn. »Hör mal, äh, ich muss dir eine Spritze geben.«

»Dann habe ich das gar nicht geträumt?«

»Nein.«

»Weißt du denn, was du da tust?«

Er nickte.

»Woher?«

»Das erzähle ich dir ein andermal, wenn du dich besser fühlst. Vertrau mir einfach.«

Sie winkte ihn mit dem Finger zu sich und küsste ihn auf die Wange. »Ich vertraue dir.«

»Danke«, entgegnete er, ehe er ihr das Penizillin injizierte. »Jetzt möchte ich, dass du das Wasser austrinkst, hörst du? Wir können nicht zulassen, dass du dehydrierst.«

»Jawohl, Sir, aber ich muss mal.«

Er trug sie ins Bad, das dem in ihrem Haus in Rhode Island sehr ähnelte, abgesehen davon, dass Aidans Whirlpool große Schiebetüren aus Glas hatte, durch die man nach draußen gelangen konnte. Mondlicht fiel durch die Oberlichter. »Nach allem, was ich bis jetzt davon mitbekommen habe, ist das ein beeindruckendes Haus. Hast du es selbst gebaut?«

»Bis zum letzten Nagel. Meinst du, du kannst ohne Hilfe stehen?«

»Natürlich«, versicherte sie ihm, aber kaum hatte er sie abgesetzt, wankte der Boden unter ihr. Sie griff nach dem Waschbecken.

Er stützte sie von hinten. »Sammele dich erst mal«, schlug er vor. »Okay?«

»Ja, aber geh nicht zu weit weg.«

»Ich bin direkt vor der Tür.«

Nachdem sie fertig war, wusch sie sich die Hände und das Gesicht und fuhr sich mit der Hand durchs Haar. Sie fürchtete sich davor, in den Spiegel zu blicken. Ein heftiger Hustenanfall raubte ihr das letzte bisschen Kraft.

Kaum hörte er sie husten, kam er rein und legte die Arme um sie.

»Kannst du meine Zahnbürste für mich holen?«, bat sie, sobald der Anfall vorüber war.

»Klar. Halt dich irgendwo fest.«

Sie umklammerte das Waschbecken, bis er wenig später mit ihrer Zahnbürste zurückkehrte. Dann griff er in den Spiegelschrank, nahm die Zahnpasta und drückte ihr davon etwas auf die Bürste.

»Was für ein Service in diesem Hotel.«

»Wir lassen uns nicht lumpen«, stimmte er zu, wobei er ihren Blick länger erwiderte, als nötig war.

Sie sah weg, um sich aufs Zähneputzen zu konzentrieren. Währenddessen dachte sie daran, wie natürlich es sich anfühlte, mitten in der Nacht hier mit

Aidan im Bad zu stehen. Darüber würde sie nachdenken müssen, wenn sie nicht mehr mit dem Fieber zu kämpfen hatte.

»Bist du bereit für den Rückweg ins Bett?«

Sie nickte, und während er sie zurück ins Schlafzimmer trug, legte sie ihm die Arme um den Hals und lehnte den Kopf gegen seine Schulter, als würde er dorthin gehören. Irgendwann hatte er sich ein altes T-Shirt von den Red Sox und eine Jogginghose übergezogen.

Er deckte sie mit mehreren Decken zu und brachte sie dazu, zwei weitere Paracetamol zu nehmen, um das Fieber in den Griff zu bekommen. Als er der Meinung war, dass sie genug getrunken hatte, kam er zu ihr ins Bett. »Heiß? Kalt?«

»Im Moment genau richtig, aber können wir so tun, als wäre mir kalt, damit du dich zu mir legst?«

»Das können wir wohl«, sagte er und nahm sie in den Arm.

Sie drehte sich zu ihm und bettete ihren Kopf auf seine Brust. »Danke.«

»Wofür?«

»Dass du dich um mich kümmerst. Ich weiß nicht, wie die Erkältung so schnell außer Kontrolle geraten ist.« Sie fuhr ihm mit der Hand über Brust und Bauch und erkannte, dass er praktisch nur aus Muskeln bestand.

»Es ist vermutlich eine Lungenentzündung.« Er nahm ihre wandernde Hand in seine und führte sie an seine Lippen. »Das lässt du lieber bleiben, sonst nutze ich noch die Situation bei jemand Schutzbedürftigem aus.«

Sie schnaubte lachend. »O Gott, du machst Witze. Ich bin ein einziges Katastrophengebiet.«

Er hob ihr Kinn und küsste sie sanft. »Du bist sexy und wunderschön, und ich will dich, krank oder nicht. Also benimm dich.«

Ihre Brust zog sich zusammen, aber nicht wegen der Krankheit. »Zählt das als unser erstes Date?«

Er lachte. »Schlaf jetzt besser.«

Also drückte sie seine Hand, kuschelte sich an ihn und war wenig später eingeschlummert.

* * *

Clare verschlief fast den gesamten nächsten Tag. Irgendwann wachte sie auf und hörte, wie Holz gehackt wurde, also nahm sie an, dass Aidan draußen war und arbeitete. Sie konnte die Augen nicht lange genug offen halten, um nachzuschauen. Als sie das nächste Mal wach wurde, war es dunkel. Ihr Kopf schmerzte, sobald sie sich aufsetzte.

Auf der anderen Seite des Raumes sah Aidan von dem Buch auf, das er gerade las. »Hallo, Dornröschen, du bist wach.«

Sie ächzte. »Ich fasse nicht, dass ich den ganzen Tag lang geschlafen habe.«

Er setzte sich auf den Bettrand. »Du hast sicher Hunger. Ich habe schon versucht, dich zu wecken, damit du was isst, aber du hast dich nicht gerührt.«

»Tut mir leid. Ich bin ein bisschen hungrig, aber nicht sehr.«

»Ich habe eine Idee. Warum gönnst du dir nicht ein Bad im Whirlpool, während ich uns was koche?«

»Das klingt gut. Ich fühle mich echt eklig.«

Er küsste ihr die Stirn und widersprach: »Du bist äußerst niedlich, wenn du krank bist.«

»Himmel, O'Malley, du hast es ganz schön nötig, was?«

Er lachte. »Ja, es geht ihr eindeutig besser. Komm schon, ich bring dich rüber.« Er schob die Arme unter sie und trug sie ins Bad. Nachdem er den Wasserhahn aufgedreht und ihr ein Handtuch gegeben hatte, kehrte er ins Schlafzimmer zurück, um ihre Tasche zu holen. »Brauchst du noch was?«

»Ich habe alles, danke.«

»Pass beim Ein- und Aussteigen auf. Du bist immer noch geschwächt. Ruf mich, wenn du was brauchst.«

»Danke.«

Damit ließ er sie allein, und sie zog die Jogginghose und den Pullover aus, bei denen es ihr vorkam, als würde sie sie schon seit einer Woche tragen. Sie bewegte sich vorsichtig, um ihren begrenzten Energievorrat zu schonen. Das pulsierende

Wasser in der Wanne fühlte sich an ihrem schmerzenden Körper himmlisch an, und sie seufzte zufrieden. Dann griff sie nach einer Flasche Shampoo, die in der Ecke auf dem Wannenrand stand, und wusch sich die Haare.

Nachdem sie eine Weile die Wärme genossen hatte, wurde ihr wieder etwas schwindlig, also stieg sie aus der Wanne und schnappte sich das Handtuch, das er ihr dagelassen hatte. Nach der ganzen Aktion war sie schon wieder erschöpft, weshalb sie sich kurz auf den Toilettendeckel setzte.

»Wie läuft's bei dir?«, rief Aidan von draußen.

»Ganz gut. Ich hab es gleich geschafft.«

»Okay, komm runter, wenn du so weit bist.«

In der Tasche fand Clare einen Schlafanzug aus Flanell und schlüpfte hinein. Sie kämmte sich die Haare und putzte sich die Zähne. Bevor sie im Bad aufräumen konnte, musste sie sich noch mal kurz hinsetzen. Dann öffnete sie die Tür, und bei dem Duft, der die Treppe heraufdrang, lief ihr das Wasser im Mund zusammen. Plötzlich fühlte sie sich ganz ausgehungert.

Sie stellte die Tasche in Aidans Zimmer und suchte nach der Treppe. Das Haus war ein wahres Wunderwerk mit mehreren Etagen und originellem Grundriss. Die Treppe wand sich nach unten, bis sie inmitten einer großen Küche rauskam, in der Aidan am Herd stand und in einem Topf rührte. Die Küche ging in ein gemütlich eingerichtetes Wohnzimmer mit einem Stutzflügel als Blickfang über.

»Das Haus ist fantastisch.«

Er drehte sich kurz zu ihr um. »Freut mich, dass es dir gefällt. Geht es dir nach dem Bad besser?«

»Ich fühle mich wie neugeboren.«

Am Tresen zog er ihr einen Stuhl hervor. »Möchtest du was trinken?«

»Nur etwas Wasser bitte.« Sie beobachtete, wie er sich in der Küche bewegte, die über einer Holzarbeitsfläche einen Terrakotta-Fliesenspiegel aufwies. Über der Kochinsel hingen glänzende Kupfertöpfe. »Was für eine Küche.«

»Ich koche gerne.«

»Wieder einmal überraschst du mich, O'Malley.«

Er lächelte. »Ich habe es mir zum Ziel gesetzt, dich immer wieder aus dem Gleichgewicht zu bringen.« Er trug zwei Teller mit dampfenden Nudeln zum Tresen, holte ein Bier aus dem Kühlschrank und setzte sich neben sie.

»Das duftet herrlich.«

»Fettuccine Alfredo mit Huhn, eine Spezialität des Hauses.«

»Das ist ja sagenhaft, ich bin beeindruckt.« Nachdem sie die Hälfte von dem, was er ihr hingestellt hatte, gegessen hatte, schob sie den Teller zu ihm rüber, und er kümmerte sich um den Rest.

»Du siehst schon besser aus.«

»Ich bin schwach wie ein Baby, aber ansonsten fühle ich mich wieder ganz gut.«

Er räumte die Teller ab und stellte alles in den Geschirrspüler. Sobald er zurück war, reichte er ihr das Telefon. »Möchtest du die Mädchen anrufen?«

Sie nickte, gerührt von seiner Fürsorglichkeit. Die Kinder waren erleichtert, dass es ihr besser ging, und sie versprach ihnen, sich in einem oder zwei Tagen noch mal zu melden.

Nachdem sie das Telefonat mit Kate beendet hatte, nahm er sie mit in einen Raum neben dem Wohnzimmer, der ihr bisher noch gar nicht aufgefallen war.

Sie erkannte sofort, dass er hier die meiste Zeit verbrachte. Es gab einen Schreibtisch mit einem Computer und Papierstapel, von denen sie annahm, dass sie mit seiner Firma zu tun hatten. In einer Ecke stand ein Holzofen, und an der Wand hing ein Flachbildfernseher. Er führte sie zum Sofa und reichte ihr eine Decke, bevor er ein weiteres Holzscheit ins Feuer legte.

»Warm genug?«

Als sie nickte, setzte er sich neben sie.

»Ich muss dir was erzählen.«

Seine attraktiven Züge wirkten ernst, und Angst durchzuckte sie. Irgendwann während ihrer Krankheit hatte sie sich in ihn verliebt, und sie wollte nichts hören, was das ruinieren würde. Sie griff nach ihm.

Er wirkte erleichtert und ließ sich von ihr umarmen, wobei er sich eine Weile an sie schmiegte. Schließlich sah er mit traurigen Augen zu ihr hoch. »Ich habe dich wegen etwas angelogen, und jetzt muss ich dir die Wahrheit verraten.«

Sein Kummer berührte ihr Herz. »Das musst du nicht«, versicherte sie ihm und strich ihm über die Wange.

Er küsste ihre Handfläche, und Verlangen durchströmte sie. Dann schaute er ihr in die Augen. »Doch, das muss ich. Ich muss es dir beichten, weil ich dich liebe, Clare. Zum ersten Mal seit langer Zeit ist mir jemand wichtig. *Du* bist mir wichtig, und ich möchte das nicht vermasseln.«

Sie beugte sich vor, um ihn zu küssen, und der Hunger, den sie in seinem Kuss spürte, überraschte sie.

»Warte«, bat er an ihrem Mund. »Wir müssen reden.«

Sie gab ihm einen Kuss auf die Stirn und die Wange. »Ich liebe dich auch, Aidan, und nichts, was du anvertraust, könnte das ändern.«

»Danke«, erwiderte er mit rauer Stimme. »Behalte das kurz im Hinterkopf.« Dann stand er auf, ging zu seinem Schreibtisch und kehrte mit einem Bilderrahmen zurück, den er sich an die Brust drückte. »Das ist Sarah. Sie war meine Ehefrau.« Er setzte sich hin und reichte ihr das Foto.

Clare verbarg ihre Überraschung und betrachtete das Bild der jungen Frau mit dem langen schwarzen Haar und den sanften Augen. »Sie ist wunderschön«, sagte sie, ehe sie es ihm zurückgab. Der Schmerz auf seinem Gesicht ließ seine Lüge bedeutungslos werden.

Verloren in seinen Erinnerungen strich er mit den Daumen dem Rahmen entlang. »Ich habe sie mit zwölf kennengelernt, als ihre Familie über den Sommer nach Chatham kam. Sie war schon seit Jahren dort hingereist, aber irgendwie waren wir einander nie begegnet. Den ganzen Sommer über hingen sie und ihre Schwester mit uns am Strand rum, und bis sie schließlich nach Boston zurückkehrten, waren wir beste Freunde.« Er drehte den Rahmen um. Auf die Rückseite war ein vergilbter Schnappschuss von Aidan und Sarah mit zwölf geklebt worden, die Arm in Arm am Strand standen.

»Während des Schuljahres haben wir uns Briefe geschrieben, und hin und wieder haben wir miteinander telefoniert. Im nächsten Sommer war sie wieder da, und wir haben da weitergemacht, wo wir aufgehört hatten. Meine Brüder haben mich ihretwegen ganz schön geärgert, aber das war mir egal. Sie war mir das Liebste auf der ganzen Welt. Sie mochten sie auch, aber sie mussten sich mir gegenüber wie Idioten verhalten.«

Clare lächelte. »Natürlich mussten sie das.«

Aidan legte das Foto auf den Tisch. »Mit fünfzehn war sie dann meine Freundin. Wir küssten uns, wann immer wir konnten, und ich war bis über beide Ohren in sie verliebt. In dem Schuljahr haben meine Eltern mir gestattet, einmal im Monat sonnabends mit dem Bus in die Stadt zu fahren, um sie zu besuchen. Diese Tage waren das Beste, und den Rest des Monats arbeitete ich, um mir das Busticket leisten zu können.«

Sie erkannte, wie schwer es ihm fiel, die Geschichte zu erzählen, also nahm sie seine Hand.

»Sarahs Dad war Arzt in Boston. Er war immer sehr nett zu mir, und er hatte großes Interesse an meiner Bildung. Ich hatte nicht vorgehabt, zu studieren, weil mein Dad wollte, dass ich für ihn arbeite. Aber Dr. Sweeny wusste, dass ich ein Einser-Schüler war, und er ermutigte mich, mir höhere Ziele zu stecken. Zu der Zeit widmeten Sarah und ich uns nicht mehr nur dem Küssen, und während der gesamten Highschoolzeit hatten wir nur Augen für uns. Im Sommer vor unserem letzten Schuljahr planten wir, gemeinsam aufs College zu gehen. Sie wollte unbedingt nach Yale, also habe ich mich auch dort beworben. Es war ein Riesenschreck für mich – und meine ganze Familie –, als ich angenommen wurde. Mein Dad war enttäuscht, weil ich nicht mit ins Geschäft einsteigen würde, aber er hat nicht versucht, mich vom Studium abzuhalten, vermutlich weil es neben mir noch drei weitere Brüder gab.«

»Du bist nach Yale gegangen«, flüsterte Clare, der allmählich klar wurde, dass hinter diesem Mann mehr als nur ein Handwerker steckte.

Er zeigte auf das gerahmte Diplom über seinem Schreibtisch, das über einem zweiten, identischen hing. »Dr. Sweeny hatte vorgeschlagen, dass ich es mit einem Grundstudium in Medizin versuchen sollte, und zu meiner Überraschung hat es mir gefallen. In unserem ersten Studienjahr wohnten Sarah und ich zusammen in einer Wohnung in New Haven. Wir dachten, wir könnten es vor allen verheimlichen, aber viel später fand ich heraus, dass unsere Eltern davon wussten, aber beschlossen hatten, es zu ignorieren. Da hatten sie bereits gelernt, nicht gegen das anzukämpfen, was sich seit unserer Kindheit zwischen uns entwickelte.«

»Das ist so süß«, erklärte Clare, gerührt von der Erzählung, aber auch voller Furcht davor, wo sie hinführen würde.

Sein Gesicht verzog sich zu einem kleinen traurigen Lächeln. »Direkt nach unserem Abschluss haben wir in Chatham geheiratet. Das war der beste Tag meines Lebens, und fast auf den Tag genau zehn Jahre nachdem wir uns kennengelernt hatten. Danach habe ich mein Medizinstudium in Yale fortgesetzt. Sie hatte ihren Abschluss in Kunst gemacht und arbeitete in der Kunstabteilung der Universität. Wir waren arm, aber glücklich. Ich beschloss, Dr. Sweeny in die Kardiologie zu folgen. Mein Praktikum habe ich am Yale New Haven Hospital absolviert, und anschließend habe ich mich für einen Assistenzjob im Massachusetts General Hospital in Boston beworben. Wir wollten nicht mehr so weit weg von zu Hause wohnen, denn Sarah war endlich schwanger. Wir hatten lange versucht, ein Baby zu bekommen.«

Sie keuchte auf, als ihr klar wurde, dass das, was seiner geliebten Frau widerfahren war, ihm auch ein Kind genommen hatte. *O Gott. Das kann ich mir nicht anhören.* Der gequälte Blick in seinem Gesicht brach ihr das Herz. »Aidan, Schatz, das ist vielleicht erst mal genug.«

Er schüttelte den Kopf. »Ich muss es zu Ende erzählen.« Nachdem er tief durchgeatmet hatte, fuhr er fort: »Sie war im zweiten Monat schwanger, da fanden sie einen Knoten in ihrer Brust.«

Clare keuchte auf.

»Ihr Vater hat seine Beziehungen spielen lassen, damit sie den besten Onkologen der Stadt bekam. Innerhalb von einem Tag wussten wir, dass es schlimm war – Krebs im dritten Stadium. Sie war neunundzwanzig.« Er schüttelte den Kopf, als könnte er es noch immer nicht fassen, selbst nach all den Jahren. »Er war aggressiv. Sie wollten sie sofort einweisen und mit der Chemo anfangen, aber dafür hätten sie die Schwangerschaft abbrechen müssen.«

»Ach, Aidan.« Tränen flossen ihr über die Wangen.

»Das wollte sie nicht. Ich habe sie angefleht, aber sie wollte das Kind nicht töten, das wir uns so sehr gewünscht hatten. Ich habe ihr versichert, dass ich ohne sie nicht leben könne und dass wir andere Babys haben könnten, wenn es ihr wieder gut ginge.« Wieder schüttelte er den Kopf und wischte sich eine Träne aus dem Gesicht. »Ich brüllte und schrie, bis ich heiser war, dann bettelte ich, aber ich konnte sie nicht umstimmen. Mit der Zeit verstand ich, dass sie wusste, sie würde sterben, und sie wollte nicht, dass ich allein war.«

Sie wollte ihn berühren, aber er war ihr in diesem Augenblick so fern, dass sie fürchtete, ihn zu erschrecken.

Er stand auf und trat ans Fenster. »Also musste ich zusehen, wie das Baby wuchs und sie mir immer weiter entglitt. Sie hat darauf bestanden, dass ich meine Facharztausbildung fortsetze. Die Leute im Krankenhaus wussten, was ich durchmachte, und waren gut zu mir. Wir sind bei ihren Eltern eingezogen, weil sie nicht allein bleiben konnte, wenn ich arbeiten war. Immer wieder hatte ich gehofft, dass ich aus diesem Albtraum aufwachen würde, der jetzt mein Leben war. Ich war aufgewühlt und verzweifelt, aber Sarah blieb ganz ruhig und gelassen. Sie liebte es, wie das Baby in ihr wuchs. Er war rege, bewegte sich ständig.« Bei der Erinnerung musste er lächeln, als er sich zu ihr umwandte.

»Was ist aus ihm geworden?«, fragte sie leise.

»Sie hat es bis in die sechsunddreißigste Woche geschafft und hatte Probleme mit der Atmung, weil der Krebs bis in ihre Lungen vorgedrungen war. Ihr Frauenarzt ordnete einen Kaiserschnitt an, aber in der Nacht davor fing sie an zu bluten. Ich habe sie sofort ins Krankenhaus gefahren, und sie haben sie gleich in den OP geschickt. Sie wurde so schnell weggebracht, dass ich nicht mehr weiß, was meine letzten Worte an sie waren oder was sie zu mir gesagt hat. Da herrscht vollkommene Leere. Für den Kaiserschnitt mussten sie eine Narkose einleiten. Das Baby …« Sein Kinn sank auf seine Brust, und er schüttelte den Kopf.

Sie stand auf und trat zu ihm. Ihr wurde schwindlig, weil sie zu schnell aufgesprungen war, aber sie schüttelte es ab und legte die Arme um ihn.

Er schluchzte heftig. Sie hielt ihn fest, bis er sich schließlich wieder unter Kontrolle hatte und mit gebrochenem Blick zu ihr runterschaute. »Er war eine Totgeburt.«

»Nein«, keuchte Clare.

»Er war perfekt von den Fingern bis zu den Zehen. Ich durfte ihn halten, und ich versuchte, mir einzureden, dass er nur schlief. Wir hatten schon beschlossen, ihn nach Colin zu benennen – von meinen Brüdern war er Sarah der liebste. Sie ist nie aus der Narkose aufgewacht und starb zwei Tage später. Der einzige Trost, der mir blieb, war, dass sie nie erfahren hat, dass ihr Opfer vergebens war.«

Sie führte ihn zurück zum Sofa.

Nach langem Schweigen holte er zitternd Luft. »Sie sind zusammen beerdigt worden, aber ich war nicht dabei«, erklärte er, seine Stimme nur noch ein Flüstern. »Ich konnte nicht hingehen. Meine und ihre Eltern haben sich um alles gekümmert. Ich war noch nicht mal auf dem Friedhof, was meine Mutter ganz verrückt macht, aber sie besuchen sie an meiner Stelle. Den Assistenzjob habe ich an den Nagel gehängt. Ich ertrug den Geruch des Krankenhauses nicht mehr oder das Wissen, dass ich trotz meiner ganzen Ausbildung nicht einmal die zwei Menschen retten konnte, die ich am meisten geliebt habe. Das war auch gut so, denn das nächste Jahr verbrachte ich damit, betrunken zu sein.«

»Wie bist du dann hier gelandet?«

»Sarahs Großmutter hatte ihr Geld hinterlassen, und ein Jahr bevor sie krank wurde, hatten wir dieses Grundstück gekauft. Irgendwann wollten wir uns hier ein Wochenendhaus bauen. Ich musste ihr versprechen, dass ich das Geld für das Haus verwenden würde. Nachdem es mir nicht gelungen war, mich zu Tode zu saufen, wusste ich nicht mehr, was ich tun sollte, also kam ich her und baute das Haus. Ich hatte vor, es zu verkaufen, sobald ich fertig war.«

»Warum?«

»Ich nahm an, dass es zu sehr wehtun würde, ohne sie hier zu wohnen, aber wir hatten nicht viel Zeit in Stowe verbracht, und in der Stadt kannte sie niemand. Als das Haus schließlich fertig war, fühlte ich mich hier allmählich heimisch. Nebenbei hatte ich hier und da bei Bauarbeiten geholfen, und über kurz oder lang sprach es sich herum, dass ich davon Ahnung hätte. Ich hatte ein Geschäft und ein Haus, also blieb ich hier. Die einzige Person, die weiß, dass ich mal Arzt war und dass ich meine Frau und meinen Sohn verloren habe, ist Bea. Sie war mir eine gute Freundin, aber selbst sie kennt nicht die ganze Geschichte.«

»Danke, dass du sie mir anvertraut hast. Es tut mir so leid, dass du all das verloren hast.«

Er küsste ihre Hand. »Mir tut es leid, dass ich dich angelogen habe, als ich behauptet habe, ich wäre nie verheiratet gewesen. Es kommt mir Sarah gegenüber so treulos vor, wenn ich den Leuten das erzähle, aber es ist einfacher, als darüber zu reden. Nach all den Jahren fällt mir die Lüge leicht. Aber in dem Moment, in dem ich dich anlog, hat es sich zum ersten Mal falsch angefühlt. Vergibst du mir?«

Sie umarmte ihn. »Es gibt nichts, was ich vergeben müsste.«

Er hielt sie fest und schien ihren Trost zu brauchen, nachdem er diese schmerzliche Geschichte mit ihr geteilt hatte.

»Du bist sicherlich müde«, meinte er nach langem Schweigen. »Bringen wir dich lieber mal zurück ins Bett.« Er nahm ihre Hand, um ihr aufzuhelfen, und führte sie die Treppe rauf.

Sie schaffte es bis zum ersten Absatz, ehe ihr schwindlig wurde und sie das Geländer umfassen musste.

Er hob sie hoch und trug sie auf dem restlichen Weg. »Du musst dich noch immer schonen«, ermahnte er sie, während er ihr ins Bett half.

»Ich kann aber bestimmt schon nach Hause. Ich bin dir lange genug zur Last gefallen.«

»Ich find's schön, dass du hier bist. Ich sollte dir vermutlich nicht verraten, dass du die erste Frau bist, die jemals hier war.«

Sie lachte leise. »Wirklich?«

»Wie du es ausdrücken würdest: Lass dir das nicht zu Kopf steigen«, erwiderte er mit einem kleinen Lächeln, das in scharfem Kontrast zu seinem Kummer von vorhin stand.

»Zu spät.«

Er stieg ins Bett und drehte sich zu ihr um. »Bleib ein bisschen. Bis du wieder bei Kräften bist.«

Als sie ihm mit den Fingern durchs Haar strich und ihn küsste, entbrannte ein wildes Feuer zwischen ihnen. Sein Kuss steckte voller Liebe und Sehnsucht und Verlangen – ein Verlangen, das so mächtig war, dass es ihr Angst einjagen sollte, aber das tat es nicht, denn sie wusste, dass er sie liebte.

Er zog sich zurück und betrachtete sie mit glühendem Blick. »Nicht so, Clare. Wenn wir uns lieben, was wir schon bald tun werden, dann für uns. Nicht zum Trost und nicht aus Mitleid.« Er nahm sie in seine Arme. »Bleibst du bei mir?«

»Natürlich«, gab sie nach, in der Hoffnung, dass sie ihre eigenen Dämonen überwinden würde, wenn die Zeit reif war.

KAPITEL 23

Kate überprüfte noch einmal die Adresse auf der Visitenkarte und schaute bestürzt zu dem baufälligen Gebäude hoch. Das war nicht die Music Row. Das war so weit von der Music Row entfernt, dass es in einer anderen Stadt liegen könnte. Harvey Welshiemer, der Produzent, der ihr auf einer Party vor Weihnachten seine Karte gegeben hatte, hatte sich gefreut, von ihr zu hören, und darauf bestanden, dass sie sofort in sein Büro kommen müsse.

Sie drückte die Tür auf, und der Gestank nach fettigem Essen und womöglich Urin stieg ihr in die Nase. Unter ihr knarzten die Stufen auf dem Weg in den zweiten Stock, wo auf einem kleinen Plastikschild neben einer Holztür »Harvey Welshiemer, Decade Records« stand. Sie sah sich in dem schäbigen Flur mit der abblätternden hellgrünen Wandfarbe um. Durch eine der anderen Holztüren plärrte ein Fernseher. Sie war schon fast so weit, einfach umzukehren, aber er war ein Produzent, also zwang sie sich dazu, anzuklopfen.

Harvey öffnete die Tür, und sein hässliches Gesicht strahlte auf.

»Kate, Liebes, du hast es geschafft. Komm rein.«

Mit einem wehmütigen Blick über die Schulter Richtung Treppe betrat sie den Raum, als ihr plötzlich klar wurde, dass niemand auf der Welt wusste, wo sie gerade war. Sie erkannte sofort, dass das hier sein Zuhause war, nicht sein Büro.

»Äh, ich dachte, wir treffen uns in Ihrem Büro«, merkte sie an, während er umherlief und herumliegende Kleidungsstücke und schmutziges Geschirr einsammelte.

»Stimmt auch. Setz dich.«

Sie suchte nach einem Fleck, wo das möglich war, ohne dass sie befürchten musste, sich eine Krankheit einzufangen. »Ich stehe lieber, danke.«

Er richtete sich die vordere Hälfte seines über den kahlen Kopf gekämmten Haars und ließ seinen birnenförmigen Körper auf einen kaputten Plastikstuhl sinken. »Ich bin schrecklich froh, dass du vorbeischaust. Du besitzt genau die Art junges Talent, nach der Decade Records sucht. Ich werde einen großen Star aus dir machen, Mädchen.«

Sie wich einen Schritt zurück zur Tür. »Da bin ich mir nicht so sicher.«

Er war schneller auf den Beinen, als sie es für möglich gehalten hätte. »Wohin willst du? Ich habe dir ja noch gar nicht erzählt, was ich für dich im Sinn habe.«

Mit der Hand auf dem Knauf hinter ihrem Rücken lehnte sie sich gegen die Tür, wobei sie in jeder Faser ihres Körpers spürte, dass sie mit dem, was er für sie im Sinn hatte, nichts zu tun haben wollte.

»Wir führen dich zunächst in der Grand Ole Opry vor. Machen deinen Namen bekannt. Hast du eigene Lieder?« Er sprach weiter, ehe sie etwas erwidern konnte. »Macht nichts. Ich kenne da jemanden, der liebend gerne für eine Stimme wie deine schreiben würde.«

»Mr Welshiemer …«

»Nenn mich Harvey, Süße. Wir werden noch gute Freunde werden. Ich hole dann mal den Vertrag, den du für mich unterschreibst, bevor wir weiter …«

»Mr Welshiemer …«

Seine Augen blitzten zornig auf. »Also, Darling, du verletzt meine Gefühle, wenn du mich nicht Harvey nennst.« Er griff unter einen Zeitschriftenstapel auf einem schiefen Couchtisch und zog ein Vertragsexemplar heraus. »Das ist ein Standardvertrag der Entertainmentbranche, in dem drinsteht, wie ich dir dabei helfen werde, ein Star zu werden.« Er fischte einen Stift aus den Tiefen seiner fleckigen Hemdtasche. »Unterschreib einfach hier, dann können wir mit der Arbeit anfangen.«

Er war so in sein Geschwafel vertieft, dass er nicht bemerkte, wie Kate die Tür öffnete. Sie hatte schon die halbe Treppe hinter sich gebracht, ehe er zu ihr aufholte. Als er ihren Arm packte, um sie zurückzuhalten, schrie sie auf.

»Wo zum Henker willst du hin?«

»Nehmen Sie die Hände von mir«, verlangte sie energisch.

Er ließ so abrupt los, dass sie beinahe den Rest der Treppe runtergestürzt wäre. »Es scheint, als hätten wir uns auf dem falschen Fuß erwischt«, meinte er, das schwitzende Gesicht nur wenige Zentimeter von ihrem entfernt. »Wenn du kein Star werden willst, dann ist mir das auch recht, aber ich an deiner Stelle würde meinen hübschen Hintern die Treppe raufbewegen und den Vertrag unterschreiben. Glaubst du wirklich, du bist was Besseres als die Millionen anderen Mädchen, die sich in der Stadt die Seele aus dem Leib singen? Wie lange bist du schon hier? Wie viele Produzenten haben dir ihre Karte gegeben? Ich wette, ich bin der erste, mit dem du überhaupt gesprochen hast.«

Seine Worte trafen sie – hart. Aber selbst wenn sie es als Sängerin nie zu etwas bringen würde, würde sie eher ihre Seele dem Teufel verkaufen, als noch eine Minute mehr in der Gegenwart dieses abstoßenden Mannes zu verbringen.

»Ich will nichts mit Ihnen zu tun haben«, teilte sie ihm mit einem Blick mit, der ihn davor warnte, ihr auch nur ein Haar zu krümmen. »Lieber würde ich im Waffle House kellnern, als für Sie zu arbeiten.« Mit diesen Worten drehte sie sich um und rannte die restlichen Stufen hinunter.

»Du blöde Schlampe. Was bildest du dir eigentlich ein, wer du bist?«

Der Rest seiner Tirade wurde abgeschnitten, da die Tür zur Straße hinter ihr zuschlug. Sie atmete die frische Luft ein, bevor sie teils rennend, teils gehend von dem Gebäude floh. Sie erreichte ihr Auto, sprang hinein und verschloss die Tür, ehe sie sich gestattete, in Tränen auszubrechen. Nur die Angst davor, dass er ihr folgen könnte, brachte sie dazu, den Motor anzulassen und loszufahren.

Sie erreichte ihre Wohnung und stürmte unter die Dusche. Nach ihrer Begegnung mit Welshiemer fühlte sie sich schmutzig, und ihr war schlecht. Nach zehn Minuten unter dem pulsierenden Wasser ließ das Schluchzen endlich nach. Als sie daran dachte, was in der dreckigen Wohnung hätte geschehen können, fing sie an zu zittern.

In dem verzweifelten Versuch, sich von dieser schrecklichen Begegnung abzulenken, zwang sie sich dazu, an etwas Angenehmes zu denken. Natürlich wanderten ihre Gedanken zu Reid und ihrem gemeinsam verbrachten Silvester. Sie musste lächeln, weil ihr wieder einfiel, was sie Punkt Mitternacht getan hatten, und ganz plötzlich fühlte sie sich besser. Er würde durchdrehen, wenn er wüsste, was gerade passiert war, aber er war geschäftlich in Knoxville und würde erst morgen zurückkommen.

Sobald sie endlich wieder normal atmen konnte und ihre Hände nicht mehr zitterten, nahm sie das Telefon und rief Ashton an.

»Was für eine schöne Überraschung«, begrüßte er sie, sobald seine Assistentin sie durchgestellt hatte.

»Frohes neues Jahr«, wünschte sie ihm in dem Bemühen, normal zu klingen.

»Dir auch. Was ist los?«

»Ich hab mich gefragt, ob ich dich um einen Gefallen bitten kann.«

»Natürlich, was immer du brauchst.«

»Weißt du etwas über einen Produzenten namens Harvey Welshiemer? Von Decade Records?«

Ashton schnappte nach Luft. »Himmel, Kate, der Typ bedeutet Ärger. Wir haben drei Klienten, die versuchen, aus einem Vertrag mit ihm rauszukommen. Er hat sie regelrechte Knebelverträge unterschreiben lassen, die es ihnen unmöglich machen, irgendwo zu arbeiten, während er nichts für sie tut.«

Sie zuckte zusammen. Warum hatte sie ihn nicht angerufen, bevor sie hingegangen war? Gott sei Dank hatte sie nichts unterschrieben.

»Kate? Was? O mein Gott, du hast doch bei ihm nichts unterzeichnet, oder?«

»Nein, nein«, erwiderte sie leise. »Ich habe mich mit ihm getroffen, aber er hat mich angewidert, also bin ich abgehauen, bevor er mir was aufzwingen konnte.«

»Mistkerl«, murmelte Ashton. »Geht's dir gut?«

»Jetzt schon.«

»Okay, hör mal zu: Von jetzt an redest du mit niemandem im Musikgeschäft – und ich meine, *niemandem* – ohne mich, verstanden? Nächstes Mal, wenn wir uns sehen, gibst du mir einen Dollar.«

»Warum?«

»Das ist mein Vorschuss. Sobald du das bezahlt hast, bin ich offiziell dein Anwalt.«

Sie lachte. »Du bist ganz schön billig, Herr Anwalt. Woher weiß ich, dass du mich nicht reinlegst?«

»Ich meine es ernst, Kate. Der hätte dich übers Ohr hauen können, und deine Karriere wäre beendet, bevor sie überhaupt angefangen hat. Darüber reißt man keine Witze.«

»Tut mir leid. Du hast recht.«

Er seufzte. »Ich will gar nicht so streng mit dir sein, aber du musst mehr aufpassen.«

»Das weiß ich jetzt. Danke, Ashton. Ich habe hier einen Dollar mit deinem Namen drauf.«

»Herrgott, du hättest mir fast einen Herzanfall beschert.« Er atmete hörbar aus. »Warum treffen wir uns nicht zum Abendessen? Hast du Zeit?«

»Bis sieben probe ich mit der Band, aber danach könnten wir uns treffen.«

»Um acht im F. Scott's?«

»Klingt gut. Ich werde da sein. Noch mal danke für den Rat.«

»Jederzeit. Denk an meine Worte, wenn es darum geht, mit Leuten aus der Branche zu reden, Kate. Das ist mein Ernst.«

»Nach dem, was heute passiert ist, musst du mir das nicht zweimal sagen.«

* * *

Im F. Scott’s steppte der Bär, als Kate dort fünf Minuten zu spät zu ihrer Verabredung mit Ashton auftauchte. Sie überquerte den edlen schwarz-weiß gefliesten Boden und fand ihn an der Bar, wo er auf sie wartete. Da er Anzug und Krawatte trug, nahm sie an, dass er direkt nach der Arbeit hergekommen war.

»Hi«, grüßte er sie mit einem Kuss auf die Wange. »Du siehst toll aus.«

»Danke«, erwiderte sie, verlegen, da er sie mit offenkundigem Interesse betrachtete. »Du auch.«

»Unser Tisch ist gleich so weit. Möchtest du was trinken?«

»Wasser wäre toll. Nach der Probe bin ich immer ganz ausgetrocknet.«

Er bat den Barkeeper um das Wasser und stand auf, um ihr am überfüllten Bartresen seinen Hocker zu überlassen. Auf der kleinen Bühne auf der anderen Seite des Raumes spielte ein Jazztrio.

Ashtons Körper bildete eine Schutzbarriere hinter ihr. Ein mulmiges Gefühl breitete sich in ihr aus, und sie gelangte zu einer beunruhigenden Erkenntnis: Das hier fühlte sich wie ein Date an.

»Hast du nicht was für mich?« Er streckte ihr erwartungsvoll eine Hand entgegen.

»Ach ja, das hätte ich fast vergessen.« Sie griff in die Tasche ihrer Jeans und zog den Dollarschein hervor, den sie eingesteckt hatte.

»Danke. Jetzt bin ich offiziell dein Anwalt. Benutze oder missbrauche mich«, verkündete er mit anzüglichem Lächeln, und die Worte trieften vor Doppeldeutigkeit.

Sie atmete tief durch. »Ashton.«

»Was, Darling?«

»Wir müssen reden.«

Der Oberkellner suchte sich diesen Moment aus, um Ashton auf die Schulter zu tippen und ihm mitzuteilen, dass ihr Tisch fertig war. Sie folgten ihm in eine lauschige Ecke. Kaum saßen sie, bestellte Ashton ein Glas Rotwein. Kate blieb bei Wasser.

»Stimmt was nicht, Kate?«

Er war so lieb und sorgte sich so aufrichtig um sie, dass sie ihn einfach dafür lieben musste, nur nicht auf die Art, die er sich wünschte, wie sie annahm. »Wir sind doch Freunde, oder?«

»Natürlich sind wir das. Warum fragst du?«

»Äh, na ja, ich will keine Vermutungen anstellen, aber …«

Er griff über den Tisch nach ihrer Hand. »Raus mit der Sprache, Darling.«

»Ich will, dass wir Freunde sind.« Sie schluckte schwer. »Nur Freunde.«

Eine Weile erwiderte er ihren Blick, bis er schließlich wegsah. »Schade, dass du das so betrachtest. Du bist etwas ganz Besonderes, Kate, und ich müsste lügen, wenn ich behaupten würde, ich wäre nicht gerne mehr als nur ein Freund von dir.«

»Es tut mir leid. Ich genieße unsere Freundschaft wirklich sehr. Das möchte ich nicht verlieren.«

Er sammelte sich rasch wieder. »Sei nicht albern«, winkte er mit breitem Lächeln ab, das seine Augen nicht ganz erreichte. »Das passiert schon nicht. Außerdem bin ich jetzt dein Anwalt, so leicht wirst du mich also nicht mehr los.«

»Es tut mir leid«, wiederholte sie, berührt von dem Schmerz, den er sich so bemühte, vor ihr zu verbergen.

»Muss es nicht«, widersprach er und schaute sie aufmerksam an. »Wer auch immer es ist, er hat verdammtes Glück. Ich hoffe, er weiß das.«

»Das tut er«, versicherte sie ihm leise, unendlich traurig über das, was sie – und sein Vater – vor ihm verheimlichte.

Ashton griff zur Speisekarte. »Also, wie wäre es, wenn du dich von deinem Anwalt zum Essen einladen lässt? Wonach steht dir der Sinn?«

* * *

In Knoxville begab Reid sich in die Hotelbar, um sich einen Drink zu genehmigen. Es war schon spät, und er war müde nach einem Tag voller endloser Meetings für fünf verschiedene Projekte, die er in der Stadt hatte.

In letzter Zeit hatte er immer häufiger in Erwägung gezogen, einige seiner Aktivitäten außerhalb von Nashville einzustellen. Das Reisen wurde zu einer Last, ganz besonders jetzt, da er einen guten Grund hatte, zu Hause zu bleiben. Aber dann fielen ihm wie immer an die vielen Menschen ein, die er im ganzen Land beschäftigte. Seine Verpflichtungen ihnen gegenüber hinderten ihn daran, all das aufzugeben.

Verpflichtungen, grübelte er, während er an seinem Scotch auf Eis nippte. Er hatte ein halbes Leben voller Verpflichtungen hinter sich und noch Jahre vor sich, bevor er in Erwägung ziehen konnte, in Rente zu gehen.

Manchmal, wenn er sich gestattete, an das zu denken, was er wirklich wollte, kam ihm ein winziges Häuschen am Strand in der Karibik in den Sinn – ein Haus, um das er sich selbst kümmern konnte. Er hatte nie die Wahl gehabt, wo er leben wollte, und das wurmte ihn allmählich.

Seit Kurzem war auch Kate Teil seiner Tagträume geworden. Sie könnten segeln und schwimmen und sich auf dem feinsandigen Strand lieben.

Er seufzte. Mit einem Anwesen, das seit Generationen im Besitz seiner Familie war, einem Geschäft, für das dreitausend Leute arbeiteten, und der Wirtschaft von mehreren Städten Tennessees, die von seiner Kooperation abhing, war der Gedanke daran, all das hinzuschmeißen, im besten Falle leichtfertig, im schlimmsten unverantwortlich.

Als eine plötzliche Welle der Aufregung durch den Raum lief, wurde Reid aus seiner Versunkenheit gerissen. Eine massige Gestalt ließ sich auf den Barhocker neben ihm fallen, und Reid traute seinen Augen kaum, als er rüberspähte.

»Wer hätte das gedacht?«, rief Buddy Longstreet. »Wen haben wir denn da?«

Der Barkeeper warf einer Gruppe Frauen einen finsteren Blick zu, die gerade allen Mut zusammennehmen wollten, um Buddy an der Bar anzusprechen.

Reid lachte und schlug seinem ältesten Freund auf den Rücken. »Von allen Spelunken dieser Welt …«

»Ja, ja, ja, was auch immer.« Buddy schob sich den schwarzen Stetson nach hinten, um die goldfarbenen Augen und den gestutzten Kinnbart zu enthüllen, die seine weiblichen Fans schon seit Jahren verrückt machten. »Wie geht's dir, Mann? Ich wollte dich anrufen, um zu fragen, was zum Teufel zwischen dir und Mama vorgefallen ist. Sie ist fuchsteufelswild, aber sie will mir nicht verraten, warum.«

Reid nahm einen langen Schluck von seinem Drink. Buddy war Marthas Sohn und ein Gigant in der Countrymusik-Branche. Er und seine Frau Taylor Jones gehörten zu Nashvilles Musikadel, hauptsächlich, weil sie zwei der nettesten Menschen in einer Stadt waren, die nicht immer für die Nettigkeit ihrer Bewohner bekannt war. Als Reid Kate hatte wissen lassen, dass er Leute in der Branche kannte, hatte er nicht gescherzt. »Nennen wir es eine Meinungsverschiedenheit«, beantwortete er Buddys Frage.

»Muss eine ganz schöne Auseinandersetzung gewesen sein, wenn keiner von euch darüber reden will. Was machst du hier überhaupt?«

»Meeting mit der Stadtverwaltung. Ich versuche, die Genehmigung für ein Bürogebäude zu bekommen, das wir draußen beim Flughafen bauen wollen. Ich wusste, dass es länger dauern würde, also übernachte ich hier. Was ist mit dir?«

»Die Barbecue-Kette, an der ich mit Freddy Perkins und George Gentry beteiligt bin«, erklärte Buddy, wobei er zwei weitere Größen im Musikgeschäft benannte. »Wir eröffnen hier nächsten Monat unseren zehnten Laden. Ich wollte ihn mal unter die Lupe nehmen.«

»Schön, dich zu sehen, Buddy. Es ist zu lange her.« Sie waren wie Brüder in verschiedenen Teilen von Reids Haus aufgewachsen.

»Wir sind immer entweder unterwegs, oder wir ziehen uns mit den Kindern zurück.«

Er und Taylor gingen nur gemeinsam auf Tournee, und das auch nur drei Monate im Jahr, damit ihre Kinder ein fast normales Leben führen konnten. Reid hatte jede Menge Respekt davor, wie sie trotz ihrer großartigen Karrieren stets die Prioritäten im Auge behielten.

»Deine Mama ist also echt sauer, was?«

»Das ist sie. Ich wollte schon seit Jahren, dass sie sich zur Ruhe setzt und in das Haus zieht, das ich ihr auf unserem Grundstück gebaut hatte, aber sie hat immer behauptet, sie könne dich nicht allein lassen. Dann kreuzt sie plötzlich bei uns auf, als hätte sie das schon immer vorgehabt.«

»Es ist sowieso an der Zeit, dass sie kürzertritt. Mir tut nur leid, wie sie gegangen ist.«

»Du solltest vorbeischauen und sie besuchen. Eine Umarmung, und ihr seid wieder versöhnt. Taylor würde dich auch gerne mal wieder treffen.«

»Ja, vielleicht«, meinte Reid, aber er glaubte nicht, dass Martha ihn so, wie die Dinge nun mal lagen, willkommen heißen würde.

Sie tranken eine Weile schweigend, während Reid über etwas anderes nachdachte, das ihm durch den Kopf ging, seit Buddy neben ihm aufgetaucht war. *Sie hat mich darum gebeten, nicht meine Beziehungen spielen zu lassen. Aber das würde ihr alles so viel leichter machen. Es ist ja nicht so, als hätte sie kein Talent … Aber sie hat mich gebeten, es nicht zu tun, und das war ihr Ernst. Ach, was soll's?*

»Sag mal, Buddy, es gibt da diese junge Frau, die ich kenne. Sie ist die Tochter eines College-Freundes von mir, und sie ist in die Stadt gezogen, um dem einen Traum nachzujagen.«

Buddy stöhnte. »Oh, Mann, du ziehst doch nicht etwa diese Scheiße bei mir ab, oder? Weißt du, wie oft am Tag mir jemand von einem kleinen Mädchen erzählt, das mit leuchtenden Augen in die Stadt gekommen ist?«

»Das hier ist was anderes.«

Buddy lehnte sich zurück, um seinen alten Freund zu studieren. »Inwiefern?«

»Sie hat großes Talent. Du glaubst nicht, wie gut sie ist.«

»Ach ja? Seit wann bist du denn ein Experte?«

»Bin ich nicht, aber wenn sie singt, kriege ich Gänsehaut, falls das ein Anhaltspunkt ist.«

Buddy kaute auf dem kleinen Plastikstrohhalm. »Wie sieht sie aus?«

»Warum zum Henker ist das wichtig?«

»Hast du mal eine Vogelscheuche auf der Bühne in der Opry erlebt?«, fragte er mit jenem breiten Lächeln, das ihm ein Vermögen eingebracht hatte.

»Sie ist eine umwerfend schöne Blondine mit den herrlichsten blauen Augen, die du jemals gesehen hast.«

»Hmm«, überlegte Buddy. »So gut also, was?«

»Ungelogen.«

»Wie alt ist sie?«

»Achtzehn.«

»Hmm«, wiederholte Buddy.

»Was soll das heißen, dieses ›Hmm‹?«

»Ich frage mich nur gerade, ob diese achtzehnjährige Göttin mit der engelsgleichen Stimme etwas damit zu tun hat, dass Mama so stinksauer auf dich ist.«

Reid setzte einen neutralen Gesichtsausdruck auf, aber innerlich war er ziemlich erschüttert. Ihm hätte klar sein müssen, dass Buddy ihn sofort durchschauen würde. »Ich weiß nicht, wovon du redest. Ich hatte doch erwähnt, dass sie die Tochter eines Freundes ist. Sie hat Talent. Ich dachte nur, du hast vielleicht eine Idee, wie sie einen Fuß in die Tür bekommt. Mehr nicht.«

Schweigend betrachtete Buddy ihn einen weiteren angespannten Augenblick lang. »Okay, wenn du das sagst. Wo kann ich sie finden?«

»Sie singt bei einer Band namens The Rafters. Nächsten Dienstag haben sie einen Auftritt im Mabel's. Bist du da in der Stadt?«

»Ja. Ich schau mal vorbei. Wenn sie so gut ist, wie du behauptest, werde ich sehen, was ich tun kann. Versprechen kann ich dir aber nichts, hörst du?«

»Verstehe. Behalt das hier für dich, okay? Sie ist wild entschlossen, es ganz allein zu schaffen. Sie will keine Hilfe.«

Buddy lachte leise. »Nur die Tochter eines Freundes, was?«

Reid stand auf und warf zwei Zwanziger auf den Bartresen, um für die beiden Drinks zu bezahlen. »War schön, dich zu treffen, Buddy.«

Der andere hielt ihm eine Hand hin. »Dich auch, Bruder. Lass mal von dir hören.«

Reid schüttelte Buddy die Hand und begab sich mit einem engen Gefühl in der Brust zum Fahrstuhl. Kate würde ihn umbringen, wenn sie jemals erfuhr, was er gerade getan hatte.

* * *

Am folgenden Nachmittag rief Reid Kate aus der Luft an, um ihr mitzuteilen, dass er in zwanzig Minuten zu Hause sein würde. Auf dem letzten Stück zur Landebahn schmolz sein Herz dahin, als er sah, wie sie auf Thunder über die Schotterpiste zum Hangar ritt. Er wusste nicht mehr, wann ihn das letzte Mal jemand nach einer Reise erwartet hatte, und konnte es kaum erwarten, das Flugzeug zu landen.

Sie schob ihm das Tor zur Flugzeughalle auf, und er ließ die Maschine ins Gebäude rollen. Nachdem er den Motor abgestellt hatte, aus dem Flugzeug gesprungen war und den Hangar abgesperrt hatte, saß sie bereits wieder auf Thunder und wartete auf ihn.

»Hi, Baby, was für eine schöne Überraschung.« Er legte die Aktentasche und eine Reisetasche in den Mercedes und ging zu ihr rüber, um das Pferd zu streicheln. »Da bin ich mal eine Nacht nicht in der Stadt, und schon treibst du dich mit meinem besten Kumpel rum?« Das Pferd rieb seine Nase über Reids Wange.

»Er hat mich lieber als dich. Hat er mir verraten.«

»Er hat einen guten Frauengeschmack.«

Thunder wieherte und brachte sie so zum Lachen.

»Ich schwöre dir, er ist ein Mensch.« Kate streckte die Hand nach Reid aus. »Reitest du mit mir mit?«

»Liebend gerne.«

Sie löste den Fuß aus dem Steigbügel, damit er hinter ihr aufsitzen konnte. Sobald er die Arme um sie legte und ihr den Hals küsste, seufzte sie genüsslich.

»Ich habe dich vermisst«, sagte sie. »Du hast mich verwöhnt, jetzt kann ich nicht mehr allein schlafen.«

Er stöhnte. »Du hast mir auch gefehlt.«

Sie drehte den Kopf, um seinen Kuss zu erwidern, und trotz der unbequemen Lage und der Bewegungen des Pferdes loderte die Leidenschaft zwischen ihnen auf.

»Ich will dich«, flüsterte er ihr ins Ohr und jagte ihr einen Schauer über die Haut.

Sie drängte Thunder zum Galopp. »Dann aber schnell nach Hause.«

KAPITEL 24

An dem Morgen, nachdem Aidan ihr von Sarah erzählt hatte, erwachte Clare mit einem unguten Gefühl, das nichts mit ihrer Lungenentzündung zu tun hatte. Der Streit, den sie vor ein paar Wochen geführt hatten, kam ihr wieder in den Sinn, denn ihr fielen erneut die schrecklichen Worte ein, die sie ihm an den Kopf geworfen hatte. *Es ist ziemlich leicht, so was zu behaupten, wenn man nie Kinder hatte.* Sie zuckte zusammen. *Ich fasse nicht, dass er überhaupt je wieder mit mir gesprochen hat.*

Zärtlich betrachtete sie ihn im Schlaf. Wie hatte das so schnell geschehen können? Vor nicht allzu langer Zeit hatte sie sich gefragt, wie sie jemals ohne Jack leben sollte, und jetzt konnte sie sich ihr Leben nicht mehr ohne Aidan vorstellen.

Sie wusste, dass es an der Zeit war, ihm anzuvertrauen, was ihr widerfahren war, aber sie hatte das alles so weit hinter sich gelassen, seit sie in Stowe lebte, dass ihr ganz schlecht wurde, wenn sie sich vorstellte, sich wieder daran erinnern zu müssen. Selbst wenn es nur kurz war und selbst wenn Aidan es verdient hatte, davon zu erfahren.

Der Gedanke daran, dass er sie anders ansehen könnte, wenn er die Geschichte kannte, erschien ihr schrecklich. Mitleid war das Letzte, was sie wollte, ganz besonders von ihm. Sie wusste, dass sie ihm vermutlich unrecht tat, aber sie konnte nicht darüber reden, nicht jetzt, da sie kurz davor stand, mit ihm ein ganz neues Leben anzufangen. *Ich kann es nicht. Ich kann nicht zulassen, dass dieses entsetzliche Erlebnis das alles hier zerstört.*

Sie streichelte ihm über das Haar, und ein grünes Auge öffnete sich.

Er lächelte.

»Entschuldige, ich wollte dich nicht wecken.«

»Ich bin froh, dass du es getan hast. Geht es dir besser?« Er legte ihr eine Hand auf die Stirn. »Du fühlst dich noch warm an, aber das Fieber wird wohl ein paar Tage lang kommen und gehen.«

»Ich fühle mich besser, aber noch nicht ganz gesund. Mein Kopf pocht, und meine Brust tut nach wie vor weh.«

»Wir gehen es heute ruhig an.«

»Ich halte dich von der Arbeit ab.«

»Ich habe zurzeit einen fantastischen Kunden. Sie ist nicht nur äußerst niedlich, sondern auch ziemlich verständnisvoll.«

»Wer ist sie, und wo kann ich sie finden?«

Seine Augen funkelten fröhlich. »Eifersüchtig?«

»Bilde dir darauf bloß nichts ein, O'Malley.«

Er lachte. »Puh. Endlich kehren wir zur Normalität zurück. Was für eine Erleichterung.«

»Aidan?«

Er drehte sich zu ihr um. »Ja?«

»Tut mir leid, dass ich damals behauptet habe, du wärst nie ein Elternteil gewesen. Das war furchtbar von mir.«

»Schon gut. Du hast es nicht gewusst.«

»Es war schlimm, und es tut mir leid.«

»Ich habe es provoziert, weil ich dich kritisiert habe. Mach dir deswegen keine Gedanken.«

»Wie fühlst du dich jetzt, da du gestern Abend darüber geredet hast?«

»Ich bin froh, dass du es weißt.« Er griff nach ihrer Hand. »Es ist jedes Mal ein Risiko, die Geschichte jemandem zu offenbaren, denn ich möchte nicht durch das definiert werden, was ich verloren habe. Ich weiß nicht, ob das Sinn ergibt, aber es ist einer der Gründe, warum ich so gerne in Stowe bin. Hier weiß niemand davon, also muss ich nicht die mitleidigen Blicke über mich ergehen lassen, die zu Hause in Chatham auf mich warten oder wenn ich Sarahs Familie in Boston besuche. Für sie bin ich stets der Typ, der seine Frau und sein Kind verloren hat.«

»Ich weiß, was du meinst, und falls ich dich jemals so betrachte, dann möchte ich mich schon im Voraus dafür entschuldigen.«

Er küsste ihre Hand.

»Weißt du, als wir uns zum ersten Mal getroffen haben, da habe ich es in deinen Augen gesehen«, gestand sie. »Es war so eigenartig, aber ich habe erkannt, dass du einen schrecklichen Verlust erlitten hast. Ich hätte nie gedacht, wie schrecklich, aber ich habe es gewusst.«

»Wirst du mir verraten, warum ich in dir dasselbe sehe?«

Seine Frage erschütterte sie. »Irgendwann vielleicht, aber im Moment möchte ich das hier einfach nur genießen. Ist das okay?«, fragte sie, aber sie konnte ihm die Enttäuschung vom Gesicht ablesen.

»Natürlich.« Er beugte sich vor, um sie zu küssen, bevor er aufstand. »Bea hat gestern angerufen, während du geschlafen hast. Sie möchte heute vorbeikommen und nach dir schauen, falls du dich dem gewachsen fühlst.«

»Das wäre toll«, erwiderte Clare erfreut und sah ihm dabei zu, wie er sich Jeans und einen Pullover überzog.

»Ich bereite uns was zum Frühstück zu«, erklärte er auf dem Weg zur Treppe.

Sie fühlte sich, als hätte sie ihn enttäuscht. Er hatte ihr sein Innerstes offenbart, aber sie hatte nicht dasselbe für ihn tun können und war sich auch nicht sicher, ob sie das überhaupt jemals könnte.

* * *

Nach dem Mittagessen kam Bea zu Besuch, und sie setzten sich in Aidans Arbeitszimmer. Er entfachte im Holzofen ein Feuer für sie, bevor er in die Garage rausging, um dort an einem alten Porsche zu arbeiten, den er restaurierte.

»Ich bin so froh, dich wieder auf den Beinen zu sehen«, erklärte Bea.

»Danke, dass du mich besuchst. Danke auch für die Bücher.«

»War mir ein Vergnügen. Das hier lesen wir für den Buchclub nächste Woche, falls du dann wieder bei Kräften bist.«

»Das hoffe ich. Ich habe den Scheck erhalten, den du mir geschickt hast. Ich wollte doch nicht, dass du mich bezahlst.«

»Sei nicht albern. Natürlich muss ich dich bezahlen. Also, fühlst du dich denn besser?«

»Ja, endlich.«

»Du hast uns ganz schön erschreckt.«

»Ich fasse nicht, wie schnell aus der Erkältung eine Lungenentzündung geworden ist. Gott sei Dank wusste Aidan, was zu tun war.«

Bea hob amüsiert eine Augenbraue. »Ihr zwei scheint euch ziemlich nahe gekommen zu sein.«

»Ich liebe ihn«, gestand Clare. »Er ist wundervoll.«

Bea klatschte erfreut in die Hände. »Ich wusste es. Ich wusste, dass ihr beide perfekt zueinanderpasst. Was habe ich dir gesagt?«

Clare lachte auf. »Du lagst richtig.«

»Das ist herrlich, Clare. Ihr beide habt das verdient, nach dem, was ihr durchgemacht habt.«

»Er hat mir das von seiner Frau und seinem Sohn erzählt. Es ist so traurig.«

»Ich weiß. Hast du ihm erklärt, was dir passiert ist?«

»Noch nicht.«

»Worauf wartest du?«

Sie war sich nicht ganz sicher, warum der Gedanke daran, Aidan ihre Geschichte anzuvertrauen, so furchterregend war. Aber Bea hatte recht. Er hatte die Wahrheit verdient. Jetzt musste sie nur noch den Mut aufbringen, sich ein weiteres Mal ihrer schmerzhaften Vergangenheit zu stellen.

* * *

In der Garage schaltete Aidan den Petroleumofen ein und öffnete die Motorhaube des alten Wagens, um sich den ramponierten Motor anzuschauen. Das Auto hatte er vor einem Jahr auf einem Schrottplatz für Altmetall entdeckt und hauchte ihm allmählich wieder Leben ein.

Auch er erwachte wieder zu neuem Leben. Mit jedem Tag, den er mit Clare verbrachte, spürte er es deutlicher. Er wusste nicht mehr, wann er das letzte Mal auf etwas gehofft hatte, aber seine Beziehung zu ihr half ihm, zu erkennen, dass er seit Sarahs Tod nur vor sich hin existiert hatte, dass er nicht wirklich gelebt hatte.

Jetzt wollte er wieder mehr – er wollte ein Leben mit Clare und ihren Töchtern, aber ohne Geheimnisse zwischen ihnen. Auch wenn er ihre Gründe besser verstand als die meisten, frustrierte ihn ihre Weigerung, offen mit ihm zu sein. Er wusste, dass sie ihm vertraute – aber offensichtlich nicht genug, um ihre Geschichte mit ihm zu teilen.

Wütend schlug er mit der Faust auf die Werkbank, aber dann fiel ihm plötzlich ein, dass Maggie ihretwegen angerufen hatte, während sie noch unter der Dusche gestanden hatte. Er betrat das Haus durch die Küche und blieb abrupt stehen, als er das Gespräch zwischen ihr und Bea im Arbeitszimmer hörte.

»Ich will es nicht vor ihm verheimlichen«, versicherte Clare ihr. »Ehrlich. Aber ist es denn so verkehrt, dass ich diese Zeit mit ihm genießen will, ohne dass das ein Teil davon wird?«

»Nein, Liebes, das ist nicht verkehrt. Es ist etwas ganz Schreckliches, etwas Grässliches, und ich verstehe, warum du etwas so Schönes nicht mit so was Entsetzlichem verderben willst. Aber du kannst es nicht ewig vor ihm verbergen. Es ist jetzt ein Teil von dir, ob du das nun willst oder nicht. Was, wenn er es von jemand anderem erfährt, bevor du es ihm erzählt hast?«

Er hielt den Atem an, als ihm klar wurde, dass Clare Bea bereits davon berichtet hatte. Das schmerzte ihn.

»Wer würde es ihm verraten?«, wollte Clare wissen. »Die Mädchen würden es nie erwähnen. Sie reden fast genauso ungern darüber wie ich.«

»Bist du dir da sicher?«

»Absolut.«

Aidan trat ein paarmal laut auf, damit sie wussten, dass er im Haus war, ehe er den Kopf ins Arbeitszimmer steckte. „He, ich hab vergessen, dir zu sagen, dass Maggie angerufen hat, während du duschen warst.«

Ihr Lächeln wärmte ihm das Herz. Darin steckte alles, was sie für ihn empfand, und es war Balsam für seine verwundete Seele.

»Danke, ich ruf sie gleich zurück.«

Bea erhob sich. »Ich muss wieder in den Laden. Meine Nichte hat für eine Stunde übernommen, aber diese Woche war ziemlich viel los, sie könnte also sicher eine Ablösung gebrauchen.«

»Ich habe mich gefreut, dass du vorbeigeschaut hast, Bea. Ich sollte wieder arbeiten können, wenn du mich fürs Winterfest brauchst. Kate und Maggie wollen über das Wochenende raufkommen.«

»An Arbeit musst du noch nicht denken. Schau einfach mit den Mädchen vorbei.« Sie gab Clare einen Kuss auf die Wange.

Aidan brachte Bea raus und kehrte zurück, um nach Clare zu sehen. »Brauchst du noch etwas?«

Sie streckte die Hand nach ihm aus. »Nur eins.«

Er nahm ihre Hand und setzte sich neben sie. »Was?«

»Dich«, antwortete sie, ehe sie ihn küsste.

Daraufhin nahm er sie in die Arme und erwiderte ihren Kuss, bis er ganz verrückt nach ihr war.

Sie stöhnte. »Aidan.«

Er lehnte sich auf dem Sofa zurück und zog sie, ohne seinen Mund von ihrem zu lösen, mit sich, bis sie auf ihm lag. Dann fuhr er ihr mit den Händen über die Rippen und liebkoste ihre Brüste durch das Shirt, bis sie aufkeuchte. »Soll ich aufhören?«, brachte er hervor.

Erneut küsste sie ihn. »Nein.«

Mit den Händen glitt er unter ihr Hemd und streichelte ihre warme, weiche Haut.

Sie richtete sich auf, damit er sie besser erreichen konnte.

»O Gott, Clare«, seufzte er an ihrem Hals, die Hände an ihren zarten Brüsten. Aber dann fiel ihm plötzlich wieder ein, was ihr zugestoßen war und dass er umsichtig sein musste. Er befürchtete, ihr Angst einzujagen, wenn sie mitbekam, wie sehr es ihn nach ihr verlangte.

Sie wimmerte, als er die Hände von ihren Brüsten nahm und ihr Hemd wieder richtete. »Was?«, keuchte sie.

»Ich will nicht, dass das auf dem Sofa passiert.« Er küsste ihr Stirn, Nase und Lippen, widerstand aber dem Drang nach mehr. »Außerdem sollte ich dich doch zuerst mal zum Abendessen ausführen, oder nicht?«

Lachend blickte sie zu ihm herab. »Ich liebe dich. So sehr.«

»Das freut mich«, entgegnete er, aber tief im Innern tat es weh, denn sie liebte ihn nicht genug, um ihm ihre Geheimnisse anzuvertrauen.

* * *

Während Aidan auf der Terrasse Steaks grillte, rief Clare Maggie zurück. Das Mädchen hatte viel von der Schule, ihren Freunden und den Zwillingen zu berichten. Sie freute sich schon auf das Wochenende in Vermont. Clare hatte vor, sich nächsten Freitag mit Jack in Boston zu treffen, um sie abzuholen.

»Ist Aidan auch da?«, wollte Maggie wissen.

»Ja.« Sie fragte sich, ob sich ihre Tochter in Aidan verknallt hatte.

»Seid ihr zusammen?«

»Ich denke schon.« Da ihr bewusst war, wie neu das für Maggie war, musste sie fragen: »Ist das okay für dich?«

»Ja. Er ist nett.«

»Das ist er.« Sie schaute zum Fenster raus, wo er gedankenverloren auf der Veranda stand. »Hör mal, Schatz, ich muss los. Rufst du mich morgen noch mal an?«

»Bist du da noch bei Aidan?«

»Ja, vorerst. Der Staub in Onkel Tonys Haus ist nach der Lungenentzündung nicht gut für mich. Als Nächstes will Aidan den Fußboden abschleifen, was viel Dreck aufwirbeln wird.«

»Hört sich vernünftig an. Ich hab dich lieb.«

»Ich dich auch.«

Aidan kam mit den Steaks ins Haus. »Alles in Ordnung bei Maggie?«

»Ihr geht's prima. Viel zu erzählen, wie immer.«

Darüber lächelte er. »Sie ist drollig.«

Sie folgte ihm in die Küche, um ihm beim Tischdecken zu helfen. »Darf ich dir eine Frage stellen?«

»Sicher.«

»Denkst du jemals darüber nach, noch mal Kinder zu bekommen?«

Er drehte sich zu ihr um. »Nein.«

»Nie?«

Er schüttelte den Kopf. »Warum?«

Sie biss sich auf die Unterlippe. »Na ja, ich dachte gerade, dass du, wenn dein Herz daran hängt, irgendwann Kinder zu haben, vielleicht lieber mit einer Jüngeren zusammen wärst.«

Er trat zu ihr und legte ihr die Hände auf die Schultern. »Mein Herz hängt an dir«, versicherte er ihr mit einem sanften Kuss.

»Aber wenn du deine Meinung änderst …«

»Das werde ich nicht. Ich könnte es nicht ertragen, das noch einmal durchzumachen.«

»Es wäre doch ganz anders, Aidan. Das weißt du.«

»Ich will keine Kinder. Ich will dich. Wenn ich nur dich und deine Töchter in meinem Leben hätte, dann wäre ich vollkommen zufrieden.«

»Ich werde früher oder später nach Rhode Island zurückkehren müssen, weißt du?«

»Ist mir klar.«

»Was dann?«

»Warum gehen wir die Sache nicht einfach einen Tag nach dem anderen an und schauen mal, was passiert?«

Sie nickte, und sie setzten sich, um zu essen.

»Darf ich *dich* etwas fragen?«, erkundigte er sich.

»Natürlich.«

»Wie ist dein Exmann so?«

Diese Frage hatte sie nicht erwartet. Sie legte die Gabel hin und lehnte sich auf dem Stuhl zurück. »Er ist ein guter Mensch. Ich denke sogar, dass du ihn mögen würdest. Ich bin mir sehr sicher, dass er dich gut leiden könnte. Jill ist ihm wie aus dem Gesicht geschnitten.«

»Ich erinnere mich daran, dass du das schon mal behauptet hast. Was macht er beruflich?«

»Er ist Architekt und würde dieses Haus absolut lieben.«

»Wie habt ihr euch kennengelernt?«

»Ich habe auf Block Island als Barkeeperin gearbeitet. Eines Abends schneite er rein, und wir haben uns unterhalten. Danach führte eines zum anderen. Wir haben eine Woche gemeinsam verbracht, während er dort Urlaub gemacht hat. Von da an waren wir im Grunde genommen zusammen, und sechs Monate später haben wir geheiratet.«

Das schien ihn zu amüsieren. »Ich versuche mir vorzustellen, wie du als Barkeeperin arbeitest.«

Sie lachte. »Nur im Sommer. Den Rest des Jahres über habe ich die dritte Klasse in Mystic in Connecticut unterrichtet. Aber nachdem ich nach Boston gezogen bin, um mit Jack zusammenzuwohnen, habe ich das Unterrichten aufgegeben. Als Maggie in die Schule kam, habe ich als Immobilienmaklerin angefangen.«

»Das kann ich mir schon eher vorstellen.«

»Das mache ich jetzt aber nicht mehr«, erwiderte sie, stellte aber erleichtert fest, dass er nicht wissen wollte, warum.

»Ist er ein erfolgreicher Architekt?«

»Sehr. Er war erst bei Neil Booth in Boston.«

»Wow.«

»Neils Sohn Jamie und Jack waren in Berkeley beste Freunde. Danach haben sie sieben Jahre lang für Neil gearbeitet, und schließlich haben sie in Newport ihr eigenes Büro aufgemacht. Es lief viel erfolgreicher, als wir je zu hoffen gewagt hatten.«

»Ich wette, du hast selbst ein fantastisches Haus, oder?«

»Das habe ich. Er hat es gebaut, um mich damit zu überraschen. Es steht direkt an der Küste. Nachdem ich nach Stowe gekommen war, hat es ein paar Wochen gedauert, bis ich mich daran gewöhnt hatte, ohne das Rauschen des Meeres zu schlafen.«

»Er klingt nach einem tollen Typen.«

»Das ist er.«

»Was ist passiert? Warum seid ihr geschieden?«

Er bot ihr die perfekte Gelegenheit, aber als sie den Mund öffnete, kam ihr nichts über die Lippen.

»Es tut mir leid. Das musst du nicht beantworten, aber es gibt da eine Sache, die ich gerne wüsste.«

»Was?«, fragte sie.

»Liebst du ihn noch?«

Sie dachte kurz darüber nach. »Nein«, sagte sie dann, überrascht, dass es der Wahrheit entsprach. »Jetzt nicht mehr.«

* * *

An diesem Abend trug Aidan Clare ins Bett rauf, da sie vor dem Fernseher eingeschlafen war. Stunden später weckte sie das Telefon. Er griff nach dem Hörer und setzte sich auf, als er die Stimme seines Bruders Colin hörte.

»Aidan«, sagte Colin. »Dad hatte einen Herzinfarkt.«

KAPITEL 25

Buddy Longstreet war schlecht gelaunt. Er und Taylor genossen eine seltene Verschnaufpause, bevor sie wieder für ihre Tournee im Sommer proben mussten. Bis auf einen gemeinsamen Auftritt nächste Woche in der Ellen DeGeneres Show hatten sie eine Weile Zeit für sich. Er würde lieber zu Hause mit seiner umwerfenden Frau im Bett liegen, statt mit dem Pick-up nach Nashville zu gurken, um sich im Mabel's anhimmeln zu lassen.

Früher hätte Buddy seine Seele dafür verkauft, berühmt zu werden. Jetzt nervte es ihn einfach nur. Nirgendwo konnten sie mehr hin ohne diesen hundertfünfzig Kilo schweren Fleischberg, der sie in Buddys Cadillac Escalade in die Stadt kutschierte. Er tolerierte den Klops nur, um Taylor vor den Irren zu beschützen. War er allein unterwegs, ließ er den Bodyguard meist daheim.

Er griff nach Taylors Hand, und sie belohnte ihn mit diesem strahlenden Lächeln, bei dem ihm nach all den gemeinsamen Jahren noch immer die Knie weich wurden. Sie hatte darauf bestanden, ihn heute Abend zu begleiten, um ihm Gesellschaft zu leisten, und er war froh darüber. Er ging nicht gerne ohne sie weg.

Nur Reid Matthews konnte Buddy dazu bringen, heute Abend ins Mabel's zu spazieren, um sich eine unbekannte Sängerin anzuhören. Allerdings war Reid die einzige Person aus der Zeit, bevor er ein Star geworden war – von seiner Mutter einmal abgesehen –, die ihn noch nie um etwas gebeten hatte, seit er reich und berühmt war. Tatsächlich hatte Reid ihm das Geld vorgestreckt, um das Demo aufzunehmen, das zu seinem ersten Plattenvertrag geführt hatte. Es gab nichts, was Buddy nicht für diesen Kerl tun würde.

Buddy musste sich außerdem eingestehen, dass er neugierig war auf die Sängerin, so wie Reid über sie gesprochen hatte. Hinter der Geschichte steckte definitiv mehr, als Reid sich anmerken lassen wollte, was noch ein Grund war, warum er sich auf den Weg gemacht hatte.

»Was ist los, Baby?«, fragte Taylor. »Du bist so angespannt.«

»Ich würde dich einfach viel lieber ins Bett locken, als in die Stadt zu fahren.«

Als sie sich vorbeugte, um ihn zu küssen, streifte ihr seidiges schwarzes Haar sein Gesicht, und ihn durchzuckte eine Welle des Verlangens. »Fang bloß nichts an, Süße, wir sind fast da.«

Er legte den Arm um sie und zog sie an sich. Sie war das Beste, was ihm jemals widerfahren war – besser als der Erfolg und das Geld, besser als die Musik und der Ruhm. Nichts von alledem würde ihm etwas bedeuten, wäre sie nicht an seiner Seite, damit er nicht abhob. Der schönste Tag seines Lebens war der gewesen, an dem die Sängerin seiner Vorband kurz vor der Abfahrt Pfeiffersches Drüsenfieber bekommen hatte. Sein Tourneeleiter hatte die damals unbekannte Taylor Jones angeschleppt, damit sie ihren Platz einnahm. Buddy war schon nach dem ersten Blick hin und weg gewesen – geplättet, umgehauen, *verloren.* Sie hatte es ihm in jenem Sommer nicht leicht gemacht, aber zum Glück hatte er sie am Ende für sich gewonnen.

Die Partnerschaft war sowohl privat als auch beruflich ein Homerun gewesen. Ihre Duette waren fünf Mal Nummer-eins-Hits gewesen, und insgesamt hatten sie ein Dutzend Soloalben aufgenommen, die Platin-Status erreicht hatten und in einigen Fällen sogar Doppel-Platin. Trotz allem, was die Boulevardpresse behauptete, liebten sie einander – und ihre vier Kinder – mehr denn je.

»Wir sind da, Mr Longstreet«, verkündete der Fleischklops.

Buddy zog sich sein Markenzeichen, den schwarzen Stetson, tiefer ins Gesicht und half Taylor aus dem Wagen. Mabel hatte ihren eigenen Fleischberg an der

Tür stehen, und seine Klopsaugen fielen ihm fast aus dem Kopf, als Buddy und Taylor Hand in Hand aus dem schwarzen Escalade stiegen.

Buddy steckte dem Türsteher einen Fünfziger zu. »Bleiben Sie cool, Mann. Meine Frau und ich wollen uns nur amüsieren. Können Sie uns in eine Ecke führen, in der wir für uns sind und die Show der Rafters sehen können?«

»Kein Problem, Mr Longstreet. Ist mir ein Vergnügen.«

Buddys Bodyguard folgte ihnen, und die beiden schrankgroßen Kerle bahnten ihnen einen Weg durch die begeisterte Menge. Wenig später saßen Buddy und Taylor an einem abgelegenen Tisch in der hinteren Ecke der ersten Etage. Buddys Leibwächter stand an der Seite, falls jemand seinem Boss zu nahe kommen wollte.

»Verdammt, ich weiß noch, wie ich hier aufgetreten bin, als ich noch auf der Highschool war, und den Leuten war es piepschnurzegal«, erinnerte sich Buddy. »Jetzt ist es ein Riesenakt, überhaupt durch die Tür zu kommen.«

»Wir sind ja jetzt drinnen, also entspann dich, und genieß die Show«, erwiderte Taylor. »Wann sind wir das letzte Mal aus gewesen? Du kannst den Abend schon mal damit beginnen, deiner Frau einen Drink zu spendieren.«

Er schob den Hut zurück, damit er sie ansehen konnte. »Wie schaffst du das bloß?«

»Was?«

»Wie vertreibst du meine schlechte Laune, ohne dich auch nur anstrengen zu müssen?«

»Ich weiß einfach, wie ich mit dir umgehen muss, mehr nicht.«

Er brach in schallendes Gelächter aus. »Verdammt. Mit mir umgehen. Ich werde dir schon was geben, womit du umgehen kannst.«

»Erst, wenn wir wieder zu Hause sind, Baby«, versprach sie mit der Kleine-Mädchen-Stimme, die ihn ganz wild machte.

Buddy lachte, bis er Seitenstechen hatte, und ganz plötzlich war er froh, mit seiner Frau ausgegangen zu sein.

* * *

Hinter der Bühne hatte Kate einen Nervenzusammenbruch. Die Neuigkeit, dass Buddy Longstreet und Taylor Jones hier waren, um sich die Rafters anzuhören, verbreitete sich wie ein Lauffeuer in der ganzen Bar. *Warum zum Henker sollten sie unseretwegen hier sein?* Billy und die Jungs der Band drehten völlig durch. In einer halben Stunde mussten sie auf die Bühne, und Kate hyperventilierte. Sie kramte in ihrer Tasche nach ihrem Handy und rief Reid an.

»Das glaubst du mir *nie*«, meldete sie sich, noch immer enttäuscht, dass er Überstunden schob und nicht zu ihrem Auftritt kommen konnte.

»Was soll ich glauben?«

»Rate mal, wer hier ist. Im Mabel's?«

»Wer?«

»Buddy Longstreet und Taylor Jones«, kreischte sie.

»Im Ernst?«

»Ich schwöre es. Außerdem haben wir gehört, dass sie nach einem Tisch gefragt haben, von dem aus sie uns sehen können.«

»Wow.«

»Ich kann das nicht.«

»Wie bitte?«

»Ich kann nicht da raus, wenn sie hier sind.«

»Was soll das heißen? Natürlich kannst du. Das könnte dein Durchbruch sein.«

»Was, wenn ich erstarre, kaum dass ich auf der Bühne stehe?«

»Ist dir das schon mal passiert?«

»Nein.«

»Warum denkst du dann, dass es heute geschehen würde?«

»Reid, es sind Buddy und Taylor! Wie soll ich singen, wenn sie mich dabei beobachten? Ich bin nicht gut genug, um vor ihnen aufzutreten.« Ihre Augen füllten sich mit Tränen.

»Also, langsam werde ich wütend. Du bist genauso gut wie sie. Also wirst du da rausgehen und dein Bestes geben, verstanden? Ich will kein weiteres Wort darüber hören, dass du nicht gut genug wärst.«

»Okay«, flüsterte sie.

»Du bist fantastisch, du hast Talent, und ich liebe dich. Du schaffst das.«

»Ja. Ich schaffe das. Okay, ich atme tief durch. Danke.«

»Tust du noch etwas für mich?«

»Alles.«

»Singst du ihnen mein Lied vor?«

»Mach ich. Ich wünschte, du wärst hier.«

»Ich auch. Ich warte zu Hause auf dich.«

* * *

Reids Herz raste, nachdem er aufgelegt hatte. Er war dem Mabel's absichtlich ferngeblieben, auch wenn er darauf brannte, Kates Auftritt vor Buddy und Taylor zu erleben. Aber er wusste, dass Buddy seine Beziehung zu Kate bereits argwöhnisch beäugte, und Reid wollte es ihm nicht bestätigen, indem er heute Abend dort aufkreuzte.

Da er sich gerade so fühlte, als wäre er derjenige, der vor dem Traumpaar der Country-Szene auftreten würde, schenkte er sich ein Glas Scotch ein, um seine Nerven zu beruhigen.

»Komm schon, Kate«, flüsterte er und schickte ihr jeden Funken Liebe und Unterstützung, den er in sich hatte. »Zeig's ihnen.«

* * *

Noch nie hatten die Rafters so gut gespielt. Von der ersten bis zur letzten Note erschufen sie reine Magie, und als sie schließlich kurz nach Mitternacht von der Bühne gingen, waren sie schweißgebadet und geradezu ekstatisch.

Kate wischte sich mit einem Handtuch über Gesicht und Nacken und versuchte, runterzukommen. Heute war sie noch euphorischer als sonst, und auch die Jungs sprangen herum, bestellten Bier und feierten ihren erfolgreichen Abend.

Billy Weston, der Leadgitarrist der Band, umarmte Kate. »Großartige Show, Kate«, rief er und gab ihr einen lauten Schmatzer auf die Wange. »Du hast dir die richtige Nacht ausgesucht, um so richtig loszulegen, Baby.«

»Danke. Ihr auch.« Sie wünschte sich nichts sehnlicher, als die Cowboystiefel auszuziehen, die sich wie Fünfzig-Kilo-Gewichte anfühlten, und von hier zu verschwinden. Während sie beobachtete, wie sich Charlie Sledge, der Manager vom Mabel's, durch das Gedränge aus Bandmitgliedern, deren Freunden und der Bühnenmannschaft bahnte, plante sie ihre Flucht, damit sie zu Reid nach Hause fahren konnte.

»Kate«, rief Charlie. »Kate, komm her.«

Sie warf das Handtuch in ihren Beutel und nahm einen langen Zug aus der Wasserflasche, bevor sie sich zu ihm umdrehte. »Hey, was ist los?«

Charlie beugte sich nah an ihr Ohr und sprach leise: »Buddy und Taylor wollen, dass du dich auf einen Drink an ihren Tisch setzt.«

»Echt? Ich sag's den Jungs.« Ihr Herz raste aufgeregt. *Heilige Scheiße.*

»Nur du, Kate«, flüsterte Charlie.

Sie blickte zu den anderen fünf feiernden Bandmitgliedern rüber. »Aber die Jungs ...«

»Nur du. Komm schon, sie warten.«

Sie folgte Charlie an den Tisch in der Ecke, während ihr Ashtons Stimme durch den Kopf ging, die sie davor warnte, ohne ihn mit irgendjemandem in der Branche zu reden. *Ganz sicher meint er nicht Leute wie Buddy und Taylor, oder?*

»Buddy, Taylor, das ist Kate Harrington«, stellte Charlie sie vor.

Buddy sprang auf und streckte ihr eine Hand entgegen. »Freut mich, Sie kennenzulernen, Darling. Das war eine verdammt beeindruckende Show, die Sie heute Abend auf der Bühne gezeigt haben.«

»Danke«, brachte Kate raus.

Taylor schüttelte ihre Hand. »Setzen Sie sich, Süße.«

Während sie noch immer nach Atem rang, sah sie, wie Charlie Butch hinter der Bar bedeutete, ihnen eine Runde Drinks zu bringen.

»Also, ich zieh mich dann mal zurück, damit Sie sich kennenlernen können«, meinte Charlie. »Lassen Sie mich wissen, wenn Sie irgendwas brauchen.«

»Danke, Charlie.« Buddy wandte sich an Kate. »Ich muss Ihnen gestehen, Darling, ich bin hin und weg. Sie waren heute Abend der Wahnsinn.«

Kate spürte, wie ihre Wangen glühten. »Danke, Mr Longstreet.«

»Ach bitte, Süße, nennen Sie mich Buddy.«

»Sie haben eine fantastische Stimme«, sagte Taylor. »Buddy und ich hatten gehofft, dass Sie mit uns zusammenarbeiten wollen.«

Verblüfft starrte Kate sie an. »Machen Sie Witze?«

Die beiden lachten. »Himmel, nein, das ist kein Scherz«, erklärte Buddy. In einem Tonfall, als würde er sie nach der Uhrzeit fragen, fügte er hinzu: »Wie wäre es, wenn wir einen Star aus Ihnen machen? Würde Ihnen das gefallen?«

Kate hatte einen Aussetzer. Sie hatte darüber spekuliert, wie es ablaufen würde. Würde sie jemanden auf einer Party treffen? Würde sie eines Tages von einem Produzenten eine Nachricht erhalten, der eine Kopie ihres Demos erhalten hatte, das sie jedem Aufnahmestudio in der Stadt zugeschickt hatte? Das hier hätte sie sich nie vorstellen können.

»Darling? Alles in Ordnung?« Buddy blickte sie unter seinem berühmten Stetson hervor an.

»Äh, ja«, stammelte Kate. »Ich … ich weiß nicht, was ich sagen soll.«

»Wie wäre es, wenn fürs Erste ich das Reden übernehme?«, schlug Buddy vor.

»Darin ist Buddy gut: Reden«, erklärte Taylor mit einem strahlenden Lächeln.

Er warf seiner Frau einen gespielt finsteren Blick zu, ehe er fortfuhr: »So sieht's aus: Jeden Sommer nehmen wir einen neuen Künstler mit auf Tournee, damit er als Vorband für uns auftritt. Seit Wochen haben wir schon Leute vorsingen lassen, aber wir haben niemanden gefunden, der uns so angesprochen hat wie Sie heute Abend. Wir würden Sie gerne mitnehmen, wenn Sie Lust haben. Wir werden mit

Ihnen zusammenarbeiten und Sie darauf vorbereiten. Ihre Lieder haben uns auch ziemlich beeindruckt, und wir möchten ›Ich dachte, ich weiß‹ unter unserem Label veröffentlichen, damit Sie schon vor der Tournee ein bisschen bekannter werden.«

Kate schwirrte der Kopf. Geschah das hier wirklich? Oder würde sie aufwachen und feststellen, dass sie all das nur geträumt hatte?

»Buddy, Schatz, du überforderst sie. Kate, warum denken Sie nicht in Ruhe darüber nach und kommen in ein oder zwei Wochen zu uns raus? Dann besprechen wir die Sache, sobald Sie Zeit hatten, das Ganze zu verarbeiten.«

Taylor Jones hat mich zu sich nach Hause eingeladen? »Das klingt toll. Ich … Mir hat es einfach die Sprache verschlagen. Danke. Ich fühle mich so geehrt, dass Sie mit uns arbeiten wollen.«

Taylor und Buddy tauschten einen Blick.

»Süße, wir wollen mit *Ihnen* arbeiten«, betonte Buddy. »Nicht mit der Band.«

»Aber das kann ich ihnen nicht antun«, protestierte Kate.

Taylor legte eine Hand auf Kates. »Schätzchen, die Band ist toll. Sie klingen alle fantastisch zusammen. Aber der Grund, warum Buddy und ich noch hier sitzen, statt auf dem Weg nach Hause zu sein, sind Sie. Wir wollen mit *Ihnen* arbeiten. Ich möchte, dass Sie ganz genau darüber nachdenken. Ihre Loyalität für die Band ist bewundernswert, aber wenn einer von ihnen das Angebot bekommen würde, das wir Ihnen machen, würde er es sofort ergreifen. Er würde sich nicht noch mal umdrehen. Das müssen Sie auch tun.« Sie wandte sich an ihren Mann. »Buddy, Süßer, gib Kate deine Karte, und schreib auch unsere Privatnummer hintendrauf. Ich möchte gehen.«

»Rufen Sie uns an, Darling.« Buddy reichte Kate die Karte und stand auf.

Sie nahm sie entgegen, erhob sich und gab ihnen die Hand. »Danke. Ich danke Ihnen beiden von Herzen.«

»Denken Sie über das nach, was Taylor gesagt hat, Kate. Sie hat recht. Wir werden uns gut um Sie kümmern.«

Dann wurden sie von ihrem riesigen Leibwächter fortgebracht.

Billy rannte zu ihr. »Worum um Himmels willen ging es da?«, fragte er ganz aufgeregt.

»Nichts«, log Kate mit ungutem Gefühl im Bauch. »Sie wollten nur Hallo sagen.«

* * *

Sie riss sich zusammen, bis sie bei Reid zu Hause war. Nachdem Martha gekündigt hatte, war sie quasi bei ihm eingezogen. Er hatte nicht viel darüber erzählt, was zwischen ihnen vorgefallen war, aber sie vermutete, dass es etwas mit ihr zu tun hatte.

Er empfing sie an der Haustür, und sie warf sich ihm in die Arme.

»Wie lief's?«

Sie brachte kein Wort hervor, weil Schluchzen ihr die Kehle zuschnürte.

»Liebling, was ist los? Was ist passiert?« Damit sie sich setzen konnte, führte er sie in den Salon.

»Alles«, platzte es schließlich aus ihr heraus. »Alles ist passiert.«

Er trocknete ihr die Tränen. »Erzähl mir davon. Ich sterbe vor Neugierde.«

»Buddy und Taylor wollen mich diesen Sommer bei ihrer Tournee dabei haben, damit ich vor ihnen auftrete. Außerdem wollen sie, dass ich unser Lied aufnehme, damit sie es als Single veröffentlichen können.«

Er keuchte auf. »Ist das dein Ernst?«

Nickend schniefte sie. »Aber sie wollen nicht die Band. Nur mich.« Tränen rannen ihr über die Wangen. »Wie kann ich ihnen das antun?«

Reid hielt sie fester. »Du musst daran denken, was das Beste für dich ist, Schatz.«

»Aber sie haben mir so geholfen. Ihnen verdanke ich all das. Buddy und Taylor waren nur wegen der Band heute Abend da. Ich kann sie doch nicht so hintergehen.«

»Heute Abend musst du ja noch nichts entscheiden. Warum schläfst du nicht erst mal und denkst morgen darüber nach?«

»Das ist noch nicht alles.«

»Was dann?«

»Ich soll den ganzen Sommer auf Tournee sein«, flüsterte sie. »Weg von dir.«

»Kate, *Buddy Longstreet* und *Taylor Jones* wollen dich auf ihre Konzertreise mitnehmen. Komm schon. Da wird ein Traum wahr.« Er hob ihr Kinn an, damit er ihr in die Augen schauen konnte. »Weißt du noch, was ich dir versprochen habe? Ich werde hier auf dich warten. ›Time to Fly‹. Es ist Zeit, dass du losfliegst, Baby.«

Sie lächelte. »Das ist mein Song.«

»Es ist so weit.«

»Ich liebe dich. Ich will immer bei dir sein.«

»Das wirst du auch.« Er berührte ihre Lippen mit seinen. »Lass uns ins Bett gehen. Du bist erschöpft.«

* * *

»Heilige Scheiße, Mann, du hast echt nicht gelogen«, legte Buddy ohne Einleitung los, als er Reid am nächsten Morgen anrief.

»Hab ich doch gesagt.«

»Das hat uns echt umgehauen.«

»Wie ich höre, hast du ihr das volle Programm angeboten.«

»Entweder mache ich es, oder jemand anderes, und das schon bald. Sie ist fantastisch.«

»Das musst du mir nicht erzählen«, seufzte Reid. »Du wirst sie doch gut behandeln, oder?«

»Reid, dir ist klar, dass ich dich wie einen Bruder liebe, Mann? Wir sind miteinander aufgewachsen, richtig?«

»Das weißt du doch.«

»Ich werde dir eine Frage stellen, und ich will, dass du mir die Wahrheit sagst, einverstanden?«

»Okay.« Er wusste, was gleich kommen würde, und beschloss, aufrichtig zu Buddy zu sein. Mit jedem Tag fiel es ihm schwerer, seine Gefühle für Kate zu verbergen.

»Was bedeutet sie dir?«

»Alles.«

Buddy schwieg kurz, bevor er fragte: »Wer weiß es noch?«

»Deine Mutter und Kates Schwester. Ich verlasse mich darauf, dass du respektvoll zu ihr bist, Buddy. Das ist mein Ernst.«

»Ich gebe dir mein Wort.«

KAPITEL 26

Nachdem Reid zur Arbeit gegangen war, sattelte Kate Thunder und ritt mit ihm am Bach entlang. Sie liebte Reids Pferd fast so innig wie ihn. Während sie dahingaloppierten, staunte sie darüber, wie sehr sie sich nach nur wenigen Monaten bei ihm wie zu Hause fühlte. Er hatte für sie alles verändert. Bei ihm zu wohnen, mit ihm zu reden, neben ihm zu schlafen, ihn zu lieben, alles mit ihm. Das war ihr jetzt wichtig.

Aber nach dem, was Buddy und Taylor ihr angeboten hatten, war sie hin- und hergerissen. Sie hatte gedacht, das wäre genau das, was sie wollte – bis sie es haben konnte und sie sich zwischen der Karriere, von der sie schon immer geträumt hatte, und dem Mann, der ihr Leben vervollständigte, entscheiden musste.

Sie zügelte Thunder, damit er am Bach halten und etwas trinken konnte, und erinnerte sich an das Picknick, zu dem Reid sie an jenem Tag ausgeführt hatte, an dem ihr klar geworden war, wie viel er ihr bedeutete.

Als sie in den Stall zurückkehrte, war Derek nicht da, also rieb sie Thunder ab, füllte seinen Wasser- und Futtertrog auf und brachte den Sattel zurück in die Kammer.

Im Haus lief sie nach oben in Reids Zimmer, um die Visitenkarte zu holen, die Buddy ihr gegeben hatte. Dann legte sie sich aufs Bett und hielt die Karte lange in den Händen, drehte und wendete sie. Buddy Longstreet, Präsident & CEO, Long Road Records. Auf die Rückseite hatte er seine Privatnummer gekritzelt.

Buddy Longstreet und Taylor Jones hatten ihr ihre *Privatnummer* gegeben. Je länger sie die Karte hielt, desto absurder erschien ihr die Sache, und plötzlich war sie fürchterlich aufgeregt. *Buddy Longstreet und Taylor Jones wollen mit mir zusammenarbeiten. Kate Harrington wird ein Star.*

Sie stand auf und suchte nach ihrem Handy, um in Ashtons Kanzlei anzurufen.

»Ich brauche einen Anwalt«, verkündete sie, kaum dass er am Apparat war.

»Hallo erst mal. Was kann dein Anwalt heute für dich tun?«

Erleichtert stellte sie fest, dass er es schön fand, von ihr zu hören. Seit dem Abend im F. Scott's hatte sie nicht mehr mit ihm gesprochen. »Wie es aussieht, wollen sich Buddy Longstreet und Taylor Jones mit mir zusammentun.«

Schweigen.

»Ashton?«

»Wie bist du denn an sie geraten?«

»Sie waren gestern Abend bei meinem Auftritt mit der Band im Mabel's, und danach haben sie mich auf einen Drink eingeladen. Sie wollen, dass ich diesen Sommer ihre Vorband bin, und sie wollen vor der Tournee eines meiner Lieder als Single veröffentlichen.«

Weiteres Schweigen.

»Ashton? Was ist los? Ist das nicht gut?«

»Es ist ziemlich gut. Gratuliere. Sie sind zwei der besten Leute in der Stadt. Mit denen liegst du auf keinen Fall falsch.«

»Was ist dann das Problem?«

»Es gibt keins. Ich habe in fünf Minuten ein Meeting. Können wir später telefonieren?«

»Klar.« Sie fragte sich, warum er sich nicht mehr für sie zu freuen schien.

* * *

Heute genoss Kate einen jener seltenen Abende ohne die Band und kuschelte sich an Reid, um sich mit ihm einen Film anzusehen.

»Mir fallen schon die Augen zu«, gähnte sie.

»Macht nichts, so gut ist der Film eh nicht.« Er legte ein paar der Verträge beiseite, die er gerade durchging, um sie zu küssen. »Warum gehst du nicht schlafen?«

Sie schob die Papiere weg. »Ich will nicht schlafen.«

»Was willst du dann?«, erkundigte er sich grinsend.

Sie zog ihn zu sich runter. »Ich bin mir sicher, dass uns was einfällt.«

Ein Krachen von unten schreckte sie auf.

»Was war das?«, fragte Kate.

Reid stand auf und schlüpfte in eine Jeans. »Keine Ahnung.«

»Dad?«

»Mist.« Reid zog hastig den Reißverschluss seiner Hose wieder hoch und eilte zur Schlafzimmertür.

»Dad, wach auf. Ich komm rein.«

Die Tür schwang auf, ehe Reid oder Kate sich regen konnten.

»Also, was haben wir denn da?« Ashtons Gesicht verzog sich wutentbrannt, während er von seinem Vater zu Kate im Bett blickte. »Was für ein verdammter Narr ich doch bin.«

»Ashton, warte.« Reid hob eine Hand, um seinen Sohn davon abzuhalten, noch weiter in den Raum vorzudringen.

Ashton schob seinen Vater beiseite. »Nein, du wartest. Was zum Henker soll das werden? Sie ist jünger als *ich*.«

»Ashton«, flüsterte Kate, während ihr Tränen über das Gesicht liefen.

»Du wusstest, dass ich Gefühle für dich habe, Kate. Hat dir sicher einen Riesenspaß gemacht, dass sich Vater und Sohn um dich gestritten haben.«

»Nein«, widersprach sie. »Ich habe auch Gefühle für dich.«

»Nicht genug, um aufrichtig zu mir zu sein, was? Ist das der Typ, wegen dem du so todunglücklich warst, derjenige, wegen dem du geheult hast?«

Sie wandte die Augen ab.

Er schnaubte angewidert. »Ihr zwei hattet genügend Gelegenheiten, mir davon zu erzählen. Stattdessen habt ihr mich zum Narren gehalten. Ihr zwei seid so verlogen, ihr habt einander wirklich verdient.« Er drehte sich um, stürmte aus dem Zimmer und schlug die Tür hinter sich zu.

»Bitte bleib hier«, bat Reid Kate. Dann rannte er Ashton hinterher, die Treppe runter und durch die Haustür. Trotz nackten Oberkörpers und bloßer Füße spürte er die Kälte nicht, nur, wie es ihm beim Anblick des heftigen Schmerzes auf Ashtons Gesicht das Herz abdrückte. »Ashton, warte.« Er griff nach dem Arm seines Sohnes. »So kannst du nicht gehen.«

»Ich habe dich geradeheraus gefragt, ob du weißt, mit wem sie zusammen ist, und du hast behauptet, du hättest keine Ahnung. Du hast mir ins Gesicht gelogen. Läuft das jetzt so zwischen uns? Kann ich dir kein verdammtes Wort mehr glauben?« Ashtons Stimme brach zusammen mit Reids Herzen.

»Warte, Sohn.« Er legte eine Hand auf Ashtons Schulter, um ihn zurückzuhalten. »Rede mit mir.«

Ashton schüttelte ihn ab. »Hast du *zufällig* eine Ahnung, wie Buddy und Taylor von ihr erfahren haben?«

Er bekam keine Antwort.

Ashton lachte kalt. »Weiß sie es?«

Reid senkte den Blick auf seine bloßen Füße. »Nein«, murmelte er.

»Dachte ich mir. Bist du eigentlich zu irgendjemandem ehrlich?«

»Es tut mir leid. Ich wollte dich nicht anlügen, aber ich liebe sie, und ich wusste, dass du es nicht verstehen würdest.«

»Vielleicht hättest du diese Entscheidung mir überlassen sollen. Stattdessen hast du mich angelogen. Jetzt kann ich dir überhaupt nichts mehr glauben.« Ihm schien noch etwas klar zu werden. »Deshalb ist Martha ausgezogen, nicht wahr?«

»Martha ist in Rente gegangen.«

»Noch mehr Lügen, Dad? Hast du so sehr den Verstand verloren, dass du die Wahrheit nicht mal mehr erkennst?«

»Ich weiß, dass du im Moment wütend bist, und dazu hast du jedes Recht …«

»Ich bin so viel mehr als wütend, ich weiß nicht mal, wie man das nennt.«

»Überlege dir gut, was du damit anfängst, Ashton. Vergiss all die Leute nicht, deren Lebensunterhalt von mir abhängt. Wenn du mir wehtun willst, wirst du auch ihnen schaden.«

Ashton beugte sich vor, sodass er nur wenige Zentimeter vom Gesicht seines Vaters entfernt war. »Daran hättest du vermutlich denken sollen, bevor du mit einer Achtzehnjährigen ins Bett gestiegen bist.« Mit diesen Worten drehte er sich abrupt um und lief zu seinem Wagen. Wenig später war er in einer Wolke aus Staub und Zorn verschwunden.

* * *

Mit schwerem Herzen stieg Reid die Stufen wieder empor und fand Kate angezogen und in Tränen aufgelöst vor.

»Es tut mir leid, Reid«, schluchzte sie. »Es tut mir so leid.«

Er nahm sie in die Arme. »Es ist meine Schuld. Ich habe ihn angelogen. Er hatte mich direkt gefragt, ob ich weiß, mit wem du zusammen bist, und ich habe es verneint.«

Sie befreite sich aus seiner Umarmung. »Er ist dein Sohn.«

»Du bist mein Leben, Kate.«

»Du musst zu ihm.«

»Er will mich jetzt nicht sehen.«

»Aber ich kann nicht hierbleiben.«

Reid griff nach ihr. »Nicht. Lauf nicht weg.«

Sie wischte sich die Tränen vom Gesicht. »Ich habe einen Keil zwischen dich und deinen Sohn getrieben.«

»Wir finden eine Lösung. Komm her, Baby. Ich brauche dich.« Er legte sich neben sie auf das Bett. »Ich liebe dich. Nichts hat sich geändert.« Aber während er sie an sich drückte, hatte er unweigerlich das Gefühl, dass sich gerade *alles* geändert hatte.

* * *

Sobald Ashton zu Hause war, ging er direkt zur Bar. Erst nachdem sich zwei Gläser Jack Daniel's brennend den Weg in seinen Magen gebahnt hatten, beruhigte sich sein Herzschlag endlich.

»Wie konnte ich nur so blind sein? Ich muss wohl der dümmste Idiot auf der ganzen verdammten Welt sein.«

Als Kate ihn wegen ihres Treffens mit Buddy und Taylor angerufen hatte, war ihm alles so erstaunlich klar geworden, dass es ihm den Atem verschlagen hatte. Buddy war wie ein Onkel für ihn, und er selbst war der Patenonkel von Buddys und Taylors beiden ältesten Kindern. Seit Ashton der Kanzlei beigetreten war, hatte Buddy ihm so viele Klienten geschickt, dass er schon auf direktem Weg zu einer Partnerschaft war.

Nachdem er mit Kate telefoniert hatte, hatte er die Kanzlei verlassen und war stundenlang am Fluss entlanggelaufen, um sich zu überlegen, was er tun sollte. Schließlich hatte er keine Minute länger warten können und unbedingt herausfinden müssen, ob es stimmte, also war er nach Hause gefahren.

Er seufzte und ließ sich aufs Sofa fallen. Er stützte das Gesicht in die Hände, angewidert von dem intimen Bild, das sich ihm im Schlafzimmer seines Vaters geboten hatte, und er erschauderte bei dem Gedanken daran, dass er etwas noch Schlimmeres hätte unterbrechen können.

Kate war ihm wirklich wichtig. Vielleicht liebte er sie sogar, aber sie hatte ihn nie ermutigt. Jetzt wusste er zumindest, warum.

»Mistkerl«, murmelte er, dann stand er auf, trat an seinen Schreibtisch und durchwühlte die Zettel, bis er fand, wonach er suchte. Lange betrachtete er die Visitenkarte, bevor er das Telefon nahm und die Nummer in Rhode Island wählte.

KAPITEL 27

Aidan lief durch sein Schlafzimmer und warf Klamotten in eine Reisetasche.

Unterdessen stand Clare auf, um sich Jeans und Pullover anzuziehen.

»Was soll das werden?«, wollte er wissen, als er den Reißverschluss der Tasche zumachte.

»Ich begleite dich.«

»Das musst du nicht. Du warst doch so krank. Ich komm schon klar.«

Entschlossen erwiderte sie seinen Blick. »Ich begleite dich.« Da sie bemerkte, wie seine Augen feucht glänzten, trat sie zu ihm. »Er wird wieder. Colin hat doch gesagt, dass er lebt, nicht wahr?«

Er nickte.

Sie nahm ihn in die Arme. »Alles wird gut. Lass uns losfahren.« Sie nahm ihre Tasche, schnappte sich noch ihre Zahnbürste aus dem Bad und folgte ihm nach unten.

Während sie in seinem Pick-up durch die Berge nach Süden rasten, hielt sie seine Hand, den Kopf an seine Schulter gelegt. Von ein paar Sattelschleppern abgesehen, hatten sie die Straße für sich. Vor Kurzem hatte Colin ihnen mitgeteilt, dass sich nichts geändert hatte.

»Hältst du durch?«, fragte Clare.

»Ja«, erwiderte er, aber sein Kiefer war angespannt.

»Rede mit mir. Was geht dir durch den Kopf?«

»Ich bin noch nicht so weit, meinen Vater zu verlieren.«

»Das wirst du auch nicht.« Sie schnallte sich ab, damit sie näher zu ihm rücken konnte. »Er ist genau dort, wo er sein muss, und erhält genau die Pflege, die er braucht.«

Er hob den Arm, um sie an sich zu ziehen. »Ich hoffe, du hast recht. Danke, dass du mitkommst. Wenn ich allein wäre, würde ich jetzt durchdrehen.«

Sie gab ihm einen Kuss auf die Wange. »Du bist aber nicht mehr allein.«

Er küsste sie, und das Feuer, das zwischen ihnen aufloderte, überraschte sie beide. »Wie kann es sein, dass ich dich auch inmitten einer Krise und bei hundertdreißig Stundenkilometern noch will?« Erneut küsste er sie. »Ich hoffe, du bist auf das gefasst, was in Chatham geschehen wird, wenn ich mit dir dort aufkreuze.«

»Das wäre?«

»Sie werden sich auf dich stürzen.«

»Das macht mir nichts aus«, versicherte ihm Clare.

Er lachte leise. »Wir werden ja sehen, ob du nach einem oder zwei Tagen noch genauso empfindest, wenn du hörst, wie meine Mutter und Schwester unsere Hochzeit planen.«

»Hochzeit?«, stotterte sie.

»Du hast keine Ahnung, worauf du dich einlässt.«

»Vielleicht kann ich ja die ganze Zeit im Pick-up bleiben. Da entdecken sie mich nicht.«

»Sie würden dich aufspüren. Du weißt, dass du offiziell erst die zweite Frau bist, mit der sie mich zusammen erleben, richtig?«

»Ja, das wird mir langsam klar.« Aber das störte sie nicht so sehr, wie es das vermutlich sollte.

* * *

Um fünf Uhr morgens erreichten sie das Krankenhaus. Clare hatte bemerkt, wie er immer angespannter wurde, je näher sie Chatham kamen.

Aidan nahm ihre Hand, und gemeinsam eilten sie hinein. Sie war stolz darauf, dass sie mit ihm mithielt, was sie als Zeichen dafür nahm, dass sie sich weiter von ihrem Koma erholt hatte. Nur die Enge in ihrer Brust und das gelegentliche Husten erinnerten sie noch an die Lungenentzündung.

Sie wurden in den dritten Stock geschickt, wo sich eine größere Personengruppe im Wartebereich versammelt hatte. Dank Aidans lebhafter Beschreibung erkannte Clare Colleen O'Malley sofort.

»Mum, wo ist er?«, fragte Aidan. »Ich will zu ihm.«

Colleen stand auf und umarmte ihren ältesten Sohn. »Ich bin so froh, dass du heil hier angekommen bist, Aidan.« Sie spähte an ihm vorbei, um einen besseren Blick auf Clare zu erhaschen. »Wen hast du denn da mitgebracht?«

»Das ist Clare Harrington. Colin, machst du Clare mit den anderen bekannt, solange ich mit Mum bei Dad bin?«

Während sie Aidan und Colleen nachschaute, spürte Clare aller Augen auf sich. »Hallo …«, sagte sie.

Zum Glück trat Colin vor und tat, worum sein Bruder ihn gebeten hatte. Clare lernte Aidans Brüder Brandon und Declan kennen, seine Schwester Erin und seinen Schwager Tommy. Brandon hatte vielleicht früher einmal eine gewisse Ähnlichkeit mit Aidan gehabt, aber die blutunterlaufenen Augen und das verlebte Gesicht ließen ihn zehn Jahre älter wirken. Den anderen drei Geschwistern hingegen sah man ihre Verwandtschaft deutlich an.

»Freut mich, Sie alle kennenzulernen.« Sie setzte sich neben Tommy.

»Sind Sie mit Aidan zusammen?«, wollte Erin wissen.

Colin warf seiner Schwester einen finsteren Blick zu. »Erin.«

»Ja, ich denke, das kann man so ausdrücken.« Clare schaute Erin ins Gesicht, die völlig überrascht schien, dass Aidan jemanden mitgebracht hatte.

»Was sagt man dazu?«, meinte Brandon mit gehässigem Unterton. »Der alte Hund ist doch noch nicht tot.«

»Sei still, Brandon«, fuhr Declan ihn an.

»Wie geht es Ihrem Vater?«, erkundigte Clare sich bei Colin, der ihr von allen noch am freundlichsten vorkam.

»Sie glauben, dass er wieder gesund wird«, erwiderte er. »Es war ein leichter Herzanfall. Sein größtes Problem ist zurzeit unsere Mutter.«

»Sie hat ihn gezwungen, die Arbeit aufzugeben. Sofort«, fügte Declan hinzu.

Clare verzog das Gesicht. »Na ja, zumindest war der Herzinfarkt nicht so schlimm, wie er hätte sein können.«

»Unser Vater wäre lieber tot als in Rente«, bemerkte Brandon.

Irgendetwas an Aidans mürrischem Bruder machte Clare nervös.

* * *

Vor Dennis' Zimmer fragte Aidan den Kardiologen aus. Nachdem er sich davon überzeugt hatte, dass alles zu seiner Zufriedenheit unternommen worden war, betrat er den Raum, um seinen Vater zu besuchen.

Er stellte sich neben das Bett und nahm die raue Hand des älteren Mannes in seine.

»Tut mir leid, dass du völlig umsonst den ganzen Weg gekommen bist«, entschuldigte sich Dennis mit schwacher Stimme.

»Es war nicht umsonst, Dad. Ich bin froh, dass es dir gut geht.«

»Es geht ihm *nicht* gut«, mischte sich Colleen ein. »Der Mann hatte einen Herzinfarkt.«

»Der Doktor meinte, es wäre kein schwerer gewesen und eher eine Warnung«, beruhigte Aidan sie. »Du hattest Glück, Dad.«

»Wie wäre es, wenn du den Jungen und mich einen Augenblick allein lässt, Mum? Erzähl den Kindern, dass sie ihren alten Herrn heute noch nicht loswerden, und schick sie dann nach Hause.«

Sie gab ihrem Mann einen Kuss auf die Wange. »Pass auf, dass er sich nicht aufregt, Aidan.«

Sobald Colleen das Zimmer verlassen hatte, seufzte Dennis. »Du musst mich hier rausholen, Junge. Der Herzanfall hat mich nicht umgebracht, aber sie wird das noch schaffen.«

Aidan wurden vor Erleichterung die Knie ganz weich, weil er seinen Vater so ungebrochen sah. Zum ersten Mal seit Colins Anruf konnte er tief durchatmen. »Du gehst nirgendwohin, bis die Ärzte es dir gestatten.«

Dennis stöhnte. »Du warst meine letzte Hoffnung.«

Aidan lachte. »Bei den anderen hattest du wohl kein Glück, was?«

»Undankbar, die ganze Bande. Ehre deinen Vater, von wegen. Keiner von euch kümmert sich um mich, habt ihr noch nie.«

»Fragst du dich gar nicht, warum du Mum so leicht losgeworden bist?«, erkundigte sich Aidan mit hochgezogenen Augenbrauen.

»Das war tatsächlich ziemlich einfach, jetzt, wo du es sagst.«

»Ich habe jemanden mitgebracht.«

»Ach ja?«, erwiderte Dennis mit einem Funkeln im Auge. »Eine Frau?«

Aidan schnaubte amüsiert. »Was denkst du denn?«

»Du hast sie da draußen allein bei deiner Mum und deiner Schwester gelassen?«

»Mist, du hast recht. Ich schau besser mal nach, bevor sie sie vergraulen.«

»Hör mal, Junge, bevor du deine Lady rettest, muss ich dich noch um etwas bitten«, hielt Dennis ihn ernst zurück.

»Was?«

»Ich glaube, deine Mum meint es mit dem Ruhestand ernst.«

»Ich fürchte, das stimmt.«

»Ich möchte, dass du nach Hause kommst und das Geschäft übernimmst.«

Aidan schüttelte den Kopf. »Dad …«

»Du bist der Einzige mit Sinn fürs Geschäftliche. Die anderen werden es in nur sechs Monaten in den Bankrott treiben. Ich brauche dich.«

»Es tut mir leid, Dad. Es gibt fast nichts, was ich nicht für dich tun würde, aber ich kann nicht wieder hierherziehen. Ich habe gerade erst angefangen, mein

Leben wieder in den Griff zu kriegen. Wenn ich jetzt nach Hause zurückkehre, wäre das für mich ein Rückschritt – ein ungesunder noch dazu.«

Dennis betrachtete seinen Sohn einen Augenblick lang. »Das verstehe ich. Ich hätte gar nicht erst fragen sollen, aber ich bin verzweifelt. Ich kann nicht zulassen, dass vierzig Jahre harter Arbeit den Bach runtergehen, und ich lasse nicht zu, dass sie sich deswegen zanken.«

»Was ist mit Colin?«

»Soll ich Brandon einfach überspringen?«

»Er ist nicht in der Lage, eine Firma zu leiten. Zumindest nicht im Moment.«

»Wir werden wegen seiner Trinkerei etwas unternehmen müssen.«

»Ja, aber erst mal sorgen wir dafür, dass du wieder gesund wirst. Überleg dir das mit Colin noch mal, Dad. Er ist der Beste von uns. Das hat Sarah immer behauptet. Er hat das Zeug dazu, und er hat das Rückgrat, sich gegen die anderen durchzusetzen. In ihm steckt eine Menge von Mum.«

»Das stimmt wohl. Ich denke darüber nach. Aber jetzt rettest du besser deine Lady, Junge. Bringst du sie nachher mal vorbei?«

»Mach ich.« Er beugte sich runter und gab seinem Vater einen Kuss auf die Wange. »Du hast mir einen ganz schönen Schreck eingejagt.«

Dennis tätschelte seinem Sohn das Gesicht. »Ich gehe nirgendwohin.«

»Gut«, erwiderte Aidan mit rauer Stimme. »Bis später.«

* * *

Aidan kehrte in den Wartebereich zurück und stöhnte, als er bemerkte, dass Clare und seine Mutter tief ins Gespräch versunken die Köpfe zusammensteckten.

»Mum, was erzählst du ihr?«

»Werd bloß nicht frech, Aidan«, schalt seine Mutter ihn streng.

Clare unterdrückte ein Lachen.

Der Ausdruck auf seinem Gesicht verriet ihr, dass es keine gute Idee wäre, jetzt in Gelächter auszubrechen. »Wo sind denn alle?«

»Sie sind nach Hause gefahren, um ein wenig zu schlafen«, erklärte Clare.

»Das machen wir jetzt auch«, verkündete er. »Clare ist sehr krank gewesen, und sie ist schon die ganze Nacht wach.«

»Ja, ich habe schon gehört, wie gut du dich während ihrer Lungenentzündung um sie gekümmert hast«, entgegnete Colleen mit hoffnungsvollem Blick auf ihren Sohn, den ehemaligen Arzt.

Clare umarmte Colleen. »Ihr Mann wird wieder ganz gesund. Versuchen Sie, sich keine Gedanken zu machen.«

»Danke, Liebes«, meinte Colleen, ehe sie über Clares Schulter ihrem Sohn zuzwinkerte.

»Mum, warum kommst du nicht auch für eine Weile nach Hause?«

»Nein, ich bleibe hier bei Dad. Mir geht's gut. Fahrt schon.«

Aidan küsste seine Mutter und hielt Clare die Hand hin. »Wir schauen nachher wieder vorbei.«

Sie betraten den Parkplatz, über dem gerade die Sonne aufging und einen weiteren kalten Wintertag ankündigte. Die Windschutzscheibe des Pick-ups war mit einer Eisschicht überzogen, also warteten sie, bis sich der Wagen aufgewärmt hatte.

»Hat es nur fünf Minuten gedauert, bis du dich mit meiner Mutter verbrüdert hast?«

»Sie ist reizend.«

Er schnaubte. »Verscherz es dir nicht mit ihr. Sonst findest du noch heraus, wie reizend sie wirklich sein kann.«

»Das kann ich mir nicht vorstellen. Wie fühlt sich dein Vater?«

»Steckt voller Tatendrang, was ein gutes Zeichen ist.«

»Gott sei Dank.«

»Er freut sich schon drauf, dich kennenzulernen.«

Sie unterdrückte ein Gähnen. »Ich möchte ihn auch treffen.«

»Du legst dich erst mal hin. Ich will nicht, dass du einen Rückfall erleidest.«

»Ja, Dr. O'Malley«, versprach sie mit schelmischem Lächeln.

Sein Blick verfinsterte sich. »Nenn mich bitte nicht so, okay?«

»Entschuldige. Es war nur ein Scherz.«

Er küsste ihre Hand. »Ich will kein Idiot sein, aber ich kann die Anrede einfach nicht ertragen.«

»Das verstehe ich.«

Auf dem Weg zum Haus von Aidans Eltern durchquerten sie das idyllische Städtchen. Schließlich bog er auf der Shore Road nach links ab. »Nachdem wir etwas Schlaf nachgeholt haben, zeige ich dir den Leuchtturm.«

»Die Häuser sind wirklich toll.«

»Als meine Eltern hierhergezogen sind, stand noch nichts davon. Seitdem ist ziemlich viel gebaut worden, und es ist alles etwas edler, aber die O'Malleys sorgen dafür, dass das Viertel bescheiden bleibt. Ich muss dich allerdings vorwarnen: Die Farbe an unserem Haus war *nicht* die Idee meines Vaters«, meinte er, bevor er in die Einfahrt zum Haus seiner Eltern bog.

»Ach, das ist ja süß.«

»Es ist lächerlich«, widersprach er. Dann griff er nach ihren Taschen und führte Clare nach drinnen. Sie gingen sofort nach oben in Aidans altes Zimmer, wo er sich auch gleich das Hemd über den Kopf zog. »Gott, bin ich kaputt.«

»Äh, Aidan, wo schlafe ich?«

»Hier, bei mir.«

»Ich werde nicht im Haus deiner Mutter bei dir schlafen. Auf keinen Fall.«

»Du machst Witze«, ächzte Aidan. »Ich bin fast vierzig, Herrgott noch mal.«

Clare stöhnte auf. »Musst du mich daran erinnern, dass du noch nicht vierzig bist?«

Er streifte sich die Jeans ab. »Darum geht's nicht.«

Sie bewunderte seine definierte Brust und den muskulösen Bauch.

»Schaust du mich wirklich so an, um mir dann mitzuteilen, dass du nicht bei mir schlafen wirst?«

Sie trat zu ihm und liebkoste seine Brust. »Ja.«

Er zog sie zu einem sengenden Kuss an sich. So wie er sich an sie drängte, blieben keine Zweifel daran, wie sehr er sie wollte.

»Aidan«, keuchte sie. »Hör auf. Nicht hier.«

Er legte die Arme um sie, damit sie ihm nicht entkommen konnte, und küsste sie noch einmal, als hätte sie nichts gesagt.

»Wo schlafe ich?«, fragte sie, kaum dass sie es geschafft hatte, sich aus dem Kuss zu befreien.

Mit frustriertem Stöhnen lehnte er die Stirn an ihre. »Wenn ein Mann vor Verlangen sterben könnte, dann wäre ich jetzt mausetot, hörst du?«

»Bald«, erwiderte sie mit einem nervösen Lachen. »Ich verspreche es dir. Aber nicht hier.«

Er seufzte gepeinigt. »Okay, komm. Du kannst Erins Zimmer haben. Meine Mutter wird dich absolut lieben, sobald sie davon hört. Aber das weißt du längst, nicht wahr?«

Sie lächelte. »Wie hast du es mal ausgedrückt: Einmal Mutter, immer Mutter?«

Er schob sie sanft in Erins Raum. »Schlaf ein wenig, du Schlaubergerin. Wenn wir das nächste Mal allein sind, solltest du gut ausgeruht sein. *Sehr* gut ausgeruht.«

Sie erschauerte vor Vorfreude. Trotz der Ängste, die immer noch an ihr nagten, konnte sie es kaum erwarten.

* * *

Nachdem sie den nächsten Tag mit den O'Malleys verbracht hatte, hatte Clare das Gefühl, als würde sie sie schon immer kennen. Sie hegte große Zuneigung zu Aidans Vater, der sie mit seinen Plänen zur Flucht aus dem Krankenhaus so sehr zum Lachen brachte, dass ihr die Tränen in die Augen schossen. Weil sie ihm einen Snickers-Riegel aus dem Automaten im Flur reingeschmuggelt hatte, hatte sie sich auf ewig einen Platz in seinem angegriffenen Herzen erobert.

Colin und Declan verhielten sich in der kurzen Zeit, die sie mit ihnen verbrachte, freundlich und zuvorkommend, und Erin wirkte mit den Nerven am Ende, weil sie immer wieder ins Krankenhaus hetzte, wenn sie jemanden gefunden hatte, der auf ihre Kinder aufpassen konnte. Brandon verschwand für den Großteil des Tages, und Clare kam einiges zu Ohren, was sie vermuten ließ, dass er ein Alkoholproblem hatte. Die Familie machte sich Sorgen darüber, wo er sein könnte.

Colleen nahm Clare unter ihre Fittiche, was dem Rest der lärmenden Familie signalisierte, dass sie von der einzigen Person akzeptiert worden war, deren Meinung etwas zählte. Wie Aidan vorhergesagt hatte, gewann sie Colleen endgültig für sich, weil sie auf getrennten Schlafzimmern bestanden hatte. Die beiden Frauen blieben, noch lange nachdem Aidan ins Bett gegangen war, auf und unterhielten sich.

»Ich hätte selbst fast einen Herzinfarkt gehabt, als ich gesehen habe, wie Aidan und du Hand in Hand aufgetaucht seid«, gestand Colleen. »Schon seit Jahren warte ich darauf, das wieder zu erleben.«

»Es wäre vielleicht nie passiert, wäre Dennis nicht krank geworden.«

»Ach, da irrst du dich. Ich erkenne doch, wie mein Junge dich anschaut. Es hätte nicht mehr lange gedauert, bis er dich hergebracht hätte.«

Clare freute sich. »Möglich.«

»Er ist verletzlich, weißt du? Das Leben war nicht immer gut zu ihm.«

»Als verletzlich würde ich ihn nicht beschreiben. Zumindest würde ich nicht wollen, dass er hört, wie ich das Wort verwende.«

»Ich wäre nicht seine Mutter, wenn ich dich nicht darum bitten würde, ihn gut zu behandeln.«

»Ich liebe ihn, Colleen. Du musst mich nicht darum bitten, ihn gut zu behandeln. Das fällt mir bei ihm leicht.«

Colleen blinzelte Tränen weg. »Danke, dass du genau das aussprichst, was ich hören muss«, sagte sie mit ihrem melodischen irischen Akzent. »Darf ich fragen, ob er dir schon mal etwas vorgesungen hat?«

»Er singt?«, fragte Clare erstaunt.

»Wunderschön, aber nicht mehr, seit das mit Sarah und dem Baby geschehen ist. Das ist noch etwas, das mit ihnen in ihm gestorben zu sein scheint. Er hat auch Klavier gespielt. Kennst du den Flügel in seinem Haus?«

»Ja, aber ich habe nicht daran gedacht, ihn danach zu fragen.«

»Das war Sarahs. Sie hat auch gespielt. Sobald ich erkannte, dass er Talent dafür hat – da war er noch ein Kind –, habe ich darauf bestanden, dass er Klavierunterricht bekommt. Er hat behauptet, er würde es hassen, damit seine Brüder ihn deswegen nicht ärgern, aber ich kannte die Wahrheit. Ich hoffe noch immer, dass er wieder dahin zurückfindet.«

Clare schüttelte den Kopf. »Er ist so vielschichtig. Das verblüfft mich immer wieder.«

Colleen lächelte zustimmend. »Ich liebe alle meine Kinder, aber dieser Junge nimmt einen ganz besonderen Platz in meinem Herzen ein.«

»In meinem auch«, gestand Clare und erwiderte ihr Lächeln.

»Ich gehe ins Bett. Brauchst du noch etwas?«

Clare war so voll, dass sie kurz vorm Platzen stand. »Nein. Ich komm auch gleich hoch.«

»Gute Nacht, Liebes.« Colleen umarmte sie und lief nach oben.

Clare lauschte darauf, wie in dem Haus Ruhe einkehrte, und dachte über Aidan nach. Nachdem sie ihn mit seiner Familie erlebt hatte, liebte sie ihn nur noch mehr. Mit seinen Geschwistern hatte er rege Sticheleien ausgetauscht, sich von seinen Nichten und Neffen in Beschlag nehmen lassen und eine solche Zuneigung zu seinen Eltern an den Tag gelegt, dass sie ganz rührselig wurde. Alles zusammengenommen bot sich ihr ein vollständigeres Bild von ihm.

Ein Krachen aus der Küche riss sie aus ihren Gedanken, also stand sie auf, um nachzusehen.

Brandon stolperte durch die Dunkelheit.

Clare schaltete das Licht ein, und er drehte sich überrascht zu ihr um.

»Hast mich halb zu Tode erschreckt«, lallte er.

Sie wich einen Schritt zurück. Bis ans andere Ende des Raumes konnte sie ihn riechen.

Er öffnete den Kühlschrank, um sich ein Bier zu nehmen.

Als Clare sich umdrehte, um die Küche wieder zu verlassen, versperrte er ihr plötzlich den Weg und packte sie am Arm. »Lass mich nicht allein trinken.«

Sie versuchte, sich aus seinem Griff zu befreien, aber er hielt sie nur noch fester.

»Lassen Sie mich los«, sagte sie, während ihr Herz zu rasen begann.

»Bist wohl zu gut für mich?« Er betrachtete sie anzüglich. »Hebst dich für meinen Bruder auf?«

»Ich sagte, Sie sollen mich loslassen, Brandon. Sofort. Bevor ich mir die Lunge aus dem Hals schreie und das ganze Haus wecke.«

Aber statt sie loszulassen, drängte er sie gegen den Tresen und hielt sie mit dem Gewicht seines Körpers gefangen. »Ich wette, du bist laut. Bringt mein Bruder dich zum Kreischen?«

Sie konnte nicht atmen, und die Punkte, die vor ihren Augen tanzten, erinnerten sie an den anderen Mann, der sie festgehalten hatte. Das durfte nicht noch mal passieren. »Bitte«, flüsterte sie. »Lassen Sie mich los.«

Sie stürzte beinahe zu Boden, als er abrupt von ihr weggerissen wurde und Aidan ihm seine Faust ins Gesicht schlug.

»Was zum Henker sollte das werden?« Aidan schloss Clare in die Arme. »Hast du deinen beschissenen Verstand verloren?«

Blut floss aus Brandons Nase.

Colleen tauchte in der Küchentür auf. »Was ist los?« Sie atmete scharf ein, als sie Brandon blutverschmiert auf dem Boden entdeckte und bemerkte, wie Clare zitternd in Aidans Armen stand. »Aidan, bring sie nach oben«, befahl sie mit angewidertem Blick auf Brandon. »Sofort.«

Aidan hob Clare hoch und trug sie die Treppe rauf in sein Zimmer.

»Gott, Clare, das tut mir so leid.« Er schmiegte sich im Bett an sie.

»Das Zittern will einfach nicht aufhören.«

»Ich bring ihn um.«

»Nein.« Sie klammerte sich an ihn. »Verlass mich nicht.«

»Nie.«

»Entschuldige.«

»Warum?«

»Du hast deinen Bruder geschlagen. Meinetwegen.«

»Er hat Glück, dass das alles war. Ich würde ihn umbringen, bevor ich zulasse, dass er dir etwas antut. Das weißt du, oder? Mir ist völlig egal, wer er ist.«

»Sag das nicht.«

Colleen erschien in der Tür. »Wie geht es ihr?«

»Was glaubst du denn?« Aidan bemühte sich offenkundig, seinen Zorn im Zaum zu halten. »Er hat sie in der Küche förmlich überfallen. Er ist völlig außer Kontrolle, Mum.«

»Ich weiß«, stimmte sie zu, die Wangen nass von Tränen. »Colin holt ihn ab.«

»Er braucht Hilfe«, meinte Aidan.

»Ja.« Sie schob Clare das Haar aus der Stirn. »Es tut mir so leid, Liebes. Das ist nicht unser Brandon. Wir wissen nicht, was in letzter Zeit mit ihm los ist. Ist bei dir alles in Ordnung?«

»Das wird wieder«, versicherte ihr Clare, deren Zittern in Schüttelfrost überging.

»Ich will, dass du heute Abend bei ihr bleibst, hörst du, Aidan?«

»Das musst du mir nicht sagen, Mum.«

»Entschuldige, Clare.« Colleen verließ den Raum und schloss die Tür hinter sich.

Als sie daran dachte, was passiert wäre, wäre Aidan nicht aufgetaucht, musste Clare weinen. Fünf Minuten voller Angst hatten all den Schrecken zurückgebracht, von dem sie geglaubt hatte, dass sie ihn für immer hinter sich gelassen hätte. Aber sie weigerte sich, sich davon das verderben zu lassen, was sich zwischen ihr und Aidan entwickelte. Vor ihm würde sie keine Angst haben.

»Bitte weine nicht, Schatz. Ich bin bei dir.« Er küsste ihr Haar, ihr Gesicht, ihren Hals. »Ich bin hier, und ich liebe dich. Es tut mir so leid.«

Sobald sie wieder reden konnte, schaute sie zu ihm hoch. »Aidan?«

»Was ist, Liebes?«

»Woher wusstest du, dass ich dich brauche?«

»Keine Ahnung. Etwas hat mich geweckt, und ich war unten, ehe ich michs versah.«

»Ich bin so froh, dass du da warst.« Sie hob das Gesicht, um ihn zu küssen. »Ich liebe dich.«

»Ich will nicht, dass du jemals wieder solche Angst hast.«

»Küss mich, Aidan. Ich brauche dich.«

Er drückte seinen Mund auf ihren, und sie erwiderte den Kuss mit allem, was sie hatte.

* * *

Im Morgengrauen wachte Aidan auf und ließ Clare in seinem Bett weiterschlafen. Unten entdeckte er seine Mutter, die allein in der Küche saß und eine Tasse Kaffee trank. Sie schien über Nacht um Jahre gealtert zu sein.

»Wo willst du hin?«, fragte sie.

Er zog sich seinen Mantel über. »Es gibt da etwas, um das ich mich kümmern muss. Fahr bitte erst ins Krankenhaus, wenn ich wieder zurück bin. Ich will nicht, dass Clare allein hier ist.«

»Aidan … Was hast du vor?«

»Etwas, was schon lange hätte geschehen müssen.«

Auf dem Weg zu Colins Haus bemühte er sich, seine Wut unter Kontrolle zu bekommen. Von all den Leuten, die Brandon im Vollrausch hätte belästigen können, warum hatte es da ausgerechnet Clare sein müssen? Gerade als sie Fortschritte gemacht und ihre Vergangenheit hinter sich gelassen hatte. Frustriert schlug er mit der wunden Hand auf das Lenkrad. Seine Knöchel waren grün und blau, wo sie mit dem Gesicht seines Bruders kollidiert waren.

Er betrat Colins Haus durch die Hintertür, die nie abgeschlossen war. Colin war der Erste von ihnen gewesen, der sich sein eigenes Heim gekauft hatte, ein Cottage mit sechs Räumen und Blick auf den Oyster Pond, das völlig verfallen gewesen war, als er es entdeckt hatte. An diesem Morgen hielt Aidan nicht inne, um die glänzenden Holzdielen oder die gemütlichen Möbel zu bewundern. Er war ein Mann mit einer Mission.

Brandon schlief im Gästezimmer mit dem Gesicht nach unten in denselben Klamotten, die er gestern getragen hatte. Aidan schlug seinem Bruder in die Rippen.

»Was soll der Scheiß?«, stöhnte Brandon.

»Steh auf.«

»Was willst du?«

Aidan packte Brandon am Hemd. »Auf die Füße mit dir. Sofort.«

Den Kopf in die Hände gestützt, setzte Brandon sich langsam auf und schaute zu seinem wütenden Bruder hoch. »Welche Laus ist dir denn über die Leber gelaufen?«

Während er das blaue Auge und das verkrustete Blut auf dem Gesicht seines Bruders betrachtete, wurde Aidan klar, dass Brandon sich nicht daran erinnerte, was gestern Nacht passiert war.

Colin betrat den Raum.

»Er erinnert sich nicht«, erklärte ihm Aidan.

»Das tut er nie.«

»Woran soll ich mich erinnern?« Brandon klang, als klebte ihm die Zunge am Gaumen. Er berührte seine Nase und zuckte zusammen.

Aidan griff erneut nach dem Hemd seines Bruders und zerrte ihn auf die Füße. »Ich helfe dir mal auf die Sprünge, kleiner Bruder. Letzte Nacht bist du in Mums Küche gestolpert und hast die Frau, die ich liebe, festgehalten und ihr solche Angst eingejagt, dass sie noch zwei Stunden danach gezittert hat.«

Brandon atmete erschrocken ein. »Was?«

»Du solltest vielleicht auch wissen, dass sie schon mal vergewaltigt wurde, also bringe ich dich und jeden anderen Mann um, bevor das noch mal passiert, hast du mich verstanden?«

»Scheiße«, murmelte Colin.

»Ja, ›Scheiße‹ stimmt genau.« Aidan ließ Brandon so plötzlich los, dass er aufs Bett zurückfiel. »Ich will, dass du mir genau zuhörst, denn ich sage es nur einmal: Du sitzt nur deshalb nicht in einer Zelle, weil du krank bist. Ich gebe dir bis fünf Uhr heute Nachmittag, um dich in ein Entzugsprogramm einzuschreiben – nichts, was weniger als dreißig Tage läuft. Wenn ich höre, dass du den Leuten dort frech kommst, solange du da bist, werde ich dafür sorgen, dass sie Anklage gegen dich erhebt, und ich werde liebend gerne gegen dich aussagen. Ist das klar?«

»Ja«, antwortete Brandon mit erstickter Stimme und Tränen in den Augen. »Es tut mir leid, Aid.«

»Mir auch. Sie ist die erste Frau, die mir etwas bedeutet, seit Sarah gestorben ist. Tolle Art, sie in die Familie aufzunehmen.«

Ein trockenes Schluchzen schüttelte Brandon. »Es tut mir so leid.«

Während die Tränen über das zerschlagene, blutverschmierte Gesicht seines Bruders liefen, spürte Aidan, wie sein Zorn nachließ, wenn auch nur ein bisschen. »Such dir Hilfe, Brandon. Das war keine leere Drohung von mir.«

»Ich bringe ihn hin«, versprach Colin. »Ich kenne da was.«

Überrascht blickte Aidan ihn an.

»Ich hab mich schon mal umgehört.«

Aidan wandte sich wieder an Brandon, der mit hängenden Schultern auf dem Bett saß. »Da Dad auf dem Weg der Besserung ist, werde ich heute mit Clare abreisen. Aber ich werde prüfen, ob du auch tust, was ich von dir verlangt habe. Ich werde nicht zögern, zur Polizei zu gehen.«

»Das musst du nicht«, sagte Brandon.

* * *

Nach einem kurzen Halt beim Krankenhaus, um Dennis zu besuchen, verließen Aidan und Clare Chatham.

»Er sieht schon viel besser aus«, stellte Clare auf dem Weg aus der Stadt fest. »Deine Mutter hat sich so gefreut, dass er heute nach Hause kann.«

Aidan brummte zustimmend.

»Geht das wieder los?«

Das riss ihn aus den Gedanken. »Was?«

»Das Brummen.«

»Habe ich gebrummt?«

Sie nickte. »Alles in Ordnung?«

»Das wird schon. Tut mir leid. Brandon treibt mich zur Verzweiflung. Ich hoffe, dass dich das nicht völlig verschreckt hat.«

»Natürlich nicht. Er braucht Hilfe, und du sorgst dafür, dass er sie bekommt. Es ist vorbei und erledigt. Können wir das hinter uns lassen? Bitte?«

»Ich schätze, wenn du das kannst, dann kann ich es auch.«

»Sag mal, hast du es sehr eilig, nach Stowe zurückzufahren?«

»Eigentlich müsste ich mal wieder am Haus deines Bruders arbeiten, aber ansonsten nicht wirklich. Warum?«

»Da wir gerade in der Nähe sind, stört es dich, wenn wir noch einen oder zwei Tage in Newport verbringen? Ich möchte Maggie besuchen.«

Er schaute zu ihr rüber. »Weißt du, was? Ich würde Newport tatsächlich gerne einen Besuch abstatten.«

Teil IV

Kehrtwende

Ein Richtungswechsel um hundertachtzig Grad

KAPITEL 28

Am Morgen nach Ashtons Wutausbruch fühlten sich Kates Augen vom Weinen ganz wund an. Als Reid aus dem Bad kam, die Krawatte locker um den Kragen seines frischen weißen Hemds, lag sie im Bett, da ihr von der schrecklichen Szene noch immer ganz elend war.

»Ich wünschte, ich müsste heute nicht arbeiten.« Obwohl Sonnabend war, hatte er in der Stadt ein wichtiges Meeting mit potenziellen Investoren für sein nächstes Projekt in Nashville. »Mir ist heute so gar nicht danach. Wenn ich könnte, würde ich absagen, aber sie reisen aus einem anderen Bundesstaat an.«

»Kannst du mir noch eine Viertelstunde geben?« Sie kletterte aus dem Bett. »Ich will mit dir in die Stadt fahren, damit ich zu Hause noch ein paar Sachen erledigen kann.«

Er stand vor dem Spiegel und band sich die Krawatte. »Klar, Baby, lass dir Zeit. Das Treffen beginnt erst um zehn.«

Sie trat zu ihm, massierte ihm die Schultern und schmiegte das Gesicht an seinen Rücken. »Hast du überhaupt geschlafen?«, fragte sie, wobei sie die Arme um ihn legte.

Er griff nach ihren Händen. »Eher nicht.«

»Wirst du versuchen, dich heute mit Ashton zu treffen?«

»Er braucht ein paar Tage, um sich zu beruhigen.«

»Was, wenn er gar nicht wieder runterkommt?«

»Das wird er. Zwischen uns hat es noch nie Probleme gegeben. Das geht wieder vorüber.«

»Vielleicht sollten wir eine Pause einlegen, bis er sich daran gewöhnt hat.« Bei dem Gedanken, Reid zu verlassen, wenn auch nur für eine kurze Zeit, zog sich ihr Magen vor Angst zusammen.

Er drehte sich zu ihr um. »Nein. Wir müssen gemeinsam stark bleiben, welchen Zweck hat es sonst? Die Sache ist kompliziert. Das war sie von Anfang an. Das möchte ich nicht allein durchstehen müssen.«

Sie schlang ihm die Arme um den Hals und zog ihn zu sich runter. »Musst du nicht. Wir stecken da zusammen drin. Wenn du alles wärst, was mir noch bliebe, würde mir das reichen. So sehr liebe ich dich.«

»Ich dich auch«, erwiderte er, ehe er sie küsste und ihr dabei mit den Händen über die Seiten strich.

Als er ihren Hintern umfasste, um sie hochzuheben, zog sie an seiner Krawatte. »Du hast behauptet, du hättest bis zehn Uhr Zeit?«, erkundigte sie sich mit einem frechen Lächeln.

»Ja.« Er wollte sie küssen, doch sie wich ihm aus. Stöhnend fragte er: »Was hast du vor?«

»Setz mich ab.«

Langsam ließ er sie an sich runterrutschen.

Ohne den Blickkontakt zu unterbrechen, öffnete sie seinen Gürtel.

»Kate …«

Sie befreite seine Erektion und drängte ihn aufs Bett, ehe sie sich vor ihn kniete. Dann schloss sie die Hand um seinen pochenden Schaft und strich mit der Zunge über die Spitze, wobei sie bei dem Stöhnen, das ihn durchfuhr, lächeln musste.

Er griff nach ihr. »Baby, komm her.«

»Gleich.« Sie leckte mit der Zunge über ihn, bevor sie ihn tief in den Mund nahm, so wie er es mochte.

»O Gott, Kate.« Er keuchte. »Gott.«

Seine offensichtliche Lust feuerte ihren Enthusiasmus an, während sie ihn mit Hand und Mund bearbeitete.

»Das reicht«, presste er mit zusammengebissenen Zähnen hervor. »Kate, komm schon, hör auf.«

Die Aufregung über eine weitere neue Erfahrung ließ sie nicht innehalten, bis er stöhnte und mit einem Stoß seiner Hüften kam.

»Himmelherrgott noch mal«, flüsterte er, sobald sie hochkroch und sich auf ihn legte.

»Ist das was Gutes?«

»Ja«, bestätigte er lachend, ehe er die Arme fest um sie schlang. »Definitiv was Gutes. Du bist die tollste Frau überhaupt, und ich liebe dich über alles.«

Zufrieden mit sich berührte sie seine Lippen mit ihren und war überrascht, als er sie plötzlich unter sich rollte.

»Jetzt bist du dran«, versprach er mit einem Funkeln in den Augen.

* * *

Auf dem Weg in die Stadt raste Reid wie ein Rennfahrer. Er nahm die Green-Hills-Ausfahrt und schaute amüsiert zu ihr rüber. »Wie kommt es, dass ich erst zu früh dran war, und jetzt zu spät?«

»Also, zunächst habe ich dich genau da geküsst«, erklärte sie, ehe sie ihn berührte.

Das Auto schlingerte. »Kate«, rief er. »Lass das.«

Sie lachte. »Du bist so empfindlich.«

»Behalt deine Hände bei dir«, riet er ihr, bevor er auf den Parkplatz vor ihrem Wohnkomplex abbog.

»Du willst doch gar nicht, dass ich das tue.« Sie strich mit der Hand über sein Bein und knabberte an seinem Ohr. »Ich weiß es besser.«

»Katherine, ich habe da bei dir echt was entfesselt. Ich habe mich bereits von dir verführen lassen, und jetzt bin ich schrecklich spät dran.«

»Ich liebe es, wenn du so überkorrekt wirst, dass du mich Katherine nennst«, schnurrte sie, dann grub sie ihre Hände in sein Haar und küsste ihn hingebungsvoll.

»Wenn du nicht aufhörst, endest du mit dem Rock über dem Kopf, und das am helllichten Tag, *Katherine.*«

Wieder musste sie lachen. »Tu dir keinen Zwang an.« Das Lachen blieb ihr allerdings im Hals stecken, als sie aus dem Fenster blickte und ihren Vater entdeckte, der sie beobachtete. »Ach du Scheiße.«

Reid ließ lange genug von ihr ab, um zu fragen: »Was?«

»Mein Dad.«

Erschrocken schnappte Reid nach Luft und löste sich von ihr.

Ihr Magen verkrampfte sich, und ihr Herz raste. Ihr Vater presste die Lippen zusammen, wie er es nur tat, wenn alles schlimm war, aber das war hier wohl auch definitiv der Fall.

Reid drückte ihre Finger und stieg aus. »Jack …«

Jack hob eine Hand, um ihn zum Verstummen zu bringen. »Kein Wort«, befahl er mit eisiger Stimme, wobei er die andere an seiner Seite zur Faust ballte. »Kein einziges Wort.«

»Dad«, sagte Kate, die das Auto umrundete.

»Geh rein, und pack deine Sachen. Sofort.«

»Dad, komm schon, lass uns drüber reden, bitte«, flehte sie. Tränen strömten ihr über das Gesicht.

Jacks Lippen wurden noch schmaler, und bei der Wut in seinen Augen fragte sie sich, ob er in der Nacht überhaupt geschlafen hatte. So hatte sie ihn noch nie erlebt.

Er fasste sie grob am Arm. »Pack deine Sachen, Kate. Du fliegst mit mir nach Hause.«

Reid trat einen Schritt auf ihn zu. »Jack, lass sie los.«

»Ich habe mir selbst versprochen, dass ich dich nicht schlagen werde. Aber wenn du nicht sofort den Mund hältst, überleg ich mir das noch mal.«

»Ich lasse nicht zu, dass du sie so behandelst.«

Jacks Gesicht lief rot an. »Du wirst es nicht zulassen? *Du wirst es nicht zulassen?* Sie ist meine Tochter, du Dreckskerl. *Meine Tochter.* Ich habe dir das Wichtigste in meinem Leben anvertraut, also sage ich es noch einmal und rate dir, mir diesmal zuzuhören: Halt den Mund.« Er zerrte Kate mit sich die Stufen zur Haustür hoch. »Lass uns gehen.«

Mit zitternden Händen schloss Kate die Tür auf.

Reid folgte ihnen ins Haus.

»Du hast zehn Minuten, um alles einzusammeln, ohne das du nicht leben kannst, dann fahren wir nach Hause«, knurrte Jack. »Dein kleines Abenteuer ist vorbei.«

»Nein«, flüsterte sie.

»Wie bitte?«

»Nein.«

»Kate, du willst es dir jetzt nicht wirklich mit mir verscherzen. Du wirst tun, was ich dir sage.«

»Ich will nicht nach Hause«, antwortete sie leise. »Ich bin achtzehn. Du kannst mich nicht zwingen.«

»Ich weiß nicht, was hier mit dir geschehen ist, aber eines weiß ich: Du kommst nach Hause, und wenn ich dich ins Flugzeug zerren muss.«

»Aber ich liebe ihn«, beharrte sie.

Jack schnaubte. »Du liebst ihn. Ist das nicht reizend?«

Plötzlich wütend, verschränkte sie die Arme vor der Brust. »Ist das nicht ein bisschen heuchlerisch von dir?«

»Was zum Henker soll das heißen?«

»Als Mom im Koma lag und du dich in Andi verliebt hast, wer hat da zu dir gehalten? Ich wollte nur, dass du glücklich bist. Warum kannst du dir nicht das Gleiche für mich wünschen?«

Seine grauen Augen blitzten auf. »Weil ich ihn vor zwei Monaten dafür ins Gefängnis hätte schicken können. Beantwortet das deine Frage?«

»Ich habe mich verliebt«, erklärte sie. »Es tut mir leid, wenn dich das verletzt, das war nicht meine Absicht. Aber die Leute lieben nun mal, wen sie lieben. Ist es nicht das, was wir aus all dem, was uns widerfahren ist, gelernt haben?«

»Wage es ja nicht, meine Beziehung mit Andi mit dem zu vergleichen, was du mit diesem Perversen treibst. Ich hätte nie zulassen sollen, dass du herziehst. Das war der größte Fehler meines Lebens. Nein, warte. Es war der zweitgrößte. Der größte war, zu glauben, ich könnte meinem ›Freund‹ vertrauen, dass er auf meine Tochter aufpasst. Das war ein viel größerer Irrtum.«

Reid schüttelte den Kopf, und es schien ihm äußerst schwerzufallen, still zu bleiben.

»Du hast mir ein Jahr gegeben, um einen Plattenvertrag zu bekommen, und ich habe es in zwei Monaten geschafft.«

»Unsere Vereinbarung hat sich in dem Moment in Luft aufgelöst, in dem ich rausgefunden habe, was hier läuft.«

»Dad, hör mir doch zu. Buddy Longstreet und Taylor Jones haben mich gebeten, sie auf ihrer Sommertournee zu begleiten. Davor werde ich mit ihrem Label eines meiner Lieder aufnehmen.«

Er tat ihre Worte mit einer Handbewegung als bedeutungslos ab. »Wenn du nicht sofort mitkommst, dann sind wir geschiedene Leute. Verstehst du das?«

»Aber ich habe erreicht, weshalb ich hergekommen bin. Meine Karriere fängt gerade erst an. Du kannst nicht verlangen, dass ich das jetzt aufgebe.« Sie trat zu Reid, und er legte einen Arm um sie.

Jacks Augen glühten zornerfüllt, während er die beiden lange und eingehend betrachtete. »Deine Kreditkarte habe ich bereits gekündigt, und du kannst selbst rausfinden, wie du deinem Liebhaber die zweitausend Dollar Miete pro Monat bezahlst. Du bist auf dich allein gestellt, und du wirst dich von meinen anderen Kindern fernhalten. Ich will nicht, dass sie noch irgendetwas mit dir zu tun haben.«

»Bitte«, weinte Kate. »Ich hab dich doch lieb. Zwing mich nicht dazu, mich zu entscheiden.«

»Du hast deine Entscheidung längst getroffen, Kate. Jetzt kannst du damit leben.« Auf dem Weg zur Tür drängte er sich an ihr vorbei.

»Daddy«, schrie sie und lief ihm nach.

Er hielt nicht an und sah auf dem Weg zu seinem Mietwagen auch nicht zurück.

Kate rannte dem Auto nach, das davonfuhr. »Daddy.« Sobald er außer Sicht war, sank sie auf dem Bürgersteig auf die Knie und schluchzte.

Reid trat hinter sie, half ihr auf die Füße und zurück in die Wohnung. »Ich fasse nicht, dass Ashton das getan hat.«

»Glaubst du immer noch, dass sich das wieder einrenkt?«, fragte sie schluchzend.

»Nein«, gestand er mit grimmigem Gesichtsausdruck, da klingelte das Handy in seiner Anzugtasche zum dritten Mal. »Verdammt noch mal. Ich muss da ran. Sie fragen sich bestimmt schon, wo ich bleibe.« Beim Telefonieren legte er einen Arm um sie. »Entschuldigen Sie bitte«, sprach er in den Hörer. »Wir werden den Termin verschieben müssen.«

Kate wischte sich über das Gesicht und erschauderte, als sie in Gedanken die Konfrontation mit ihrem Vater noch einmal durchlebte.

»Es tut mir leid, dass Sie das so sehen.« Sein Kiefer spannte sich an. »Hier gibt es einen Notfall, von dem ich nicht wegkann.«

Über Nacht war aus ihrem ganzen Leben ein Notfall geworden, von dem sie nicht wegkonnten. Sie verstand nicht, wie etwas, das für sie so wunderschön war, anderen so hässlich erscheinen konnte. Das war einfach nicht fair.

Nichts hatte jemals so wehgetan, wie von ihrem Vater verstoßen zu werden. Es schmerzte sogar mehr, als drei Jahre lang ihre Mutter verloren zu haben. Sie keuchte auf. *O Gott. Er wird es ihr erzählen, und dann hasst sie mich auch. Ich habe sie doch gerade erst zurückbekommen.*

Erneut brach sie in Tränen aus, und ihr heftiges Schluchzen wurde nur noch heftiger, als sie an Maggie, Eric und die Zwillinge dachte.

Reid steckte in einer hitzigen Diskussion am Telefon fest. »Ich kann das jetzt nicht besprechen. Ich rufe zurück, sobald ich kann.« Er klappte das Handy energisch zu und warf es quer durchs Zimmer. Es knallte gegen die Wand und zersprang in seine Einzelteile. Mit einem Seufzer stützte er den Kopf in die Hände.

Dieser seltene Anflug von Zorn überraschte sie.

Er griff nach ihr. »Es tut mir leid.«

»Reid«, schluchzte sie.

»Was ist, Baby?«

Tränen strömten ihr über die Wangen. »Er hat mir verboten, mit Maggie oder meinen Brüdern zu sprechen. Glaubst du, er hat das ernst gemeint?«

»Er ist wütend. Wenn er Zeit hatte, sich zu beruhigen, wird er seine Meinung ändern.«

»Das bezweifle ich. So habe ich ihn noch nie erlebt.« Ihr kam eine Idee. »Ich rufe Andi an. Sie wird mit ihm reden.«

Sie lief zum Telefon in der Küche und wählte auf dem Rückweg die Nummer in Newport, bevor sie sich neben Reid setzte. »Andi, ich bin's, Kate.«

»Hallo, Kate.«

Der warme Trost in der Stimme ihrer Stiefmutter ließ ihre Augen wieder feucht werden. »Hast du mit Dad gesprochen?«

»Er ist ganz schön sauer.«

»Ja.«

»Stimmt es denn? Bist du mit einem Mann verbandelt, der so alt ist wie dein Vater?«

»Es ist nicht so, wie du denkst. Ich liebe ihn.«

»Hat er dir die Kette geschenkt, die du zu Weihnachten getragen hast?«

»Ja.«

»Und du dachtest, du müsstest mich anlügen, als ich dich deswegen gefragt hatte?«

»Es tut mir leid«, weinte Kate. »Dad ist so wütend. Ich weiß nicht, was ich tun soll. Er will nicht, dass ich Maggie oder die Jungs treffe. Das kann nicht sein Ernst sein.«

»Es ist ihm aber ernst. Du hast ihm wirklich wehgetan, und indem du ihn verletzt und mich angelogen hast, hast du auch mir wehgetan. Ich glaube nicht, dass du auch nur eine Ahnung von dem hast, was du angerichtet hast.«

»Ich habe mich nur in einen wundervollen Mann verliebt. Ich dachte, du würdest das verstehen.«

»Was für ein wundervoller Mann steigt mit einem Mädchen ins Bett, das fast dreißig Jahre jünger ist als er? Nein, das verstehe ich ganz und gar nicht. Wenn du hoffst, dass ich mich bei deinem Vater für dich einsetze, dann verschätzt du dich aber ganz schön.«

Kate wischte sich die Tränen weg. »Es tut mir leid. Ich hab dich lieb, Andi. Entschuldige, dass ich dich angelogen habe.«

Andi versagte die Stimme. »Mir tut es leid, dass du das Gefühl hattest, du müsstest es tun. Pass auf dich auf, Kate.«

»Andi …«, flehte Kate, doch das Klicken am anderen Ende verriet ihr, dass sie aufgelegt hatte. Jetzt flossen die Tränen ungehindert, und nichts, was Reid sagte oder tat, konnte sie trösten.

KAPITEL 29

»Ist das dein Ernst?«, rief Aidan, als er Clare ins Haus in Newport folgte. »Hier hast du gewohnt?«

Clare musste über seine Reaktion lachen. »Dein Haus ist auch nicht gerade eine Bruchbude.«

Er bestaunte den Meeresblick auf der Rückseite des Gebäudes. »Das hatte ich mir so nicht vorgestellt.«

»Ich hatte doch erwähnt, dass mein Exmann Architekt ist.«

»Das ist ein echtes Kunstwerk.«

»Schau dir den Rest an.«

Sie führte ihn nach oben zu den Räumen der Mädchen.

»Man erkennt auf den ersten Blick, welches Zimmer Jill und welches Maggie gehört, also schätze ich, dass das hier Kates ist.«

»Genau. Ich kann es kaum erwarten, sie nächstes Wochenende zu sehen.«

»Ich freue mich schon darauf, deine Doppelgängerin zu treffen.« Er zeigte zur Wendeltreppe. »Was ist da oben?«

»Komm mit.« Sie brachte ihn die Treppe rauf und wappnete sich für die vertrauten Gefühle, die sich aber nicht einstellten. Sie empfand lediglich Stolz, während sie ihm das Haus zeigte, das ihr so viel bedeutete.

In der Mitte des runden verglasten Raumes blieb er stehen und drehte sich einmal um sich selbst, um alles aufzunehmen. »Das ist unfassbar.«

»Ich sollte Maggie anrufen, um ihr mitzuteilen, dass wir da sind.«

»Gleich.« Er legte die Arme um sie. »Es muss wirklich schwer gewesen sein, denjenigen zu verlieren, der all das für dich getan hat.«

Sein Verständnis überraschte sie. »Das war es«, flüsterte sie.

»Jetzt hast du mich«, erwiderte er mit so viel Liebe im Blick, dass sich ihr das Herz zusammenzog.

»Ich weiß.« Sie streckte sich, um ihm die Lippen auf den Mund zu drücken, und war verblüfft von seiner heftigen Reaktion, als wollte er all ihren Schmerz mit nur einem Kuss vertreiben.

Er hielt sie fest und neigte den Kopf, um die Liebkosung zu vertiefen. »Ich will dich, Clare«, flüsterte er, als sie sich schließlich voneinander lösten. »Ich kann nicht mehr warten.«

Sie spürte, wie Angst sie durchströmte. Was, wenn sie es nicht konnte? Was, wenn der Moment kam und sie es nicht ertragen konnte? Aber als sie zu ihm hochblickte und nur Liebe und pures Verlangen in seinem Gesicht las, wusste sie, dass sie bei ihm sicher war. Nur bei ihm. »Lass uns runtergehen.«

Er folgte ihr zu ihrem Bett, das sich unten im ehemaligen Arbeitszimmer befand. »Warum schläfst du hier und nicht oben?«

»Ich konnte die Stufen nicht raufsteigen nach … nach dem Sturz.«

Er legte die Arme um sie. »Ich liebe dich, Clare. Du weißt, dass es nichts gibt, was du mir erzählen könntest, wodurch sich das ändern würde, ja? Nichts.«

Sie nickte. »Aidan?«

»Was, Liebling?«

Sie schlang die Arme um seinen Hals. »Bitte, bitte liebe mich.«

Er sah ihr tief in die Augen, als wollte er ihre Geheimnisse ergründen, bevor er sie hochhob und mit neuer Leidenschaft küsste. Unter ihrer Bluse fühlten sich seine Hände kühl auf ihrer warmen Haut an, und sie erschauerte, als er sie auf das Bett legte.

Entschlossen, sich diesen Augenblick nicht von der Angst ruinieren zu lassen, zog sie ihn mit sich. Er landete auf ihr, ohne sich von ihrem Mund zu lösen. Sein kräftiger Körper presste sich an ihren, sandte eine Welle von Empfindungen durch sie hindurch. Sie konnte sich nicht an ein solches Verlangen erinnern – diesen Drang, an seiner Kleidung zu zerren, zu beißen, zu besitzen. Reiner Wahn … *Jetzt*, dachte sie, bevor sie ihm das Hemd hochschob und sich an dem Knopf an seiner Jeans zu schaffen machte.

Er unterbrach den Kuss lange genug, um sich das Hemd über den Kopf zu ziehen, dann widmete er sich ihrem Hals, küsste sie bis zum obersten Knopf ihres Oberteils. Er machte sich an den Knöpfen zu schaffen und knurrte frustriert auf, ehe er es ihr einfach über den Kopf streifte. Als es ihr gelang, den Reißverschluss seiner Hose zu öffnen, entwich ihm ein leiser Fluch.

Umhüllt von dem Duft nach Holz und frischer Luft, den sie mit ihm verband, glitt sie mit der Hand über seine Erektion, und er fluchte heftig, als sie an der richtigen Stelle genau den perfekten Druck ausübte.

»Süße, hör auf«, keuchte er. »Sonst ist das hier vorbei, ehe es angefangen hat.«

Sie wollte seine Jeans loswerden, verlor aber den Faden, als er mit der Zunge über ihre Brüste fuhr. Durch den Satin-BH nahm er eine Brustwarze zwischen die Lippen, und sie stöhnte auf.

»So schön«, flüsterte er, ehe er ihr mit dem Mund die Träger runterschob. »Perfekt.« Er küsste sie überall, nur nicht da, wo sie es am meisten wollte.

»Aidan.« Sie strich ihm mit den Händen durchs Haar und zog ihn auf sich.

Mit amüsiertem Lachen schob er ihren BH beiseite und leckte erst die eine, dann die andere Brustspitze. Er küsste sie, saugte und knabberte, bis sie vor Verlangen schier verrückt wurde. Dann liebkoste er jeden Zentimeter von ihr mit den Augen, während er sie von ihrer Jeans befreite und sie zu seiner eigenen Hose warf.

Sie schwebte auf einer Wolke aus Empfindungen und verlor jede Fähigkeit, zu denken oder zu atmen, während er heiße Küsse von ihrer Wade bis zu ihrem Oberschenkel verteilte, bis er schließlich die Lippen auf ihre seidene Unterhose drückte. Die Hitze seines Munds reichte beinahe aus, um sie zum Höhepunkt zu bringen.

Sie zupfte an seinem Haar, damit er wieder zu ihr hochkam, und seine weichen Brusthaare kitzelten sie auf der Haut, während sie an seinen Boxershorts zerrte. »Aidan, ich brauche dich, *bitte.*«

Hastig entledigte er sich seiner restlichen Kleidung und drang mit einer kühnen Bewegung in sie.

Es tauchten keine Geister auf, keine Ängste, keine Gedanken an etwas anderes als ihn, der ihr tief in die Augen schaute und es ihr regelrecht untersagte, wegzusehen.

»Ich will es langsam angehen«, erklärte er, das Gesicht angespannt, weil er um Beherrschung rang. »Ich will mich daran erinnern, aber ich …«

»Nicht«, flehte sie. »Mach es nicht langsam.«

Er gab ihr mit festen, drängenden Stößen, was sie wollte, bis sie beide innerhalb kürzester Zeit schweißgebadet waren. Der Höhepunkt erfasste sie in raschen, heftigen Wellen und zerrte ihn mit ihr in den Abgrund.

Anschließend ruhte er heftig atmend auf ihr. »Gott«, flüsterte er.

Sie lachte leise. »Der kann dir jetzt auch nicht helfen.«

»Ich glaube, das kann niemand. Tut mir leid, dass ich nicht länger durchgehalten habe.«

»Ich weiß nicht, ob ich noch mehr ertragen hätte.«

Er hob den Kopf und warf ihr einen lüsternen Blick zu. »Wir fangen gerade erst an, Baby.«

»Ist das eine Drohung oder ein Versprechen?«, fragte sie mit strahlendem Lächeln.

»Ein Versprechen.« Er küsste sie und rollte sich mit ihr herum, sodass sie auf ihm lag. »Ganz eindeutig ein Versprechen.«

* * *

Viel später, nachdem sie Pizza bestellt und sie im Bett gegessen hatten, fiel Clare ein, dass sie vergessen hatte, Maggie anzurufen.

»Morgen«, gähnte Aidan, der sie an seine Brust drückte.

»Ich habe ein schlechtes Gewissen, weil wir hier sind, ohne uns bei ihr gemeldet zu haben.«

Er hob ihr Kinn. »Können wir den heutigen Abend, und nur diesen Abend, ganz für uns haben? Morgen können wir den kompletten Tag mit Maggie verbringen, okay?«

»Es ist sowieso schon spät«, stimmte sie ihm mit einem schweren, zufriedenen Seufzer zu, aber etwas nagte dennoch an ihr. »Würde es dir was ausmachen, wenn ich sie jetzt anrufe, um für morgen etwas zu vereinbaren?«

Er lächelte und hob den Arm, damit sie aufstehen konnte. »Natürlich nicht.«

Sie küsste ihn. »Es dauert nicht lange. Versprochen.«

»Gut, denn ich fühle mich jetzt schon ganz einsam.«

Sie griff in den Schrank nach einem Bademantel und wickelte ihn auf dem Weg zum Telefon am anderen Ende des Zimmers um sich. Während sie die Nummer von Maggies Handy wählte, spürte sie seine Blicke auf sich.

»Hallo, Schatz«, grüßte sie, sobald Maggie ranging.

»Hi, Mom.«

»Rate mal. Aidan und ich sind für ein paar Tage in Newport, und wir hatten gehofft, dass du morgen noch nichts vorhast.«

»Warum seid ihr denn hier?«

»Aidans Vater hatte einen kleinen Herzinfarkt, und ich bin mit ihm nach Cape Cod gefahren, um nach seinem Dad zu sehen. Da das nicht weit von hier ist, sind wir hergekommen, um dich zu besuchen.«

»Oh, gut«, erwiderte Maggie, aber ohne die Freude, die Clare erwartet hatte.

»Was ist los, Liebling?«

»Hast du mit Kate gesprochen?«

»Ist schon ein paar Tage her, warum?«

»Also, na ja, da ist was vorgefallen, aber ich weiß nicht, was. Dad hat gestern Abend einen Anruf von einem ihrer Freunde aus Nashville bekommen und ist heute hingeflogen. Er ist auf dem Rückweg. Keine Ahnung, was passiert ist, aber er war echt wütend. Andi scheint auch aufgebracht zu sein.«

Clares Magen zog sich vor Angst zusammen. »Ist sie da? Kann ich mit ihr reden?«

»Klar, ich hol sie.«

»Rufst du mich morgen noch mal an?«

»Mach ich. Hier ist Andi.«

»Hi, Clare.«

»Hallo, Andi. Weißt du, was mit Kate los ist?«

Andi zögerte. »Jack ist auf dem Weg vom Flughafen nach Hause. Ich sage ihm einfach, dass er dich anrufen soll, wenn er wieder da ist.«

»Geht es ihr gut? Ist sie krank?«

»So etwas ist es nicht.«

»Andi, ich werde noch ganz nervös. Ich bin in Newport. Kannst du ihn bitten, bei mir vorbeizuschauen, ehe er nach Hause fährt?«

»Mache ich. Es tut mir leid, ich würde dir gerne mehr erzählen, aber du solltest wirklich mit ihm reden.«

»Schon gut. Danke.«

Aidan setzte sich im Bett auf. »Was ist los?«

»Keine Ahnung. Irgendwas ist in Nashville vorgefallen.« Sie schlüpfte in ihre Jeans. »Jack ist auf dem Weg hierher.«

Aidan stand auf und suchte nach seinem Hemd. »Ich bin mir sicher, dass sie dich längst angerufen hätten, wenn es was Schlimmes wäre, oder?«

»Ja, aber Jacks Frau klang echt komisch, genau wie Maggie.«

Sie zogen sich etwas über, und Clare räumte die Reste der Pizza weg. Sie versuchte zweimal, Kate zu erreichen, aber beide Male ging nur die Mailbox ran.

Aidan folgte ihr barfuß in die Küche, wo er sich streckte und sich mit den Händen durchs Haar fuhr, in dem Versuch, es ein wenig in Ordnung zu bringen. »Meinst du, er erkennt auf den ersten Blick, was zwischen uns geschehen ist?«

»Wenn etwas mit einem der Mädchen ist, dann wird er an nichts anderes denken.«

»Du verlierst nie ein schlechtes Wort über ihn«, meinte er, während er sie betrachtete. »Du lobst ihn, ohne darüber nachzudenken. Das ist bewundernswert.«

»Er ist ein guter Vater.« Sie lehnte den Kopf an seine Brust. »Tut mir leid, dass das ausgerechnet heute Abend passiert.«

»Ich verstehe das schon. Du hast Kinder, und sie stehen an erster Stelle.«

Es klingelte an der Tür.

Clare war vor Nervosität schon ganz schlecht.

»Ich kann mich zurückziehen, wenn du möchtest.«

»Nein, bleib hier.« Sie griff nach ihm, und Hand in Hand gingen sie ins Foyer. An der Tür ließ sie ihn los und machte auf, nur um überrascht festzustellen, wie fertig Jack wirkte. »Jack, was ist passiert?«

Er kam rein, blieb aber abrupt stehen, sobald er Aidan entdeckte.

»Jack, das ist Aidan O'Malley. Aidan, Jack Harrington.«

Sie musterten einander und gaben sich die Hand.

»Freut mich«, grüßte ihn Aidan.

»Mich auch.«

Clare sah, wie Jacks Blick nach unten wanderte, wo ihm Aidans bloße Füße auffielen.

»Was ist mit Kate?«, fragte sie.

Jack seufzte erschöpft und ging ins Wohnzimmer, um sich hinzusetzen.

Aidan und Clare folgten ihm.

»Es war ein schrecklicher Fehler von mir, ihr das mit Nashville zu erlauben.« Verzweifelt ließ Jack den Kopf in die Hände sinken.

Clare berührte ihn an der Schulter. »Was ist los, Jack? Du machst mir Angst.«

Mit gequälter Miene schaute er zu ihr rauf. »Sie hat eine Affäre mit Reid Matthews.«

Clare atmete erschrocken ein. »Was? *Was?*«

»Ja, mit meinem guten ›Freund‹ vom College, demjenigen, der ein Auge auf sie haben sollte. Ironie des Schicksals, was?«

»Äh, vielleicht sollte ich euch allein lassen«, bot Aidan an.

»Nein, bitte bleib.« Clare streckte eine Hand nach ihm aus. Ihr waren vor Schreck die Knie ganz weich geworden, und sie ließ sich aufs Sofa sinken. »Woher weißt du das?«

»Gestern Abend hat mich Reids Sohn Ashton angerufen. Er war selbst gerade erst dahintergekommen. Ich hatte ihm meine Visitenkarte gegeben und ihn gebeten, mich anzurufen, wenn er das Gefühl hätte, dass sie in Schwierigkeiten steckte. Ich schätze, das zählt als Schwierigkeit.«

»Aber hat er sie denn zusammen gesehen? Hast du?«

»Ja, zu beidem. Ashton hatte sich gestern Abend heftig mit seinem Vater und Kate gestritten, bevor er mich anrief. Er hat behauptet, das laufe schon seit Monaten, fast von Anfang an. Ich wollte ihm nicht glauben, weil ich dachte, dass er selbst in Kate verschossen ist. Hat sich rausgestellt, dass ich da gar nicht so danebenlag, aber an ihm hatte sie kein Interesse.« Er fuhr sich mit der Hand durchs Haar, und auf seinen attraktiven Zügen spiegelte sich sein innerer Aufruhr. »Das ist alles meine Schuld. Ich hätte ihr die ganze Nashville-Sache nie gestatten dürfen.«

Clare umklammerte seine Hände. »Du hast dir nichts vorzuwerfen. Du hast alles unternommen, um dafür zu sorgen, dass ihr nichts passiert.«

»Offensichtlich habe ich ein wenig zu viel unternommen, indem ich sie mit Reid bekannt gemacht habe.« Er seufzte schwer. »Ich muss dir gestehen, Clare, dass ich es nicht geglaubt habe. Nicht wirklich. Deshalb habe ich dich auch nicht gleich angerufen.« Er schüttelte den Kopf. »Aber dann habe ich sie erwischt. Sie wussten nicht, dass ich sie beobachte. In seinem Auto sind sie übereinander hergefallen.«

Clare schüttelte ungläubig den Kopf. »Hast du mit ihr geredet? Was hat sie gesagt?«

»Dass sie ihn liebt. Ich denke, dass sie das tatsächlich glaubt.«

»Vielleicht schläft sie gar nicht mit ihm.«

Jack schnaubte. »Natürlich tut sie das. Du hättest sie im Wagen erleben sollen. Ich wollte sie nach Hause holen, aber sie hat sich geweigert. Hat gemeint, sie wäre achtzehn und ich könne sie nicht zwingen. Die Krux der Sache ist, dass sie recht hat. Ich habe sie hingebracht, aber ich kann sie nicht zwingen, zurückzukommen.«

»Wie ist es zwischen euch ausgegangen?«

»Ich habe ihr den Geldhahn zugedreht und ihr den Kontakt zu den anderen Kindern verboten. Ich will nicht, dass sie davon erfahren, ganz besonders nicht Maggie.«

»Du kannst sie nicht verstoßen.«

»Ich werde nicht ihre Beziehung mit einem Mann finanzieren, der alt genug ist, um ihr Vater zu sein, Clare. Auf keinen Fall. Außerdem wird sie mein Geld nicht länger brauchen, wenn es stimmt, was sie mir erzählt hat.«

»Was meinst du?«

»Buddy Longstreet und Taylor Jones wollen diesen Sommer mit ihr auf Tournee gehen. Weißt du, wer das ist?«

»Nur die größten Namen in der Countrymusik-Branche«, erklärte Aidan.

»Sie hat es wirklich geschafft, oder?«, fragte Clare erstaunt.

»Offensichtlich. Sie wollen wohl auch eine Single mit ihr aufnehmen.«

»Wow, da hat sie sich bestimmt gefreut. Das hat sie sich schon immer gewünscht.«

Jack seufzte. »Was zum Henker hat sie sich dabei gedacht, sich mit Reid einzulassen?«

»Ich habe keine Ahnung«, flüsterte Clare bestürzt.

»Was sollen wir nur tun, Clare? Als ich weggefahren bin, war ich vollkommen davon überzeugt, richtig gehandelt zu haben, aber jetzt bin ich mir nicht mehr so sicher. Im Flugzeug habe ich mich nur immer wieder gefragt, ob ich sie jemals wiedersehe.«

Er war so ratlos und verzweifelt, dass sie Mitleid mit ihm empfand. »Du hast heute alles getan, was du konntest. Warum fährst du nicht nach Hause und versuchst, ein wenig zu schlafen? Morgen können wir noch mal reden und herausfinden, was wir als Nächstes unternehmen sollen.«

Jack war einverstanden und stand auf. »Tut mir leid, dass wir hier vor Ihnen schmutzige Wäsche waschen, Aidan. Hat mich gefreut.«

Aidan schüttelte seine Hand. »Mich auch.«

An der Haustür umarmte Clare Jack. »Danke, dass du nach Nashville geflogen bist. Ich weiß, dass das nicht leicht für dich war.«

»Du siehst gut aus, Clare«, meinte er.

»Ich fühle mich auch gut.«

Er gab ihr einen Kuss auf die Wange. »Wir reden morgen.«

Sie schloss die Tür hinter ihm und lehnte den Kopf dagegen.

Aidan trat hinter sie und massierte ihr die Schultern. »Alles in Ordnung?«

»Ich bin sprachlos. Innerhalb von einer halben Stunde habe ich erfahren, dass meine Tochter Sex hat, dass sie sich mit einem Mann eingelassen hat, der so alt ist wie ich, und dass sie vermutlich ein großer Star wird. Das ist ganz schön viel auf einmal.«

»Große Sache.« Er legte einen Arm um sie, um sie zurück in die Küche zu bringen. »Er wirkte am Boden zerstört.«

»Er macht sich Vorwürfe, weil er den Kontakt zwischen den beiden hergestellt hat.« Sie griff nach dem Telefon, um noch einmal Kates Nummer zu wählen. »Ich wünschte nur, sie würde an ihr verdammtes Handy gehen.«

»Was wirst du unternehmen?«

»Ich denke, ich werde Maggie darum bitten, an einem anderen Wochenende nach Vermont zu kommen. Nächste Woche muss ich Zeit mit Kate verbringen. Ich bin mir sicher, dass sie nach der Sache mit Jack ziemlich aufgewühlt ist.«

»Ihr könnt bei mir übernachten, da ich am nächsten Wochenende die Böden im Haus deines Bruders rausreißen will.«

»Danke.« Sie streckte sich, um ihn zu küssen. In dem Versuch, ihre unbeschwerte Stimmung von vorhin wieder einzufangen, erkundigte sie sich: »Dir ist schon klar, dass ich nicht mit dir das Bett teilen werde, solange sie da ist, oder?«

Er stöhnte und führte sie ins Schlafzimmer. »Woher wusste ich nur, dass du das sagen würdest?«

»Ich habe nicht behauptet, dass du mich nicht besuchen darfst.«

Sein Gesicht hellte sich auf. »Das ist doch mal ein Wort.« Er zog sich das Hemd aus. »Aber eins stimmt auf jeden Fall.«

»Und das wäre?«

»Du hast nicht gelogen, als du meintest, Jill würde genauso aussehen wie er. Das ist ja irre.«

»Ich weiß. Warte, bis du mein Mini-Ich triffst.«

Er entledigte sich seiner Jeans. »Kann es kaum erwarten.« Nach einer längeren Pause schaute er zu ihr. »Ich hatte nicht gedacht, dass er so, so …«

»Was?«

»So perfekt ist. Ich meine, der Mann ist ein verdammter Filmstar.«

Sie lächelte, gerührt von dem kleinen Anflug von Unsicherheit. »Das werde ich äußerst vorsichtig formulieren müssen, da du dir nichts darauf einbilden sollst, aber hast du in letzter Zeit mal einen Blick in den Spiegel geworfen, O'Malley?«

Das Kompliment erfreute ihn sichtlich. »Du liebst mich also wirklich, was?«

»Ich fürchte schon.«

»Er ist ein netter Typ, Clare.«

»Ja.«

»Jetzt, da ich ihn getroffen habe, bin ich noch neugieriger, warum ihr geschieden seid.«

Sie schlüpfte achselzuckend aus der Jeans. »Es hat zwischen uns einfach nicht funktioniert.«

Ein enttäuschter Ausdruck huschte über sein Gesicht, weil sie erneut der Gelegenheit ausgewichen war, ihm alles anzuvertrauen. Sie wusste, dass sie ihm dadurch wehtat, wenn sie ihn so hinhielt, aber zwischen ihnen lief es gerade so gut, und alles fühlte sich so toll an, dass sie einfach nicht in ihrer Vergangenheit wühlen wollte. Allerdings konnte sie sich des Eindrucks nicht erwehren, dass sie es nicht mehr lange würde herausschieben können. Er wusste, dass sie ihm etwas verheimlichte, und er würde nicht ewig auf die Wahrheit warten.

KAPITEL 30

Da Aidan bisher nur einmal, vor vielen Jahren, in Newport gewesen war, nutzten Clare und Maggie den nächsten Tag dazu, ihm die Sehenswürdigkeiten zu zeigen. Sie spazierten am Strand entlang, unternahmen einen Schaufensterbummel auf der Thames Street, fuhren über den Ocean Drive und ließen den Tag im Black Pearl bei einer Muschelsuppe auf Neuengland-Art ausklingen. Nachdem sie schließlich Maggie nach Hause gebracht hatten, hatte Clare das Gefühl, bei ihrer jüngsten Tochter wieder auf dem Laufenden zu sein.

Maggie wusste nicht, was genau los war, nur dass die Erwachsenen deswegen ziemlich sauer waren, weshalb sie auch verstand, dass Clare ohne sie etwas Zeit mit Kate verbringen wollte. Clare und Jack waren sich einig, dass sie an dem Plan festhalten sollte, sich mit Kate in Vermont zu treffen. Er hoffte, Clare könnte ihre Tochter zur Vernunft bringen.

Clare versuchte im Laufe des Tages ein paar Mal, Kate anzurufen, aber es ging jedes Mal nur die Mailbox ran.

»Ich hoffe wirklich, dass sie sich bald bei mir meldet«, meinte sie, während Aidan sie nach Hause brachte.

»Nach dem Showdown mit Jack hätte ich erwartet, dass sie froh ist, wenn sie von dir hört. Vielleicht solltest du bei ihrem Freund anrufen.«

»Sorry, aber ich kann einen Mann, der so alt ist wie ich, nicht als den ›Freund‹ meiner Tochter betrachten.«

»Wie würdest du ihn denn nennen?«

»›Krank‹ oder ›pervers‹ käme mir da in den Sinn.«

Er lachte. »Er ist wahrscheinlich ein netter Kerl. Ich meine, er war schließlich mal Jacks Freund, oder?«

»Du kannst das doch wohl nicht gutheißen.«

»Ich heiße gar nichts gut. Ich denke nur, dass solche Sachen früher oder später einfach im Sand verlaufen. Außerdem hat Jack doch erzählt, dass sie diesen Sommer auf Tournee geht. Wenn es davor nicht vorbei ist, ist es das spätestens dann.«

»Das stimmt wohl.«

»Was ist das Schlimmste, was passieren könnte, bis sie abreist, immerhin schläft sie ja schon mit ihm?«

Sie warf ihm einen vernichtenden Blick zu. »Sie könnte schwanger werden.«

»Zumindest ist er alt genug, um zu wissen, wie man das verhindert.«

»Du meinst also, wir sollten einfach abwarten und darauf hoffen, dass es sich von allein erledigt?«

»Das würde ich machen. Wenn du überreagierst, dann wirkt es für sie nur noch verlockender.«

»Du wärst darin echt gut gewesen, Aidan.«

Er zuckte die Achseln. »Ich habe mich gefragt, wie ich damit klargekommen wäre, hätte ich Colin allein großziehen müssen. Nachdem Sarah gestorben war, war ich am Boden zerstört, ich hätte das mit ihm vermutlich ganz schön vermurkst.«

»Ich hege keinen Zweifel daran, dass du ein wunderbarer Vater gewesen wärst.«

»Das hoffe ich.«

* * *

»Hast du so ein sexy schwarzes Kleid, von denen jede Frau eins für besondere Anlässe hinten im Schrank hängen hat?«, fragte Aidan am nächsten Morgen, an dem sie viel länger schliefen, als sie vorgehabt hatten.

»Möglich«, entgegnete sie neugierig.

»Wie sieht es mit Stöckelschuhen aus, die, sagen wir, so hoch sind?« Er hielt die Finger etwa acht Zentimeter weit auseinander.

»Kann sein. Warum?«

»Na ja, da du endlich einverstanden bist, mit mir auszugehen, dachte ich, dass du vorbereitet sein möchtest, wenn wir wieder in Vermont sind.«

»Wir reden also nicht von Pizza und Bier, was?«

»Du beleidigst mich.«

Lachend rollte sie sich auf ihn, um ihm das Schmollen aus dem Gesicht zu küssen. »Du weißt, dass ich das alles nicht brauche, oder?«

Er schlang die Arme um sie. »Vielleicht muss ich es dir geben.«

Sie neigte den Kopf, drückte ihre Lippen auf seine, und es wurde beinahe Mittag, bis sie das Bett endlich verließen.

»So viel dazu, dass wir früh abreisen wollten«, meinte Aidan, nachdem sie endlich auf dem Weg nach Vermont waren.

»Hättest du mich schon beim ersten Mal aufstehen lassen, als ich es wollte, dann wäre es jetzt nicht so spät.«

»Du hast dich nicht beklagt«, erwiderte er mit großspurigem Grinsen.

»Darum geht es nicht.«

Er lachte. »Worum denn dann? Ich kann es kaum erwarten, das zu hören.«

»Wir hatten beschlossen, früher loszufahren, weil du heute Nachmittag noch arbeiten wolltest, aber dann konnte ich dich nicht dazu bewegen, aus dem Bett zu steigen.«

Er griff nach ihrer Hand. »Wir haben die Zeit sinnvoll genutzt. Sehr sinnvoll.«

»Ist es okay, wenn du so viel Arbeit verpasst? Mir ist egal, wann das Haus fertig wird. Das weißt du. Aber da erst ich krank wurde, und dann dein Dad …«

»Mach dir keine Gedanken.«

»Okay, werde ich nicht«, versprach sie, überrascht über den barschen Tonfall.

Es folgten einige Augenblicke unbehaglichen Schweigens.

Aidan schaute zu ihr rüber und schien um etwas zu ringen. »Ich arbeite nicht, weil ich muss«, gestand er schließlich.

»Du musst nicht?«

»Weißt du noch, wie ich erwähnt habe, dass Sarahs Großmutter ihr Geld hinterlassen hatte?«

Sie nickte.

»Habe ich auch erwähnt, dass es fünf Millionen Dollar waren?«

Clare schnappte kurz nach Luft. »Nein, hast du nicht.«

»Wir wussten nicht, was wir mit so viel Geld anfangen sollten, also haben wir es genutzt, um eine Wohnung in Boston und ein Grundstück in Vermont zu kaufen. Sarahs Dad hat den Rest für uns investiert. Nachdem sie gestorben war, wollte ich es ihren Eltern zurückgeben, aber da sie selbst genug von Sarahs Großmutter erhalten hatten, wollten sie es nicht.«

Sie legte beide Hände um seine Rechte.

»Außerdem mochte ihre Großmutter mich, und ihre Eltern haben darauf bestanden, sie würde wollen, dass ich das Geld bekomme. Nach dem, was geschehen war, war mir alles egal, ganz besonders das Geld. Ich hatte es vollkommen vergessen, bis ihr Vater mich etwa ein Jahr später besuchen kam. Er behauptete, es hätte sich auf über sieben Millionen vermehrt, und riet mir, es auszugeben, bevor ich einen Großteil davon an die Steuern verlieren würde.«

»Hast du dann das Haus gebaut?«

»Ja. Ich habe auch die Hypothek meiner Eltern beglichen und ihnen und meinen Geschwistern jeweils zweihundertfünfzigtausend gegeben. Dann habe ich die Schulden vom Geschäft meines Vaters abbezahlt, wonach mir immer noch fast fünf Millionen geblieben waren. Also habe ich zwei Millionen der Brustkrebsforschung gespendet und den Rest investiert. Es ist inzwischen wieder auf etwa fünfeinhalb Millionen angewachsen, aber ich fasse es nie an. Ich lebe von dem, was ich mit meinem Geschäft verdiene, aber das Wissen, dass es da ist, verleiht mir die Freiheit, das zu tun, was ich will.«

»Du hast so viel Geld, und dennoch arbeitest du zwölf Stunden am Tag?«, fragte Clare erstaunt.

»Was soll ich sonst tun? Ich konnte nicht einfach nur rumsitzen und darüber nachdenken, wie kaputt mein Leben ist. Ich brauchte eine Aufgabe, und mein Geschäft hat mir eine gegeben. In den letzten Jahren ist es etwas aus dem Ruder gelaufen, und gerade als wir uns getroffen haben, hatte ich beschlossen, es ein wenig langsamer angehen zu lassen. Es hat einfach keinen Spaß mehr gemacht. Es war zu hektisch.«

Sie lächelte. »Ich erinnere mich. Immer wenn ich daran denke, wie wir uns kennengelernt haben, sehe ich Handys und einen Pager.«

»Die fehlen mir überhaupt nicht.«

»Das hat mir geholfen, zu verstehen, dass ich diese Art Leben auch nicht mehr will. Deshalb arbeite ich nicht mehr als Immobilienmaklerin.«

»Was willst du dann tun?«

»Ich bin mir noch nicht sicher, aber ich habe ein paar Sachen im Sinn.« Sie gab ihm einen Kuss.

»Wofür war der?«

»Du bist ein guter Mensch, Aidan O'Malley. Du hast das Beste aus dem gemacht, was dir zugestoßen ist. Selbst inmitten deines Leids hast du an andere gedacht. Du hast deiner Familie das Leben erleichtert, du hast so viel Geld der Krebsforschung gespendet, und du arbeitest schwer, obwohl du es nicht musst.«

»Ich habe dennoch manchmal ein schlechtes Gewissen, wenn ich daran denke, wie ich dazu gekommen bin.«

»Es ist viel wichtiger, daran zu denken, wie du es verwendet hast.«

Er nahm den Blick lange genug von der Straße, um sie zu betrachten. »Du tust mir gut. Irgendwie schaffst du es immer wieder, dass es mir besser geht.«

Sie lächelte. »Du tust genau das Gleiche für mich. Wo wir gerade von deinen Millionen reden, sollte ich dir vermutlich verraten, dass das Haus nicht das Einzige ist, was ich bei der Scheidung erhalten habe, auch wenn ich um nichts anderes gebeten hatte.«

»Was hast du noch erhalten?«

»Drei Millionen. Jack hat während unserer Ehe ein Vermögen verdient, also hat er dafür gesorgt, dass ich nie wieder über Geld nachdenken muss.«

»Das ist nur gerecht. Du hast seine Kinder großgezogen.«

Sie zuckte die Achseln. »Das war die beste Zeit meines Lebens, solange die Mädchen noch klein waren. Ich hatte das Geld weder erwartet noch gewollt. Das hat er beschlossen, ohne dass ich davon wusste.«

Er seufzte. »Der Typ ist einfach zu gut. Mit ihm kann ich nicht mithalten.«

Sie drückte seine Hand. »Das musst du auch nicht, Aidan. Er ist meine Vergangenheit. Du bist meine Gegenwart … und hoffentlich auch meine Zukunft.«

»Das hoffe ich auch.«

»Macht es dir was aus, wenn wir kurz halten, damit ich mir die Beine vertreten kann?«, bat sie, sobald sie den Stadtrand von Boston erreichten. »Ich werde langsam steif vom vielen Sitzen.«

»Kein Problem. Ich habe ohnehin Hunger.« Wenige Minuten später nahm er die Ausfahrt zu einem Rastplatz und hielt auf dem Weg durch die eisige Kälte zum Restaurant ihre Hand.

Aidan brachte Sandwiches und Limos auf einem Tablett zu ihrem Tisch. Beim Essen bemerkte Clare, wie er einen Jungen beobachtete, der mit seinen Eltern am Tisch nebenan saß. Er war etwa acht oder neun, und er gestikulierte wild, während er sich angeregt mit seinen Eltern unterhielt, die an seinen Lippen hingen. Der Junge trug eine Mütze und ein Trikot der Red Sox sowie knöchelhohe Turnschuhe. Neben einer Dose Dr Pepper lag eine Spielekonsole.

Erst als Clare nach Aidans Hand griff, schien ihm aufzufallen, dass er ihn anstarrte.

»Wenn ich Jungs in dem Alter sehe, muss ich immer an Colin denken«, gab er zu.

»Das ist normal.«

»Ich frage mich ständig, wie er wäre. Wäre er auch ein Red-Sox-Fan wie ich? Wie der Junge da drüben? Würde er Football spielen? Hätte er jedes Harry-Potter-Buch gelesen oder würde er ›Star Wars‹ lieben?«

»Weißt du, du kannst aus ihm alles machen, was du willst. Er kann ein Red-Sox-Fan sein, der Football spielt und Harry Potter liest. Dann kannst du ihn jedes Mal, wenn du möchtest, in deinem Kopf besuchen.«

»Das gefällt mir.«

»Gut.«

Er schwieg, bis sie aufgegessen hatten.

Auf dem Weg zum Pick-up hielt er sie zurück. »Es gibt da etwas, das ich tun muss, etwas, das ich schon lange aufgeschoben habe. Ich denke, dass ich jetzt so weit bin. Würde dich ein Umweg nach Boston stören?«

Sie schüttelte den Kopf. »Macht mir nichts aus.«

* * *

Als Clare ihn fragte, woher er wusste, welchen Weg er einschlagen sollte, erklärte Aidan ihr, dass Sarah und Colin bei ihrer Großmutter beerdigt worden waren. Seine Finger umklammerten das Lenkrad, bis er den Pick-up vor dem Friedhof parkte.

Sie legte ihm eine Hand auf die Schulter. »Bist du dir sicher, dass du das schaffst?«

Er nickte. »Kommst du mit?«

»Natürlich.«

Hand in Hand liefen sie zu einem Grab auf einem Hügel. Es war sorgfältig gepflegt und mit einem Grabstein versehen, auf dem in großen Druckbuchstaben der Name »Sweeny« stand und vor dem Blumen und ein Teddy arrangiert waren.

In den Stein war gemeißelt: »Sarah Sweeny O'Malley, geliebte Tochter, Ehefrau, Mutter«. Unter Sarahs Namen gedachte man Colins: »Colin Sweeny O'Malley, geliebter Sohn, Enkel«.

Während er die Inschrift betrachtete, wirkte sein Gesicht, als wäre es aus Stein. Ein winziges Muskelzucken in seiner Wange war der einzige Hinweis auf die Gefühle, die in ihm tobten.

»Es ist schön hier«, meinte Clare nach langem Schweigen.

Er hockte sich hin, um etwas Erde vom Sockel des Grabsteins zu wischen. »Stimmt.«

Als er schließlich wieder aufstand, war sein Gesicht tränenfeucht. Sie legte die Arme um ihn und drückte ihn fest an sich.

»Entschuldige«, sagte er einige Minuten später. Dann trocknete er sich das Gesicht am Ärmel des Mantels.

»Weswegen?«

»Ich dachte, ich wäre so weit, mich dem zu stellen.«

»Ist man das denn je?«

Nach einem weiteren langen Blick auf das Grab legte er einen Arm um Clare, um zum Wagen zurückzukehren. »Lass uns gehen.«

* * *

Auf der Fahrt durch die Berge wirkte Aidan so niedergeschlagen, dass Clare ihn mit seinen Gedanken allein ließ und ein paarmal – erfolglos – versuchte, Kate zu erreichen. Kurz nach fünf kamen sie in Stowe an.

»Macht es dir was aus, wenn ich noch ein paar Stunden am Haus deines Bruders arbeite?«

»Natürlich nicht.« Sie spürte, dass er einige Dinge mit sich selbst klären musste. »Ich koche uns was zum Abendessen und wasche die Wäsche.«

»Um meine musst du dich nicht kümmern. Das mache ich dann später.«

»Sei nicht albern. Es stört mich nicht.«

Nach dem Abschiedskuss berührte er ihr Gesicht. »Ich bin nicht lange weg.«

»Lass dir Zeit.«

Er schien den Kuss nicht beenden zu wollen, und nachdem er sich schließlich von ihr gelöst hatte, ruhte sein Blick auf ihr. »Ich liebe dich.«

»Ich liebe dich auch.« Sie stieß ihn sanft an. »Geh arbeiten.«

Mit einem Lächeln verschwand er wenig später durch die Tür.

In den nächsten Stunden beschäftigte sie sich damit, die Wäsche zu waschen und einen Rindereintopf fürs Abendessen zu kochen. Trotz der Arbeit war sie mit den Gedanken stets bei Aidan. Sie dachte an den Tag zurück, an dem sie ihn getroffen hatte, und an all die Dinge, die sie seither an ihm entdeckt hatte.

Sie musste sich eingestehen, dass seine ursprüngliche Anziehungskraft darin bestanden hatte, dass er sich offensichtlich ganz und gar von Jack unterschied. Aber je näher sie ihn kennenlernte, desto mehr erkannte sie, dass er Jack ähnlicher war, als sie gedacht hatte. Trotz des ersten Eindrucks war er kein einfacher Schreiner. Er war Arzt, der in Yale studiert hatte und zufällig auch ein talentierter Handwerker und nach dem, was man ihr erzählt hatte, ein ebenso talentierter Musiker war.

Ihr Blick wanderte zu dem Stutzflügel im Wohnzimmer, und in diesem Augenblick wurde ihr klar, dass der Raum für das Klavier gebaut worden war, als Erinnerung an die Frau, die er geliebt und verloren hatte. Wenn dieser Mann Zuneigung für jemanden empfand, dann bis aufs Innigste, und Clare verstand, wie viel Glück sie hatte, dass er jetzt sie liebte.

Ganz plötzlich wollte sie ihm alles anvertrauen. Sie wollte ihn in ihre Welt lassen, so wie er sie in seine aufgenommen hatte. *Heute Abend*, versprach sie sich. *Heute Abend sage ich es ihm.*

KAPITEL 31

Am Tag nach der schrecklichen Konfrontation mit ihrem Vater saß Kate auf der Veranda hinter Reids Haus und hielt das Gesicht in die ungewöhnlich warme Wintersonne.

Die Tür öffnete sich, und Reid gesellte sich zu ihr. »Dein Handy hat geklingelt«, teilte er ihr mit, bevor er es ihr gab.

Sie sah auf die angezeigte Nummer. »Das war meine Mom.«

»Warum rufst du sie nicht zurück?«

»Sie wird mich wahrscheinlich genauso runterputzen.«

»Vielleicht nicht.«

»Glaubst du wirklich, dass er ihr nicht schon längst alles erzählt hat?«

»Möglicherweise sieht sie die Sache nicht wie er.«

Sie schnaubte. »Ja, klar. Bei so was sind sie das ultimative Team. Das war schon immer so.«

Reid lehnte sich gegen das Geländer, das die große Terrasse umrahmte. »Darf ich dich etwas fragen?«

»Schieß los.«

»Gestern hast du deinem Dad gesagt, dass du mit Buddy und Taylor auf Tournee gehst. Heißt das, dass du dich entschieden hast?«

Sie betrachtete ihn, und Trauer erfüllte sie wegen allem, was in den letzten Tagen geschehen war. »Mir war nicht klar, dass ich meine Entscheidung getroffen hatte, bis es aus mir rausgeplatzt war. Ich musste ihm zeigen, dass ich geschafft habe, weshalb ich hergekommen war.«

»Ich hoffe nur, dass du es für dich tust, und nicht, um ihm etwas zu beweisen.«

»Wäre es falsch, wenn ich es aus beiden Gründen täte?«

»Ich schätze nicht.«

Sie griff nach ihm. »Ich hoffe wirklich, dass du es ernst gemeint hast, als du mir versprochen hast, dass du auf mich warten würdest, falls ich gehe. Darauf verlasse ich mich.«

Er nahm ihre Hand. »Ich meine es ernst.« Aber in seinem Blick lag eine Trauer, die vor ein paar Tagen noch nicht da gewesen war.

* * *

Am folgenden Nachmittag fuhr Kate nach Nashville zu der alten Lagerhalle, in der die Rafters probten. Bei dem Gedanken an das Gespräch, das sie mit der Band führen musste, wurde ihr schwer ums Herz.

Das ganze Wochenende über war Reid bei ihr geblieben, und nach all den Telefonaten, die er geführt hatte, vermutete sie, dass er eine Menge wieder in Ordnung würde bringen müssen, weil er das wichtige Meeting am Sonnabend verpasst hatte.

Innerlich war sie zerrissen. Statt dass sie sich über ihren großen Durchbruch freute, überwältigte sie jedes Mal der Schmerz, wenn sie an ihren Vater dachte. Es war auch nicht leicht, zuzusehen, wie Reid sich bemühte, den Bruch zwischen sich und Ashton wieder zu kitten. Plötzlich war alles aus dem Ruder gelaufen, weshalb Freuen ihr nicht ganz so richtig erschien.

An diesem Morgen hatte sie Buddy und Taylor eine Nachricht hinterlassen. Sie waren in New York, sollten aber morgen wieder zurück sein. *Sobald ich ihr Angebot annehme, gibt es kein Zurück mehr*, überlegte sie, als sie vor dem Lagerhaus parkte. Das Einzige, was ihr jetzt noch zu tun blieb, war, der Band mitzuteilen, dass sie sie verlassen würde. Da sie in den Monaten vor der Tournee Zeit zum Proben und

Aufnehmen brauchte, würde sie auch die Kurse aufgeben müssen, die sie gerade erst an der Belmont University begonnen hatte.

Durch eine Seitentür betrat sie das große Gebäude. Die Jungs waren schon da und begrüßten sie herzlich, während sie die Gitarren stimmten, die Drums richteten und die Keyboards einstöpselten.

Wenig später legten sie los, aber die Probe war von Anfang an eine Katastrophe. Kate verpasste immer wieder ihren Einsatz, und nach dem dritten Anlauf hob sie die Hand, um die Musik zu stoppen.

»Was ist heute los mit dir, Kate?«, fragte Billy sichtlich verärgert.

»Können wir eine Pause einlegen? Ich muss euch allen was erzählen.« Der Satz war gesprochen, ehe ihr auffiel, dass sie allmählich wie die Leute aus Tennessee klang.

Sie stellten die Instrumente ab und setzten sich auf die Stufen, die auf das Podest führten, auf dem sie probten.

»Was ist los?«, wollte Mike, der Drummer, wissen.

Während sie nach den Worten suchte, um ihnen zu erklären, dass sie sie für größere und bessere Dinge verlassen würde, kamen ihr die Tränen.

Die anderen wechselten besorgte Blicke.

»Wisst ihr noch, wie Buddy und Taylor mich letztens nach der Show sprechen wollten?«

Sie nickten.

»Na ja, sie haben mir ein unglaubliches Angebot unterbreitet. Sie haben mich gefragt, ob ich nächsten Sommer mit ihnen auf Tournee gehen und unter ihrem Label ›Ich dachte, ich weiß‹ aufnehmen möchte.«

Der Keyboarder Kenny pfiff anerkennend.

»Wow«, meinte Mike.

»Ja«, stimmte Kate ihm zu.

»Nur du?«, hakte Randy, der Bassspieler, nach.

Kate nickte. »Ich habe versucht, ihnen klarzumachen, dass ihr meine Band seid, aber sie wollen nur mich.« In dem Augenblick forderte die emotionale Achterbahnfahrt der letzten Tage ihren Tribut, und sie brach in Tränen aus. *Warum ist das nur so schwer?*

Billy löste sich von den anderen und zog sie in seine Arme. »Wir haben immer gewusst, dass du nicht lange bei uns bleiben würdest, Süße.«

Kate blickte überrascht zu ihm hoch. »Echt?«

Er nickte. »An dem Tag, an dem du für uns vorgesungen hast, haben wir schon darüber geredet. Dir steht ›Star‹ förmlich ins Gesicht geschrieben, und wir haben uns darauf geeinigt, dass wir dich nicht zurückhalten werden, wenn du deinen Durchbruch schaffst, sollten wir dich in die Band aufnehmen. Wir hatten gehofft, dass es etwas länger dauern würde, aber du kannst ein Angebot von Buddy und Taylor nicht ausschlagen, Kate. So eine Chance läuft dir nicht jeden Tag über den Weg.«

Die anderen Bandmitglieder stimmten ihm zu, und alle umarmten Kate und gratulierten ihr.

»Ich verspreche euch, dass ich auf euch zurückkomme, wenn sich jemals die Möglichkeit ergibt, meine eigene Band anzuheuern.«

Mike legte einen Arm um sie. »Gib keine Versprechen, die du nicht halten kannst, Darling. Wir kommen gut über die Runden und tun das, was wir lieben. Du schuldest uns nichts.«

»Ihr seid super. Ich werde euch nie vergessen.«

»Ich denke, die Probe heute können wir lassen«, verkündete Billy. »Wie wäre es, wenn wir das feiern?«

Da es höchste Zeit war, dass sie genau das tat, stimmte Kate zu.

* * *

Nachdem sie ein paar Stunden lang zugesehen hatte, wie die Jungs zur Feier ihres großen Durchbruchs Drink um Drink leerten, fuhr sie bei ihrer Wohnung vorbei, um ihre Post zu holen. Auf dem Parkplatz entdeckte sie Ashton, der sich über den Kofferraum seines Wagens beugte. Ohne sich Zeit zu lassen, darüber nachzudenken, eilte sie auf ihn zu.

»Ashton.«

»Was willst du?«

»Ich brauche meinen Anwalt.«

»Da wirst du dir einen neuen suchen müssen.« Er schlug den Kofferraum des Saabs zu.

»Warum?«

»Ist das dein Ernst?« Er hatte keine Ähnlichkeit mehr mit dem freundlichen, großmütigen Mann, den sie kennengelernt hatte.

»Es ist rein geschäftlich. Mit dem anderen Kram hat das nichts zu tun. Ich werde bei Buddy und Taylor was unterschreiben müssen. Also dachte ich …«

»Da hast du dich geirrt.«

Sie seufzte. »Wirst du jemals wieder mit deinem Dad reden?«

»Das geht dich nichts an. Halt dich da raus. Bevor du aufgekreuzt bist, hatten wir fünfundzwanzig Jahre lang keine Probleme. In nur ein paar Monaten hast du es geschafft, das zunichtezumachen.«

»Klar, gib mir die Schuld an allem. Aber vielleicht verrätst du mir, warum du meinen Dad anrufen musstest.«

Sein Gesicht lief vor Zorn puterrot an. »Warum musstest du mit meinem ins Bett steigen?« Damit stürmte er davon und ließ Kate mit vor Schock offenem Mund stehen.

* * *

Nachdem Kate wieder bei Reid war, erfuhr sie, dass auch er kein Glück bei Ashton gehabt hatte. Gemeinsam bereiteten sie sich etwas zum Abendessen zu, aber die Unbeschwertheit zwischen ihnen war verflogen. Anschließend räumten sie auf und begaben sich nach oben, um in seinem Zimmer Zeit zu verbringen, wie an den meisten Abenden. Sie spielte Gitarre, und er erledigte Arbeit, die er mit nach Hause genommen hatte.

Ihr Handy klingelte, und sie stellte fest, dass es wieder ihre Mutter war. Dieses Mal ging sie ran.

»Hi, Mom.«

»Kate, wo warst du? Ich hatte solche Angst um dich.«

»Tut mir leid, die letzten Tage war viel los.«

»Davon habe ich gehört. Alles in Ordnung?«

»Ich schätze schon, abgesehen davon, dass Dad nicht mehr mit mir spricht.«

»Er ist außer sich vor Wut.«

»Rufst du an, um mir mitzuteilen, dass du auch fertig mit mir bist?«

»Ich rufe an, um zu fragen, ob bei dir alles in Ordnung ist, und um dich zu bitten, wie vereinbart am Wochenende herzukommen.«

»Ehrlich? Du bist nicht sauer?«

»Begeistert bin ich nicht, Kate. Aber wir werden darüber reden, wenn du hier bist, okay?«

Beim bloßen Klang der Stimme ihrer Mutter wollte Kate weinen wie ein Baby. »Okay«, schluchzte sie.

»Das wird alles wieder, Schatz. Versprochen. Ich hol dich Freitagabend in Burlington ab.«

»Bis dann.« Sie beendete das Telefonat und trocknete sich die Tränen.

Reid setzte sich zu ihr und legte einen Arm um sie. »Was hat sie gesagt?«

Sie wischte sich weitere Tränen weg. »Nicht viel. Sie meinte, dass wir am Wochenende reden, wenn ich raufkomme.«

Auf dem Weg zu ihren Lippen küsste er ihr die restlichen Tränen weg.

Sobald sie die Arme um ihn schlang, streckte er sich neben ihr auf dem Sofa aus. Im Hintergrund prasselte das Feuer, während sie sich küssten. Aber als er ihre Brust umfasste und mit dem Daumen über eine Brustspitze fuhr, kamen ihr wieder Ashtons grässliche Worte in den Sinn. Sie befreite sich aus der Umarmung.

»Kate?«

»Entschuldige, aber ich bin nicht in der Stimmung.« Zum ersten Mal reizte es sie ganz und gar nicht, mit ihm zu schlafen.

KAPITEL 32

Clare hatte alles erledigt, bis Aidan kurz vor acht nach Hause kam. Der Rindereintopf köchelte auf dem Herd, und sie stand im Arbeitszimmer und legte die restliche Wäsche zusammen, bis sie ihn hörte. *Dann mal los. Du liebst ihn, du vertraust ihm. Du wirst es ihm erzählen.*

»Hier drin riecht es aber gut.« Er beugte sich vor, um sie zu küssen, und hüllte sie in seinen Duft nach frischer Luft und Sägespänen.

Sie schlang die Arme um seinen Hals und zog ihn aufs Sofa runter.

»Du hast mir gefehlt«, erklärte er, wobei er sie fest an sich drückte.

Seine leidenschaftlichen Küsse ließen sie vor Verlangen erbeben. »Du warst doch nur ein paar Stunden weg.«

»Ich habe dich vermisst«, beharrte er, als er unter ihren Pullover griff. »Ich will dich.«

»Jetzt?«

»Jetzt.« Er küsste sich zu ihrem Hals rauf, ehe er sich wieder ihren Lippen zuwandte. »Immer.«

Sie lächelte. »Wirst du jetzt jeden Abend in dieser Stimmung nach Hause kommen?«

»Vielleicht.« Wieder küsste er sie, dann zerrte er an ihrem Pullover. »Hilf mir.«

Die Kleidung flog durch die Luft und landete in einem Häufchen auf dem Boden.

Sie drückte die Lippen auf seine Brust und reizte eine Brustwarze mit der Zunge.

Zwischen zusammengebissenen Zähnen atmete er vor Verlangen scharf ein. Rasch übernahm er die Kontrolle und drehte sie auf den Rücken. »Es ist schön, dass du hier bist, wenn ich heimkehre«, flüsterte er an ihrer Brust. »Ich konnte es kaum erwarten, wieder bei dir zu sein.«

Bei seinen Worten erfasste sie eine Welle der Sehnsucht, und sie drängte sich an ihn.

Als hätte er alle Zeit der Welt, widmete er sich erst der einen, dann der anderen Brust.

»Aidan«, seufzte sie und grub die Finger in sein Haar.

Zärtlich schaute er sie an, und ihr Herz zog sich zusammen, da sie jene Liebe spürte, von der sie nicht mehr geglaubt hatte, dass sie sie noch einmal empfinden würde. Die Gefühle, die sie überkamen, erwischten sie unvorbereitet, und Tränen stiegen ihr in die Augen.

Seine Hände, die ihre Brüste liebkosten, hielten inne. »Was ist los, Schatz?«

»Nichts. Hör nicht auf.«

»Bist du sicher?«

Sie nickte.

Er glitt weiter nach unten und schob ihr die Beine auseinander.

Als die Erwartung zu viel wurde, schloss sie die Augen und hielt den Atem an. Bei der ersten Berührung seiner Zunge riss sie die Augen auf.

»Mmm.« Sein Mund vibrierte an ihrer empfindlichsten Stelle. »Wäre mein Leben jetzt zu Ende, würde ich glücklich sterben.«

»Stirb noch nicht.«

Sein Lachen in Kombination mit seiner Zunge brachte sie jäh zum Höhepunkt.

Sie genoss noch die Nachbeben ihres Orgasmus, als er mit einem kräftigen Stoß in sie drang.

Seine Zunge glitt zwischen ihre Lippen, und zusammen mit den Bewegungen seiner Hüften erreichte sie einen erneuten Höhepunkt. Plötzlich zog er sich aus ihr zurück und legte die Wange auf ihre Brust.

»Aidan? Was ist los?«

Er erschauerte unter den Händen, die über seinen Rücken strichen. »Bei dir fühle ich mich, als wäre ich wieder sechzehn und hätte keine Kontrolle. Ich muss kurz zu Atem kommen.«

Sie hob sein Kinn an, drückte ihren Mund auf seinen und fuhr ihm mit der Zunge über seine Unterlippe. Dann legte sie die Hände auf seine Hüften und führte ihn wieder in sich. »Du brauchst keine Kontrolle. Nicht bei mir.«

Kurz darauf war sein Rücken von einem feinen Schweißfilm überzogen, seine Augen waren geschlossen und die Lippen geteilt. So vollständig gab er sich ihr hin, dass sie sich nur an ihn klammern und mit ihm mithalten konnte.

Anschließend strich sein Atem schwer und warm über ihren Hals. »Clare … ich liebe dich.«

Sie massierte ihm den Rücken.

»Ich hätte nie gedacht, dass mir das noch einmal widerfahren würde.«

Gerührt von seinen Worten flüsterte sie: »Ich auch nicht.«

Er hob den Kopf, um sie zu betrachten, und sie stellte überrascht fest, dass auch seine Augen tränenfeucht waren. Seine Lippen fühlten sich weich und sanft an, als er sie auf ihre drückte. Was zuvor wild gewesen war, wurde jetzt sinnlich. Er legte die Hände an ihr Gesicht, ließ seinen Blick auf ihr ruhen und strich mit dem Mund über ihren Körper, wobei er ihr die Inbesitznahme verwehrte, nach der sie sich sehnte.

Mit der Zunge tastete sie nach seiner, aber noch immer hielt er sich zurück. Plötzlich erkannte sie, dass sich seine Hüften wieder bewegten.

Er zog sich fast vollständig aus ihr zurück, ehe er wieder tief in sie kam.

»Oh, das hab ich also davon, dass ich …«

»Was?«

Sie hob die Hüften, wölbte sich ihm entgegen. »Dass ich mich mit einem Jüngeren eingelassen habe.«

Sein Lachen ließ sie beide erbeben. »Wir jüngeren Männer haben jede Menge Ausdauer. Jetzt, da du das wilde Verlangen gestillt hast, bin ich startklar.« Während er das sagte, blickte er zu ihr runter und glitt ohne Eile in sie, zog sich wieder zurück. Dann berührte er ihre Lippen mit seinen. »Ich warte also nur auf dich.«

Sie stöhnte. »Ich glaube nicht, dass ich noch einmal kann.«

Er hob eine Augenbraue. »Ist das eine Herausforderung?« Er schob seine Hand zwischen ihre Körper.

Erst keuchte sie überrascht, dann erschrocken auf, während er ihr das Gegenteil bewies.

»Oh, Gott«, seufzte sie. »Notiz an mich: keine jüngeren Männer mehr.«

»Notiz an dich: überhaupt keine weiteren Männer mehr.« Seine Finger strichen immer wieder über sie. »Du gehörst nur mir.« Als er den Kopf senkte, um eine Brustspitze in den Mund zu nehmen, durchzuckte sie ein heftiger Orgasmus und raubte ihr den Atem.

Die Kraft ihres Höhepunkts entlockte auch ihm einen weiteren. Er erschauerte über ihr, das Gesicht voller Anspannung, die sie mit Händen und Lippen wegstreichelte.

* * *

Als sie endlich den Eintopf nach oben trugen, um im Bett zu essen, war es nach neun.

»Hallo, Schatz, ich bin daheim«, scherzte Clare, als sie sich an ihn kuschelte, nachdem sie gegessen hatten.

Aidan lachte. »Siehst du, was passiert, wenn ich nur ein paar Stunden von dir getrennt bin?«

»Wie soll das nur werden, nach einem dieser Zwölf-Stunden-Tage?«

»Da kannst du nur hoffen, dass ich erschöpft bin.«

Erleichtert stellte sie fest, dass das Leuchten in seinen Augen zurück war. Nach dem Ausflug zum Friedhof hatte er sich zurückgezogen, und sie hatte sich Sorgen um ihn gemacht. Ein paar einsame Stunden später sah es aus, als ginge es ihm schon deutlich besser, aber es erschien ihr irgendwie nicht wie der richtige Zeitpunkt, die emotionale Unterhaltung mit ihm zu führen, die dringend nötig war. Da sie bereits beschlossen hatte, ihm die Wahrheit zu erzählen, schätzte sie, dass es noch ein paar Tage warten konnte, bis die Zeit gekommen war.

»Was hast du morgen Abend vor?«, fragte er mit geheimnisvollem Lächeln.

»Weiß ich noch nicht. Was habe ich denn vor?«

»Du gehst mit mir aus.«

»Lädst du mich endlich zum Essen ein?«

Das brachte ihn zum Lachen. »Ja, das tue ich.«

»Das wird aber auch Zeit.«

»Du hast ein ziemlich vorlautes Mundwerk, weißt du das?«

»Du liebst mein vorlautes Mundwerk.«

Er küsste sie. »Ja, das stimmt. Sei also um sieben in dem sexy schwarzen Kleid unten, das du, wie ich gesehen habe, heute Morgen heimlich im Pick-up verstaut hast, klar?«

»Mal schauen, was ich da tun kann. Nimmst du mich morgen früh mit in die Stadt? Ich will mein Auto und noch ein paar Sachen aus Tonys Haus holen. Schließlich muss ich mich auf ein heißes Date vorbereiten.«

»Oh, das klingt gut.« Er zog sie fester an sich, indem er ein Bein über ihre legte und mit dem Finger über ihre Wirbelsäule strich.

Als sie erkannte, dass er schon wieder bereit war, beschwerte sie sich: »Das ist doch wohl ein Witz. Ich bin eine alte Frau. Mit dir kann ich nicht mithalten.«

Er rollte sich auf sie. »Klar kannst du.«

* * *

Atemlos eilte Clare durch das leere Haus. Ihre Stöckelschuhe klackerten hektisch über den Holzboden. Von einem Raum in den nächsten folgte das Monster ihr. Seine Augen, erst freundlich, blickten jetzt böse. Er würde ihr wehtun, wenn sie sich von ihm fangen ließ. Sie floh, fand aber die Tür nicht.

Er drängte sie in eine Ecke. Das Gesicht, das ihr so attraktiv erschienen war, verzog sich zu einer grässlichen Maske des Zorns. Ihre Kleidung hing zerfetzt an ihr. Er schlug nach ihr, riss sie zu Boden und lag schwer auf ihr. Sie rang nach Atem.

»Nein«, keuchte sie. »Nein, bitte nicht.«

Jemand rief nach ihr.

Das Monster drang in sie. Sie schrie.

»Clare, wach auf.«

Sie kam zu sich, schweißgebadet und tränenüberströmt, und sie wusste sofort, dass das derselbe Albtraum gewesen war, der sie noch Monate nach der Vergewaltigung verfolgt hatte – der Traum, durch den sie sich an alles erinnert hatte, nachdem sie aus dem Koma erwacht war.

Aidan hielt sie, während sie schluchzte. »Ich bin hier, Schatz. Ich bin genau hier. Du bist in Sicherheit.«

Dieses Gesicht – Sam Turners Gesicht – hatte sie nach dem Überfall monatelang heimgesucht. Tagsüber plagte sie seine Drohung gegen ihre Mädchen, und nachts quälten sie die Albträume. Jack wusste nichts von den schlechten Träumen, da sie solche Angst gehabt hatte, dass sie selbst im Schlaf kein Geräusch von sich gab.

»Willst du darüber reden?«, fragte Aidan. Er strich ihr über das Haar und drückte sie fest an sich.

Sie schüttelte den Kopf. Ihr Herz raste, und sie rang darum, tief einzuatmen. »Ich brauch etwas Wasser«, brachte sie schließlich heraus.

Er hielt sie zurück, als sie aufstehen wollte. »Ich hol es. Kann ich dich kurz allein lassen?«

Sie nickte. Nachdem er das Zimmer verlassen hatte, lehnte sie sich gegen die Kissen und versuchte das Zittern zu unterdrücken. Sie war es so leid, Angst zu haben. Mit ein paar tiefen Atemzügen schaffte sie es, ihren Herzschlag zu beruhigen.

Wenig später kehrte Aidan mit dem Wasser zurück.

Clare trank einen Schluck und gab ihm das Glas zurück. »Danke.«

Er kam zurück ins Bett und zog sie an sich.

»Tut mir leid, dass ich dich geweckt habe.«

»Mir tut es leid, dass du Angst hattest. Geht's wieder?«

Würde es ihr je wieder gut gehen? »Ja.«

Sie war ihm dankbar, dass er sie nicht dazu drängte, darüber zu reden. Nach einer Weile verriet ihr sein gleichmäßiger Atem, dass er wieder eingeschlafen war. Sie lag noch lange wach und fragte sich, was es zu bedeuten hatte, dass sie ausgerechnet jetzt wieder davon geträumt hatte.

KAPITEL 33

Während sie mit Aidan am nächsten Morgen in die Stadt fuhr, wusste sie, dass er über den Traum sprechen wollte, aber er bedrängte sie nicht, wofür sie ihm dankbar war.

In Tonys Haus begab sie sich nach oben, um ein paar Sachen zu packen, die sie zu Aidan mitnehmen wollte. Sobald sie hörte, wie unten der Fußbodenschleifer anging, nahm sie das Telefon und rief Dr. Baker, ihren Psychiater in Newport, an. Er war gerade bei einem Patienten, also hinterließ sie ihm eine Nachricht und ihre Handynummer.

Anschließend trug sie die kleine Reisetasche nach unten.

Aidan schaltete den Schleifer ab und zog die Schutzbrille hoch. Eine weiße Atemmaske hing an seinem Hals. »Komm nach draußen.« Er führte sie auf die Veranda. »Ich will nicht, dass du das Zeug einatmest.«

»Solltest du es einatmen?«

»Ich hatte nicht vor Kurzem eine Lungenentzündung.« Er hob ihr Kinn, damit sie seinem Blick begegnete. »Alles in Ordnung, Liebling?«

Sie biss sich auf die Lippe und nickte.

»Ist dir noch danach, heute Abend auszugehen? Wir können es auch verschieben, wenn du möchtest.«

»Das will ich nicht.«

Er küsste sie. »Du wirst mir heute fehlen.«

Darüber musste sie lachen. »Nicht so sehr wie gestern, hoffe ich.«

»Vielleicht mehr«, erwiderte er mit einem umwerfenden Lächeln, bei dem ihr fast das Herz stehen blieb.

»Ich sollte mir ein Bodydouble besorgen.« Zu dem Klang seines Gelächters stieg sie die Stufen hinab.

* * *

In der Stadt liefen die Vorbereitungen für das jährliche Winterfest, das am nächsten Freitag begann, auf Hochtouren. Nach einem kurzen Abstecher zu Diana und Bea beschloss Clare, sich einen Haarschnitt und eine Maniküre zu gönnen. Als sie eine Stunde später den Friseursalon verließ, fühlte sie sich schon besser. Es kam ja nicht jeden Tag vor, dass eine Frau ihr erstes Date mit dem Mann hatte, den sie liebte, also bemühte sie sich, die Stimmung für einen Abend heraufzubeschwören, der für sie beide ohne Zweifel etwas ganz Besonderes werden würde. Nicht, dass nicht jeder Abend mit Aidan etwas Besonderes war.

In dem Moment klingelte ihr Handy, und sie erkannte, dass es Dr. Baker war, der sie zurückrief.

»Hallo, Clare. Ich habe erst letztens an Sie denken müssen. Wie geht es Ihnen?«

»Schon viel besser. Der Ausflug nach Vermont war genau das, was ich gebraucht habe.«

»Freut mich, das zu hören. Was kann ich für Sie tun?«

»Na ja, ich habe da jemanden kennengelernt. Einen Mann.«

»Ehrlich? Ist es was Ernstes?«

»Ja. Er ist wundervoll.«

»Sind Sie denn schon so weit?«

»Ich denke ja. Ich habe den Richtigen getroffen.«

»Das freut mich für Sie, Clare.«

»Danke. Es ist nur so, dass ich letzte Nacht wieder diesen Traum hatte. Ich glaube, es liegt daran, dass ich es vermieden habe, Aidan, dem Mann, mit dem ich zusammen bin, zu erzählen, was mir zugestoßen ist.«

»Befürchten Sie, dass er es nicht verstehen würde?«

»Ich glaube, dass er es besser verstehen würde als die meisten. Er hat selbst schon schwere Zeiten durchgemacht.«

»Warum zögern Sie dann?«

»Ich weiß es nicht. Ich wollte es ihm gestern Abend sagen, aber der Zeitpunkt war nicht günstig. Danach hatte ich den Albtraum, und jetzt habe ich wieder Angst. Zum ersten Mal seit Monaten fürchte ich mich.«

»Clare, der Mann, der Sie angegriffen hat, sitzt im Gefängnis. Es gibt nichts, wovor Sie Angst haben müssen.«

»Rein verstandesmäßig ist mir das klar. Aber es fühlte sich so echt an, als würde das alles noch einmal geschehen.«

»Vielleicht will Ihnen der Traum auch nur mitteilen, dass es an der Zeit ist, aufrichtig zu Aidan zu sein, damit Sie ein für alle Mal aufhören können, daran zu denken.«

»Jedes Mal, wenn ich es ihm erzählen will, bringe ich es nicht über die Lippen. Ich erstarre.«

»Wenn der Zeitpunkt da ist, werden Sie es wissen, aber bringen Sie das lieber so schnell wie möglich hinter sich. Ihr Unterbewusstsein will Ihnen damit etwas sagen. Darauf sollten Sie hören. Kommen Sie bald nach Rhode Island zurück?«

»Vermutlich nächsten oder übernächsten Monat.« Sie wollte nicht daran denken, was das für sie und Aidan bedeuten würde.

»Schauen Sie dann bei mir vorbei, okay?«

»Mach ich.«

»Erlauben Sie sich, glücklich zu sein, Clare. Sie haben es sich verdient.«

»Danke«, murmelte sie.

* * *

Aidan suchte nach etwas, das er zertrümmern konnte. Ganz sicher würde es ihm helfen, die ohnmächtige Wut zu lindern, die er seit Clares Albtraum empfand, wenn er nur etwas zerschlagen konnte. Er hatte sie glauben lassen, er wäre wieder eingeschlafen, stattdessen hatte er noch stundenlang wach neben ihr gelegen. Er wusste, dass sie von der Vergewaltigung geträumt hatte, und die Tatsache, dass er nicht mit ihr darüber reden konnte, ließ ihn nach etwas suchen, das er an die Wand werfen konnte.

Ihm ging die Geduld aus. Sie musste ihm bald die Wahrheit anvertrauen. Sonst fragte er sich, wie sie sich die gemeinsame Zukunft aufbauen sollten, die er sich so verzweifelt mit ihr wünschte.

* * *

Clare verbrachte den Rest des Nachmittags damit, sich auf ihr Date vorzubereiten. Sie gönnte sich ein langes Bad im Whirlpool, nahm sich besonders viel Zeit für das Make-up und lachte leise, während sie sich Aidans Reaktion vorstellte, wenn er die skandalöse schwarze Unterwäsche entdeckte, die sie heute gekauft hatte. Sie rollte die schwarzen Strümpfe hoch, die bis zum Oberschenkel reichten, bevor sie das knappe schwarze Kleid anzog, das er sich gewünscht hatte.

Als sie das Gesamtbild im Spiegel begutachtete, war sie zufrieden mit dem, was sich ihr bot. »Nicht schlecht für eine alte Schachtel«, meinte sie, bevor sie sich auf den hohen Stöckelschuhen um sich selbst drehte.

Sie war überrascht, wie nervös sie war, als sie die Treppe runterging, um unten auf ihn zu warten. Es fühlte sich eindeutig wie ein erstes Date an, obwohl sie schon seit Wochen zusammen waren. Kurz darauf kam er rein und eilte unter die Dusche, rief ihr zu, dass es nicht lange dauern würde.

Während sie wartete, trat sie ans Fenster. Aidans Haus stand auf einem der Hügel, die die Ausläufer des Mount Mansfield bildeten. Der aufgehende Mond badete Stowe unterhalb von ihr in seinem silbrigen Licht. Sie musste sich in Tagträumereien verloren haben, denn er war zurück, ehe sie sichs versah.

»Hi«, sagte er irgendwo hinter ihr. »Bist du so weit?«

Sie drehte sich um, und alles Blut verließ ihr Gehirn, als sie ihn in einem dunklen Anzug über hellblauem Hemd und Krawatte erblickte. »Oh, wow, du siehst toll aus.« Sie trat zu ihm und fuhr ihm mit den Händen unter das Jackett.

»*Du* siehst toll aus. Mir gefällt die Frisur.« Er küsste sie und entfachte das Feuer zwischen ihnen neu.

Nachdem sie einige Minuten damit verbracht hatten, sich zu fragen, warum sie sich die Mühe machten, überhaupt auszugehen, schnappte Clare nach Luft. »Wir sollten besser los, bevor wir vergessen, dass wir noch wegwollen.«

»Ich habe es schon vergessen.«

»Da kannst du dich nicht rauswinden, O'Malley.«

Er stöhnte. »Jetzt bin ich deinetwegen schon ganz heiß.«

»Ich frage mich allmählich, ob du jemals *nicht* heiß bist.«

»Nicht, solange du da bist«, flüsterte er ihr ins Ohr.

Sie löste sich von ihm. »Ich bestehe darauf. Diesmal wirst du mich erst zum Essen ausführen.«

Er lachte. »Na gut, wenn es dir so wichtig ist. Auf geht's.«

»Wohin fahren wir?«

Er hielt ihr ihren Mantel hin. »Das wirst du noch sehen. Lass uns dein Auto nehmen. Der Pick-up ist schmutzig.«

Clare reichte ihm die Schlüssel, und er öffnete ihr die Autotür. Es gefiel ihr, dass er das auch dann machte, wenn sie nicht verabredet waren.

Am Fuß des Berges bei der Seilbahnstation hielt er auf dem Parkplatz an, auf dem die Wagen der nächtlichen Skifahrer standen. Sie warf ihm einen skeptischen Blick zu.

Er nahm ihre Hand und führte sie hinein. »Schau mich nicht so an.«

»In Stöckelschuhen stand ich noch nie auf Skiern.«

»Da ist ja wieder dieses vorlaute Mundwerk.«

Sie stiegen die Stufen zum Eingang rauf.

»Guten Abend, Mr O'Malley.«

»Hallo, John. Danke, dass Sie länger geblieben sind.«

John öffnete ihnen die Tür zu einer großen Gondel. »Kein Problem.«

Aidan half ihr in die geheizte Kabine und setzte sich neben sie, bevor John sie nach oben schickte. Kaum hatten sie die Station verlassen, zog er sie zu einem Kuss an sich.

»Wohin wollen wir denn?«

»Rauf«, erwiderte er, bevor er mit der Hand über ihr Bein strich. Ihm stockte der Atem, als er die Spitze oben an ihrem Strumpf entdeckte, der abrupt am Oberschenkel endete. »Ach herrje, daran werde ich den ganzen Abend denken.«

Sie lachte leise. »Beherrsch dich ein wenig.«

»Das kann nicht. Auf keinen Fall.«

»Schau dir mal die Aussicht an.« Sie drehte sein Gesicht zu den Skifahrern auf der gut ausgeleuchteten Piste unter ihnen.

Aidan widmete sich wieder ihrem Hals. »Kenne ich schon.«

Die Gondel brachte sie langsam in der Finsternis nach oben. Auch der Betreiber in der Bergstation kannte Aidan. Sie gingen über eine hölzerne Terrasse in ein Restaurant, wo er erneut wie ein alter Freund begrüßt wurde.

»Woher kennst du die ganzen Leute?«

»Ich habe das Haus des Besitzers renoviert, und da haben wir uns angefreundet.«

Sie betraten den leeren Speisesaal. »Wo sind denn alle?«

Er zeigte auf ein Schild, auf dem stand: »Geschlossene Gesellschaft«.

Sie starrte ihn an. »Du hast den ganzen Laden reserviert?«

Er beugte sich vor, um sie zu küssen. »Ich wollte dich mit niemandem teilen.«

Ein Oberkellner im Smoking empfing sie. »Guten Abend, Mr O'Malley. Hier entlang.« Er brachte sie an einen Tisch, der für zwei Personen gedeckt war, komplett mit Kerzen, und der sich vor einem Fenster mit Blick auf den Berg befand. »Ihr Kellner wird sich sofort um Sie kümmern.«

»Ich kann nicht glauben, dass du das getan hast.«

Er rückte seinen Stuhl näher an ihren. »Da du nur mit Pizza und Bier gerechnet hast, waren die Erwartungen nicht sehr hoch.«

»Du überraschst mich immer wieder, O'Malley.«

»Das ist mein Lebenszweck.« Er grinste, während der Kellner ihnen Champagner einschenkte und die Flasche in einem Eiskübel neben dem Tisch stehen ließ.

Aidan hob sein Glas und sah ihr in die Augen. »Auf dich und mich und das letzte erste Date unseres Lebens.«

Sie stieß mit ihm an. Die Tragweite seines Trinkspruchs hing noch fast greifbar zwischen ihnen, als ein aufwendiges Menü serviert wurde, das, wie Aidan ihr verriet, nicht auf der regulären Speisekarte des Restaurants stand.

»Du musst bei seinem Haus ja verdammt gute Arbeit geleistet haben«, vermutete Clare, nachdem sie ihr hervorragendes Filet mignon aufgegessen hatte.

Er warf ihr diesen mittlerweile vertrauten leicht beleidigten Blick zu. »Natürlich habe ich das. Du kannst ihn selbst fragen. Da kommt er schon.«

Aidan stellte sie Michael Donnolly vor, dem Besitzer und Chefkoch des Lokals. An dem Wortgeplänkel der beiden erkannte sie, dass sie eng befreundet waren. Michael bestätigte ihr, dass Aidan tatsächlich spektakuläre Arbeit bei ihm zu Hause geleistet hatte.

»Habe ich dir doch gesagt«, wandte Aidan sich an Clare.

»War denn mit dem Abendessen alles zu eurer Zufriedenheit?«, erkundigte sich Michael.

Aidan nickte. »Es war ausgezeichnet, danke, Mike.«

»Hat mich gefreut, Sie kennenzulernen, Clare.« Michael verabschiedete sich freundlich, ehe er sie wieder allein ließ.

Zum Abschluss wurde ein sündhaft gutes Schokoladendessert aufgetischt, und Clare fütterte Aidan mit dem ersten Happen.

»Ich muss etwas nachprüfen«, meinte er mit ernstem Gesichtsausdruck.

»Was?«

Unter dem Tisch strich er mit der Hand bis zur Spitze an ihrem Bein. »Ja, ist noch da«, erklärte er mit einem abgrundtief frustrierten Seufzer.

Sie schob seine Hand weg. »Du benimmst dich wie ein zwölfjähriger Junge. Wann wirst du noch mal vierzig?«

»In zwei Wochen.« Er legte die Hand wieder auf ihr Bein und liebkoste mit den Lippen ihren Hals.

Sie lachte über sein Getue und neigte den Kopf, damit er besser die richtige Stelle erreichen konnte. »Vielleicht verhältst du dich dann eher wie ein Erwachsener.«

»Darauf würde ich mich nicht verlassen. Können wir jetzt nach Hause? Bitte?«

»Ich will nicht, dass unser erstes Date schon vorüber ist, ganz besonders, da du dir solche Mühe gegeben hast.«

»Unser erstes Date ist noch nicht vorbei, keine Sorge.«

»Da kommt noch mehr?«

»Hast du nicht gelernt, dass du mich nicht unterschätzen sollst?«

»Offensichtlich nicht«, erwiderte sie, war aber gespannt auf das, was er noch in der Hinterhand hatte.

Auf der Fahrt in der Seilbahn nach unten nutzte Aidan die Zeit, um die Seide und Spitze weiter zu erkunden, die ihn schon den ganzen Abend faszinierten. Bis sie schließlich den Fuß des Berges erreichten, war sie atemlos vor Verlangen nach ihm.

»Ich wette, du hast da drunter noch weitere Überraschungen für mich, oder?«, fragte er, wobei er so tat, als wollte er ihr unter den Rock schauen.

Sie schlug seine Hand weg. »Das wirst du noch früh genug rausfinden.«

»Oh, dieses Mundwerk. Das wird dich noch mal in große Schwierigkeiten bringen.«

»Ich kann es kaum erwarten.«

Er schenkte ihr einen verheißungsvollen Blick, ehe er ihr aus der Gondel half. Dann liefen sie die Stufen hinab zum Parkplatz, auf dem ein Pferdeschlitten auf sie wartete.

»Ihre Kutsche, Madame«, verkündete er mit dramatischer Geste.

Sprachlos starrte sie den Schlitten an und dann Aidan.

Er nahm ihre Hand, um ihr hineinzuhelfen, und hüllte sie in schwere Decken, bevor er dem Fahrer das Zeichen gab, dass sie so weit waren.

»Ich werde dich nie wieder unterschätzen«, versprach sie leise.

Er legte den Arm um sie. »Das verdirbt mir doch den ganzen Spaß.«

Sie küsste ihn und legte den Kopf an seine Schulter. »Das ist das beste erste Date, das ich jemals hatte.«

»Das freut mich«, flüsterte er. »Ist dir warm genug?«

Sie nickte und schaute zu den funkelnden Sternen am mondhellen Firmament hinauf. Die Hufe der Pferde klapperten im Rhythmus der Schellen an ihren Hälsen, während der Schlitten über den Schnee glitt, und sie wusste, dass sie diesen Augenblick nie vergessen würde, selbst wenn sie hundert Jahre alt würde.

* * *

Der Schlitten brachte sie zu Aidans Haus, und Clare stellte überrascht fest, dass ihr Wagen schon da war.

»Wie hast du denn mein Auto hergeschafft?«

»Mein Kumpel John, der Betreiber der Seilbahn, hat mir einen Gefallen getan.«

»Du hast wirklich an alles gedacht«, bemerkte sie beeindruckt, während er ihr die Tür aufhielt und ihr ins Haus folgte.

Drinnen nahm er ihr den Mantel ab und hängte ihn auf. Als er zu ihr zurückkehrte, hatte er sich ebenfalls den Mantel ausgezogen.

Sie legte die Arme um ihn und schmiegte sich an seine Brust. »Danke.«

»Gern geschehen. Es tut mir leid, dass es so lange gedauert hat, bis ich dich zum Essen ausgeführt habe.«

Sie lachte. »Das Warten hat sich gelohnt. Ich liebe dich, Aidan O'Malley.«

»Ich liebe dich auch.«

»Tust du mir einen Gefallen?«

»Was immer du willst.«

»Singst du mir was vor?«

Überrascht fragte er: »Woher weißt du, dass ich das kann?«

Sie lächelte.

»Meine Mutter ist eine ganz schön große Plaudertasche«, murmelte er kopfschüttelnd.

»Ihr Herz ist größer. Also?«

Er wandte den Blick ab und schaute zur Wand. »Ich weiß nicht. Es ist schon lange her.«

Mit einem Finger an seinem Kinn zog sie ihn wieder zu sich. »Für mich?«

Er betrachtete sie lange. »Was möchtest du hören?«

»Überrasch mich«, forderte sie ihn auf, dann zog sie ihn an der Hand zur Klavierbank, wo er sich neben sie setzen sollte. Nachdem sie den Deckel aufgeklappt hatte, starrte er die Tasten an, als würde er sie zum ersten Mal sehen.

Schließlich hob er eine Hand und schlug ein paar Töne Chopin an. Dann nahm er die andere Hand hinzu und spielte zögerlich eine Melodie, die ihr bekannt vorkam, aber sie erkannte sie erst, als er den Text von »We've Got Tonight« dazu sang.

Er schenkte ihr ein kleines Lächeln, spielte die Melodie zwischen den Versen und sang dann mit einer Stimme weiter, die ganz wie Bob Seger selbst klang.

»Aidan«, erklärte sie, kaum dass der letzte Ton verklungen war. »Das war wunderschön.«

Er stützte die Hände auf die Knie. »Ich liebe das Lied, aber ich bin nicht mehr auf der Suche. Ich hoffe, du weißt das.«

»Du solltest wissen, dass meine Pläne dich mit einschließen.«

»Das hoffe ich wirklich«, erwiderte er, ehe er ihr eine Hand in den Nacken legte und sie zu sich zog. Er berührte ihre Lippen mit seinen, aber ohne das drängende Verlangen von vorhin. Stattdessen steckte dieser Kuss voller zärtlicher Zurückhaltung.

»Aidan?«

»Hmm?«

»Ich muss dir was anvertrauen.«

Er zog sich von ihr zurück. »Jetzt?«

Sie biss sich auf die Lippe und nickte.

KAPITEL 34

Buddy Longstreet rief Kate an, kaum dass er aus New York zurück war. Er bat sie, sich am Nachmittag mit ihm in seinem Büro in der Music Row zu treffen. Dieses Mal war damit auch wirklich die Music Row gemeint. Long Road Records befand sich mitten im Geschehen genau zwischen EMI und Sony auf dem Music Square East. Kate fuhr mit dem Fahrstuhl in den fünften Stock und benutzte wie von Buddy angewiesen das Codewort »Blume«, um in die Büroräume vorgelassen zu werden.

An der Tür empfing sie eine junge Frau in Jeans, einem T-Shirt und Stiefeln, die sich selbst als Buddys Assistentin Christina vorstellte. Sie sprach mit dem starken Tennessee-Akzent, an den Kate sich bereits so sehr gewöhnt hatte, dass er ihr kaum noch auffiel.

»Kommen Sie rein, Kate.« Sie gab ihr die Hand. »Buddy erwartet Sie schon.«

Zwei Wände in dem großen Eckbüro bestanden aus Glas und boten einen Blick auf Nashvilles Innenstadt. Buddy lehnte sich auf seinem Lederstuhl zurück und telefonierte gerade. Wie immer saß der schwarze Stetson auf seinem Kopf, und die schwarzen Cowboystiefel hatte er auf den Tisch gelegt. Er bedeutete Kate, sich zu setzen.

»Hör mal, ich habe ein Meeting«, entschuldigte er sich. »Geht klar. Du hörst von mir, keine Sorge. Bis dann.« Er stellte die Füße auf den Boden und legte auf.

»Wie geht's Ihnen, Kate? Hat Christina Ihnen schon was angeboten?«

»Ich brauche nichts, danke.« Am liebsten hätte sie sich gekniffen. *Ich sitze in Buddy Longstreets Büro.*

»Also, Darling, Taylor und ich haben uns gefreut, zu hören, dass Sie angerufen haben, während wir in New York waren. Die Kinder hatten jede Menge Spaß im Big Apple. Waren Sie schon mal da?«

»Ja, ich finde es toll dort«, erwiderte sie.

Er ging um den Schreibtisch herum und ließ sich auf den Stuhl neben ihr fallen.

Plötzlich saß sie ihm nah genug, um den Mann zu berühren, der Tausende von Frauen dazu animierte, ihm ihre Unterwäsche zuzuwerfen. Es kostete sie große Mühe, nicht zu einem kreischenden Fangirl zu werden.

»Es gibt vieles, worüber wir reden müssen. Ich nehme an, Sie haben beschlossen, mein Angebot anzunehmen?«

»Ja.«

»Das freut mich. Wir hatten uns schon gewundert, weil wir nicht gleich von Ihnen gehört hatten.«

»Es waren ein paar irre Tage. Tut mir leid, dass es so lange gedauert hat, bis ich mich gemeldet habe. Ich kann Ihnen beiden gar nicht genug dafür danken, dass Sie mir eine Chance geben. Ich werde Sie nicht enttäuschen.«

»Natürlich nicht. Sie werden fantastisch sein. Aber bevor wir das besprechen, möchte ich Ihnen ein paar Dinge verraten, von denen ich wünschte, man hätte sie mir erklärt, als ich da saß, wo Sie gerade sitzen.« Er stand auf und trat zu einer kleinen Bar in der Ecke, wo er sich einen Drink, vermutlich einen Bourbon, holte.

»Das ist ein echt hartes Geschäft, Kate. Sie müssen bereit sein, sich mit hundertzehn Prozent in Ihre Karriere zu knien, zumindest am Anfang. Entweder proben Sie oder nehmen etwas auf oder sind auf Tournee. Da haben Sie keine Ruhe für ein eigenes Leben. Es gibt keine Zeit für etwas anderes als die Arbeit. Die ersten paar Jahre werden wahrscheinlich richtig ätzend. Da bin ich ganz ehrlich mit Ihnen.«

»Klingt ja glamourös«, meinte Kate lächelnd, obwohl ihr Herz sich zusammenzog, weil sie daran denken musste, was das für sie und Reid bedeuten würde.

Buddy lachte auf. »Es ist verdammt harte Arbeit. Ich hege keinen Zweifel daran, dass Sie eine Sensation sein werden, wenn Sie da Ihre ganze Kraft reinstecken. Sie haben einfach alles: Sie sind jung und schön, und Sie haben eine Stimme, mit der Ihnen alle Türen offen stehen. Außerdem schreiben Sie Ihre eigenen Songs und spielen Gitarre. Ich kann aus Ihnen einen großen Star machen, aber ich möchte, dass Ihnen klar ist, was das bedeutet. Können Sie mir folgen?«

Sie schluckte schwer und nickte.

»Erstens wird jeder was von Ihnen wollen. Leute, von denen Sie nicht mal wussten, dass Sie sie kennen, werden Sie anrufen und um Geld bitten. Ihre Kinder sind krank, ihre Mutter muss operiert werden. Sie alle werden Ihnen das Herz brechen, denn Sie werden jedem von ihnen helfen wollen, aber das können Sie nicht. Zweitens wird Ihr Privatleben vorüber sein, sobald Ihre Single die Charts stürmt – und das wird sie. Ohne Security werden Sie keinen Fuß mehr vor die Tür setzen können. Drittens wird Ihre Zeit vollkommen ausgebucht sein. PR, Musikvideos, öffentliche Auftritte, Shows, Aufnahmen, Schreiben, Proben. Ohne Ende.«

Kate betrachtete den Boden und hörte ihm zu.

»Süße, Sie müssen mir ins Gesicht sehen und mir versichern, dass Sie all das wollen. Ich werde es Ihnen nicht übel nehmen, wenn Sie das nicht können. Das klappt nicht bei jedem. Ich habe schon viele talentierte Menschen erlebt, die den Durchbruch geschafft haben und dann geflüchtet sind, nachdem sie alles hatten, was sie wollten, es sich aber nur als großer Haufen Scheiße entpuppt hat.«

Er gab ihr einen Augenblick Zeit, um darüber nachzudenken. »Bevor wir weiterreden, muss ich von Ihnen hören, dass Sie das unbedingt wollen. Wenn Sie diese Worte an mich richten, wenn Sie sagen: ›Buddy, mach aus mir einen Star‹, dann verspreche ich Ihnen, dass ich mich um Sie kümmern werde. Ich werde Ihnen von allem nur das Beste besorgen: Manager, Anwälte, Buchhalter, Musiker, Presseagenten. Außerdem – und das ist besonders wichtig, Darling – versichere ich Ihnen, dass Sie jedes Wort glauben können, das aus meinem Mund kommt. Ich werde Ihnen nie etwas anderes als die Wahrheit erzählen, genau wie Taylor.«

Kates Herz pochte so heftig, dass sie sich fragte, wie es noch in ihrer Brust blieb. Sie dachte an Reid und daran, was zwischen ihnen lief. Das Leben, das Buddy ihr beschrieb, ließ keinen Platz für ihn oder jemand anderen. Sie stand vor der Wahl: das eine oder das andere, aber nicht beides. Aber vielleicht, nur vielleicht, konnten sie es ja schaffen. Er hatte versprochen, auf sie zu warten. Als sie Buddy Longstreet in die goldfarbenen Augen schaute, betete sie zu Gott, dass Reid sein Wort halten würde. Darauf musste sie sich verlassen.

»Buddy«, bat sie leise, »mach aus mir einen Star.«

* * *

Mit diesen fünf Wörtern nahm Kates Leben rasant an Fahrt auf. Buddys Tourneeleiter Riley Shea wollte jedes Lied hören, das sie geschrieben hatte, weil er sich davon überzeugen musste, dass sie genug Material hatte, um dreißig Minuten zu füllen. Fünf Songs hieß er gut, den Rest verwarf er. Entweder würde sie neue schreiben müssen, oder sie würden welche für sie auftreiben.

Sie probte mit Studiomusikern, um sich auf die Aufnahme von »Ich dachte, ich weiß« vorzubereiten, und hatte Meetings mit dem Pressesprecher, Stylisten und sogar einem Make-up Artist. Sie traf sich mit einem Anwalt, den Buddy ihr empfohlen hatte, und es tat ihr in der Seele weh, wenn sie an Ashton dachte. Er hätte derjenige sein sollen, der die Vereinbarung mit Buddy und Taylor aushandelte, die ihr über eine Million Dollar für die Tournee und Tantiemen für alles, was sie unter ihrem Label aufnahm, einbringen würde.

Es war überwältigend, aber dass sie ständig beschäftigt war, half ihr dabei, ihre persönlichen Sorgen zu verdrängen. Sie hatte keine Zeit, um über Ashton oder ihren Dad oder die winzigen Brüche nachzudenken, die in der vergangenen stürmischen Woche in ihrer Beziehung mit Reid entstanden waren. Außerdem musste sie sich noch immer ihrer Mutter stellen, wenn sie am Freitagabend nach

Vermont flog. Bis dahin schob sie ihre Probleme beiseite, damit sie sich auf ihre Arbeit konzentrieren konnte.

Am Donnerstagabend schaute Buddy im Studio im vierten Stock seines Büros vorbei, um zu sehen, wie es mit den Proben lief.

»Klingt richtig gut, Darling«, lobte er, sobald Kate eine Pause einlegte. »Hör mal, Sonnabend in einer Woche spielen wir auf einer Benefizveranstaltung, und wir hätten es gerne, wenn du vor uns auftrittst. Es ist ein kleineres Publikum, aber da bekommst du ein gutes Gefühl für die Konzerthallen.«

»Wie klein?«

»Fünf-, vielleicht sechstausend. Nichts Großes.«

Kate stockte der Atem. »Fünf- oder sechstausend Menschen?«

Riley lachte über ihre Reaktion. »Sollen wir ihr verraten, wie viele bei einem Konzert aufkreuzen, Buddy?«

Buddy grinste breit. »Ach was, das findet sie schon allein raus. Also, ich muss nach Hause. Ach ja, Kate, Taylor möchte, dass du uns am Tag nach der Wohltätigkeitsveranstaltung besuchst und die Kinder kennenlernst. Sie will, dass jeder, mit dem wir arbeiten, Teil der Familie wird.«

»Liebend gerne. Richte ihr meinen Dank aus.«

»Ich lasse euch dann mal weiterarbeiten«, verabschiedete er sich. »Schrei, wenn du was brauchst.«

»Buddy?«

»Ja?«

»Danke. Für alles.«

»Ist mir ein Vergnügen. Viel Spaß in Vermont.«

* * *

Kate war vor Reid zu Hause, also begann sie mit dem Abendessen. In der Zeit, in der ihre Mutter im Koma gelegen hatte, hatten sie und Jill im Haushalt geholfen, und Kate war eine gute Köchin geworden.

Jill hatte Anfang der Woche angerufen, um herauszufinden, warum ihr Vater seit seinem Besuch in Nashville so mies drauf war, und Kate hatte ihrer erstaunten Schwester die ganze Geschichte gebeichtet. Sie wollte ihr Verhältnis zu ihrem Vater unbedingt wieder kitten, aber sie wusste, dass das unmöglich war, solange sie noch mit Reid zusammen war.

Sie rührte das Gemüse für Pasta Primavera um und bestrich das italienische Brot mit Butter.

Reid trat durch die Küchentür, was hieß, dass er im Stall gewesen war, um bei Thunder und den anderen Pferden vorbeizuschauen, bevor er ins Haus gekommen war. »Hi, Baby.«

Entschlossen, ihre Beziehung mit ihm wieder zu richten, bevor sie nach Vermont reiste, begrüßte sie ihn strahlend mit einem Kuss. »Hi. Hast du Hunger?«

»Ich bin halb verhungert. Was kochst du?«

»Pasta Primavera.«

Er legte einen Arm um sie und spähte in den Topf. »Riecht herrlich.«

Sie streckte sich, um ihn noch einmal zu küssen, und verweilte, sobald er sie fester an sich drückte.

»Hält es sich ein bisschen?«, fragte er, während er sie erst auf die Arbeitsfläche hob und sie dann zärtlich aufs Ohr küsste, auf Nacken und Hals.

»Es schmeckt sogar besser, wenn es noch etwas zieht«, erwiderte sie mit kokettem Lächeln.

Ohne den Kuss zu unterbrechen, lehnte er sie auf dem Tresen zurück.

Überrascht blickte sie zu ihm hoch. »Hier?«

»Genau hier.«

Während er so attraktiv und sexy über ihr lag, fragte sie sich, wie sie jemals ohne ihn – ohne *das hier* – leben sollte, wenn sie monatelange auf Tour war. Aber dann vertrieb er mit seinen Liebkosungen jeden zusammenhängenden Gedanken, und alles drehte sich nur noch um ihn.

KAPITEL 35

Aidan warf ein weiteres Holzscheit in den Ofen und gesellte sich auf dem Sofa zu Clare. Er hatte sich die Krawatte ausgezogen und die Hemdärmel hochgekrempelt.

Clare strich über seinen Arm, während sie nach den richtigen Worten suchte. »Zunächst möchte ich, dass du weißt, wie sehr ich dich liebe. Jeden Tag, wenn ich neben dir aufwache, bin ich so glücklich, dass ich dich gefunden habe – dass wir einander gefunden und diese zweite Chance auf Liebe erhalten haben. Mir ist bewusst, wie weh es dir getan hat, dass ich mich dir nicht schon vorher geöffnet habe, und das tut mir leid.«

Er griff nach ihrer Hand. »Das muss dir nicht leidtun.«

»Ich würde dich nie absichtlich verletzen. Ich hoffe, du weißt das. Ich wollte, dass wir ein wenig Zeit miteinander verbringen, ohne dass das, was mir zugestoßen ist, ein Teil davon wird. Ich bin mir nicht sicher, ob du das verstehst …«

»Natürlich verstehe ich das.«

»Ich weiß nicht mal, wo ich anfangen soll«, gestand sie seufzend.

Er schloss sie in die Arme und küsste sie auf die Stirn. »Wie wäre es mit dem Anfang?«

Sie lehnte sich an seine Brust. »Also, dir ist ja bekannt, dass ich Immobilienmaklerin war. Dank Jacks Arbeit und der Schule der Mädchen kannten wir eine Menge Leute in der Stadt, also lief mein Job ziemlich gut. An einem Sonnabend hatte ich Telefondienst im Büro, da erhielt ich einen Anruf von einem Mann, der von San Diego nach Newport ziehen wollte. Er hat mir erzählt, er sei geschieden und habe zwei Kinder, und dass er in der folgenden Woche in die Stadt kommen wollte, um sich nach einem Haus umzusehen. Sam …« Sie verstummte und holte tief Luft.

Aidan drückte sie fester an sich.

»Sein Name war Sam«, fuhr sie fort, entschlossen, das hinter sich zu bringen. »Er war groß, blond und sah verdammt gut aus. Die anderen Frauen im Büro hatten im Scherz behauptet, sie wollten ihn mir streitig machen. Während wir nach einem Haus suchten, berichtete er mir von seinen Kindern und zeigte mir Fotos von ihnen. Am zweiten Tag besichtigten wir drei Häuser.«

Tränen rannen ihr über das Gesicht, und sie wischte sie weg. »Das dritte Haus lag am Strand und war unbewohnt. Wir stiegen die Treppe rauf. Von oben gab es einen tollen Blick aufs Meer, und ich ging rüber, um ihn mir anzuschauen. Da trat er hinter mich und hob mich von den Füßen. Ich wusste nicht, was er vorhatte. Bis ich auf dem Boden und er auf mir lag.«

»Hör auf, Clare, stopp«, zischte Aidan zwischen zusammengebissenen Zähnen. »Das reicht.«

»Ich muss es dir erzählen.«

»Nein. Ich weiß es schon.«

Entsetzt richtete sie sich auf und drehte sich zu ihm. »Woher?« Doch da wurde es ihr klar. »Oh, oh, Gott, die Mädchen haben es ausgeplaudert?«

Er nickte. »Versehentlich.«

»Du hast es die ganze Zeit gewusst?«

Wieder nickte er. »Das ist einer der Gründe, warum ich mich kaum davon abhalten konnte, Brandon umzubringen.«

Clare entwand sich seiner Umarmung und stand auf. »Ich … ich fasse nicht, dass du es wusstest und nie etwas gesagt hast. Ich habe versucht, den Mut aufzubringen, es dir anzuvertrauen, und dir war das alles schon bekannt?«

»Ich nahm an, dass du es mir erzählen würdest, wenn du so weit bist.«

Ihre Streitlust löste sich in Luft auf. »Was weißt du noch?«, flüsterte sie, wobei ihr die Tränen über die Wangen liefen.

»Ich habe von dem Unfall und dem Koma erfahren. Ich weiß, dass du eine der selbstlosesten Personen bist, denen ich jemals begegnet bin, denn du hast deinen Mann lieber gehen lassen, als ihn dazu zu zwingen, sich zwischen dir und einer anderen Frau zu entscheiden. Mir ist bewusst, dass du gestern Abend von dem Angriff geträumt hast. Außerdem bin ich mir sicher, dass ich mich nur ein einziges Mal in meinem Leben so hilflos gefühlt habe.«

Sie hob die Hand vor den Mund, in der Hoffnung, das Schluchzen zu unterdrücken.

Daraufhin sprang er so rasch auf die Füße, dass sie keine Zeit hatte, zu reagieren, bevor er sie mit seiner Liebe umhüllte.

»Es tut mir leid«, weinte sie leise.

Er zog sie auf seinen Schoß. »Wofür um alles in der Welt musst du dich entschuldigen?«

»Du hast bestimmt gedacht, dass ich dich nicht genug liebe, um es dir zu sagen, oder dass ich dir nicht vertraue. Nachdem du mir alles erzählt hast. Was du gedacht haben musst.«

»Ich dachte, dass du etwas Schreckliches durchgemacht hast und dass du vermutlich einfach nicht mit mir darüber reden konntest, ganz egal, wie sehr du mich liebst oder mir vertraust. Aber ich hatte gehofft, dass du mich irgendwann einweihst. Sobald du so weit bist.«

»Er hat meine Kinder bedroht, Aidan«, flüsterte sie. »Er hat damit gedroht, eines der Mädchen umzubringen, wenn ich jemals jemandem davon berichte.«

Er trocknete ihre Tränen. »Ich weiß, Schatz. Ich weiß.«

»Alles andere hätte er mir androhen können. Mit allem anderen hätte ich leben können.«

Er hielt sie fest und wiegte sie, während sie schluchzte.

»Ich habe es nie jemandem erzählt, und als das Auto auf mich zuraste, erkannte ich darin einen Ausweg. Aber in Wahrheit habe ich meinen Kindern etwas Furchtbares angetan, weil ich es vor ihren Augen geschehen ließ.«

»Es war nicht deine Schuld, Clare.«

»Ich konnte mich nicht mal daran erinnern, bis ich, ein paar Monate nachdem ich aufgewacht war, denselben Traum wie letzte Nacht hatte.« Sie wischte sich die Tränen weg, die ihr über das Gesicht liefen. »Ich musste mich all diesen Erinnerungen von dem Angriff und dem Unfall stellen, und mein Mann war nach zwanzig Jahren Ehe in eine andere verliebt und erwartete Zwillinge mit ihr.«

»Das kann ich mir kaum vorstellen.«

»Ich war so wütend. Ziemlich lange.«

»Wer wäre das nicht?«

»Aber dann ließ ich den Zorn hinter mir und dachte ernsthaft, dass ich es schaffen würde. Eine Weile dachte ich, wir könnten unser Leben zurückhaben, und ich würde einfach irgendwann akzeptieren, dass er Kinder mit einer anderen Frau hatte.«

»Aber du konntest es nicht?«

»Vielleicht hätte ich es geschafft, aber er liebt sie. Innig.«

»Also hast du ihn gehen lassen.«

Sie nickte traurig. »Ich wollte etwas Besseres für mich als ein Leben mit einem Mann, der lieber woanders wäre. Gewissermaßen wollte ich auch für ihn etwas Besseres. Er wäre bei mir geblieben. Daran hege ich keinen Zweifel, aber am Ende hätten wir einander nur gehasst. So todunglücklich ich auch war, das wäre noch viel schlimmer gewesen.«

»Wie ist seine Frau so?«

»Hinreißend. Sie ist wundervoll im Umgang mit meinen Mädchen, und sie haben sie wirklich ins Herz geschlossen. Ich verstehe, warum er sie liebt.«

»Warum bist du nach Vermont gekommen?«

»Es war einfach unerträglich, ohne ihn in unserem alten Haus zu sein. Was mir im Krankenhaus wie eine gute Idee erschienen war, fühlte sich nicht mehr so toll an, nachdem ich daheim war. Mein Bruder brauchte Hilfe hier, also bin ich raufgefahren, sobald Kate in Nashville war. Maggie zurückzulassen ist mir sehr schwergefallen, aber ich wusste, dass ich für einige Zeit wegmusste, sonst würde ich es nie überwinden, Jack verloren zu haben.«

Er fluchte leise. »Und ich habe dir vorgeworfen, dass du nicht bei ihr bist. Das tut mir so leid.«

»Glaub mir, ich habe mir deswegen auch Vorwürfe gemacht. Aber es war richtig, herzuziehen. Als wir diese Woche in Newport waren, ist mir das endgültig klar geworden, und das lag vermutlich daran, dass du bei mir warst.«

»Wahrscheinlich liegt es eher daran, dass du jetzt stärker bist.«

Sie zuckte die Achseln. »Vielleicht.«

»Ich bin so stolz auf dich.«

»Warum?«

»Weil du überlebt hast. Dir ist etwas Furchtbares zugestoßen, und dennoch kannst du lachen und scherzen und lieben. Du hast ihn nicht gewinnen lassen.«

»Er hat mir so vieles genommen. So schlimm es auch war, drei Jahre meines Lebens und Jack zu verlieren, weißt du, was noch schlimmer ist?«

Er schüttelte den Kopf.

»Ich habe das verloren, was mich definiert hat – mein Leben als Mutter. Ich hatte drei kleine Mädchen, aber als ich aufgewacht bin, waren zwei erwachsen geworden und die Dritte ein Teenager.«

»Aber sie brauchen dich noch immer, ganz besonders Maggie. Bevor sie aufs College geht, bleiben dir noch über vier Jahre mit ihr.«

»Ja, und ich werde zu ihr nach Hause zurückkehren. Schon bald. Aber es ist nicht dasselbe. Ich muss sie mit ihrer Stiefmutter teilen, die sie liebt – der Stiefmutter, die ihr drei Brüder gegeben hat, die sie durch ihre erste Periode und die Mittelstufe begleitet hat, und weiß der Kuckuck was noch. Maggie gehört nicht mehr nur mir.«

»Was ist mit Kate? Sie braucht dich jetzt mehr denn je. Selbst Jill ist noch nicht ganz erwachsen.«

»Es ist nicht dasselbe. Es ist ganz anders als damals, als sie noch klein waren und mich *bei allem* brauchten. Nichts, was ich getan habe, hat mich jemals so erfüllt. Das zu verlieren hat eine große Leere in mir hinterlassen.«

»Vielleicht fühlst du dich besser, wenn du nach Rhode Island zurückfährst. Dann kannst du mehr an Maggies Leben teilnehmen.«

»Möglich«, erwiderte sie, aber sie war nicht überzeugt. »Danke, dass du mir zugehört hast.«

»Danke, dass du es mir erzählt hast.« Er küsste sie zärtlich. »Ich hoffe, du bist nicht sauer, weil ich dir nicht verraten habe, dass ich es wusste. Ich wollte dich nicht bedrängen.«

Sie liebkoste sein attraktives Gesicht. »Ich habe dich nicht verdient.«

»Doch, das hast du.« Dann küsste er sie, als würde sein Leben – und ihres – davon abhängen.

»Willst du sehen, was sich noch unter dem Kleid verbirgt?«, fragte sie mit aufreizendem Lächeln.

Er stöhnte. »Du hast ja *keine* Ahnung …«

* * *

Viel später, während Clare in seinen Armen schlief, war Aidan glücklich. Ohne Geheimnisse zwischen ihnen konnten sie anfangen, eine gemeinsame Zukunft zu planen. Er hatte schon ein paar Ideen, was das beinhalten würde.

»Aidan?«

»Ich dachte, du schläfst.«

»Fast. Noch mal danke für unser Date.«

Er gab ihr einen Kuss auf den Scheitel. »War mir ein Vergnügen.«

»Ich liebe dich.«

»Ich liebe dich auch. Außerdem bin ich wirklich froh, dass du nach Vermont gekommen bist. Die Gründe dafür tun mir leid, aber ich bin so froh, dass du hier bist.«

»Ich auch.«

KAPITEL 36

Da es am Freitagabend leicht schneite, bestand Aidan darauf, Clare nach Burlington zu fahren, um Kate abzuholen. Auf den Straßen war es glatt, weshalb sie den Flughafen auch erst erreichten, als Kates Flug schon angekündigt wurde.

Aidan atmete scharf ein, als er Kate erblickte, die auf sie zulief. »Wow, du hast nicht gelogen. Sie sieht genauso aus wie du.«

Clare strahlte ihn an. »Sie ist eine größere Version von mir.«

Gegen die Tränen ankämpfend fiel Kate ihrer Mutter in die Arme.

»Schon gut, Baby, das wird wieder.«

Kate klammerte sich an sie.

Während sie ihre Tochter festhielt, ließ Clare die Menschenmenge an ihnen vorbeiziehen.

»Es tut mir leid«, entschuldigte sich Kate, deren Stimme vom Mantel ihrer Mutter gedämpft wurde.

»Du hattest eine schwere Woche.« Sie suchte im Gesicht ihrer Tochter nach Anzeichen für die Veränderungen, von denen sie erfahren hatte. Aber sie entdeckte nur das tränenüberströmte Antlitz des Mädchens, das sie liebte.

»Sie sind bestimmt Aidan O'Malley.«

Er schüttelte Kate die Hand. »Aidan reicht völlig. Freut mich.«

»Meine Schwestern haben nicht übertrieben.«

»Womit?«

»Ach, nichts«, winkte Kate ab, ehe sie ihrer Mutter ein anerkennendes Lächeln schenkte.

Clare erwiderte es. »Hast du Gepäck dabei?«

»Nur das hier«, entgegnete Kate und zeigte auf die Tasche, die sie über der Schulter trug.

»Dann lasst uns losfahren«, schlug Aidan vor. »Das Wetter wird immer schlimmer.«

Auf der Heimfahrt brachte Kate sie auf den neuesten Stand und erzählte ihnen, was zwischen ihr und Buddy und Taylor geschehen war, und von den Vorbereitungen für die Tournee.

»Brauchen wir dann das nächste Mal, wenn wir dich sehen, spezielle Pässe?«, scherzte Clare.

Kate lachte. »So wie Buddy es klingen ließ, vielleicht.«

»Du bist bestimmt ziemlich aufgeregt«, sagte Clare.

»Ich habe Angst.«

»Warum?«

»Buddy hat behauptet, mein ganzes Leben würde sich verändern, dass ich die ganze Zeit nur noch arbeiten würde und alles auf den Kopf gestellt wird.«

»Ist das nicht das, was du wolltest?«, fragte Clare.

»Ja, aber jetzt, da es auch wirklich passiert, ist es total nervenaufreibend.«

Aidan brachte sie sicher über die gewundenen Straßen hinauf zu seinem Grundstück auf dem Hügel.

»Wow, tolles Haus«, staunte Kate.

»Wir bleiben bei Aidan, weil Onkel Tonys Haus im Moment unbewohnbar ist.«

»Das ist okay.«

Kate bekam eines der Gästezimmer, und anschließend entfachte Aidan für sie ein Feuer im Arbeitszimmer. »Ich bin in der Garage, falls ihr mich braucht.«

Kaum hatte er die beiden verlassen, drehte Kate sich zu ihrer Mutter. »Okay, raus damit.«

»Was?«

»O mein Gott, Mom, er ist echt sexy.«

Clare strahlte. »Das ist mir aufgefallen, aber über ihn will ich nicht reden.«

Kates Lächeln verschwand. »Oh, oh, darauf habe ich gewartet.«

»Ich mache mir Sorgen um dich. Was läuft da zwischen dir und diesem älteren Mann?«

»Ich liebe ihn. Das habe ich auch Dad schon erzählt, aber er wollte es nicht hören.«

»Kate, du bist achtzehn. Er ist sechsundvierzig. Was hast du denn von Dad erwartet? Was erwartest du von mir? Wir finden das schrecklich.«

Kate verzog das Gesicht. »Sag das nicht. Inwiefern unterscheidet es sich denn von dem, was zwischen dir und Aidan läuft? Du liebst ihn. Das sehe ich daran, wie du ihn anblickst.«

»Das ist etwas ganz anderes. Wir sind beide erwachsen.«

»Ich bin auch erwachsen. Schau dir doch mal an, was ich durchziehe, wie weit ich gekommen bin, ganz zu schweigen von all dem, was wir seit deinem Unfall durchgestanden haben. Wie kannst du da behaupten, ich wäre nicht erwachsen?«

»Schatz, hör zu. Ich kenne den Mann nicht, den du zu lieben meinst. Ich weiß nur, dass Dad ihn mal zu seinen Freunden gezählt hat, also muss er irgendwelche Qualitäten besitzen. Aber sich in seinem Alter mit einer Achtzehnjährigen einzulassen ist nicht gerade bewundernswert. Es ist falsch.«

Tränen schossen Kate in die Augen und rollten ihr über die Wangen. »Es fühlt sich nicht falsch an. Nicht für mich.«

»Ich möchte deinen Besuch nicht mit Tränen und einem Streit ruinieren. Ich liebe dich. Ich werde dich unterstützen, ganz gleich, wofür du dich entscheidest, aber ich befürworte diese Beziehung nicht, Kate. Das möchte ich gleich klarstellen.«

»Was mache ich nur wegen Dad? Und Andi? Sie ist auch sauer auf mich. Ich habe sie wegen Reid angelogen, als ich über Weihnachten zu Hause war. Sie ist wirklich enttäuscht.«

»Wenn du das Gefühl hattest, lügen zu müssen, was verrät dir das dann?«

»Das Gleiche hat sie auch gesagt.«

»Komm her«, forderte Clare sie auf und streckte die Hand nach ihrer Tochter aus.

Kate stürzte sich in die Arme ihrer Mutter. »Ich mag es nicht, wenn ich dich enttäusche. Euch alle.«

»Du musst über vieles nachdenken. Wir können morgen noch mal darüber reden. Aber jetzt: Wie wäre es mit einer heißen Schokolade vorm Schlafen?«

»Gerne.«

* * *

Clare brachte Kate zu Bett, bevor sie in Aidans Zimmer ging, um ihren Pyjama zu holen. Als sie sich ebenfalls hinlegen wollte, begab sie sich in einen der Schlafräume unten. Von hier aus konnte sie die Elektrowerkzeuge aus der Garage hören.

Während sie in dem fremden Zimmer im Bett lag, fragte sie sich, warum Aidan das Haus mit so vielen Schlafräumen gebaut hatte. Dann fiel ihr wieder ein, dass er es ursprünglich hatte verkaufen wollen.

Sie dachte an Kate und empfand beinahe Mitleid für ihre Tochter, die in einen Mann verliebt war, den niemand guthieß. *Gott sei Dank geht sie auf Tournee. Dann sind sie wenigstens eine Weile getrennt.*

Sie musste eingeschlafen sein, denn sie erwachte plötzlich von Aidans Küssen. Er duftete nach Shampoo und Rasiercreme, und als sie nach ihm griff, landeten ihre Hände auf seiner bloßen Brust.

»Aidan«, flüsterte sie glücklich.

»Psst«, erwiderte er und küsste ihr die Worte von den Lippen. In der Dunkelheit verwöhnte er sie mit Händen und Mund, während er sie langsam und still liebte.

* * *

Kate schlief bis in den späten Vormittag und ging anschließend mit Clare auf den Wegen rund um Aidans Anwesen spazieren, auf denen die Sonne den frischen

Schnee, der in der Nacht gefallen war, größtenteils bereits geschmolzen hatte. Sie aßen gerade mit Aidan zu Mittag, als sie hörten, wie draußen ein Auto vorfuhr.

»Wer ist das?«, wunderte sich Clare.

Aidan zuckte die Achseln und sah nach.

Als er mit Jill und Maggie zurückkehrte, kreischte Kate laut. Sie sprang auf, um ihre Schwestern zu umarmen.

»Was wollt ihr denn hier?«, fragte Clare, dann schaute sie mit erhobenen Augenbrauen zu Aidan. »Und woher wusstet ihr, wo wir sind?«

Jill und Aidan wechselten einen schuldbewussten Blick.

»Wir wollten Kate besuchen und dich überraschen«, erklärte Jill. »Aidan könnte uns dabei geholfen haben.«

»Aidan ist ganz schön gewieft«, meinte Clare, bevor sie Jill und Maggie drückte. »Weiß dein Vater, wo du bist?«

Dieses Mal wechselten Jill und Maggie einen Blick.

»Wo denkt er, dass du bist?«, erkundigte sich Clare bei Maggie.

»Bei Jill am College. Aus irgendeinem Grund, den mir *niemand* verraten will, ist er echt wütend auf Kate, und er hat mir verboten, mit ihr zu reden.«

Kate zuckte zusammen.

»Ruf ihn an.« Clare zeigte zum Telefon. »Sofort.«

»Muss ich?«, fragte Maggie.

Clare warf ihr einen Blick zu, der keine weiteren Widerworte duldete.

Also schlurfte Maggie zum Telefon.

Aidan hob abwehrend die Hände. »Den Teil habe ich nicht abgesegnet.«

»Um dich kümmere ich mich später, Freundchen«, versprach sie ihm leise.

»Oh, klasse«, flüsterte er.

* * *

Aidan zog sich am Nachmittag in die Garage zurück, um am Porsche zu arbeiten, damit Clare etwas Zeit mit den Mädchen verbringen konnte, bevor Jill und Maggie nach Rhode Island zurückfuhren. Morgen früh wollte Kate auch wieder nach Nashville fliegen.

Es erstaunte ihn, wie mühelos die Mädchen das Haus mit Lärm, Gelächter und Chaos füllten. Ach, und mit Musik. Clare hatte Kate gesteckt, wie musikalisch er war, also hatte sie ihn beschwatzt, Klavier zu spielen und mit ihr ein paar Lieder zu singen. Ihre Stimme war unfassbar. Kein Wunder, dass Buddy Longstreet aus ihr einen Star machen wollte.

Die Küchentür öffnete sich, und Maggie trat mit finsterer Miene hindurch.

»Hi«, grüßte er sie. »Was ist los?«

»Sie haben mich rausgeworfen.«

»Autsch. Aber warum hilfst du mir nicht? Du bist doch keines dieser zimperlichen Mädchen, die Angst vor ein wenig Schmutz haben, oder?«

Sie schnaubte. »Nö.«

Also reichte er ihr eine Verteilerkappe und erklärte ihr, wie sie die Schmiere aus den spinnenartigen Fingern entfernen sollte.

»Weißt du, warum alle so sauer auf Kate sind?«

Er betrachtete ihre strahlend blauen Augen und versuchte, sich zu entscheiden, wie er diese Frage beantworten sollte. »Kann sein.«

»Das ist nicht fair. Ich bin schon dreizehn. Was auch immer los ist, ich bin alt genug dafür.«

»Dreizehn ist quasi erwachsen.« Er fand, dass die Sommersprossen auf ihrer Nase unfassbar niedlich waren.

»Siehst du? Du verstehst das, warum nicht auch sie?«

»Vielleicht, weil es manchmal nicht so toll ist, erwachsen zu sein, wie man denkt, wenn man dreizehn ist.«

»Ich wünschte, sie würden es mir einfach verraten. Ich verkrafte das schon. Ich bin nicht wie die anderen Dreizehnjährigen, weißt du? Ich musste ganz schnell erwachsen werden, als Mom im Koma war. Sie sollten mich nicht wie ein Baby behandeln.«

»Da hast du vollkommen recht, aber darf ich dir etwas anvertrauen?«

Sie nickte, nahm den schmierigen Lappen und bearbeitete mit einer Entschlossenheit, die er bewundern musste, das Motorteil.

»Würdest du mir glauben, wenn ich dir erzähle, dass das mit Kate wirklich und wahrhaftig etwas ist, das du nicht wissen möchtest?«

Maggie dachte kurz darüber nach. »Es ist also was Ekliges?«

»Total eklig.«

»Aber sie ist nicht verletzt oder krank oder so, nicht wahr?«

»Nein«, bestätigte er. »Versprochen.«

Sie arbeitete eine Weile schweigend weiter, bevor sie den Blick ihrer leuchtend blauen Augen wieder auf ihn richtete. »Darf ich dich noch was fragen?«

»Schieß los.«

»Wirst du meine Mom heiraten?«

Das hatte er nicht kommen sehen. »Das weiß ich noch nicht.« Er lehnte sich gegen die Werkbank und betrachtete sie. »Lass mich dir eine Frage stellen, von Erwachsenem zu Erwachsenem: Meinst du, sie würde mich heiraten?«

Sie kicherte. »Na klar.«

»Ehrlich?«

»Wenn sie es nicht tut, dann nehme ich dich vielleicht«, erwiderte sie mit strahlendem Lächeln.

Darüber musste er laut lachen. »Schön wär's.«

* * *

Zu seinem vierzigsten Geburtstag am nächsten Wochenende überraschte Clare Aidan mit einem Ausflug nach Boston. Nachdem sie ins Hotel eingecheckt hatten, stellte er verdrossen fest, dass sie zwei aneinander angrenzende Zimmer gebucht hatte.

»Was zum Henker?«, schäumte er. »Du schläfst nicht da drüben. Es ist mein Geburtstag. Da sollte ich mit derjenigen schlafen dürfen, mit der ich will.«

»Entspann dich, Schatz«, beruhigte sie ihn und tätschelte ihm das Gesicht, bevor sie in ihrem Zimmer auspackte.

Er schimpfte noch immer über die getrennten Räumlichkeiten, als es an der Tür zu seinem Raum klopfte.

»Du machst besser auf«, riet ihm Clare.

»Du schläfst bei mir, keine Diskussion.«

»Geh an die Tür.«

Er riss die Tür auf und erkannte überrascht, dass davor Jill, Maggie und seine gesamte Familie standen – außer Brandon, der noch in der Entziehungskur war.

»Überraschung«, riefen sie gemeinsam.

Sprachlos starrte er sie an. »Was habt ihr denn hier verloren?«

Colleen O'Malley gab ihrem Sohn einen Kuss auf die Wange und drängte sich an ihm vorbei in die Suite. »Alles Gute zum Geburtstag, mein Lieber. Aber erzähl den Leuten bloß nicht, dass du vierzig bist. Sonst fühle ich mich alt.«

Während seine Nichten und Neffen das Doppelbett entdeckten und sogleich als Trampolin nutzten, ließ sich Aidan von den Mädchen und dem Rest seiner Familie umarmen, bevor er sich an Clare wandte. »Hast wohl ein paar Geheimnisse vor mir gehabt, was?«

»Vielleicht«, erwiderte sie mit dem koketten Lächeln, das er so liebte.

»Sie hat den ganzen Flur gebucht und uns alle hergebeten«, erklärte Dennis seinem Sohn. »Echt nett von ihr, wenn du mich fragst.«

»Ja.« Aidan legte einen Arm um sie und küsste sie vor aller Augen. »Echt nett.«

Clares Wangen röteten sich. »Hör auf.« Sie löste sich aus seiner Umarmung. »Ihr seid alle um sieben Uhr unten zum Abendessen eingeladen.«

»Wir wollen mit den Kindern zum Pool«, wandte sich Aidans Schwester Erin an Jill und Maggie. »Wollt ihr mitkommen?«

»Klar«, rief Maggie.

Der Raum leerte sich so schnell, wie er sich gefüllt hatte, und kaum waren sie allein, drehte Aidan sich zu Clare. »Äußerst gewieft«, staunte er, ehe er sie zum Bett drängte. »Sag bloß, das zweite Zimmer ist für die Mädchen.«

Nickend zog sie ihn zu sich runter. »Überraschung«, verkündete sie lachend, bevor sie ihn küsste. »Ich musste doch feiern, dass du endlich in meiner Dekade bist.«

»Wird aber nicht lange so bleiben.«

Ihre Augen weiteten sich, und der Mund stand ihr vor Schock offen. »Ach, ich kann nicht glauben, was du da gerade gesagt hast.« Sie trommelte mit den Fäusten auf ihn ein.

Er brach in so heftiges Gelächter aus, dass ihm die Tränen in die Augen stiegen.

* * *

Zwei Abende nachdem sie aus Boston zurückgekehrt waren, bereitete Aidan Clare Abendessen zu. Sie stieg in seinem Haus die Stufen hinab und entdeckte Kerzen auf dem Tisch. »Was ist denn der Anlass?«

»Komm, setz dich. Es ist gleich fertig.«

»Champagner? Was feiern wir denn?«

»Setz dich, ich erzähl es dir gleich.«

Sie tat, worum er sie bat, und er überraschte sie, indem er sich vor sie kniete. Kurz legte er den Kopf an ihre Brust, bevor er zu ihr hochblickte. »Ich liebe dich.«

Mit den Fingern fuhr sie ihm durch das Haar. »Ich liebe dich auch.«

»Bevor ich dich getroffen hatte, hatte ich nichts. Keine Liebe, nichts zu lachen, keine Freude, keine Hoffnung. Nichts. Jetzt habe ich dich, und damit habe ich alles. Ich liebe dich, ich liebe deine Töchter, und ich möchte ein gemeinsames Leben mit dir. Ich werde nach Rhode Island ziehen, damit wir bei Maggie sein können, und an den Wochenenden können wir hier rauffahren. Ich möchte dort wohnen, wo du bist. Willst du mich heiraten, Clare?« Er hielt einen großen, funkelnden Diamantring hoch.

Während sie zu ihm runterschaute, blinzelte sie Tränen weg. »Ich möchte es. Ich möchte dich wirklich gerne heiraten, Aidan.«

»Warum höre ich da ein Aber?«

»Weil es noch etwas gibt, das ich möchte. Etwas, bei dem ich mir nicht sicher bin, ob du es auch willst.«

»Was?«

»Ich möchte noch ein Kind.«

Er schüttelte den Kopf, als hätte er sich verhört. »Du glaubst vermutlich, dass ich mich wieder auf dein Alter beziehe …«

Sie hob eine Hand, um ihn zum Verstummen zu bringen. »Ich möchte keins zur Welt bringen, aber ich möchte wieder eine Mutter sein.«

»Du *bist* eine Mutter.«

Seufzend blickte sie auf die Kerzen. »Du hast all das getan, und ich ruiniere es.«

Er erhob sich, setzte sich neben sie und nahm ihre Hand. »Erzähl mir, was du willst.«

»Ich will ein Kind adoptieren, das vielleicht drei oder vier Jahre alt ist und niemanden hat. Die Leute wollen immer nur Säuglinge, also gibt es eine Menge Kleinkinder, die ein gutes Zuhause suchen. Ich möchte eines finden, das mich braucht, und ihm – oder ihr – ein schönes Heim und eine große, liebevolle Familie geben.«

»Ich weiß, was du da tust.« Bekümmert verzog er das Gesicht. »Du glaubst, ich wäre ein guter Vater, und versuchst, den Sohn zu ersetzen, den ich verloren habe.«

»Nein, Aidan. Du *wärst* ein wundervoller Vater, aber das ist nicht der springende Punkt.«

Er warf ihr einen skeptischen Blick zu.

»Unter anderem wollte ich hier oben herausfinden, was ich mit dieser zweiten Chance anfangen möchte, die mir geschenkt wurde. Also habe ich mein Leben vor dem ganzen Unglück betrachtet und festgestellt, dass mich neben dem Dasein als Ehefrau nur meine Aufgabe als Mutter besonders erfüllt hat. Jack hat mir so viel Geld gegeben, dass ich die Freiheit habe, zu tun, was immer ich will. Und ich will das. Selbst wenn ich dich nie getroffen hätte, würde ich es wollen. Bitte, glaub mir.«

Er betrachtete den Fußboden, und unter der Angst, die sie durchströmte, setzte Clares Herz einen Schlag aus.

Als er schließlich wieder zu ihr hochsah, wirkten seine Augen leer und leblos. »Ich kann das nicht«, flüsterte er. »Ich kann es einfach nicht.«

»Ach, Aidan. Du *kannst* das. Du bist so toll zu den Mädchen, und sie lieben dich doch schon. Das weiß ich. Ich will dich so sehr. Ich will diesen Ring und alles, wofür er steht. Wir schaffen das gemeinsam. Bitte.«

»Ich kann dir nicht geben, was du willst, und ich werde dich nicht darum bitten, darauf zu verzichten.« Er stand auf, um den Herd auszuschalten.

»Aidan«, schrie Clare, die ihm nachrannte. »Wenn ich mich entscheiden muss, dann kann ich ohne ein weiteres Kind leben. Das kann ich. Aber ohne dich will ich nicht sein.«

Er schüttelte den Kopf. »Ich würde nie von dir verlangen, ein solches Opfer zu bringen. Irgendwann würdest du mich dafür verachten. Du bist eine wundervolle Mutter, und da draußen gibt es einen kleinen Menschen, der bald ganz großes Glück haben wird.«

Sie schlang die Arme um ihn. »Nicht ohne dich.«

»Es tut mir leid.« Er zog sich von ihr zurück und verließ die Küche.

»Aidan.« Aber er kam nicht zurück. Sie ließ sich auf einen Stuhl fallen und weinte.

TEIL V

Rühren

Eine entspannte, aber erwartungsvolle Haltung

KAPITEL 37

Am Tag nach dem Benefizkonzert fuhr Kate zu Buddys und Taylors Anwesen in Rutherford County raus. Vor sechstausend Menschen aufzutreten hatte sie in einen Rausch versetzt, der noch nicht abgeklungen war. Taylors Wegbeschreibung entsprechend folgte sie einer langen Straße, die in einer Einfahrt zu einem großen zweistöckigen Haus im Kolonialstil mündete, und ging währenddessen den aufregenden Abend noch einmal durch. Hinter dem Gebäude konnte sie einen See und ein Bootshaus erkennen.

Sie hielt neben einem Minivan und einem Cadillac-Geländewagen. Bevor sie die Wagentür öffnen konnte, erschienen zwei kleine Mädchen. Sie ließ das Fenster runter. »Hallo, meine Damen.«

»Hi.« Das ältere der beiden Mädchen hatte hellbraunes Haar und die gleichen goldfarbenen Augen wie Buddy. »Ich bin Ashley Nicole Longstreet.«

»Hallo, Ashley Nicole Longstreet. Ich bin Katherine Anna Harrington, aber meine Freunde nennen mich Kate. Ist das deine Schwester?«

Ashley nickte. »Das ist Chloe Ann Longstreet.«

»Hi, Chloe.«

Chloe vergrub das Gesicht im Shirt ihrer großen Schwester.

Kate lachte amüsiert. »Macht es euch was aus, wenn ich aussteige?«

»Ashley, Chloe, lasst Kate reinkommen«, rief Taylor von der Haustür aus.

Kate nahm die Mädchen an die Hand und ging mit ihnen zu Taylor, die vor der Tür stand. Sie hatte ein dunkelhaariges Baby auf der Hüfte sitzen und trug einen modischen schwarzen Trainingsanzug über einem rosa T-Shirt. Das Haar hatte sie zu einem Pferdeschwanz gebunden, und sie ähnelte kaum noch dem glamourösen Star, der sie am Abend zuvor auf der Wohltätigkeitsveranstaltung gewesen war.

»Das ist unsere Schwester Georgia Sue Longstreet«, erklärte Ashley. »Sie ist vierzehn Monate alt.«

»Meine Cousins sind Zwillinge und kaum älter als Georgia«, meinte Kate.

»Zwillinge?«, fragte Ashley mit großen Augen, ehe sie alle Taylor ins Haus folgten.

»Ja. Außerdem habe ich Brüder, die Zwillinge sind.«

»Zwei Paar Zwillinge?«, hakte Taylor nach.

»Einmal von meinem Dad und einmal von seiner Schwester, fast auf den Tag genau ein Jahr auseinander.« Sie stellte angenehm überrascht fest, dass sie sich in einem Haushalt wiederfand, in dem die Kinder an erster Stelle standen. Spielzeug und Puppen lagen überall rum, die Möbel wirkten gemütlich, und Familienfotos dekorierten jede Oberfläche.

»Entschuldige das Chaos«, sagte Taylor. »Ich räume schon gar nicht mehr für Gäste auf. Es ist sinnlos.«

Darüber musste Kate lachen. »Es fühlt sich ganz wie zu Hause an. Mein Dad hat sechs Kinder, bei ihm geht's also genauso zu wie hier.« Es tat weh, an ihren Dad zu denken, und sie fragte sich, ob sie ihn oder sein Haus jemals wiedersehen würde.

»Mom.«

Taylor drehte sich um, als ein Junge in den Raum gerannt kam. Er sah Buddy zum Verwechseln ähnlich, allerdings ohne den Kinnbart.

»Harry, wir haben Besuch. Kannst du Kate begrüßen?«

»Hi«, warf er ihr ungeduldig zu, ehe er sich wieder an seine Mutter wandte. »Weißt du, wo mein Skateboard ist?«

»Nicht, seit ich gestern fast drübergefallen wäre. Hast du mal in der Garage gesucht?«

»Nein«, erwiderte er und verschwand wieder.

»Das ist mein Harrison«, teilte Taylor ihr lächelnd mit. »Er ist acht, Ashley ist sechs, Chloe ist vier, und dann ist da noch diese kleine Dame.« Sie kitzelte das Baby und wurde mit einem Kichern belohnt.

»Sie sind wundervoll.«

»Sie sind anstrengend.« Taylor setzte den Säugling auf den Boden, wo er spielen konnte. »Also, hast du dich von gestern Abend schon erholt?«

»Es war fantastisch. Ich bin immer noch total aufgekratzt.«

»Du warst einfach unglaublich. Du weißt schon, dass es ein Probelauf war, oder?«, erkundigte Taylor sich amüsiert.

»Probelauf?«

»Buddy wollte sichergehen, dass du auf der Tournee nicht durchdrehst.«

Kate lachte. »Ich bin innerlich durchgedreht.«

»Gezeigt hast du es jedenfalls nicht. Sie haben dich geliebt.«

In dem Moment kam Buddy ins Zimmer.

Zum ersten Mal sah Kate ihn ohne den Stetson, und sie musste sich bemühen, ihn nicht mit offenem Mund anzustarren. Er war absolut umwerfend.

»Sie haben dich vergöttert, Darling. Du solltest verdammt stolz auf das sein, was du geleistet hast.«

»Fluch nicht vor dem Baby, Buddy«, tadelte Taylor ihn.

»›Verdammt‹ ist kein Schimpfwort.«

Seine Frau warf ihm einen finsteren Blick zu.

»Du warst wirklich toll, Kate«, fuhr Buddy fort. »Ich war ziemlich zufrieden.«

»Danke. Es hat Spaß gemacht, und ihr wart unglaublich. Ich hatte euch noch nie live erlebt. Den Klang des Applauses werde ich vermutlich nie vergessen.«

»Davon kann man ganz schön abhängig werden«, gestand Taylor.

»Ich verstehe, warum.«

»Das wirst du noch selbst erleben, aber lass es dir nicht zu Kopf steigen«, warnte Buddy sie. »Ich bin am Verhungern, Tay. Können wir essen?«

»Es ist schon fertig. Hol die Kinder.«

Kate nahm an einer fröhlichen Mahlzeit teil, bei der sie ihre eigene Familie vermisste. Ohne irgendwelche Anzeichen von bezahlter Hilfe servierte Taylor ihnen Pulled Pork, Salat, frittierte Klößchen und Maisbrot.

»Ich räume ab.« Buddy wischte Chloe das Kinn ab und schob Ashleys Milchbecher vom Rand des Tisches weg.

Als er Kates Blick auffing, bemerkte sie, dass sie ihn anstarrte.

»Was?«, fragte er.

»Das hätte ich nie gedacht.«

»Was denn?«

»Dass du ein Kinn abwischst und Geschirr spülst.«

Er strahlte. »So läuft das hier, wenn ich nicht arbeite. Wir heuern nur dann Hilfe an, wenn wir unterwegs sind. Ich arbeite, damit ich den Rest der Zeit über genau das hier tun kann.«

»Das ist cool.«

»Es ist das wahre Leben. Das Einzige, was zählt. Der Rest ist nur Scheiße.«

»Scheiße«, wiederholte Georgia.

»Buddy«, schalt Taylor ihn.

Er ließ das Lächeln aufblitzen, das seine weiblichen Fans um den Verstand brachte, und schlug vor: »Baby, warum gehst du nicht mit Kate spazieren? Zeig ihr den See.«

»Kein Gefluche vor den Kindern mehr, Buddy. Ich meine es ernst.«

Buddy hob sich Georgia auf die Hüfte, gab seiner Frau einen Kuss und einen Klaps auf den Hintern. »Na los. Daddy hat jetzt das Sagen.«

Taylor nahm Kates Hand. »Bring mich aus diesem Zoo raus.«

Sie zogen sich Mäntel an und machten einen Spaziergang zum See. Die Sonne schien warm, aber die Brise vom Wasser wehte kalte Luft heran. Taylor zeigte zu den Ställen und dem Haus von Buddys Mutter, das in der Ferne stand. Dann bezeichnete sie den Zaun, der den See umgab, als ihr »Beruhigungsmittel«.

»Ohne den Zaun wäre ich völlig am Ende, weil ich ständig Angst hätte, dass eines der Kinder ertrinken könnte.«

»Ich bin am Wasser in Newport aufgewachsen. Mein Dad hat ein Segelboot.«

»Wir haben ein Powerboot. Buddy liebt Wasserski.«

»Hier ist es herrlich.«

»Es ist unsere Oase. Niemand stört uns. Die Leute in der Umgebung schützen unsere Privatsphäre. Niemand käme auf die Idee, anderen zu verraten, wie sie zu unserem Haus finden.«

Taylor hakte sich bei Kate unter, während sie weitergingen. »Buddy hat mir erzählt, dass er dir alles dargelegt hat. Du weißt also, was dich in den nächsten Monaten erwartet?«

»Ich denke, dass ich darauf so gut vorbereitet bin wie nur möglich.«

»Du kannst jederzeit herkommen, wenn du dich mal verkriechen musst. Wir haben jede Menge Platz. Es ist laut und lebhaft, aber du bist hier stets willkommen.«

»Ihr beide seid so gut zu mir. Ich werde euch nie genug dafür danken können.«

»Also, Schätzchen, ich muss dir gestehen, dass ich ziemlich skeptisch war, nachdem Reid Buddy von dir berichtet hatte. Ich meine, die Leute empfehlen uns ständig diesen oder jenen. Aber sobald wir dich auf der Bühne erlebt hatten, waren wir deine größten Fans.«

Ein kurzer Satz, und Kates Welt geriet ins Wanken. »Was?«, flüsterte sie. »Was hast du gesagt?«

Taylor blieb stehen. »Schätzchen, warum siehst du so aus, als hättest du gerade einen Geist erblickt?«

»Was war das mit Reid?«

»Was? Dass er dich Buddy gegenüber erwähnt hat? So haben wir dich gefunden.«

»Nein«, stammelte Kate. »Nein.« Ihr Magen verkrampfte sich.

Taylor betrachtete sie verwirrt. »Ich verstehe nicht.«

Kate umklammerte ihren Bauch. »Woher kennt Buddy Reid?«, brachte sie raus.

»Buddys Mutter Miss Martha war Reids Haushälterin. Sie sind zusammen aufgewachsen.«

»O nein. O mein Gott. Nein.«

»Süße, du machst mir Angst. Was ist los?«

»Entschuldige, Taylor. Ich muss los.« Sie kämpfte gegen die Tränen an und rannte zum Haus zurück. Dort schnappte sie sich ihre Handtasche aus dem Wohnzimmer und eilte zur Haustür, bis Buddy sie zurückhielt.

»Was ist passiert, Darling? Weinst du?«

»Reid hat dir von mir erzählt. Deshalb hast du mich gefunden. Stimmt das?«

»Scheiße.« Buddy stöhnte.

»Sie hat das nicht gewusst?«, rief Taylor, die plötzlich hinter Buddy auftauchte. »Warum hast du mir das nicht gesagt, Buddy?«

Kate war sich sicher, dass ihr gleich schlecht werden würde, sie musste von hier verschwinden. »Ich muss los. Danke«, äußerte sie leise. »Ihr wart echt nett zu mir.« Tränenblind stürzte sie zur Tür hinaus.

»Kate«, rief Buddy. Er hielt sie zurück, bevor sie die Autotür öffnen konnte. »Hör mal.«

»Es gibt nichts, was du sagen könntest. Lass mich los.«

»Hör mir zu. Weißt du noch, wie ich dir versprochen hatte, dass du mir jedes Wort glauben kannst?«

Sie wischte sich über das Gesicht und nickte.

»Dann hör mir zu. Reid hat dich mir empfohlen. Das werde ich nicht leugnen. Aber *du* hast mich überzeugt. *Du.* Glaubst du wirklich, dass wir dich mit auf Tournee nehmen oder dass du bei uns zu Abend essen würdest, wenn ich nicht der Meinung wäre, du hättest das Zeug dazu, ganz groß rauszukommen? Denkst du das?«

Sie zuckte die Achseln.

»Ich liebe Reid wie einen Bruder, aber du bist nur deinetwegen hier. Vermassele das nicht, Kate.«

»Kann ich jetzt gehen?«

Er trat zurück, damit sie die Wagentür öffnen konnte.

Sie schaffte es, sich nicht zu übergeben, bis sie anderthalb Kilometer von Buddys Anwesen entfernt war. Kaum hatte sie den Wagen am Straßenrand geparkt, erbrach sie sich und schluchzte, bis keine Tränen mehr übrig waren. Sobald sie endlich wieder bei Sinnen war, fuhr sie zu Reids Haus und eilte mit rasendem Herzen nach oben.

Er war mit Thunder ausgeritten. Sie hatte ihn anrufen sollen, wenn sie auf dem Heimweg war, aber sie hatte ihm nichts mehr zu sagen. Offensichtlich galt das nicht für Buddy, denn wenig später hörte sie Reid die Treppe hochrennen.

Sie warf Kleidungsstücke in eine Tasche, als er ins Schlafzimmer stürmte.

»Kate, Schatz …«

Der Klang seiner Stimme, der ihr so vertraut und lieb geworden war, bereitete ihr körperliche Schmerzen, während sie Schubladen öffnete und Klamotten von den Kleiderbügeln riss.

»Baby, komm schon«, flehte er, bevor er sie am Arm festhielt.

»Fass mich nicht an«, fauchte sie. »Nimm die Hände von mir.«

Als hätte sie ihn geschlagen, trat er einen Schritt zurück. »Ich liebe dich, Kate. Rede mit mir. Bitte.«

»Du willst reden? Okay. Lass uns reden. War ich nicht deutlich genug, als ich dich gebeten hatte, nicht deine Beziehungen für mich spielen zu lassen? Habe ich Spanisch oder Französisch oder irgendeine andere Sprache gesprochen, die du nicht verstehst?«

»Nein.«

»Dann kann ich nur glauben, dass du mich einfach nicht genug respektiert hast, um das zu tun, worum ich dich gebeten habe.«

»Ich respektiere dich mehr als jeden anderen auf der Welt.«

Sie lachte kalt. »Du hast eine eigenartige Art, das zu zeigen.«

»Warum ist das wichtig, Kate? Buddy und Taylor lieben dich, und du bist bei ihnen in guten Händen.«

Ungläubig starrte sie ihn an. »Du verstehst es einfach nicht, oder?«

»Ich schätze nicht. Du wolltest groß Karriere machen, und das wirst du jetzt auch.«

»Aber ich werde nie herausfinden, ob ich es allein geschafft hätte. Das hast du mir weggenommen, und ich werde es nie zurückbekommen.«

»Ich bin Buddy in Knoxville über den Weg gelaufen. Wir haben uns unterhalten. Ich habe ihn nicht aufgesucht, es ist einfach so passiert.«

»Als ich dich angerufen hatte, um dir mitzuteilen, dass sie im Mabel's sind, wusstest du, dass sie da sein würden, nicht wahr? Du hast ihnen verraten, dass ich an dem Abend dort auftreten würde.«

Er wich ihren Augen aus, nickte.

»Weiß er auch den Rest? Weiß Buddy von uns?«

Er nickte erneut.

Mit einem Blick erstickte sie seinen Versuch im Keim, sie anzufassen. »Ist jetzt auch egal, denn ›uns‹ gibt es nicht mehr. Das ist vorbei.« Sie nahm die Tasche mit den Klamotten und ihre Gitarre.

»Ich will nicht, dass du gehst. Wir schaffen das – du liebst mich, und du weißt, dass ich dich auch liebe.«

Ihre Tränen waren versiegt. Die Liebe verschwunden. Alles, was noch blieb, war die Wut. »Ich werde dir das nie verzeihen. Ich habe die Beziehung zu der wichtigsten Person in meinem Leben zerstört, und du warst es noch nicht mal wert.«

Er verzog in unverkennbarem Schmerz das Gesicht.

»Weißt du, was besonders ironisch ist? Jeder hat das hier missbilligt, weil du angeblich zu alt für mich bist. Lustig, dass *ich* am Ende die Erwachsene in dieser Beziehung war.« Sie drehte sich um und verließ das Zimmer.

Er folgte ihr nach unten. »Kate. Es tut mir leid. Ich habe einen Fehler begangen.«

»Ich auch.«

* * *

Kate verbrachte zwei Tage allein in ihrer Wohnung und ignorierte das stete Klingeln ihres Telefons und Handys. Sie prüfte die Anruferkennung, um sicherzugehen, dass es nicht ihre Familie war, die versuchte, sie zu erreichen, und stellte fest, dass die meisten Anrufe von Reid stammten. Der Rest war von Buddy.

Sie blieb im Schlafanzug und schaute sich vor Wut ganz verbittert alle Episoden von »Behind The Music« an, die auf VH1 liefen. Sie hatte so kurz davor gestanden, alles zu erreichen, was sie wollte, aber es war auf Lügen errichtet worden.

Spät am zweiten Tag klingelte es bei ihr. Besorgt, Reid könnte seinen Feldzug vor ihre Tür getragen haben, spähte sie durch das Fenster, entdeckte aber nur einen jungen Mann in Kurieruniform, der einen großen Umschlag hielt. Sie lief die Treppe hinunter, um ihm aufzumachen.

»Kate Harrington? Unterschreiben Sie bitte hier.«

Sie nahm den Umschlag entgegen und trug ihn nach oben. Darinnen befand sich ein handgeschriebener Brief von Buddy auf Briefpapier von Long Road Records, zusammen mit einem kleinen Briefumschlag.

Hallo, Kate,

Taylor und mir tut es wirklich leid, was letztens passiert ist. (Falls Du Dich dadurch besser fühlst: Sie ist ziemlich sauer auf mich …) Jedenfalls betrachten wir Dich mittlerweile als eine Freundin, also hoffen wir, dass Du uns unsere Rolle in der ganzen Sache verzeihst.

Ich weiß, dass das nicht sonderlich freundlich klingt, aber ich werde Dir den größten Gefallen tun, den Dir jemals jemand erweisen wird, und damit drohen, rechtliche Schritte einzuleiten, wenn Du Dich nicht an die Konditionen unseres Vertrags hältst. Du bist unglaublich talentiert und hast eine große Zukunft vor Dir. Du wärst eine verdammte Närrin, wenn Du dem den Rücken kehrst. Das werde ich also nicht zulassen. Du hast achtundvierzig Stunden Zeit, um Deine Wunden zu lecken, dann will ich Dich wieder zu den Proben im Aufnahmestudio sehen. Ansonsten hörst Du von meinen Anwälten.

Im Umschlag befindet sich Dein erster Honorarscheck. Bezahl Deine Steuern (damit Du nicht wie Willie Nelson endest), begleiche Deine Miete, und bring Dein Leben wieder in Ordnung, denn bald wird es hier heiß hergehen.

Ich weiß, dass Du niedergeschlagen bist, Darling, aber in unserem Geschäft führt ein gebrochenes Herz zu ganz großen Hits. Also beweg Deinen Hintern her, und mach Dich an die Arbeit.

Mit besten Grüßen,

(Dein Freund)

Buddy Longstreet

Präsident & CEO

Long Road Records

Kate lächelte und trocknete sich die Tränen, bevor sie Buddys Brief ein zweites Mal las. Dann öffnete sie den kleineren Briefumschlag und fand einen Scheck über zweihunderttausend Dollar.

KAPITEL 38

Clare beging den ersten Jahrestag ihres Aufwachens aus dem Koma Ende April, indem sie einen ruhigen Morgen in ihrem Haus in Rhode Island verbrachte. Alles in allem war es ein interessantes Jahr gewesen: Angefangen hatte sie es bettlägerig, aber dann hatte sie sich ihr Leben zurückerobert. Sie war verheiratet gewesen, geschieden und beinahe verlobt.

Es tat weh, wenn sie an Aidan dachte und an das, was hätte sein können. Ihr Bruder war von Aidans Arbeit am Haus in Stowe begeistert gewesen. Er hatte andere Aufträge angenommen, aber seit sie ihn vor zwei Monaten zum letzten Mal gesehen hatte, verging kein Tag, an dem sie nicht an ihn und ihre gemeinsame Zeit zurückdachte.

Tatsächlich verzehrte sie sich nach ihm. Aber da sie verschiedene Dinge vom Leben wollten, glaubte sie, dass es richtig gewesen war, sich zu trennen. Hin und wieder jedoch stieg ihr der Duft von Sägespänen in die Nase und rief Erinnerungen daran wach, wie sie sich geliebt hatten. In diesen Momenten wusste sie, dass ihr Herz in der Tat gebrochen war.

Sie sah auf die Uhr. Die Sozialarbeiterin vom Jugendamt sollte jeden Augenblick hier sein. Endlich. Heute würde sie herausfinden, ob ihr die Adoption genehmigt wurde, und ihr Herz klopfte vor Aufregung, wenn sie daran dachte, endlich das Kind zu treffen, das sie für sie vorgesehen hatten. Es war ein zweijähriger Junge mit kaffeebrauner Haut, dessen Mutter drogenabhängig war und ihre Rechte an dem Jungen abgetreten hatte.

Sobald Clare die staatlichen Hürden überwunden hatte, würde er zu ihr kommen. Seit Wochen schon träumte sie davon, ihn nach Hause zu holen, und sein Kinderzimmer war auch schon fertig. Die Mädchen unterstützten ihre Entscheidung, ein Kind zu adoptieren, fragten sich aber, was zwischen ihr und Aidan vorgefallen war. Allerdings respektierten sie ihren Wunsch und drängten sie nicht dazu, darüber zu reden.

Es klingelte an der Tür. Clare atmete tief durch, um sich zu beruhigen, dann ließ sie Janice Nunes rein.

Sie folgte Clare in den Wohnraum.

Janice' übliches Lächeln war heute verschwunden, und Clare bekam ein schlechtes Gefühl. »Es sieht nicht gut aus, was?«

»Es tut mir leid, Clare. Ich habe wegen dieser Bewerbung so viele Schlachten geschlagen, dass ich überrascht wäre, wenn ich danach noch einen Job habe.«

»Warum haben sie abgelehnt?« Entschlossen, nicht zu weinen, biss sie sich auf die Lippe.

Janice seufzte. »Also, ich hatte Sie ja von Anfang an gewarnt, dass Ihre medizinische Vorgeschichte ein Problem werden könnte.«

»Aber Sie haben doch meine Akte von Dr. Langston und Dr. Baker. Sie haben Ihnen mitgeteilt, dass ich völlig gesund bin.«

»Ja, und ich habe über den Kopf meines Chefs hinweg gehandelt und bin damit geradewegs zum Direktor gegangen, aber keiner von ihnen kann Ihre Vergangenheit ignorieren. Es wäre etwas anderes, wenn Sie verheiratet wären. Dann könnten wir argumentieren, dass das Kind einen zweiten Vormund hat, falls Sie einen Rückfall erleiden.«

»Das hatten wir doch geklärt«, meinte Clare immer verzweifelter. »Meine Schwester und ihr Mann sind bereit, sich als Erziehungsberechtigte eintragen zu lassen, sollte es nötig werden.«

»Ich weiß, und ich halte es für die perfekte Lösung, aber leider ist das nicht meine Entscheidung. Ich erhalte so oft Anfragen von Menschen, die Grenzfälle sind. Oft frage ich mich, ob sie nicht einfach nur die staatliche Unterstützung wollen, wenn sie ein Kind aus einer Pflegefamilie adoptieren. Dann kommt jemand wie Sie: gebildet, mit einem wunderschönen Zuhause, jeder Menge Geld, einwandfreiem Leumund und ganz viel Liebe für das Kind, und dennoch lehnt man Sie ab.«

»Das ist doch ungerecht.«

»Allerdings. Es ist nicht fair, aber das System ist dazu da, das Kindeswohl zu schützen, und mangelhaft, wie es ist, ist es doch das einzige System, das wir haben.«

»Hat er denn so viele bessere Optionen?«

Janice schüttelte den Kopf. »Er ist in einer Pflegefamilie ohne große Hoffnung darauf, adoptiert zu werden, weil er von Eltern unterschiedlicher ethnischer Herkunft abstammt und kein Baby mehr ist.«

»Vielleicht hätte ich mit einer privaten Adoption mehr Glück.«

»Es ist wahrscheinlich, dass Sie ganz ähnlichen Hürden gegenüberstehen.«

Sie hatte schon Aidan verloren, und jetzt bekam sie auch das Kind nicht.

»Es tut mir leid, Clare«, bedauerte Janice, während Clare sie zur Tür brachte. »Wenn sich was ändert, dann lassen Sie es mich wissen.«

»Danke für alles, was Sie für mich getan haben.«

»Ich wünschte, ich hätte mehr tun können.«

Niedergeschlagen schloss Clare die Tür und lehnte sich dagegen. Was jetzt?

* * *

Clare verbrachte mehrere Tage in Nashville bei Kate, die die letzten Vorbereitungen für die Tournee mit Buddy und Taylor traf. Sie alle schwebten auf dem Erfolg von Kates erster Single »Ich dachte, ich weiß«, die auf Platz fünf in die Country-Charts eingestiegen und direkt auf den ersten Platz geschossen war, wo sie nun seit drei Wochen stand.

Clare und Kate aßen einmal mit den beiden Superstars zu Abend, und nachdem Clare ihre erste Aufregung überwunden hatte, erkannte sie, dass die beiden bodenständig und amüsant waren. Sie war froh, dass so gute Menschen Kates Karriere begleiteten.

In der Woche mit Kate erwähnten sie Reid mit keinem Wort. Clare stellte keine Fragen, und Kate bot keine Erklärungen an, also war Clare vorsichtig optimistisch, dass etwas zwischen ihnen vorgefallen war. Sie rief sich Aidans Rat ins Gedächtnis, dass sie ganz cool bleiben sollte, und schwieg sich über das Thema aus.

Sobald sie aber wieder zu Hause war, musste sie sich eingestehen, dass sie sich treiben ließ. Seit ihr Adoptionsantrag vor einem Monat abgelehnt worden war, hatte sie versucht, herauszufinden, was sie als Nächstes tun wollte, und sie dachte darüber nach, sich einen Job zu besorgen, um die langen, leeren Tage zu füllen, wenn die Mädchen nicht da waren.

Eine Woche nach ihrer Rückkehr aus Nashville erhielt sie von Jack einen panischen Anruf, dass Maggie etwas zugestoßen sei.

»Was ist passiert?«, schrie Clare.

»Sie ist von der Leiter zum Dachboden gestürzt, und sie ist bewusstlos«, erklärte er, die Stimme angespannt vor Angst. »Andi hat sie entdeckt. Sie bringen sie ins Krankenhaus in Newport. Können wir uns dort treffen?«

»Ich fahre sofort los.«

»Beeil dich, Clare. Andi meint, es sieht nicht gut aus.«

Mit wild schlagendem Herzen raste Clare zum Newport Hospital. Jack kam zur gleichen Zeit an, und gemeinsam rannten sie in die Notaufnahme.

Andi erwartete sie in Tränen aufgelöst zusammen mit ihrem Sohn und Maggies engstem Freund Eric. Die Zwillinge schliefen im Kinderwagen.

»Was ist geschehen?«, fragte Clare, deren Mund vor Angst ganz trocken war und deren Hände zitterten.

»Ich bin, etwa eine halbe Stunde nachdem sie aus der Schule zurück war, nach Hause gekommen.« Andis Augen waren rot vom Weinen. »Ich bin hochgegangen und habe sie im Flur unter der Leiter zum Dachboden liegen gesehen. Die Sanitäter haben mir erklärt, dass sie sich beide Arme gebrochen hat, einen davon ganz schlimm, und dass sie nicht aufwacht.«

Jack legte einen Arm um seine Frau. »War der Arzt schon hier?«

»Nein, die Schwester meinte, sie würden versuchen, erst einmal ihren Zustand zu stabilisieren.«

»O Gott«, keuchte Clare.

Jack schlang den anderen Arm um sie, dann setzten sie sich alle drei hin, um zu warten.

»Wir sollten die Mädchen anrufen«, überlegte Clare.

»Lass uns erst mal abwarten, was der Arzt zu sagen hat«, erwiderte Jack, dessen Gesicht jede Farbe verloren hatte, und Eric kletterte mit Tränen in den Augen auf seinen Schoß.

Es dauerte lange, bis der Chirurg zu ihnen kam.

»Mr und Mrs Harrington?«

Sie sprangen alle auf.

»Ihr Zustand ist stabil, aber sie ist noch nicht über den Berg. Die Kopfverletzung bereitet uns Sorgen, also schicken wir sie nach oben für ein CT. Sie hat sich eine Rippe gebrochen, die ihre Lunge durchbohrt hat, aber das haben wir unter Kontrolle.«

Andi atmete scharf ein und musste sich wieder hinsetzen, weil ihre Beine unter ihr nachzugeben schienen.

Clare klammerte sich an Jacks Hand. »Was ist mit ihren Armen?«

»Es ist ein glatter Bruch im rechten Arm, aber der linke ist gesplittert. Sie braucht eine OP und Stifte. Die nächsten vierundzwanzig Stunden sind kritisch. Ich halte Sie auf dem Laufenden.«

»Danke«, flüsterte Clare.

Sobald der Arzt gegangen war, wandte Jack sich an Clare: »Wir sollten Jill und Kate benachrichtigen.«

* * *

Kate probte gerade im Studio, als einer der Techniker mit ihrem Handy reinkam.

»Das klingelt wie verrückt«, erklärte er, ehe er es ihr reichte.

»Danke, Kenny.« Die Handynummer ihrer Mutter erschien wiederholt bei der Anruferkennung. Kate rief sie zurück. »Hi, Mom, was ist los?«

»Oh, Kate, Gott sei Dank meldest du dich. Schatz, Maggie hatte einen Unfall und ist schwer verletzt. Du musst nach Hause kommen.«

Geschockt schnappte Kate sich ihre Handtasche und rannte zum Fahrstuhl. »Was ist passiert?«

Clare erklärte es ihr rasch. »Kannst du heute noch herfliegen?«

»Ich buch sofort ein Ticket.«

»Lass mich wissen, wann du hier bist. Dann wird dich jemand abholen.«

Kate versagte die Stimme, als sie aus dem Fahrstuhl stürmte. »Mom? Wird sie sterben?«

»Ich weiß es nicht, Liebes. Ich weiß es wirklich nicht.«

Auf dem Weg zu ihrem Auto hörte sie die Tränen in der Stimme ihrer Mutter. »Ich bin unterwegs. Lass sie nicht sterben.« Während sie sich durch den Innenstadtverkehr von Nashville kämpfte, wurde sie immer panischer, da ihr jede Fluggesellschaft, die nach Providence flog, mitteilte, dass für den Rest des Tages nichts mehr frei war. Ohne zu zögern, rief sie Reids Handy an.

»Kate?« Er klang überrascht, von ihr zu hören.

Sie hatte Schwierigkeiten, durch den Schleier ihrer Tränen genug zu sehen, um zu fahren.

»Schatz, was ist los?«

»Bist du in der Stadt?«

»Ich bin in meinem Büro.«

»Ich brauche deine Hilfe. Meine Schwester ist verletzt, und die Flüge sind alle ausgebucht.« Sie schluchzte. »Kannst du mich nach Hause fliegen?«

»Fahr zu meinem Haus. Ich bin unterwegs.«

»Danke.«

* * *

Eine halbe Stunde später raste er in seinem Mercedes über die Schotterpiste, eine Staubwolke hinter sich. Er stieg aus dem Wagen und rannte zu ihr, um sie zu umarmen. »Alles in Ordnung?«

Tränen rannen ihr über die Wangen, als sie zu ihm hochsah. »Es ist schlimm. Wir müssen uns beeilen.«

Er öffnete das Hangartor und startete das Flugzeug. »Wir müssen am Nashville-International-Flughafen auftanken, aber ich habe schon angerufen. Sie erwarten uns. Lass uns losfliegen.«

Fünfundvierzig endlose Minuten später wurden sie zum Start von Nashville International freigegeben.

»In Newport gibt es einen Flughafen«, meinte Kate. »Können wir dort landen?«

»Nein, ich habe schon nachgesehen. Er ist zu klein für das Flugzeug. Wie weit ist es vom Flughafen in Providence bis nach Newport?«

»Etwa vierzig Minuten.«

»Mein Büro besorgt dir ein Auto, das dich dort abholt.«

»Danke«, flüsterte sie leise.

»Was ist mit deiner Schwester passiert?«

Sie erzählte ihm, was sie wusste. »Ich sollte meine Mutter anrufen, um ihr Bescheid zu geben, dass ich auf dem Weg bin. Wie lange werden wir brauchen?«

»Etwa zweieinhalb Stunden.«

Sie schluchzte unterdrückt.

Er griff nach ihrer Hand und verschränkte ihre Finger. »Halt durch, Baby. Ich bringe dich so schnell dorthin, wie ich kann.«

* * *

Da sie durch schlechtes Wetter fliegen mussten, das sie ein wenig ausbremste, landeten Reid und Kate erst fast drei Stunden später auf dem T.-F.-Green-Flughafen.

Dem letzten Bericht ihrer Mutter nach war Maggie noch immer nicht zu sich gekommen. Sobald sie das hörte, musste Kate erneut weinen, während Reid das Flugzeug über die Rollbahn lenkte.

»Das Auto erwartet dich am Hangar. Nur noch ein paar Minuten.«

»Begleitest du mich nach Newport?«

»Ich denke nicht, dass dein Dad mich jetzt sehen sollte. Nicht, wenn deine Schwester im Krankenhaus liegt.«

»Nur für die Fahrt? Ich möchte im Moment nicht allein sein.«

»Also gut.«

Die Limousine wartete auf sie. Reid stellte das Flugzeug sicher ab und hielt ihre Hand, während sie über den Asphalt zum Wagen eilten.

Im Auto legte er einen Arm um sie, und sie lehnte sich an ihn. »Beeilen Sie sich«, rief er dem Fahrer zu.

In Rekordzeit überquerten sie die Newport Bridge. »Das erinnert mich zu sehr an den Unfall meiner Mutter«, erklärte Kate schluchzend an seiner Brust. »Genau so hat sich das angefühlt.«

Er strich ihr übers Haar und gab ihr einen Kuss auf die Stirn. »Sie ist jung und stark und gesund. Sie kommt wieder ganz in Ordnung.«

Sie hielten vor dem Krankenhaus, und Reid folgte ihr aus dem Wagen.

»Vielen Dank«, sagte Kate, die sich die Tränen vom Gesicht wischte.

Er drückte sie. »Lass mich wissen, wie es ihr geht.«

»Mach ich.«

»Was zum Henker hast du hier verloren?«, ertönte eine Stimme hinter ihnen.

Reid und Kate drehten sich um und entdeckten Tante Frannie und Onkel Jamie auf dem Bürgersteig. Kate warf sich in die ausgestreckten Arme ihrer Tante.

Reid hob die Hände, um Jamie abzuwehren, der einst in Berkeley ein guter Freund von ihm gewesen war. »Ich habe sie nur hergebracht.«

»Du hast vielleicht Nerven, dich hier blicken zu lassen«, rief Jamie, dessen Kiefermuskeln vor Wut pochten. »Ausgerechnet jetzt.«

»Keine Sorge, ich bin schon weg. Ich werde für deine Schwester beten, Kate.«

»Danke«, wiederholte sie mit einem letzten Blick zu ihm, ehe ihre Tante und ihr Onkel jeweils einen Arm um sie legten und sie ins Krankenhaus führten.

* * *

Frannie, Jamie und Kate fuhren mit dem Aufzug in den dritten Stock auf die Intensivstation.

»Du solltest dich wappnen, Süße«, warnte Frannie sie. »Es sieht wirklich schlimm aus.«

»Wird sie sterben?«, fragte Kate leise.

»Nein«, erwiderte Jamie schroff. »Das lassen wir nicht zu.«

Sie verließen den Fahrstuhl, und Kate rannte zu ihrer Mutter.

Clare schloss sie in die Arme. »Ich bin so froh, dass du da bist.«

»Sag mir, dass es ihr besser geht.«

»Es geht ihr nicht schlechter, und sie behaupten, das wäre eine gute Nachricht.«

»Kann ich zu ihr?«

»Dad ist gerade dort. Sie wollen, dass wir sie nur einer nach dem anderen besuchen.«

»Wird es ihm was ausmachen, dass ich hier bin?«

»Natürlich nicht.«

Weinend umarmte Kate auch ihre Großeltern, die aus Connecticut angereist waren. Jill trat durch die Schwingtür und brach fast völlig zusammen, als sie Kate erblickte. Sie klammerten sich lange aneinander.

»Das fühlt sich viel zu vertraut an«, flüsterte Jill durch die Tränen.

Kate nickte, und ihre Augen wurden wieder feucht, als Andi zu ihr kam und sie umarmte. »Sind die Jungs hier?«

Andi schüttelte den Kopf. »Wir haben sie mit einem Babysitter nach Hause geschickt.«

In dem Moment kam Jack mit roten Augen und hängenden Schultern aus Maggies Zimmer.

»Daddy«, keuchte Kate.

Er schaute auf, und sein Gesichtsausdruck wurde in dem Moment weicher, als er sie entdeckte.

Sie trat auf ihn zu. Er legte die Arme um sie, und sie drückte ihn fest an sich, während sie heftig schluchzte.

»Kate«, sprach er mit emotionsgeladener Stimme. »Mein Mädchen. Ich bin so froh, dass du hier bist.«

Da sie kein Wort mehr rausbrachte, hielt sie sich nur an ihm fest.

* * *

Mitten in der Nacht gingen Kate und Jill sich in der Cafeteria Kaffee holen.

»Ich habe nachgedacht«, meinte Jill.

»Worüber?«

»Aidan. Er wird das mit Maggie wissen wollen.«

»Glaubst du nicht, dass Mom das entscheiden sollte?«

»Sie kann gerade nicht klar denken. Ich wette, sie wäre jetzt echt glücklich, wenn er hier wäre.«

»Ich weiß nicht, Jill. Vielleicht freut sie sich nicht darüber.«

»Ich rufe ihn trotzdem an.« Sie griff nach ihrem Handy. »Ich habe noch immer seine Telefonnummer.«

»Wenn das in einer Katastrophe endet, dann hatte ich nichts damit zu tun«, verkündete Kate.

* * *

Clare saß bis sechs Uhr früh am nächsten Morgen bei Maggie, als sich das Mädchen regte.

»Maggie? Liebes? Öffne die Augen.« Sie schrie auf, kaum dass Maggie ein Auge aufschlug, gefolgt von dem anderen. »Ach, Baby. Kannst du mich hören?«

Maggie blinzelte und verzog das Gesicht, als sie versuchte, die eingegipsten Arme zu bewegen.

»Rühr dich nicht, Schatz«, bat Clare sie, und die Tränen rannen ihr über die Wangen. »Du bist schwer gestürzt. Dabei hast du dir den Kopf angeschlagen und beide Arme gebrochen. Aber das heilt wieder. Ich hol schnell Daddy, okay?« Sie lief zur Tür und rief nach Jack und dem Arzt.

Jack eilte ins Zimmer. »O Gott sei Dank«, flüsterte er in dem Moment, in dem er erkannte, dass Maggie die Augen geöffnet hatte.

»Daddy.«

»Ach, Baby, du hast uns einen Riesenschrecken eingejagt«, sagte er.

Der Arzt prüfte Maggies Augen mit einer Taschenlampe. »Du hast eine schwere Gehirnerschütterung, Maggie, du musst also eine Weile ganz still liegen bleiben, damit dein Gehirn Zeit hat, um sich zu erholen. In Ordnung?«

»Okay.«

Der Doktor wandte sich an Jack und Clare. »Wir haben großes Glück«, verkündete er, ehe er den Raum verließ.

»Was ist passiert?«, wollte Maggie wissen.

»Du bist rückwärts von der Leiter zum Dachboden gestürzt«, erklärte Jack. »Weißt du noch?«

Sie versuchte, zu nicken, verzog aber das Gesicht vor Schmerzen.

»Was wolltest du denn da oben, Liebling?«, fragte er.

»Ich habe die Barbies weggeräumt.«

»Warum?«, hakte Clare nach. »Du spielst doch so gerne mit ihnen.«

»Die sind doch für Babys.«

Ihre Eltern warfen einander über das Bett hinweg einen Blick zu.

»Niemand hält dich für ein Baby«, versicherte ihr Clare.

»Das tut ihr alle. Jeder behandelt mich wie ein Kleinkind, also dachte ich, wenn ich mich nicht mehr wie eins benehme …«

Jack ließ den Kopf hängen. »Hatte das etwas damit zu tun, dass wir dir die Sache mit Kate nicht erzählen wollten?«

»Irgendwie schon.«

»Ich sag dir was«, schlug er vor. »Sobald es dir besser geht, kann Kate dir das alles selbst anvertrauen.«

»Kann sie? Ehrlich?«

Er nickte. »Sie ist hier. Sie ist wegen dir nach Hause gekommen.«

Maggies Augen wurden groß. »Wirklich? Wow, dann seid ihr beide wohl ganz schön durchgedreht.«

Jacks sank erleichtert auf einen Stuhl. »Ja, Baby«, bestätigte er voller Gefühl. »Wir sind definitiv durchgedreht.«

Clare lächelte ihn an und nickte zustimmend.

* * *

Clare verbrachte eine Stunde bei Maggie, bis die Krankenschwestern sie rausscheuchten, damit sie sich um ihre junge Patientin kümmern konnten. Sie lehnte sich gegen eine Wand und legte den Kopf zurück, um ein stilles Dankgebet zu sprechen.

In dem Moment kam Aidan durch die Schwingtür, Schatten der Erschöpfung und Angst unter den Augen.

Sie atmete erschrocken ein. »Was machst du denn hier?« *Hatte jemals jemand so gut ausgesehen?*

»Jill hat mich angerufen. Ich bin so schnell hergekommen, wie ich konnte.« Er schlang die Arme um sie. »Sag mir, dass es ihr gut geht.«

Sie klammerte sich an ihn und genoss den vertrauten Duft nach Sägespänen und Rasierwasser. »Das wird es wieder.« Sobald sie die Worte ausgesprochen hatte, spürte sie, wie die Anspannung aus ihm wich.

Er seufzte tief. »Das waren die längsten fünf Stunden meines Lebens«, flüsterte er, ohne sie loszulassen.

»Ich fasse nicht, dass du hier bist. Du hast mir so gefehlt.«

»Du mir auch.« Er hauchte ihr einen zärtlichen Kuss auf die Lippen. »Kann ich zu Maggie?«

Sie warf einen Blick in Maggies Zimmer, wo ihr die Schwestern gerade frische Kissen gebracht hatten. »Gleich. Sie sind fast fertig.«

»Es gibt da einiges, was ich dir erzählen muss.«

»Was denn?«

Er schüttelte verzweifelt den Kopf, als er Maggie mit den Gipsverbänden und dem fahlen Gesicht erblickte. »In den letzten fünf Stunden, in denen ich nicht wusste, ob das Mädchen, dass ich so lieb habe, noch leben würde, wenn ich hier ankomme, habe ich etwas erkannt.«

Clare konnte den Blick nicht von ihm nehmen. »Was hast du erkannt?«

»Ich bin schon Vater.« Seine Augen wanderten bei diesen Worten zu Maggie. »Vielleicht nur ein Stiefvater, aber ich kann mir nicht vorstellen, dass ein Vater mehr Angst gehabt hätte als ich, als ich gehört habe, was geschehen ist. Du und deine Töchter gehören bereits zu mir.«

Tränen schossen ihr in die Augen. »Aidan.«

»Du hattest recht, Clare«, gestand er, wobei er sich jetzt auf sie konzentrierte. »Ich schaffe das. Es tut mir leid, dass ich mich wie ein Idiot verhalten habe und dass so etwas wie das hier nötig war, damit ich es erkenne.«

Sie zog ihn zu sich runter und küsste ihn stürmisch. »Erinnerst du dich noch an die Frage, die du mir am letzten Abend in deinem Haus gestellt hast?«

Er zuckte bei der Erinnerung zusammen, nickte aber.

»Ich würde gerne meine Antwort ändern.«

Epilog

»Aidan, beeil dich«, rief Clare die Treppe rauf. »Es fängt an.«

»Wir sind unterwegs«, antwortete er von oben.

Clare stellte eine große Schüssel Popcorn hin, öffnete ein Sam Adams für Aidan und ein Light-Bier für sich. Im Fernsehen liefen die Country Music Awards.

Aidan kam mit ihrem Sohn Max nach unten. »Da wollte einer nicht aus der Wanne.«

»Gib mir den Jungen.« Sie streckte die Arme aus und atmete den Duft von Baby-Shampoo ein, der von Max' kaffeebrauner Haut und den dunklen Locken aufstieg. Seine großen braunen Augen funkelten, als sie ihn kitzelte.

Max zeigte zum Fernsehgerät. »Kate«, quietschte er. Er war schon fast drei Jahre alt, intelligent, lustig und steckte voller Fröhlichkeit.

»Da ist sie«, erwiderte Aidan mit breitem Lächeln, und sie verfolgten, wie Kate mit Buddy und Taylor aus einer Limousine stieg. »Sie sieht fantastisch aus.«

Clare wusste, dass das silberne Kleid von Chanel war, die Schuhe von Manolo Blahnik und der Schmuck eine Leihgabe von Harry Winston. Ein Stylistenteam hatte Kate wochenlang auf den großen Abend vorbereitet. Sie war als beste Newcomerin und ihr Lied »Ich dachte, ich weiß« als Song des Jahres nominiert worden.

Gestern waren Jill und Maggie nach Los Angeles geflogen, um ihre Schwester zur Zeremonie zu begleiten. Sie hatten vorhin aus dem Zuschauerraum angerufen und hatten Spaß dabei, sich unter die größten Stars der Countrymusik zu mischen.

Aidan legte einen Arm um Clare. »Ich bin so aufgeregt.«

Sie lachte leise und küsste ihn. Vor fast einem Jahr hatten sie mit einer kleinen Feier in seinem Haus in Stowe geheiratet. Ihre Ehe hatte ihnen den Weg dafür geebnet, einen Monat später Max zu adoptieren. In letzter Zeit redeten sie darüber, ihm ein Geschwisterchen zu suchen.

Jack hatte Aidan ein bisschen unter die Arme gegriffen, und ehe er sichs versah, war er fest im Restaurierungsgeschäft im historischen Newport etabliert. Clare wusste, dass es sie eigentlich nicht hätte überraschen sollen, dass ihr neuer Ehemann Freundschaft mit ihrem Exmann geschlossen hatte. Ihr Ziel, die Feiertage gemeinsam zu verbringen, war jetzt Realität geworden, und Max betrachtete »Onkel« Jacks Söhne als seine Cousins. Der Kreis ihres Lebens hatte sich geschlossen, und sie war wieder restlos glücklich.

»Es geht los«, verkündete Aidan.

Martina McBride und Alan Jackson verkündeten die Nominierungen für den besten neuen Künstler.

Clare versteckte das Gesicht in Aidans Hemd. »Ich halte das nicht aus.«

»Schau mal«, rief Aidan. »Da sind sie. Jill und Maggie.«

Max klatschte fröhlich in die pummeligen Hände, sobald er seine Schwestern im Fernsehen entdeckte.

»Und der Preis geht an … Kate Harrington«, verkündete Alan Jackson.

Die Arena tobte, und Clare blickte gerade rechtzeitig hoch, um zu sehen, wie Kate auf dem Weg zur Bühne ihre Schwestern, Buddy und Taylor umarmte. Als sie den Preis und einen Kuss auf die Wange von Martina entgegennahm, wirkten Kates blaue Augen ganz groß vor Aufregung, und Tränen schimmerten darin.

»Ach du meine Güte«, freute sie sich mit der Hand auf der Brust, wobei sie versuchte, wieder zu Atem zu kommen. »Es gibt so viele Menschen, denen ich danken muss. Buddy und Taylor, ihr wart für mich so viel mehr als Mentoren. Ihr seid meine Familie in Nashville, und ich liebe euch beide.«

Buddy und Taylor trockneten sich die Augen und warfen Kate aus der ersten Reihe Luftküsse zu.

»Ich möchte unserer Crew von der Tournee danken, der Gang von Long Road Records und jedem in meinem Team. Ihr alle arbeitet so schwer, damit ich nicht verrückt werde, und ich kann euch nicht genug danken. Aber am meisten möchte ich meiner Familie für ihre Liebe und ihre Unterstützung danken. Meinen Schwestern Jill und Maggie, die heute Abend hier sind. Meiner Mom, Aidan und Max, Andi, Eric, Johnny und Robby, und …« Sie verstummte kurz, um sich zu sammeln. »Ich möchte meinem Dad danken, der den Mut hatte, mir dieses große Abenteuer zu ermöglichen. Danke, Daddy. Ich habe euch alle unglaublich lieb. Danke.«

Clare und Aidan jubelten und weinten und umarmten einander, während Max zwischen ihnen quietschte.

Kate hat es geschafft, dachte Clare. *Sie hat es wirklich geschafft.*

* * *

In einer Strandbar auf St. Kitts trank Reid einen Scotch auf Eis und schaute sich die Show im Satellitenfernsehen an. Kate sah wundervoll aus, als sie ihren Preis für die beste Newcomerin entgegennahm, und das Herz schwoll ihm vor Stolz in der Brust.

Da sie für den Song des Jahres nominiert war, trat sie mit »Ich dachte, ich weiß« auf, kaum dass sie den Preis angenommen hatte. Er fragte sich, ob sie noch immer an ihn dachte, wenn sie das Lied sang. Die Erinnerung daran, wie sie es ihm zu Weihnachten geschenkt hatte, an demselben magischen Abend, an dem sie mit Thunder durch den Schnee geritten waren, würde ihm niemand nehmen können.

Er blickte zum Wasser raus und betrachtete die Sonne, die wie ein großer Feuerball am Horizont unterging. Vor neun Monaten hatte er endlich alles für eine Hütte am Strand aufgegeben. Zwei Tage nachdem er beschlossen hatte, sein Geschäft zu verkaufen, hatte es sich ein Multikonzern aus Austin geschnappt, mit dem Versprechen, alle Angestellten zu übernehmen. Er hatte darüber lachen müssen, wie einfach es gewesen war, das Geschäft abzugeben, nach all den Jahren, die er damit verbracht hatte, einen Ausweg zu suchen.

Er hatte das Haus in Tennessee geschlossen, bis Ashton es für seine eigene Familie wollte, genug Kleidung zusammengepackt, um am Strand über die Runden zu kommen, und war mit seinem Flugzeug nach St. Kitts geflogen, ohne einen Blick zurück.

An dem Tag, bevor er Nashville verließ, hatte er Thunder mit einer Nachricht für Kate in Buddys Stall gebracht. Seine anderen Pferde hatte er verkauft, aber Thunder gehörte jetzt ihr. Sie hatte recht gehabt: Das Pferd hatte sie ohnehin lieber. Sobald er Thunder untergebracht hatte, war er zu Martha gefahren und hatte sich wieder mit ihr versöhnt. Sie hatte ihm versprochen, ihn auf St. Kitts zu besuchen.

Ashton setzte sich auf den Barhocker neben Reid. »Hat sie gewonnen?«

»Beste Newcomerin. Song des Jahres ist als Nächstes dran.«

»Als hätte es daran jemals Zweifel gegeben.«

Reid schenkte seinem Sohn ein Lächeln. Sie waren allmählich wieder auf Kurs, und diese gemeinsame Woche war ein Schritt in die richtige Richtung.

»Was hältst du davon, wenn wir es morgen mal mit Hochseeangeln versuchen?«, schlug Ashton vor.

»Klingt gut.«

»Es gibt da einen Typen, der im Jachthafen Karten verkauft. Ich hole uns zwei.«

»Ich komme gleich nach.« Reid widmete seine Aufmerksamkeit wieder dem Fernseher, wo Tim McGraw und Faith Hill die Nominierten für den Song des Jahres vorlasen.

»Und der Preis geht an …« Tim reichte die Karte seiner Frau.

»Kate Harrington für ›Ich dachte, ich weiß‹.«

Reid beobachtete, wie Kate auf die Bühne lief, um ihren zweiten Preis an diesem Abend entgegenzunehmen. Sie umarmte Tim und Faith, dann drehte sie sich dem donnernden Applaus der Menge zu.

»Danke«, sprach sie, sobald der Applaus nachgelassen hatte. »›Ich dachte, ich weiß‹ ist mir eine Herzensangelegenheit, und ich bin so dankbar für diese Ehrung.

Das Lied habe ich zu einem besonderen Zeitpunkt in meinem Leben geschrieben, in einer Zeit, die ich nie vergessen werde. So wie ich auch diesen Abend nie vergessen werde. Ich danke euch allen.«

Eine halbe Welt entfernt hob Reid seinen Drink zu einem stummen Toast auf die Frau, die er liebte.

Über die Autorin

Marie Force ist die New-York-Times-Bestseller-Autorin von über fünfzig zeitgenössischen Liebesromanen, unter anderem den beliebten Romanserien »Gansett Island« und »Green Mountain«. Unter dem Namen M. S. Force veröffentlicht sie außerdem die erotische Quantum-Serie. Sie hat unterdessen weltweit über fünf Millionen Bücher verkauft. Die Autorin lebt zusammen mit ihrem Mann, zwei fast erwachsenen Kindern und zwei Hunden in Rhode Island.

Weitere Titel von Marie Force

Die McCarthys

Liebe auf Gansett Island (Die McCarthys 1)

Sehnsucht auf Gansett Island (Die McCarthys 2)

Hoffnung auf Gansett Island (Die McCarthys 3)

Glück auf Gansett Island (Die McCarthys 4)

Träume auf Gansett Island (Die McCarthys 5)

Küsse auf Gansett Island (Die McCarthys 6)

Herzklopfen auf Gansett Island (Die McCarthys 7)

Rückkehr nach Gansett Island (Die McCarthys 8)

Zärtlichkeit auf Gansett Island (Die McCarthys 9)

Die Green Mountain Serie

Alles, was du suchst (Lost in Love Die Green Mountain Serie 1)

Endlich zu dir (Lost in Love Die Green Mountain Serie/Story 1)

Kein Tag ohne dich (Lost in Love Die Green Mountain Serie 2)

Ein Picknick zu zweit (Lost in Love Die Green Mountain Serie/Story 2)

Mein Herz gehört dir (Lost in Love Die Green Mountain Serie 3)

Ein Ausflug ins Glück (Lost in Love Die Green Mountain Serie/Story 3)

Schenk mir deine Träume (Lost in Love Die Green Mountain Serie 4)

Der Takt unserer Herzen (Lost in Love Die Green Mountain/Story 4)

Sehnsucht nach dir (Lost in Love Die Green Mountain Serie 5)

Ein Fest für alle (Lost in Love Die Green Mountain Serie/ Story 5)

Bücher von M. S. Force

Die Quantum Serie

Tugendhaft (Quantum-Serie Band 1)

Furchtlos (Quantum-Serie Band 2)

Vereint (Quantum-Serie Band 3)

37587378R00253

Printed in Poland
by Amazon Fulfillment
Poland Sp. z o.o., Wrocław